《汉唐博物杂记类小说研究》受教育部人文社会科学研究青年基金项目资助　批准号11YJC751056

罗 欣◎著

汉唐博物杂记类小说研究

中国社会科学出版社

图书在版编目(CIP)数据

汉唐博物杂记类小说研究/罗欣著. —北京：中国社会科学出版社，
2016.4

ISBN 978 - 7 - 5161 - 7609 - 2

Ⅰ.①汉⋯　Ⅱ.①罗⋯　Ⅲ.①古典小说—小说研究—中国—汉代
②古典小说—小说研究—中国—唐代　Ⅳ.①I207.41

中国版本图书馆 CIP 数据核字(2016)第 025290 号

出 版 人	赵剑英	
责任编辑	郭晓鸿	
特约编辑	席建海	
责任校对	闫　萃	
责任印制	戴　宽	

出　　版	中国社会科学出版社	
社　　址	北京鼓楼西大街甲 158 号	
邮　　编	100720	
网　　址	http://www.csspw.cn	
发 行 部	010 - 84083685	
门 市 部	010 - 84029450	
经　　销	新华书店及其他书店	

印　　刷	北京君升印刷有限公司	
装　　订	廊坊市广阳区广增装订厂	
版　　次	2016 年 4 月第 1 版	
印　　次	2016 年 4 月第 1 次印刷	

开　　本	710×1000　1/16	
印　　张	19.25	
插　　页	2	
字　　数	288 千字	
定　　价	72.00 元	

凡购买中国社会科学出版社图书，如有质量问题请与本社营销中心联系调换
电话：010 - 84083683

目　录

序　言

　　现代研究者普遍将中国汉唐文言小说分为志怪、志人、传奇三类，并对这三类小说进行了比较详细的研究。事实上，汉唐文言小说中还存在着数量庞大的关于山川、动植物、医药、技艺、风俗等内容的作品。这些作品很难归入志怪、志人、传奇三类之中。汉唐时期科学水平相对较低，资讯不发达，人们视为怪异的内容，今天则可以作出相对科学的解释，其中一些荒诞不经者，亦有渊源可考。加之，在"可观"的宗旨下，汉唐小说强调"能与正史参行"①的实录精神。这部分小说内容丰富，其文化价值、文献价值并不在那些以"故事性情节性"取胜的作品之下。但遗憾的是，这些作品至今尚未引起研究者的充分注意，更谈不上具体的研究。鉴于此，本书打破传统的以小说集归类的做法，以各篇小说的具体内容为依据，将记载山川、动植物、物理、医药、技艺、风俗、典章为主的文言小说，统称为博物杂记类小说，并对这类小说的成因，以及在汉唐时期的历史形态、文化价值及文学价值进行具体而深入的探讨。

　　关于汉唐博物杂记类小说的研究，除了在一些小说史著作中略有提及外，至今很少有专门的研究。李剑国先生在《唐前志怪小说史》中使用了地理博物志怪小说概念，侯忠义先生的《中国文言小说史稿》及陈文新先生的《文言小说审美发展史》中提出了博物体志怪小说的概念。以上三部具有代表性的小说史著作中由于对何为博物小说看法存在很大差异，因此对于具体的博物小说集的归类也各不相同。笔者认为，中国古代小说常以

---

① 刘知几撰，浦起龙释：《史通通释》卷十，中华书局 1978 年版，第 273 页。

作品集的形式出现，由于汉唐时期的小说集以"合丛残语"为主，其内容相当博杂，因此，当涉及具体作品集的分类时，很难对介于纪实与虚构、科学与迷信之间，杂记山川、动植物、物理、医药、技艺、风俗、典章等内容的小说集做出恰当的归类。并且至迟在西晋的《博物志》等小说中地理内容已不占主要地位，而《酉阳杂俎》、《杜阳杂编》等唐代小说中则包含了很多传奇作品，因此，用"地理"或"志怪"的概念去指称魏晋以后的博物杂记类小说集不太恰当。鉴于此，笔者主张打破按志怪、志人（轶事）、传奇的三分法对小说集进行强行分类的传统做法，以各篇小说的具体内容为依据，将记载山川、动植物、物理、医药、技艺、风俗、典章为主的文言小说，归入博物杂记类小说的范畴。

鉴于目前学界对于汉唐博物杂记类小说研究相对薄弱，笔者拟从这类小说产生的历史文化背景，历时形态，以及小说的科技视野、历史视野、宗教视野、艺术视野等方面进行全方位的探讨。本书主要采用文献学、文化学、宗教学、民俗学、社会学等相关理论及方法，尽可能全面展现博物杂记类小说在汉唐时期的独特文学价值与文化价值。

第一章　汉唐博物杂记类小说概说

第一节　博物杂记类小说概念及研究范围

一　博物杂记类小说概念界定

现存最早提出小说概念的是《汉书·艺文志》："小说家者流，盖出于稗官。街谈巷语，道听途说者之所造也。孔子曰：'虽小道，必有可观者焉，致远恐泥，是以君子弗为也。'然亦弗灭也。闾里小知者之所及，亦使缀而不忘。如或一言可采，此亦刍荛狂夫之议也。"① 这是第一次关于小说作者、起源、特征以及功能的论述。继班固之后，东汉桓谭的《新论》也对小说有所论述："若其小说家，合丛残语，近取譬论，以作短书，治身理家，有可观之辞。"② 可见，最迟在东汉，"小说"已经成为文体的专名。这种文体内容十分博杂，主要来源于"街谈巷语"，形式为"合丛残语"的短篇之作。正如《隋书·经籍志》所云："小说者，街说巷语之说也……道听途说，靡不毕纪。"③ 被誉为"小说之最古者"④ 的《山海经》便是一部融山川、物产、风俗为一体的"靡不毕纪"的文言小说。此后的《神异经》、《洞冥记》、《十洲记》、《博物志》、《拾遗记》、《西京杂记》、《酉阳杂俎》、《杜阳杂编》、《封氏闻见记》等小说均以内容博杂见长。古

---

① 班固：《汉书》卷三十，中华书局 1975 年版，第 1745 页。
② 萧统编，李善注：《文选》卷三十，上海古籍出版社 1986 年版，第 1453 页。
③ 魏征：《隋书》卷四，中华书局 1973 年版，第 1012 页。
④ 永瑢等：《四库全书总目》卷一四二，中华书局 2003 年版，第 1205 页。

人对这类小说的价值相当重视。刘秀在《上山海经奏》中以刘向的博闻为例证明读《山海经》"可以考祯祥变怪之物，见远国异人之谣俗"①。唐代刘知几《史通·杂述》也认为："博闻旧事，多识奇物"② 是学者提高自身修养的必要条件。清代《四库全书》更是将"寓劝诫、广见闻、资考证"③作为衡量小说价值高低的重要标准。

由于学界对于小说分类的标准不统一，因此对于这类小说的归类一直存在分歧。最早对小说进行分类的是唐代刘知几，他将小说分为十类："其流有十焉：一曰偏纪，二曰小录，三曰逸事，四曰琐言，五曰郡书，六曰家史，七曰别传，八曰杂记，九曰地理书，十曰都邑簿。"④ 刘知几将《西京杂记》、《拾遗记》、《洞冥记》归入逸事类，理由是："国史之任，记事记言，视听不赅，必有遗逸。于是好奇之士，补其所亡。"⑤ "逸事者，皆前史所遗，后人所记，求诸异说，为益实多。"⑥ 刘知几将这类小说划入逸事类，强调的主要是这类小说的补史功能。明代胡应麟将小说分为志怪、传奇、杂录、丛谈、辨订、箴规六类，其中《酉阳杂俎》入志怪类。⑦遗憾的是，胡应麟在分类时并没有提供分类的依据，也没有对每类的内涵提供必要的说明。不过谈到各类小说的源流时，胡应麟认为："《洞冥》，杂俎之源也。""《博物》，《杜阳》之祖也。"⑧，"《虞初》……《神异》、《十洲》之祖袭。"⑨ 显然，胡应麟认为，《洞冥记》与《酉阳杂俎》是同一类小说，《博物志》与《杜阳杂编》是同一类小说，《虞初》与《神异经》、《十洲记》是同一类小说。既然胡应麟将《酉阳杂俎》归入志怪类，那么《洞冥记》也应属于志怪小说。不过由于胡应麟在分类时并未提到《博物

---

① 刘秀：《上山海经奏》，载丁锡根《中国历代小说序跋集》，人民文学出版社 1996 年版，第 4 页。

② 刘知几撰，浦起龙释：《史通通释》卷十，中华书局 1978 年版，第 277 页。

③ 永瑢等：《四库全书总目》卷一四〇，中华书局 2003 年版，第 1182 页。

④ 刘知几撰，浦起龙释：《史通通释》卷十，中华书局 1782 年版，第 273 页。

⑤ 同上书，第 274 页。

⑥ 同上书，第 275 页。

⑦ 胡应麟：《少室山房笔丛》，中华书局 1964 年版，第 374 页。

⑧ 同上书，第 375 页。

⑨ 同上书，第 376 页。

志》与《虞初》，所以无法判断《博物志》与《杜阳杂编》，以及《虞初》与《神异经》、《十洲记》在他所分的六类中具体属于哪一类小说。作为古代对传统小说分类的最后总结，《四库全书》将小说分为三类："其一叙述杂事，其一记录异闻，其一缀辑琐语。"① 其中，《西京杂记》入杂事类，《山海经》、《神异经》、《十洲记》、《洞冥记》、《拾遗记》、《杜阳杂编》、《博物志》、《酉阳杂俎》均入琐语类。事实上，《四库全书》的分类法也存在问题，正如陈平原先生所说："纪昀显然使用了两种不同的分类分法：用志人抑或志怪来分别'杂事'/'异闻'，用叙事完整或抄录细碎来分别'杂事'、'异闻'/'琐语'。"② 可见，在整个中国古代，小说分类标准不统一，类别混乱的现象一直存在。

鲁迅先生的《中国小说史略》作为 20 世纪中国小说史研究的开山之作，并未专门论述文言小说的分类，但使用了"六朝之鬼怪志怪书"，"唐之传奇文"，"唐之传奇集及杂俎"，"宋之志怪及传奇文"等提法。鲁迅先生虽然并未对志怪、志人、传奇下一个明确的定义，但后世的学者基本按照志怪、志人（轶事）、传奇三分法对古代小说进行分类研究，并在此基础上针对中国古代存在的数量庞大的关于山川、动植物、物理、医药、风俗、技艺等内容的小说的事实，提出了地理博物体志怪小说、博物类志怪小说、博物体志怪小说等提法。

地理博物体志怪小说的提法首倡于李剑国先生。他在《唐前志怪小说史》中将《神异经》、《洞冥记》、《十洲记》、《博物志》、《玄中》归入地理博物体志怪小说。③ 笔者认为，《山海经》、《神异经》、《洞冥记》、《十洲记》这类小说主要记载山川、物产等内容，将其称为地理博物体是恰当的。但是魏晋以后，这类小说发生了很大的变化，如《博物志》十卷，前三卷基本是地理博物类描写，第四卷物性、物理、物类、药物、食忌、药术、戏术，第五卷方士、服食、辨方士，第六卷人名考、文籍考、典礼考、服饰考、器名考、物名考，第七卷异闻，第八卷史补，第九杂说上，

---

① 永瑢等：《四库全书总目》卷一四〇，中华书局 2003 年版，第 1182 页。
② 陈平原：《陈平原小说史论集》下卷，河北人民出版社 1997 年版，第 1347 页。
③ 李剑国：《唐前志怪小说史》，南开大学出版社 1984 年版，第 151—171、258—278 页。

第十卷杂说下，早已突破了《山海经》只记殊方异物的局限，形成包罗地理知识、历史传说、文物考证等多种内容的博杂体式，其中的地理内容也早已不占主要地位。对于这点，李剑国先生亦有清醒的认识："它（《博物志》）虽多记地理博物，但并不限于山川动植、远国异民。一是记载了许多全无故事性的杂考、杂说、杂物，二是记载了许多故事性很强的非地理博物性的传说。"① 因此，笔者认为，魏晋以后以《博物志》为代表的这类小说再用地理博物类小说来命名是不恰当的。

侯忠义先生②和陈文新先生③又提出用博物体志怪代替李剑国先生地理博物体志怪的说法，从表面上看，避免了魏晋以后《博物志》等小说中的地理内容已不占据主要地位依然被称为地理博物体的尴尬，但又滋生了新的问题。比如唐代的志怪与传奇的界限很难截然区分，陈文新先生将《酉阳杂俎》归入博物体志怪类小说，但又有研究者考察出《酉阳杂俎》中包含了近二十篇传奇④。《杜阳杂编》也存在类似的情况。陈文新先生将其归入拾遗体志怪的同时，又认为其中很多内容："在想象的世界中，既有人物和情节的位置，也有神秘事物的一席之地，所有超越日常现实的事物，都能使读者心醉神迷。苏鹗对此充满自信，毫不犹豫地贯彻了自己的艺术原则。《同昌公主》一篇，是有说服力的例证之一。该篇很长……以同昌公主为线索，展开对各种珍宝锦绣的描绘。"⑤ 事实上，从篇幅上来看，《同昌公主》达1900余字，融史才、诗笔、议论为一体，显然，这篇小说的文体似乎与传奇更为接近。因此，将《杜阳杂编》和《酉阳杂俎》这样典型的志怪、传奇并存的小说集，强行归入志怪小说是不尽如人意的。正是基于以上考虑，李剑国先生在《唐五代志怪传奇叙录》中提出"可以把唐代小说集（不包括各种笔记）分为传奇集、志怪集、志怪传奇集、传奇志怪集、志怪传奇杂事集等"⑥ 的分类方式，其中《酉阳杂俎》、《杜阳杂

---

① 李剑国：《唐前志怪小说史》，南开大学出版社 1984 年版，第 269 页。
② 侯忠义：《中国文言小说史稿》，北京大学出版社 1990 年版，第 77 页。
③ 陈文新：《文言小说审美发展史》，武汉大学出版社 2002 年版，第 101—103 页。
④ 石麟：《论段成式〈酉阳杂俎〉中的传奇作品》，载《黄冈师范学院学报》2002 年第 5 期。
⑤ 陈文新：《文言小说审美发展史》，武汉大学出版社 2002 年版，第 328 页。
⑥ 李剑国：《唐五代志怪传奇叙录》，南开大学出版社 1995 年版，第 5 页。

编》均属于志怪传奇杂事集。

随着研究的深入，现代学者对于《西京杂记》的归类问题也产生了很大争议。出于"《西京杂记》是一部杂载西汉轶事传闻的笔记小说"① 的考虑，宁稼雨先生②、侯忠义先生③、陈文新先生均将其归入志人（轶事）类。但李剑国先生却认为："历史小说和志人小说也有共同之处，志人小说也都是记历史人物的，不过后者只限于人物逸事，内容琐碎，笔调轻松，而前者或记一事之始末（如《燕丹子》），或记一人之事迹（如《飞燕外传》），或记一朝之典故（如《西京杂记》），二者还是有区别的。"④ 因此，李氏未将《西京杂记》归入志人类，而单独列为历史小说。事实上，除"轶事传闻"外，为铺陈帝王生活的奢华，《西京杂记》中还存在大量关于奇风异俗、珍玩异物的描写。这部分内容从风格到内容与所谓博物体志怪小说的记载并无多大差别。这样的写作风气在唐代依然很普遍，《杜阳杂编》、《封氏闻见记》等小说中都记载了很多关于宫殿、苑囿、草木、鸟兽、制度、风尚、习俗等内容。因此，再将《西京杂记》、《封氏闻见记》等小说集归入志人类是否恰当，还有可议之处。

笔者认为，中国古代小说常以作品集的形式出现，由于作品集的内容博杂，因此，当涉及具体作品集的分类时，就不可避免地出现了众说纷纭的情况。现代研究者刻意区分所谓的志人、志怪、传奇，对于汉唐时期存在着的很大一部分介于纪实与虚构、科学与迷信之间，非纯粹志人、志怪、传奇，而是杂记山川、动植物、医药、技艺、风俗、典章等内容的小说集很难做出恰当的归类。由于汉唐时期科学水平相对较低，资讯不发达，人们视为怪异的内容，今天有的完全可以作出相对科学的解释，其中一些荒诞不经者，亦有渊源可考。加之，在"可观"的旗帜下，汉唐小说强调"能与正史参行"⑤ 的实录精神，这部分小说内容丰富，其文化价值、文献价值并不在那些以"故事性、情节性"取胜的作品之下。鉴于此，本

① 陈文新：《文言小说审美发展史》，武汉大学出版社2002年版，第175页。
② 宁稼雨：《中国文言小说总目》，齐鲁书社1996年版，第39页。
③ 侯忠义：《中国文言小说史稿》，北京大学出版社1990年版，第110页。
④ 李剑国：《唐前志怪小说史》，南开大学出版社1984年版，第7页。
⑤ 刘知几撰，浦起龙释：《史通通释》卷十，中华书局1978年版，第273页。

书打破传统的以小说集归类的做法，以各篇小说的具体内容为依据，将记载山川、动植物、物理、医药、技艺、典章、风俗为主的文言小说，统称为博物杂记类小说。

二 研究范围

本着尊重古代小说观念这一原则，本研究范围主要以古代书目中著录的小说作品为准。因《隋书·经籍志》小说家收录作品范围较窄，且除《世说新语》等小说以外大都已佚，而《旧唐书·经籍志》仅收小说十三部，因此笔者主要参考《新唐书·艺文志》（以下简称《新唐志》）、《宋史·艺文志》（以下简称《宋志》）、《崇文总目》（以下简称《崇文》）、《郡斋读书志》（以下简称《郡斋》）、《直斋书录解题》（以下简称《直斋》）、《四库全书总目》（以下简称《四库》）等书目所著录的小说，凡是汉唐时期符合博物杂记类小说定义的均纳入汉唐博物类小说的研究范围。本文主要将以下典籍中的博物杂记类小说作为研究对象：

作者	书名	历代书目著录情况
托名东方朔	《神异经》	《新唐志》入道家类，《崇文》入地理类又见小说家，《直斋》、《宋志》、《四库》均入小说家
托名东方朔	《十洲记》	《新唐志》、《宋志》入道家类，《崇文》入地理类，《郡斋》入传记类，《直斋》、《四库》均入小说家
托名郭宪	《洞冥记》	《郡斋》入传记类，《直斋》入小说家又见传记类，《宋志》、《四库》均入小说家
张华	《博物志》	《新唐志》、《崇文》、《郡斋》、《四库全书》均入小说家，《直斋》入杂家又见小说家，《宋志》入杂家
葛洪	《西京杂记》	《新唐志》入史部故事类又见地理类，《崇文》、《直斋》、《宋志》均入传记类，《郡斋》入杂史类，《四库》入小说家
王嘉	《拾遗记》	《新唐志》入杂史类，《崇文》、《郡斋》入传记类，《直斋》、《宋志》、《四库全书》均入小说家
任昉	《述异记》	《崇文》、《郡斋》、《宋志》、《四库》均入小说家
段成式	《酉阳杂俎》	《新唐志》、《崇文》、《郡斋》、《直斋》、《宋志》、《四库》均归入小说家
苏颚	《杜阳杂编》	《崇文》入传记类，《新唐志》、《郡斋》、《直斋》、《宋志》、《四库》均入小说家
封演	《封氏闻见记》	《新唐志》入杂传记，《崇文》、《郡斋》、《直斋》、《宋志》均入小说家
刘恂	《岭表录异》	《崇文》入小说家

需要说明的是，除上表所列外，刘知几将小说分为十类，其中第九类地理书（《华阳国志》、《三秦记》等）、第十类都邑簿（《洛阳记》、《三辅黄图》等）[①]中亦包含大量的博物杂记内容。类似的作品还包括《豫章记》、《邺中记》、《北户录》、《岭南异物志》等。这部分作品除唐代的刘知几将其归入小说外，宋代《太平广记》多有引用，明代《五朝小说》也广泛收录。此外，《异苑》（入《隋志》杂传类，《四库全书》入小说家），《殷芸小说》（入《隋志》、《旧唐志》、《新唐志》、《郡斋》、《直斋》入小说类），《尚书故实》（入《新唐志》杂传记类），《郡斋》、《直斋》、《宋志》入小说家类），《朝野佥载》（入《新唐志》杂传记类，《直斋》入小说类著录，《宋志》入杂家传记类，《四库》入小说家类），《唐国史补》（入《新唐志》，《郡斋读书志》入杂史类，《宋志》入传记类，《四库》入小说家类），《大唐传载》（入《四库》小说家类）等小说集中关于山川、动植物、物理、医药、技艺、典章、风俗等内容，笔者均将其纳入研究范围。

第二节　博物杂记类小说产生的历史文化背景

由于深受先秦时期巫史文化的浸润以及百家争鸣的影响，以《山海经》为代表的博物杂记类小说在萌芽状态就体现出文学性与知识性并存的特点。

一　巫史文化

在先秦时期，巫掌握了各种知识及礼仪，负责沟通神人，曾经一度是知识阶层的代表。《国语·楚语下》云："古者民神不杂。民之精爽不携贰者，而又能齐肃衷正，其智能上下比义，其圣能光远宣朗，其明能光照之，其聪能听彻之，如是则明神降之，在男曰觋，在女曰巫。是使制神之处位次主，而为之牲器时服，而后使先圣之后之有光烈，而能知山川之号、高祖之主、宗庙之事、昭穆之世、齐敬之勤、礼节之宜、威仪之则、

---

① 刘知几撰，浦起龙释：《史通通释》卷十，中华书局1978年版，第275页。

容貌之崇、忠信之质、裡洁之服，而敬恭明神者，以为之祝。使名姓之后，能知四时之生、牺牲之物、玉帛之类、采服之仪、彝器之量、次主之度、屏摄之位、坛场之所、上下之神、氏姓之出，而心率旧典者为之宗。"① 由于巫的主要职责在于掌管法典礼仪，举行祭祀典礼，沟通神人，预测凶吉祸福，记载国家大事，因此巫在当时政治生活中占据重要的地位。巫作为当时知识阶层的代表，他们的知识系统中至少要包含三方面的内容："一、把握外部世界的星占历算之学。""二、整顿人间秩序的祭祀仪轨之学。""三、洞察人类自身的医药方技之学。"②

作为"小说之最古者"③ 的《山海经》就被鲁迅先生认为是一部"古之巫书"④。《山海经》的巫书色彩一方面体现在它记录了很多具有招致吉凶功能的神秘动植物，如《西山经》中记肥蛇见则天下旱，鸢鸟见则天下安宁⑤，《东山经》载朱獳见则其国有恐⑥，《中山经》记帝屋可以御凶⑦等。这些记载显然与巫师预测吉凶、祛灾祈福的巫术有关。《山海经》中的巫书色彩另一方面体现在每介绍完一组名山后，都会提到用何种仪式祭祀山神，如《北山经》："凡北次三经之首，自太行之山以至于无逢之山，凡四十六山，万二千三百五十里。其神状皆马身而人面者廿神。其祠之，皆用一藻茝瘗之。其十四神状皆彘身而载玉。其祠之，皆玉，不瘗。其十神状皆彘身而八足蛇尾。其祠之，皆用一璧瘗之。大凡四十四神，皆用稌糈米祠之，此皆不火食。"⑧

相对于《山经》的巫术色彩而言，《海经》和《大荒经》更具神话色彩，记录了很多异国、异民、异俗。《山海经》所开创的对远国异民的描写，对后世的博物杂记类小说产生了深远的影响，西晋《博物志》以及清

---

① 上海师范学院古籍整理组校点：《国语》卷十八，上海古籍出版社 1982 年版，第 559—560 页。

② 葛兆光：《中国思想史》第一卷，复旦大学出版社 2001 年版，第 29—30 页。

③ 永瑢等：《四库全书总目》卷一四二，中华书局 2003 年版，第 1205 页。

④ 鲁迅：《中国小说史略》，上海文化出版社 2005 年版，第 13 页。

⑤ 袁珂：《山海经校注》，上海古籍出版社 1980 年版，第 22、35 页。

⑥ 同上书，第 108 页。

⑦ 同上书，第 148 页。

⑧ 同上书，第 99 页。

代《镜花缘》不仅照搬《山海经》中白民国、君子国、羽民国、贯胸国、女儿国等国名，而且在此基础上进一步发挥艺术想象铺陈远方珍异，开拓了中国古代小说的叙事空间。

必须指出的是，《山海经》作为巫书，虽然不乏巫术神话的成分，但其中关于山川、医学、动植物方面的知识含量也相当丰富。关于山川的知识，如"南禺之山，……其下多水。有穴焉，水出辄入，夏乃出，冬则闭"[①]。这是关于南方山地喀斯特溶洞的描述。又如，"教山，……教水出焉，……是水冬干而夏流"[②]。这是关于北方干旱及半干旱地区季节性或间歇性河流的描述。《山海经》还记载了许多具有区域色彩的自然现象，如在《南山经》中"多桂"、"多白猿"、"多象"[③]，体现出热带、亚热带气候区动植物分布的特点。《中山经》中"多桑"、"多竹箭"、"多漆"[④]的记载与长江一带的自然环境类似。关于地质知识，"《山海经》中记载了89种矿物和岩石，其中金属矿物产地170多处，包括铁矿产地36处，铜和赤铜产地28处。在岩矿名称中包括金、石、玉、垩四类，已具备矿物原始分类的概念；有些矿物名称如文石、白垩、碧玉、慈石（磁石）等，沿用至今"[⑤]。关于《山海经》中的动、植物知识，郭郛认为："其中列举了大量的动植物，提到药用动物67种，药用植物52种，连同其他药物达126种（另一统计353种），以及一些可以认为是图腾和神话中的异物。现可确定的动物有291种。"[⑥]可见，《山海经》中的内容，虽然不乏巫术色彩，但其中关于山川、动植、医药等知识性的记载也代表了当时人们对自然界的认识水平。汉代的刘秀便据此认为读《山海经》可以提高学者的知识水平："朝士由是多奇《山海经》者，文学大儒皆读学，以为奇可以考祯祥变怪之物，见远国异人之谣俗。故《易》曰：'言天下之至赜而不可乱

---

① 袁珂：《山海经校注》，上海古籍出版社1980年版，第19页。

② 同上书，第89页。

③ 同上书，第1、2、15页。

④ 同上书，第122、123、131页。

⑤ 《中华文明史》编撰工作委员会：《中华文明史》第二卷，河北教育出版社1994年版，第252页。

⑥ 郭郛等：《中国古代动物学史》，科学出版社1999年版，第37页。

也.' 博物君子, 其可不惑焉?"① 由于巫作为华夏第一代知识分子的代表, 他们的博物强记, 使中国古代小说在孕育期便具有了博学色彩。《山海经》这种以山和海为构架, 铺陈殊方绝域、奇物异产的内容特色与结构方式实开汉代《神异经》、《十洲记》等博物杂记类小说的先河。随着社会的发展, 巫师的职能开始分化, 从巫师中逐渐分离出方士这一职业。汉代的东方朔、郭宪, 六朝时期的张华、郭嘉、葛洪都是著名的方术化了的文人, 他们所创作的博物杂记类小说关于山川、动植物、物产、风俗的记载在保留知识性的同时, 又不可避免地带上了方术色彩。

史官之职是从巫中分化出来的, 因此史官的最初职务也带有巫术色彩, "文史星历近乎卜祝之间"②。《礼记·表记》云: "殷人尊神率民以事神, 先鬼而后礼。"③ 甲骨卜辞中记载的史官名有尹、工、多卜、多某等, 这些史官大都履行占卜、祭祀、作册等职责。到了西周时期, 鬼神的地位逐渐下降, 人事越来越受到重视。《礼记·表记》云: "周人尊礼尚施, 事鬼敬神而远之, 近人而忠焉。"④ 由于西周时期更重视人在社会发展中的重要作用, 此时巫官文化开始向史官文化转移, 到春秋战国时期, 史官文化正式替代巫官文化。在这个过程中, 史官的建制也趋于完备。《史通·史官建制》云: "按《周官》、《礼记》, 有大史、小史、内史、外史、左史、右史之名。" 史官的地位在变得重要的同时, 分工也趋于细致: "大史掌国之六典, 小史掌邦国之志, 内史掌书王命, 外史掌书使乎四方, 左史记言, 右史记事。"⑤ 担任史官职务的都是博学之士。《隋书·经籍志》史部总序称: "夫史官者, 必求博闻强识, 疏通知远之士, 使居其位, 百官众职, 咸所贰焉。是故前言往行, 无不识也。天文地理, 无不察也。人事之纪, 无不达也。"⑥ 由于史官知识的渊博, 又经常伴随在天子、诸侯左右,

---

① 刘秀:《上山海经奏》, 载丁锡根《中国历代小说序跋集》, 人民文学出版社 1996 年版, 第 4 页。

② 班固:《汉书》卷六二, 中华书局 1975 年版, 第 2732 页。

③ 孔颖达:《礼记正义》, 载《十三经注疏》, 中华书局 1982 年版, 第 1642 页。

④ 同上。

⑤ 刘知几撰, 浦起龙释:《史通通释》卷十一, 中华书局 1978 年版, 第 304 页。

⑥ 魏征:《隋书》卷三三, 中华书局 1973 年版, 第 992 页。

有机会全方位地审视历史与现实。因此，这一时期的历史文献内容非常丰富，天文、地理、物产、风俗，无所不有，这就从客观上将先秦时期人们掌握的博物学知识以史书为载体保存下来。

先秦史书中的有些记载已经相当类似于博物杂记小说。如《逸周书·王会解》记四夷贡品："正北方：义渠兹白。兹白者若白马，锯牙，食虎豹。史林以尊耳，尊耳者身若虎豹，尾长三尺其身，食虎豹……"① 这样的记载和《山海经》已经相当接近了，正如《少室山房笔丛》所云："《王会》怪鸟奇兽，多出入《山海经》。"② 又如，先秦时期杂史杂传的代表《穆天子传》以穆天子的游踪为线索，记载了大量的西周时期的山川、物产、民俗、礼制等内容。比如："天子大朝于黄之山。乃批图视典，用观天子之瑶器，曰：'天子之瑶，玉果、璿珠、烛银、黄金之膏。'天子之瑶万金，□瑶百金，士之瑶五十金，鹿人之瑶十金。天子之弓射人，步剑、牛马、犀□器千金。天子之马走千里，胜人猛兽。天子之狗走百里，执虎豹……"③《穆天子传》以天子的生活为中心，铺排奇风异产的写作方式，实开后世《洞冥记》、《西京杂记》等博物杂记小说的先河。

此外，巫风的蔓延深刻地影响了楚文化。"信巫鬼，重淫祀"④ 的社会风气对于楚辞的产生与发展起到了推波助澜的作用。《离骚》中对于香草意象的开拓，《山鬼》中对于山野景物的描绘，《天问》中对于宇宙万物变化规律的探索，《招魂》中对于四方景象的铺陈。这些内容对于拓宽博物杂记类小说题材提供了良好的借鉴。魏晋以后的博物杂记类小说中大量出现充满奇异感的南方风物，可以看作是对楚辞浪漫精神的延续。

综上所述，先秦时期的巫史文化，培养出了巫师、史官这样的博学之士，并在巫书、史书中留下大量的博物杂记描写。先秦巫史文化的代表作《山海经》，现代学者多将其看作是巫书，不过在《隋书·经籍志》中则被

---

① 黄怀信：《逸周书校补注译》，西北大学出版社 1996 年版，第 351 页。
② 胡应麟：《少室山房笔丛》，中华书局 1964 年版，第 446 页。
③《穆天子传》卷一，载《四部丛刊》初编。
④ 班固：《汉书》卷二八下，中华书局 1975 年版，第 1666 页。

归入史部地理类。虽然作为古代目录学著作集大成者的《四库全书总目》最终将《山海经》归入子部小说类，但仍有清人认为它是可靠的历史地理著作，例如毕沅在《山海经新校正序》中认为《山海经》是"古者土地之图"，"经云东西道里，信而有征"①。正是由于先秦巫史文化的强盛，一方面以《山海经》、《穆天子传》为代表的或以山海为中心或以帝王生活为中心铺陈博物的描写方式为后世博物杂记类小说所借鉴，另一方面也造成了博物杂记小说长期依存于史的局面。比如，郭宪在论述《洞冥记》的创作意图时谈道："今籍旧史之所不载者，聊以闻见，撰《洞冥记》四卷，成一家之书，庶明博君子该而异。"② 萧绮删改《拾遗记》的原则为："纪其实美"、"影彻经史，考验真怪。"③ 因此，巫史文化对汉唐博物杂记小说的影响是一把双刃剑，在强调博物杂记历史真实性的同时，也在某种程度上影响了博物杂记小说的文学性。

二　百家争鸣

春秋战国时期伴随着周王室的衰微、诸侯国的强盛，新一代知识分子——士登上了历史舞台。这批知识分子思想解放，人身相对自由，为宣传自己的治国方略，周游列国，创立学派，从而开创了百家争鸣、百花齐放的学术局面。出于百家争鸣的需要，诸子为更有力地阐述自己的政治见解，必须具备更多的知识与见闻。同时，知识分子四处游学、四方游说的社会风气，也为知识的交流与传播提供了方便。

儒家对知识的重视以孔子为开端。《论语·子罕》云："大哉孔子！博学而无所成名。"④ 由孔子收集、整理的我国第一部诗歌总集《诗经》中就反映了当时人们在认识自然界的过程中积累起来的丰富知识。比如，关于天文历法知识，"日食的最早记录，是在《大雅·十月之交》所载的周幽

---

① 毕沅：《山海经新校正序》，载丁锡根《中国历代小说序跋集》，人民文学出版社1996年版，第15、16页。

② 郭宪：《汉武别国洞冥记》，载王根林《汉魏六朝笔记小说大观》，上海古籍出版社1999年版，第123页。

③ 王嘉撰，萧绮录，齐治平校注：《拾遗记》，中华书局1981年版，第1页。

④ 何晏集解，邢昺疏：《论语集解》，载《十三经注疏》，中华书局1980年版，第2489页。

王六年（公元前 776 年）十月初一。这也比原来所知世界上最早的日食记载（巴比伦，公元前 763 年 6 月 15 日）要早十三年"①。要准确预报日食，必须能够确定朔日，"《大雅·十月之交》的'十月之交，朔日辛卯'是最早的'朔日'记载"②。《诗经》中也记录了丰富的地学知识，比如，同样是山，除了有"岗"（小山）、"丘"（丘陵）、"山"（山陵）等大类的区别，下面还有更细的分类，"屺"（有草木的山）、"岵"（无草木的山）、"宛丘"（四周高、中央低的山丘）、"顿丘"（孤立的山丘）等。同时，《诗经》中也记录了当时的纺织工艺。纺织加工第一步就是去掉植物的胶质，主要采用水沤和烹煮这两种方法。《陈风·东门之池》云："东门之池，可以沤麻。"就是描写对大麻进行水沤的加工过程。《周南·葛覃》云："是刈是濩，为绤为绤。"描写的是用烹煮的办法脱胶。此外，《诗经》中的动植物知识也相当丰富："《诗经》中提到的植物有 130 多种。"③ "《诗经》305 篇提到动物 108 种，几乎每三篇说到一种动物……《诗经》可视为中国动物学和诗学结合最佳的范例。"④ 孔子对知识的重视，主要还是出于利用自然知识来论证社会人事的目的："诗可以兴，可以观，可以群，可以怨。迩之事父，远之事君，多识于鸟兽草木之名。"⑤ 在孔子看来，《诗经》特有的感发力量，完全可以起到反映社会现实、批判政治的功能。甚至有时候《诗经》的重要性竟然达到"不学诗，无以言"⑥ 的地步。据学者统计，《论语》中共有五十四例自然知识被用来论证人事。⑦

　　在孟子、荀子那里，孔子利用博物学知识来论证道德政治的方式得到了进一步的发展。孟子曾明确宣称："万物皆有备于我。"《孟子·梁惠王上》云："不违农时，谷不可胜食也；数罟不入洿池，鱼鳖不可胜食也；斧斤以时入山林，材木不可胜用也。"孟子之所以强调尊重自然中动植物

① 袁运开等：《中国科学思想史》上册，安徽科学技术出版社 2000 年版，第 136 页。
② 同上书，第 139—140 页。
③ 中国植物学会：《中国植物学史》，科学出版社 1994 年版，第 6 页。
④ 郭郛：《中国古代动物学史》，科学出版社 1999 年版，第 117 页。
⑤ 何晏集解，邢昺疏：《论语集解》，载《十三经注疏》，中华书局 1980 年版，第 2525 页。
⑥ 同上书，第 2522 页。
⑦ 叶晓青：《论科学技术在中国传统哲学中的地位》，载《第三届国际中国科学史讨论会论文集》，科学出版社 1990 年版，第 303 页。

的生长规律，是为了实现"使民养生丧死无憾"的"王道"理想①。《荀子》更是将《劝学篇》放到突出的位置加以强调。除了儒家传统的"多识鸟兽草木之名"外，荀子似乎对于冶炼技术也很有研究，《荀子》云："刑范正，金锡美，工冶巧，火齐得，剖刑而莫邪已。然而不剥脱，不砥砺，则不可以断绳；剥脱之，砥砺之，则劙盘盂、刭牛马忽然耳。"② 这里荀子实际上是借铸剑的过程来说明如何实现强国之道："彼国者，亦强国之剖刑已。然而不教诲，不调一，则入不可以守，出不可以战；教诲之，调一之，则兵劲城固，敌国不敢撄也。"③ 事实上，儒家是一个强调博学的思想流派，在《大学》中他们总结出"致知在格物"④ 的科学认识论。虽然对于什么是"格"，怎样"格"，后人的解释莫衷一是。不过儒家学派强调人与自然息息相通，穷究事物原理，是符合人的认识规律的。

儒、墨同为先秦时期的显学。相对儒家而言，墨家是代表当时工匠和平民观念的一个思想流派。墨家出于对生产实践活动及军事防御等方面的技术需求，对于科学技术知识非常重视。在数学方面，《墨经》中已经有了圆、方、倍等一系列数学概念的最早科学定义。在物理学方面，墨家已经对小孔成像的原理做出了科学的解释："说景。光之人煦若射，下者之人也高，高者之人也下。足敝下光，故成景于上；首敝上光，故成景于下。在远近有端与于光，故景库，内也。"⑤ 此外《墨经》中还分析了力与力矩的关系，研究了物体在水中的浮力等问题。除了具体的知识以外，墨子对于人类认识论上的另一个重大贡献在于"三表法"的提出。"他衡量学说的标准'三表法'，其实就是一种希望沟通历史依据、价值理性和实用工具理性的方法，所以叫'本之'、'原之'、'用之'。"⑥ 墨子的"三表法"注重观察与实践的思维方式，对于科学技术的发展无疑是有推动作用的。

---

① 赵氏注，孙奭疏：《孟子注疏》，载《十三经注疏》，中华书局1982年版，第2666页。
② 王先谦撰，沈啸寰、王星贤点校：《荀子集解》，中华书局1988年版，第291页。
③ 同上。
④ 孔颖达：《礼记正义》，载《十三经注疏》，中华书局1982年版，第1673页。
⑤ 吴毓江撰，孙启治点校：《墨子校注》，中华书局1993年版，第532页。
⑥ 葛兆光：《中国思想史》第一卷，复旦大学出版社2001年版，第107页。

作为道家源头的黄老之学涉及包括"古人的天象、历算、星占、望气、地理、兵法、博物、医方、养气、神仙一类知识"①。此后，老子对宇宙之道的体验，庄子"以卮言为曼衍，以重言为真，以寓言为广"②的论说方式，也都是建立在博物的基础上的。老子通过对宇宙天地的体验追求个体生命的永恒，养生思想是其关键，所谓："治人事天，莫若啬。"③ 所谓"啬"含有爱惜精神、积蓄力量之意。庄子面对诸侯年年征战、民不聊生的社会现实，重视生命的思想更加突出。讨论养生的文字散见于《庄子》各篇，其中《养生主》、《达生》则是这方面的专论。《庄子·大宗师》中"登高不慄，入水不濡，入火不热"、"不知说生，不知恶死"的"真人"④，以及《庄子·逍遥游》中"肌肤若冰雪，（绰）约若处子。不食五谷，吸风饮露。乘云气，御飞龙，而游乎四海之外"的"神人"⑤，刻画的其实都是仙人的形象，这便为此后的神仙术大开方便之门。后世道教有内丹、外丹之说。内丹强调胎息，即以吐纳导引之术修炼体内精气以成仙，而先秦道家养生术中"去欲"、"心斋"、"坐忘"、"导引"等内容实开后世内丹术之先河。所谓外丹，即是在黄老之学的医方基础上通过冶炼植物、矿物，合成金丹以服用，由此达到延年益寿的目的，更是对博物学知识的具体运用。虽然其中不乏迷信成分，但在客观上促进了中国古代医药、化学等知识的发展。

法家在强调法制主义的同时，出于发展农业、加强军事的需要，对于自然科技知识非常重视。法家对于羿造弓弩、奚仲造车等人类创造发明史进行了自觉的追溯。法家非常看重发明创造的利民功能，认为大禹治水、神农教稼与汤武诛杀暴君是"异起而同归"的，就其"利民"而言实为一致。⑥ 这种将小道之事与治国平天下的大道等量齐观的思想在当时是极为难得的。法家甚至将"博闻多见"上升为成为圣人的必备条件："圣人博

---

① 葛兆光：《中国思想史》第一卷，复旦大学出版社 2001 年版，第 113 页。
② 郭庆藩：《庄子集释》，中华书局 1995 年版，第 1098 页。
③ 朱谦之：《老子校释》，中华书局 1984 年版，第 239 页。
④ 郭庆藩：《庄子集释》，中华书局 1995 年版，第 226、229 页。
⑤ 同上书，第 28 页。
⑥ 颜昌峣：《管子校释》，岳麓书社 1996 年版，第 501 页。

闻多见，畜道以待物。"①

阴阳家的代表邹衍主要运用验证与推类的方式来建构其哲学体系。"先序今以上至黄帝，学者所共术，大并世盛衰，因载其禨祥度制，推而远之，至天地未生，窈冥不可考而原也"②，这是从时间上进行推验。"先列中国名山大川，通谷禽兽，水土所殖，物类所珍，因而推之，及海外人之所不能睹。"③ 这是从空间进行推验。在时间与空间中包含着自然、社会的种种事物，它们都随阴阳五行而变化。可见"必先验小物，推而大之"的思维方式颇得力于博物知识。

此外，兵家与名家的学者也相当的博学。为了在春秋战国时代频繁的战争中取得胜利，兵家强调"知地知天，胜乃不穷"④，非常重视天文、地理、数学、气象等学科的知识的积累。而名家学派的代表人物惠施"其书五车。"当黄缭问施惠"天地所以不坠不陷"之理和"风雨雷霆"产生之因时，施惠"不辞而应，不虑而对，遍为万物说，说而不休，多而无已"⑤。足见施惠的博学与善辩。

自从人类产生以来，对外在世界就充满了好奇："世好奇怪，古今同情。"⑥ 这种好奇心一方面推动了人类认识自然、改造自然的过程中不断提高科学技术水平；另一方面又在很大程度上刺激了知识分子的炫博、炫奇心理。正如胡应麟所云："怪力乱神，俗流喜道，而亦博物所珍也。玄虚广莫，好事偏攻，而亦洽闻所昵也。谈虎者矜夸以示剧，而雕龙者闲掇之以为奇，辩鼠者证据以成名，而扪虱者类资之以送日。至于大雅君子，心知其妄，而口竞传之，且斥其非而暮引用之，犹之淫声丽色，恶之而弗能弗好也。夫好者弥多，传者弥众，传者日众，则作者日繁。夫何怪焉？"⑦ 因此，博物杂记类小说的产生与大众的好奇心以及诸子竞骋博学以招徕读

---

① 颜昌峣：《管子校释》，岳麓书社 1996 年版，第 104 页。
② 司马迁：《史记》卷七十四，中华书局 1975 年版，第 2344 页。
③ 同上。
④ 中国人民解放军军事科学院战争理论研究部《孙子》注释小组：《孙子兵法新注》，中华书局 1977 年版，第 104 页。
⑤ 郭庆藩：《庄子集释》，中华书局 1995 年版，第 1112 页。
⑥ 黄晖：《论衡校释》，中华书局 1990 年版，第 164 页。
⑦ 胡应麟：《少室山房笔丛》，中华书局 1964 年版，第 374 页。

者与听众的社会风气有很大的关系。此外，为了提高自己学说的说服力，诸子已经熟练地运用博物学知识作为论述手段，这也使后世的博物杂记类小说在具备知识性的同时，不乏说理因素。

综上所述，由于深受巫史文化的浸润，以及百家争鸣的影响，使博物杂记类小说在产生初期就表现出一种巫、史混杂的色彩。而以《山海经》为代表的早期博物杂记类小说中体现出的文学性与知识性并存的特点在汉唐博物杂记类小说中亦得到延续。因此，博物杂记类小说除文学价值外，其文化价值亦不可低估。

第二章 汉唐博物杂记类小说的历时形态

第一节 汉代博物杂记类小说

一 汉代博物杂记类小说产生的背景

汉代博物杂记类小说在《山海经》的基础上有了长足的发展。这一时期，博物杂记类小说的发展与神仙方术思想的流行，经学的炽热，以及汉赋的盛行均有密切的关系。

神仙方术学是在巫术基础上吸收阴阳五行、黄老之学而建立起来的。汉初统治者出于神道设教的目的，对于神仙方术学大加赞赏，神仙方术学的影响也越来越大。据《汉书·艺文志》"数术略"云："凡数术百九十家，二千五百二十八卷。"① "方技略"云："右房中八家，百八十六卷。" "右神仙十家，二百五卷。"② 神仙方术学的内容也趋向系统化，包括 "《河》、《洛》之文，龟龙之图，箕子之术，师旷之书，纬候之部，钤决之符，皆所以探抽冥赜，参验人区，时有可闻焉。其流又有风角、遁甲、七政、元气、六日七分、逢占、日者、挺专、须臾、孤虚之术，及望云省气，推处祥妖，时亦有以效于事也。"③ 掌握了丰富知识的汉代方士由于出身低微，"自然就不满意于原有的地位；像经生、儒士一样，他们也想干禄，想把生活的基础依附在帝王贵族间"④。汉武帝时期，一度十分宠信方

---

① 班固：《汉书》卷三十，中华书局1975年版，第1775页。
② 同上书，第1779页。
③ 范晔：《后汉书》卷八二，中华书局1965年版，第2703页。
④ 王瑶：《王瑶全集》第一卷，河北教育出版社2000年版，第128页。

士，"汉自武帝颇好方术，天下怀协道艺之士，莫不负策抵掌，顺风而届焉"①。这些方士往往利用帝王渴望长生不老的心理，夸大方术的神奇效用，以实现干禄的目的。在古代交通不便的情况下，殊方绝域由于人迹罕至，具有强烈的神秘感，于是方士往往将殊方绝域描写为神仙的居住地，而殊方绝域的物产也由此带上了延年益寿的神奇色彩。因此，汉代的方士或者方士化的文人往往成为博物小说的创作者。

为增强其说服力，方士需要推举出一个因信仰方术而治国平天下的圣君。武帝由于既开创了西汉文治武功的巅峰，又以笃信方士闻名，因此顺理成章地成为汉代博物小说的主人公。此外，东方朔由于"诙谐"和"逢占射覆"之类的事"行于众庶"，成为"街谈巷语"中耳熟能详的人物。所以汉代博物杂记小说如《神异经》、《十洲记》等的作者往往托名东方朔。《十洲记》以汉武帝向东方朔询问十洲三岛的所在及物产为主要内容。《洞冥记》则是以汉武帝的求仙活动为中心，杂记东方朔的异行以及各种仙境仙人、奇物异产。

当方士努力整合方术知识，积极向国家政权靠拢的同时，知识精英阶层也在向这种来自民间以宇宙、社会、人类同源、同构、互感的思路为背景的知识中吸取有利于政权建构以及思想控制的部分。今文经学的代表董仲舒由此建立起一套以阴阳五行、天人感应、灾异祥瑞为基础沟通现实政治的神学政治体系。"经历了三四百年，从秦汉之际到东汉之末，中国思想世界中纬书之学由兴而盛，由盛而衰，它把古代中国关于宇宙的观念、天文地理的知识、星占望气等技术、神仙传说与故事，与传统的道德和政治学说糅合在一起，一方面试图以理论与经典在知识系统中提升自己的文化等级与品位，一方面试图以这一套囊括诸家，包笼天地人神，贯通终极理想、思想道德、制度法律与具体方术的知识系统干预政治，以建立理想的秩序。"② 而古文经学更是以名物训诂见长。汉代今古文之争的发起者刘歆"博见强志，过绝于人"③。古文经学的其他大师亦是博

---

① 范晔：《后汉书》卷八二，中华书局 1965 年版，第 2705 页。
② 葛兆光：《中国思想史》第一卷，复旦大学出版社 2001 年版，第 292 页。
③ 班固：《汉书》卷三十六，中华书局 1975 年版，第 1967 页。

学之士，如桓谭"博学多通，遍习《五经》，皆训诂大义，不为章句，能文章，尤好古学"①。杜林："（杜）林从（张）竦受学，博洽多闻，时称通儒。"② 许慎的著作《说文解字》："六艺群书之诂，皆训其意，而天地、鬼神、山川、草木、鸟兽、虫鱼、杂物、奇怪、王制、礼仪、世间人事，莫不毕载。"③ 东汉末期，郑玄以古文经学为主，兼采今文经学，以名物训诂的方式遍注群经，士人遂将注释经典作为展示才华与智慧的方式，博学风气勃然而兴。在此背景下，士人阶层必然对于山川、草木、鸟兽、虫鱼等博物知识倍加留意，《洞冥记》的作者郭宪据《后汉书》本传称其曾被光武帝拜为博士④。而《洞冥记》的写作动机，据称是"今籍旧史之所不载者，聊以闻见，撰《洞冥记》四卷，成一家之书，庶明博君子该而异焉"⑤。可见，汉代博物杂记类小说发展到《洞冥记》阶段已经具备了以小说补史、"成一家之书"的自觉意识。

博学风气同时也对汉赋的作者产生了深刻的影响。在苑囿、羽猎以及京都大赋中，赋家对都市宫殿、园林苑囿、山川风物、鸟兽虫鱼等物象进行了大量的铺陈和描述，均是这一风气的产物。正如萧绮称汉赋："风云草木之兴，鱼虫禽兽之流，推而广之，不可胜载矣。"⑥ 后人多以《洞冥记》"词句缛艳，亦迥异东京"为由，认为其"或为六朝人依托为之"⑦。但事实上，如果我们将班固的《两都赋》与郭宪的《洞冥记》相比较，就能看出博物杂记小说的"缛艳"不始于六朝，而是始于汉赋铺排手法的影响。为铺陈皇宫的富丽堂皇，《西都赋》云："屋不呈材，墙不露形。裹以藻绣，络以纶连。随侯明月，错落其间。金釭衔璧，是为列钱。翡翠火齐，流耀含英。悬黎垂棘，夜光在焉。于是玄墀釦切，玉阶彤庭，碝磩采致，

---

① 范晔：《后汉书》卷二八，中华书局1965年版，第955页。

② 范晔：《后汉书》卷二七，中华书局1965年版，第935页。

③ 许慎：《说文解字》，中华书局1963年版，第320页。

④ 范晔：《后汉书》卷八十二，中华书局1965年版，第2709页。

⑤ 郭宪：《汉武帝洞冥记序》，载王根林等校点《汉魏六朝笔记小说大观》，上海古籍出版社1999年版，第123页。

⑥ 萧统编，李善注：《文选》，中华书局1977年版，第1页。

⑦ 永瑢等：《四库全书总目》卷一四二，中华书局2003年版，第1207页。

琳珉青荧，珊瑚碧树，周阿而升。"①《洞冥记》载："元鼎元年，起招仙阁于甘泉宫西。编翠羽麟毫为帘，青琉璃为扇，悬黎火齐为床，其上悬浮金轻玉之磬。浮金者，色如金，自浮于水上；轻玉者，其质贞明而轻。有霞光绣，有藻龙绣，有连烟绣，有走龙锦，有云凤锦，翻鸿锦。"② 可见，无论是以宫为主体的描写内容，还是以铺排为主的艺术手法，《洞冥记》与汉赋均存在很大程度的相似性。

此外，汉代的咏物赋也对博物杂记小说产生了一定的影响。汉廷"每有贡献异物，辄诏大家作赋颂"③。汉代的咏物赋的题材包括《鹤赋》、《神乌赋》、《柳赋》等动植物题材，《琴赋》、《围棋赋》等器物题材，无论是从题材的开拓上，还是在体物的精细上均为博物杂记类小说提供了借鉴。

综上所述，由经学发展引发的博学风气使知识分子对博物知识产生了强烈的兴趣。而神仙方术学的盛行又使博物杂记类小说或多或少都沾染了方术化色彩。同时，汉赋作为汉代文学的代表，其强大的辐射力，在题材的开拓及体物的细致上均对博物杂记类小说产生了一定的影响。

二 托名东方朔的《神异经》

《神异经》今本一卷，《隋书·经籍志》归入地理类，《四库全书》归入小说家类著录；《新唐书·艺文志》归入道家类，《崇文总目》是入地理类，又见小说家类，《宋史·艺文志》归入小说家，均析为二卷。通行本一为五十八则本，如明何允中《广汉魏丛书》本、清陶珽《说郛》本、王谟《增订汉魏丛书》本、马俊良《龙威秘书》本、民国王文濡《说库》本、扫叶山房《百子全书》本等；一为四十七则本，如明程荣《汉魏丛书》本、胡文焕《格致丛书》本、阙名《五朝小说》本、《四库全书》本等。光绪年间，陶宪曾据历代类书所引，对《神异经》加以整理，撰成

---

① 班固：《西都赋》，载萧统编，李善注《文选》卷一，中华书局1977年版，第25—16页。
② 郭宪：《汉武帝洞冥记》，载王根林等校点《汉魏六朝笔记小说大观》，上海古籍出版社1999年版，第127页。
③ 范晔：《后汉书》卷八四，中华书局1965年版，第2785页。

《神异经辑校》。《神异经》的校点本主要有王根林据《汉魏丛书》本校点的《汉魏六朝笔记小说大观》本，以及周次吉《〈神异经〉研究》中校订《神异经》五十八则，并辑佚文十则。本书所引《神异经》原文均出自《汉魏六朝笔记小说大观》本。

郦道元《水经注》卷一引《神异经》，卷一三《瀺水注》引《神异传》，《三国志·齐王纪》裴松之注引《神异经》，以及《隋书·经籍志》地理类均题东方朔撰。但《汉书·东方朔传》所列东方朔著作中并无《神异经》，并强调："凡（刘）向所录朔书具是矣。世所传他事皆非也。"赞又云："后世好事者因取奇言怪语附著之朔，故详录焉。"①班固之时，已经有人假托东方朔编造奇言怪语。班固鉴于此，详录东方朔著作，其中并无《神异经》。因此，《神异经》题东方朔撰，系假托。

以胡应麟为代表的另一种说法认为，《神异经》系六朝人所托。胡应麟《少室山房笔丛》续甲部《丹铅新录一》云："《神异经》、《十洲记》之属，大抵六朝赝作者。"②《四库全书总目》小说家类云："词华缛丽，格近齐、梁，当由六朝文士影撰而成。"③鲁迅《中国小说史略》认为："此书（《神异经》）当为晋以后人作。"④此外，现代台湾学者周次吉认为："本经东晋末年成书。"⑤事实上，《神异经》成书于六朝的说法是不可靠的。段玉裁《古文尚书撰异》卷一、胡玉缙《四库全书总目提要补正》卷四二、陶宪曾《灵华馆丛稿·神异经辑校序》、余嘉锡《四库提要辩证》卷一八均提到：《左传》文公十八年孔颖达疏曰："服虔按：《神异经》云：梼杌状似虎，毫长二尺，人面虎足猪牙，尾丈七八尺，能斗不退。"⑥服虔是东汉末期的人，已经引《神异经》注《左传》，说明《神异经》最迟在东汉末已经产生。李剑国先生在《唐前志怪小说史》中补充了三条材料推测

① 班固：《汉书》卷六十五，中华书局 1975 年版，第 2873—2874 页。
② 胡应麟：《少室山房笔丛》，中华书局 1964 年版，第 80 页。
③ 永瑢等：《四库全书总目》卷一四二，中华书局 2003 年版，第 1206 页。
④ 鲁迅：《中国小说史略》，上海文化出版社 2005 年版，第 25 页。
⑤ 周次吉：《神异经研究》，文津出版社 1986 年版，第 83 页。
⑥ 余嘉锡：《四库提要辨证》卷十八，中华书局 1985 年版，第 1124 页。

《神异经》"出于西汉成、哀前后"①。对于《神异经》成书于两晋的看法，陈建樑在《〈神异经〉成书年代平议》②中已详加辩驳。综合以上材料，我们大致可以断定《神异经》虽不出于东方朔之手，但大约成书于汉末。

《神异经》有注，《水经注》卷一《河水注》称："张华叙东方朔《神异经》。"③《齐民要术》卷一〇引《神异经》并张茂先（张华字）注④，《隋书·经籍志》称张华注⑤，可见，张华注《神异经》之说由来已久。但也有陈振孙《直斋书录解题》、《四库全书总目》、鲁迅先生《中国小说史略》等学者疑张华注系伪托。李剑国先生在《唐前志怪小说史》中对这种看法加以辩驳，他认为《神异经》"率然"条张华注与《博物志》卷三的"常山之蛇名率然"全合。《御览》卷三七八引《博物志》逸文亦与《神异经》"鹊国"条注文正相吻合，"此皆可证注出张华之手"⑥。鉴于前人虽然怀疑张华注为伪托，但并未提出实证，而李剑国先生的辩驳有理有据。因此，笔者更倾向于赞同张华注《神异经》是可信的。

《神异经》无论是结构还是内容都深受《山海经》影响。从结构上来看，现存《神异经》共九篇，按顺时针方向分述东、东南、南、西南、西、西北、北、东北等八荒及中荒的山川、动植物、异物，"然略于山川道里而详于异物"⑦。从内容上来看，《神异经》中的"骦兜"、"旱魃"、"饕餮"、"涕竹"、"混沌"、"穷奇"、"苗民"、"啮铁兽"等异物的原型均出自《山海经》。但与《山海经》中蛮荒思维不同，《神异经》中则更多地体现儒家观念。比如同是描写"穷奇"，《山海经·海外北经》云："穷奇状如虎，有翼，食人从首始，所食被发。"⑧《神异经·西北荒经》云："西北有兽，状似虎，有翼能飞，便剿食人。知人言语，闻人斗，辄食直言者；闻人忠信，辄食其鼻；闻人恶逆不善，辄杀兽往馈之。名曰穷奇，

① 李剑国：《唐前志怪小说史》，南开大学出版社1984年版，第153页。
② 陈建樑：《〈神异经〉成书年代评议》，载《古籍整理研究学刊》1995年第3期。
③ 郦道元撰，陈桥驿点校：《水经注》卷一，上海古籍出版社1990年版，第15页。
④ 贾思勰著，缪启愉校释：《齐民要术校释》，农业出版社1982年版，第597页。
⑤ 魏征：《隋书》卷三三，中华书局1973年版，第983页。
⑥ 李剑国：《唐前志怪小说史》，南开大学出版社1984年版，第153页。
⑦ 鲁迅：《中国小说史略》，上海文化出版社2005年版，第25页。
⑧ 袁珂：《山海经校注》，上海古籍出版社1980年版，第312页。

亦食诸禽兽也。"①《山海经》中的"穷奇"形体上是虎与鸟的混合，洋溢着蛮荒色彩，而《神异经》中的"穷奇"虽在形象上仍是兽，但具有了辨别"忠信"、"恶逆"的本领。再如"苗民"，在《山海经·大荒北经》中描写非常简略并无善恶之分："西北海外，黑水之北，有人有翼，名曰苗民。颛顼生驩头，驩头生苗民，苗民厘性，食肉。"②《神异经》中保持了"苗民"人形鸟翼的形象，并将神话中的"苗民"与苗族相联系，《西荒经》云："有人面目手足皆人形，而胳下有翼，不能飞。为人饕餮，淫逸无理，名曰苗民。《春秋》所谓三苗，《书》云窜三苗于三危。"③《神异经》中的"苗民"不仅是以"为人饕餮，淫逸无理"的反面形象出现，而且引用儒家经典《春秋》与《尚书》来证明传说中的"苗民"即现实中的"三苗"。这是儒家典型的将神话传说历史化的表现手法。正是由于《神异经》中常常蕴含儒家道德评价，因此《神异经》的作者很有可能是一位儒生。

《神异经》中虽然仍然存在食某异物"可以成地仙"、"寿一万二千岁"等神仙方术之言，但对常见之物的功效描写却近于征实。比如《东荒经》中云桃仁"可以治嗽"，《南荒经》中云甘蔗有"令人润泽"的滋养润燥之功，《东北荒经》中云食栗容易造成"食之令人气短"的滞气现象，《北荒经》中云枣具有"既可益气又安躯"的治虚损之效等。《神异经》中对于这些植物功效与现代医学认识相符合。

此外，《神异经》中记载的汗血马，亦见于《汉书》、《博物志》；火浣布又见于《魏志》、《十洲记》、《博物志》等。本书对于《神异经》中的这部分内容将结合其他博物杂记小说中的相关记载，在第三章中加以详细论述。

虽然《神异经》并没有脱离《山海经》的以山、海为架构铺陈物产的叙事方式，但《神异经》的内容逐步摆脱了《山海经》的蛮荒色调，对于

---

① 东方朔撰，王根林校点：《神异经》，载《汉魏六朝笔记小说大观》，上海古籍出版社 1999 年版，第 55—56 页。

② 袁珂：《山海经校注》，上海古籍出版社 1980 年版，第 436—437 页。

③ 东方朔撰，王根林校点：《神异经》，载《汉魏六朝笔记小说大观》，上海古籍出版社 1999 年版，第 54 页。

现实之物的描写也近于征实。《山海经》中的巫术色彩，在《神异经》中已经被方术之言以及儒家思想混溶的模式所代替。这也可以从一个侧面证实《神异经》产生于汉代，而非玄学盛行、儒学衰微的六朝。

三　托名东方朔的《十洲记》

《十洲记》，《隋书·经籍志》史部地理类著录一卷，题东方朔撰。书名多有异，《旧唐书·经籍志》史部地理类、《新唐书·艺文志》子部道教类作《海内十洲记》，《宋史·艺文志》子部道家类、《四库全书总目》子部小说家作《十洲三岛记》，其他如《云笈七签》作《十洲三岛》，《道藏精华录》作《海内十洲三岛记》等。主要版本有《顾氏文房小说》、《广汉魏丛书》、《五朝小说》、《增订汉魏丛书》、《龙威秘书》、《百子全书》诸本，点校本主要有王根林据《汉魏丛书》本点校的《汉魏六朝笔记小说大观》本。

关于《十洲记》的作者，旧题东方朔，不可信。刘向《别录》，及《汉书·东方朔传》所列朔书，均不见此书。又有学者认为此书为六朝人伪托。《四库全书总目》共列三条证据："书中载武帝幸华林园射虎事。案《文选》应贞《晋武帝华林园集诗》李善注引《洛阳图经》曰：'华林园在城南东北隅，魏明帝起，名芳林园，齐王芳改为华林。'武帝时安有是号？盖六朝词人所依托。观引魏叔卿事，知出《神仙传》，后引《五岳真形图》事，知出《汉武内传》后也。"① 对于这三条证据李剑国先生在《唐前志怪小说史》中一一辩驳：华林园为上林园之误；魏叔卿为汉武帝时人，《十洲记》采其传闻，不一定从《神仙传》中取材；《五岳真形图》为神仙家编造的神仙图经，流行很早，不必始于《汉武内传》②。鉴于《十洲记》中大量记载上元夫人、太上真人、西王母等仙人，真仙神宫、仙灵宫、紫府宫等仙宫，金芝玉草等仙草灵药，笔者更倾向于《十洲记》约产生于东汉后期的道徒之手。

与《山海经》的纯粹以空间为构架相比，《十洲记》除仿《山海经》以东、北、南、西四海为构架铺陈十洲三岛奇物、异人外，还有了贯穿全

---

① 永瑢等：《四库全书总目》卷一四二，中华书局 2003 年版，第 1206 页。
② 李剑国：《唐前志怪小说史》，南开大学出版社 1984 年版，第 167—169 页。

书的线索人物东方朔与汉武帝。《十洲记》的开篇云汉武帝既闻西王母说八方巨海之中有祖洲、瀛洲、玄洲、炎洲、长洲、元洲、流洲、生洲、凤麟洲、聚窟洲，便向东方朔询问十洲之所在及物产。东方朔于是向其详道十洲及沧海岛、方丈洲、扶桑、蓬莱及昆仑的方位和物产，如：

> 凤麟洲在西海之中央，地方一千五百里。州四面有弱水绕之，鸿毛不浮，不可越也。洲上多凤麟，数万各为群。又有山川池泽，及神药百种，亦多仙家。煮凤喙及麟角，合煎作膏，名之为续弦胶，或名连金泥。此胶能续刀弩已断之弦、刀剑断折之金，更以胶连续之，使力士掣之，他处乃断，所续之际终无断也……西国王使至，献此胶四两……武帝幸华林园射虎，而弩弦断。使者时从驾，又上胶一分，使口濡以续弩弦。帝惊曰："异物也！"乃使武士数人，共对掣引之，终日不脱，如未续时也。①

除《十洲记》外，六朝的《博物志》、《拾遗记》，唐代的《独异志》等书中均有关于"续弦胶"的记载。对于这种黏性极好的胶，人们通常将其看作是奇幻的神话。比如杜甫《病后遇过王倚饮赠歌》云："麟角凤咀世莫辨，煎胶续弦奇自见。"杜牧《读韩杜集》亦云："天外凤凰谁得髓，无人解合续弦胶。"但据现代学者冯汉镛考证，所谓续弦胶即《政和证类本草》中的"质汗"。这味药原产地为西藏，隋唐前传入中土，由于来源的复杂性，以致在流传过程中发生了讹误②。

《十洲记》"聚窟洲"条中还记载了一种神奇的香料：

> 聚窟洲在西海中……山多大树，与枫木相类，而花叶香闻数百里，名为反魂树……伐其木根心，于玉釜中煮，取汁，更微火煎，如黑饧状，令可丸之。名曰惊精香，或名之为震灵丸，或名之为反生

---

① 东方朔撰，王根林校点：《十洲记》，载《汉魏六朝笔记小说大观》，上海古籍出版社1999年版，第66页。

② 冯汉镛：《奇妙的续弦胶》，载《西藏研究》1986年第4期。

香，或名之为震檀香，或名之为人鸟精，或名之为却死香。一种六名，斯灵物。香气闻数百里，死者在地，闻香气乃却活，不复亡也。以香熏死人，更加神验。征和三年，武帝幸安定。西胡月氏国王遣使献香四两，大如雀卵，黑如桑葚。帝以香非中国所有，以付外库……到后元元年，长安城内病者数百，亡者太半。帝试取月氏神香烧之于城内，其未死三月者，皆活。芳气经三月不歇，于是信知其神物也。①

这段文字中有四点值得注意：一是惊精香来自一种与"枫木"类似的树；二是惊精香制作过程为用木根心熬成黑色的稀糖状，再制成丸；三是香气浓郁，可使死人复活；四是来源于月氏。笔者认为此种"惊精香"即是苏合香。苏合香"是一种枫香属的树皮加热后榨取的。这种树原产小亚细亚"②。这便与《十洲记》记录惊精香来自月氏的"枫木"木根心非常接近。而苏合香初制品为半流动浓稠液体，也与"黑饧状"相类似。最重要的是"它们（苏合香）的挥发成分含有苯（甲）酰肉桂酯及其衍生物，用作肠道杀菌剂，并可有效防治疥螨和其他寄生虫引起的疾病"③。如果说，元帝元年长安爆发的是寄生虫引起的传染病，用苏合香来治疗，显然会起到很好的效果，以致产生使死人复活的传闻。自《十洲记》后，返魂香还出现在《博物志》等小说中，到唐以后，返魂香常作为典故使用：唐李商隐《寓怀》云："草为回生种，香缘却死熏。"苏轼《次韵杨公济奉议梅花十首》之四云："临春结绮荒荆榛，谁信幽香是返魂。"清曹雪芹《芙蓉女儿诔》云："洲迷聚窟，何来却死之香？海失灵槎，不获回生之药。"这都可以看作历代文人对返魂香题材的喜好。

周穆王对玉雕艺术的热爱是久负盛名的。据《穆天子传》记载："癸巳，至于群玉之山……天子于是攻其玉，取玉版三乘，玉器服物，载玉万只。天子四日休群玉之山，乃命邢侯待攻玉者……天子以其邦之攻玉石也，不受其牢。"④ 在

---

① 东方朔撰，王根林校点：《十洲记》，载《汉魏六朝笔记小说大观》，上海古籍出版社1999年版，第67—68页。

② 李约瑟：《中国科学技术史》第一卷，科学出版社1990年版，第209页。

③ 同上。

④ 《穆天子传》卷二，载《四部丛刊》初编。

此背景下，《十洲记》"凤麟洲"条记："周穆王时，西胡献昆吾割玉刀及夜光常满杯。刀长一尺，杯受三升。刀切玉如切泥，杯是白玉之精，光明夜照。"① 西周时期，中国的玉雕艺术在玉器造型和雕刻工艺上均得到了很大的发展。这里的昆吾割玉刀很可能是一种玉的雕刻工具，而夜光杯则是一件巧夺天工的玉器。

除"续弦胶"、"惊精香"、"切玉刀"、"夜光杯"外，《十洲记》中的"火浣布"等物象在后世的博物杂记类小说亦多有涉及②。因此《十洲记》的价值正如《四库全书总目》所云："李善注张衡《南都赋》、宋玉《风赋》、鲍照《舞鹤赋》、张衡《思元赋》、曹植《洛神赋》、郭璞《游仙诗》第一首、第七首、江淹《拟郭璞游仙诗》、夏侯元《东方朔画赞》、陆倕《新刻漏铭》，并引其文为证。足见词条丰蔚，有助文章。陆德明《经典释文》亦于《庄子》北冥条下引此书曰：'水黑色谓之冥海，无风洪波百丈。'则通儒训诂，且据其文矣。唐人辞赋，引用尤多。固录异者所不能废也。"③

需要指出的是《十洲记》中十洲三岛之称，当沿袭传闻。《山海经·海内北经》中已有蓬莱山。至于昆仑山，《山海经》在《西山经》、《北山经》、《海外南经》、《海外北经》、《海内西经》、《海内北经》、《海内东经》、《大荒西经》、《大荒北经》、《海内经》中十次提到。此外，《史记·封禅书》、《史记·秦始皇本纪》中亦有蓬莱、方丈、瀛洲之说。西汉纬书《龙鱼河图》佚文有玄洲、流洲。这也可见出汉代博物杂记类小说的题材多来自民间传闻的特点。

四　托名郭宪的《洞冥记》

《洞冥记》，又称《汉武洞冥记》、《汉武别国洞冥记》、《别国洞冥记》、《汉武列国洞冥记》等。《隋书·经籍志》杂传类著录《汉武洞冥记》一

---

① 东方朔撰，王根林校点：《十洲记》，载《汉魏六朝笔记小说大观》，上海古籍出版社1999年版，第67页。

② 详细论述见本书第三章

③ 永瑢等：《四库全书总目》卷一四二，中华书局2003年版，第1206页。

卷，题郭氏撰。《旧唐书·经籍志》杂传类、《新唐书·艺文志》道家类均作四卷，郭宪撰。陈振孙《直斋书录解题》入小说家又见传记类，著录《洞冥记》四卷，《拾遗》一卷，《拾遗》乃宋人所辑佚文。晁公武《郡斋读书志》入传记类，作五卷，亦指四卷外，又合《拾遗》一卷。《四库全书》入小说家，四卷，题郭宪撰。

《洞冥记》的通行版本，主要有《顾氏文房小说》、《古今逸史》、《汉魏丛书》、《广汉魏丛书》、《增订汉魏丛书》、《龙威秘书》、《百子全书》、《道藏精华录》、《说库》等本，均为六十条，四卷本。明陈继儒《宝颜堂秘笈》本，条目与上述诸本相同，但合为一卷。北宋晁伯宇《续谈助》本亦为一卷，条目分合与文句多异于通行本。《类说》、《五朝小说》、《说郛》、《旧小说》等节抄此书而条目多寡不等。

关于《洞冥记》的写作动机，郭宪《序》称："汉武帝，明俊特异之主，东方朔因滑稽浮诞，以匡谏洞心于道教，使冥迹之奥，昭然显著。今籍旧史之所不载者，聊以闻见，撰《洞冥记》四卷，成一家之书，庶明博君子该而异焉。"[1] 郭宪撰写《洞冥记》有明确的补"旧史之所不载"，以及"洞心于道教"、"冥迹"的意图。这些都表明《洞冥记》已经是一部有意为文的小说，在叙事方式上也有了新的突破，主要以时间为序，以汉武帝的求仙活动为中心，杂记各种神境仙药、奇风异产。这已完全不同于先前博物杂记小说如《山海经》、《神异经》主要以山、海为构架，以及《十洲记》虽以汉武帝、东方朔为线索，实际上仍主要以十洲三岛为中心的叙事方式。显然，与主要以空间为序相比，《洞冥记》在叙事中将具体历史时间的引入，更能彰显事件的历史真实感，凸显补史阙的写作意图，这便在叙事方式上开《拾遗记》之先河。书以《洞冥》为名，其卷三云："有明茎草，夜如金灯，折枝为炬，照见鬼物之形。仙人宁封常服此草，于夜瞑时，辄见腹光通外，亦名洞冥草。"[2] 这也从一个侧面反映了作者"洞心于道教"、"冥迹"的创作意图。《洞冥记》的命名方式对后世产生了深远

---

① 郭宪撰，王根林校点：《汉武洞冥记》，载《汉魏六朝笔记小说大观》，上海古籍出版社1999年版，第123页。

② 同上书，第132页。

的影响，诚如李剑国先生所云："后世道书多以'洞'为名……究其源，盖本《洞冥记》也。"①

《洞冥记》又名《别国洞冥记》，其"所叙'别国'，主要指西域及今中亚南亚一带国家"。② 而《洞冥记》中最引人注目的，正是描写别国异物的部分。这些内容的来源，郭宪《序》称："武帝以欲穷神仙之事，故绝域遐方，贡其珍异奇物，及道术之人。"卷三亦云："天汉二年，帝升苍龙阁，思仙术，召诸方士言远国遐方之事。"再加之《洞冥记》的作者郭宪好方术，《后汉书》将其列入《方术列传》，因此《洞冥记》在描写别国异物时带上了明显的方术色彩，如"勒毕国"条云：

> 元封五年，勒毕国贡细鸟，以方尺之玉笼盛数百头，形如大蝇，状似鹦鹉，声闻数里之间，如黄鹄之音也。国人常以此鸟候时，亦名曰候日虫。帝置之于宫内，旬日飞尽，帝惜，求之不复得。明年，见细鸟集帷幕，或入衣袖，因名蝉。宫内嫔妃皆悦之，有鸟集于其衣者，辄蒙爱幸。至武帝末，稍稍自死，人犹爱其皮。服其皮者，多为丈夫所媚。③

此条除了从蝉的形状、声音、生活习性等方面进行细致的刻画外，还着重描写了蝉与宫女、武帝之间的逸闻。与《山海经》、《神异经》式的某方有某物、某物有某效之类初陈梗概的描写相比，这种以情节推动故事发展的方式体现出博物杂记小说在叙事手法上的进步。不过服细鸟皮有媚人之效，则明显具有方术色彩。

此外，与《神异经》、《十洲记》中地名多不可考相比，《洞冥记》中出现了一些真实性较强的地名。卷二云："吠勒国献文犀四头……此国去长安九千里，在日南。"④ 日南即今天的越南、广西一带。又如"元封三

---

① 李剑国：《唐前志怪小说史》，南开大学出版社 1984 年版，第 162 页。

② 郭宪撰，王根林校点：《汉武洞冥记校点说明》，载《汉魏六朝笔记小说大观》，上海古籍出版社 1999 年版，第 121 页。

③ 郭宪撰，王根林校点：《汉武洞冥记》，载《汉魏六朝笔记小说大观》，上海古籍出版社 1999 年版，第 129 页。

④ 同上书，第 128 页。

年，大秦国贡花蹄牛"①。大秦即罗马帝国，《后汉书》、《魏书》中均有《大秦传》。

《洞冥记》中除了出现中、南亚国家真实地名外，许多来自西域的异物也纷纷亮相。如卷二载："元鼎元年，起招仙阁于甘泉宫西。编翠羽麟毫为帘，青琉璃为扇，悬黎火齐为床。"② 其中"黎火齐"，又称火齐，是一种来自南亚的宝石。《梁书·海南诸国》云："火齐状如云母，色如紫金，有光耀，别之则薄如蝉翼，积之则如沙縠之重沓也。"③ 关于琉璃的产地，《后汉书·西域传》云，大秦出琉璃④。《魏书·西域传》载月氏国在琉璃合成的技术方面工艺相当高超："世祖时，其国人商贩京师，自云能铸石为五色琉璃，于是采矿山中，于京师铸之。既成，光泽乃美于西方来者。乃诏为行殿，容百余人，光色映彻，观者见之，莫不惊骇，以为神明所做。"⑤ "琉璃"一词在《洞冥记》中反复出现，如"盛以琉璃之筐"、"盛青琉璃"⑥ 等，可见汉人对于琉璃的喜爱。与"琉璃"相似的还有"琥珀"，琥珀又称虎魄、虎珀，是西域诸国输入中原的重要珠宝。据《汉书·西域传》载，罽宾国有虎魄⑦。《后汉书·西域传》云，大秦国出虎魄⑧。《魏书·西域传》称伏卢尼、呼似密国出琥珀⑨。《洞冥记》卷二云："起神明台，上有九天道金床、象席，虎珀镇杂玉为簟。"⑩ 卷四描写汉武帝所幸宫人丽娟"以琥珀为佩，置衣裾里，不使人知，乃言骨节自鸣，相与为神怪也"⑪。可见，琥珀即便在汉代皇族中也是一种珍贵的装饰

---

① 郭宪撰，王根林校点：《汉武洞冥记》，载《汉魏六朝笔记小说大观》，上海古籍出版社 1999 年版，第 128 页。

② 同上书，第 127 页。

③ 姚思廉：《梁书》卷五四，中华书局 1973 年版，第 797—798 页。

④ 范晔：《后汉书》卷八十八，中华书局 1965 年版，第 2919 页。

⑤ 魏收：《魏书》卷一○二，中华书局 1974 年版，第 2275 页。

⑥ 郭宪撰，王根林校点：《汉武洞冥记》，载《汉魏六朝笔记小说大观》，上海古籍出版社 1999 年版，第 129、130 页。

⑦ 班固：《汉书》卷九十六，中华书局 1975 年版，第 3885 页。

⑧ 范晔：《后汉书》卷八十八，中华书局 1965 年版，第 2919 页。

⑨ 魏收：《魏书》卷一○二，中华书局 1974 年版，第 2272、2273 页。

⑩ 郭宪撰，王根林校点：《汉武洞冥记》，载《汉魏六朝笔记小说大观》，上海古籍出版社 1999 年版，第 128 页。

⑪ 同上书，第 135 页。

品。《洞冥记》中的西域物品的出现，多是为了铺陈帝王的奢华生活。西域物品除具有奢华性外，通常还具备神奇性的一面。卷四云："有喜日鹅，至日出时衔翅而舞，又名曰舞日鹅。"① 关于"舞日鹅"的记载又可与《梁书》相参照，《西北诸戎传》载，高昌国"有朝乌者，旦旦集王殿前，为行列，不畏人，日出然后散去"②。

《洞冥记》中关于西域各国物产的记载，虽然依据传闻，但并非凭空捏造，亦有可与史书参证之处。究其原因，主要是由于张骞凿空西域后，中西交流日益频繁。除汉武帝不断派遣使者出使西域外，西域各国也纷纷发使通汉。"自贰师将军伐大宛之后，西域震惧，多遣使来贡献。汉使西域者益得职。"③ 《史记·大宛传》云："从吏卒皆争上书言外国奇怪厉害。"④ 在此背景下，关于西域的种种传闻便蜂拥而至。由于这种传闻本来就虚实参半，而方士为自神其术，通常将外邦风物与灵异升仙相结合，西域物品的神奇性便被凸显出来。同时，由于汉代与西域的交通时断时续，西域物品多以进贡的方式传入中原，因此西域物品即便是在宫廷，也是奢侈品的象征。自《洞冥记》后，西域物产因其奢华性及神奇性成为博物杂记类小说竞相描写的对象。

汉代博物杂记类小说以《神异经》为开端，《十洲记》为转折，到《洞冥记》阶段，已经完全摆脱了《山海经》主要以空间构架为依托的铺陈博物方式，与正史相参证的历史人物、历史时间、历史事件的引入，大大增强了博物杂记类小说的历史真实感。同时与《山海经》古朴的叙事手法相比，《洞冥记》的描写更加细致，文字更为靡丽，已开王嘉《拾遗记》之先河。关于《洞冥记》的影响，《四库全书总目》云："所言影娥池事，唐上官仪用以入诗，时称博洽。后代文人辞赋，引用尤多，盖以字句妍华，足供采撷，至今不废，良以是耳。"⑤ 对于博物杂记类小说而言，达到

---

① 郭宪撰，王根林校点：《汉武洞冥记》，载《汉魏六朝笔记小说大观》，上海古籍出版社1999年版，第134页。

② 姚思廉：《梁书》卷五四，中华书局1973年版，第811页。

③ 班固：《汉书》卷九十六，中华书局1975年版，第3873页。

④ 司马迁：《史记》卷一二三，中华书局1975年版，第3171页。

⑤ 永瑢等：《四库全书总目》卷一四二，中华书局2003年版，第1207页。

衣被词人的境界已经是一个相当高的评价了。

第二节　魏晋南北朝博物杂记类小说

　　博物杂记类小说经过《山海经》的初创，汉代《神异经》、《十洲记》、《洞冥记》的发展，到魏晋南北朝时期进入了繁荣局面。首先，从作品来看，涌现出《博物志》、《拾遗记》、《西京杂记》等艺术水平较高的博物杂记类小说。这些作品普遍都是多卷本：《博物志》十卷、《拾遗记》十卷、《西京杂记》六卷。这种局面的出现一方面反映出博物杂记类小说继续朝着知识化的方向发展，内容日趋丰富；另一方面反映出小说家的博学与勤奋。其次，从作家来说，这一时期的博物杂记类小说作者或为文坛宗主如张华，或为一代文豪如任昉，这也在某种程度上促进了博物杂记类小说艺术水平的提高。同时，魏晋南北朝时期的博物杂记类小说在创作中体现出历史化的倾向，也与这一时期的作者多具史官素养有密切的关系，张华本身即史官出身，葛洪亦"才堪国史"①。

一　魏晋南北朝时期博物杂记类小说产生的背景

　　魏晋南北朝时期博物杂记类小说的繁荣与这一时期宗教的兴盛、玄风的炽热以及地理学的发展均有密切的关系。

　　汉末魏晋之际，政局动荡，疫病蔓延，于家道、帛家道、五斗米道等道教宗派趁势而起。而葛洪则是东晋最有名的道士。南北朝时期，陶弘景师法葛洪，在茅山炼丹授徒，深得梁武帝萧衍的尊重，被誉为"山中宰相"。北魏道士寇谦亦得到太武帝拓跋焘的大力支持。尤其值得一提的是，出于传道及修道的需要，道教地理学有了很大的发展，关于洞天福地之说的提出便是这一时期道教地理学的重要成就。虽然其中不乏虚妄不稽之处，但关于山川地形、风俗物产的记载多具史料价值。在此社会背景下，博物杂记类小说的作者受其影响，西晋的张华、东晋的王嘉均是方术化的

---

　　①　房玄龄：《晋书》卷七二，中华书局1974年版，第1911页。

文人。因此，魏晋南北朝时期的博物杂记类小说除多有炼丹、服食、养生等内容外，关于山川、动植物的记载亦不乏道教色彩。

佛教自东汉传入中国以来，直到魏晋南北朝时期才得到迅速的发展。三国两晋南北朝时期的孙权、孙皓、魏明帝，晋元帝、明帝、孝武帝，宋文帝、孝武帝，齐竟陵王萧子良，梁武帝、简文帝、元帝，陈武帝、文帝、后主，皆信奉佛法，礼遇沙门。由于佛教的繁荣，这一时期，中西佛教徒之间也加强了交流，天竺沙门鸠摩罗什、西域沙门佛图澄等人来到中土译经授徒，而中土僧人法显等则西行求法。在此过程中，关于天竺、西域的山川、风物知识也大量涌入中原，这也为博物杂记类小说提供了新的素材。

汉末经学由于本身的穿凿附会及迂腐繁难，逐渐走向没落，皓首穷经逐渐被通脱旷达所代替，清谈成为名士风流的重要表现，汉末自"党锢之祸"后，清谈的主要表现为品评人物，而后逐渐转向老庄哲学即玄学的探讨，东晋后又杂人佛理。在玄谈中往往引经据典以显示博学多识，其中"坟索之微言，鬼神之情状，万物之变化，殊方之奇怪，朝廷宗庙之大礼，郊祀禘祫之仪品，三正四始之原本，阴阳律历之道度，军国社稷之典式，古今因革之异同"[1] 等内容，均是玄谈的重要内容。在这样的时代氛围中，陶弘景"读书万卷，一事不知，以为深耻"[2] 的文人心理便很具代表性，博学多识便成为文人的自觉追求。《博物志》的作者张华便是当时清谈的领袖，据《世说新语》载："张茂先论史、汉，靡靡可听。"[3] 谈风的盛行，一方面开阔了文人的眼界，提高了文人的知识水平，另一方面也无疑为博物杂记类小说的素材收集提供了很大的方便。

与汉代相比，魏晋南北朝时期与周边民族的交流进一步加强。汉和帝时，班超派甘英出使大秦，抵条支，未渡海而返，这是汉代的人所到的葱岭以西最远的距离。《史记·霍去病传》记载："封狼居胥山，禅于姑衍，登临瀚海。"[4] 此为汉代史籍中所知最北的记录。而南方则由日南以海道通

---

① 杨明照：《抱朴子外篇校笺》，中华书局 1991 年版，第 635 页。
② 李延寿：《南史》卷七六，中华书局 1975 年版，第 1897 页。
③ 徐震堮：《世说新语校笺》，中华书局 1984 年版，第 46 页。
④ 司马迁：《史记》卷一一一，中华书局 1975 年版，第 2936 页。

天竺大秦。这就是汉代所知的世界范围。在地理发现的不断推动下，汉代的地理学有了很大的发展，《史记·河渠书》、《汉书·地理志》、《水经》、《河图括地象》、《洛书》、《遁甲开山图》、《括地图》等都是这一时期地理学发展的结果。魏晋以来，中国本土与外界的交流更加频繁。《后汉书》只记载了乌桓与鲜卑，《魏志》则已增扶余、高句丽、东沃沮、挹娄、马乾、辰乾、弁辰、倭人等传，《晋书》又增肃慎、裨离等十国。两汉时在安南北部置交趾、九真、日南三郡。汉末三国时期已有与安南东岸林邑南岸、扶南关系的正式记载。《晋书》始立《扶南传》，可见，当时与南海以西之国已有频繁往来。除正史中的《地理志》外，还出现了如潘岳《关中记》、辛氏《三秦记》、陆机《洛阳记》、贺循《会稽记》、袁山松《宜都记》、罗含《湘中记》、郦道元《水经注》等以记载山川为主的著作，以及康泰《扶南风俗传》、周处《风土记》、嵇含《南方草木状》、朱应《扶南异物志》、万震《巴蜀异物志》、薛莹《临海异物志》等主要以记载风俗物产为主的作品。魏晋之前的博物杂记类小说如《神异经》、《十洲记》、《洞冥记》中关于山川、物产的描述多是建立在图纬方伎之说的基础上，其记载虚实参半。随着这一时期地理学的发展，《博物志》、《拾遗记》、《述异记》等关于山川、动植物、医药记载的真实性大为增强。

综上所述，由于佛道二教的兴盛，玄风的炽热，以及地理学的发展，魏晋南北朝士人在知识来源及知识结构上都发生了重要的变化。因此，这一时期的博物杂记类小说的知识性因素不断增强。

二 张华《博物志》

《博物志》，西晋张华撰，《隋书·经籍志》杂家类著录十卷，与《晋书》张华本传合。《旧唐书·经籍志》、《新唐书·艺文志》改入小说家类，《宋史·艺文志》入杂家类，卷帙同。《郡斋读书志》小说家类著录，有周日用注。《直斋书录解题》小说类著录，有卢氏注六卷。《四库全书》小说家类琐语类著录十卷。今本《博物志》十卷共三百二十三条，然非全帙，范宁先生《博物志校证》辑佚文二百一十二条，足见阙失之严重。关于今本《博物志》佚文甚多的原因主要有四种说法。一是以胡应麟《少室山房笔丛》续甲部《丹铅新录一》及黄丕烈《士礼居丛书·刻连江叶氏本博物志序》为代表，认为佚文出自《张公杂记》。二是以《四库全书总目》及马国瀚《玉函山房辑佚书·博物记》为代表，认为别有《博物记》一书。三是以王谟《汉唐地理书抄·张华博物志跋》及《增订汉魏丛书·博物志跋》根据王嘉《拾遗记》卷九的记载，认为这批佚文出自武帝命张华删落的《博物志》佚文。四是清丁国均《补晋书艺文志》是书据《魏书》卷八二、《北史》卷四二《常景传》载北魏常景曾"删正晋司空张华《博物志》"，因此，认为今本为常景删节本。对于上述四种说法，范宁先生《博物志校证》、李剑国先生《唐前志怪小说史》中均加以辨析。今本《博物志》阙佚甚多，很有可能是经过后人删改的。范宁先生认为，"若云是书偶有窜乱，固毋庸置辩。至谓非张华旧本，'全出后人补缀'，则非平允之论矣。"① 李剑国先生亦认为："颇有人疑其非张华手笔，或又系后人拾掇佚文、杂取诸书而成，这些自然全出臆测，羌无根据。"② 笔者认为，范宁、李剑国二位先生的看法是很有见地的，今天所见的《博物志》确有窜乱，但由此认为非张华所著，则是缺乏证据的。

《博物志》现存版本有两种：一为常见的通行本，如《古今逸史》、《广汉魏丛书》、《格致丛书》、《秘书二十一种》、《增订汉魏丛书》诸本，为三十九目；二为黄丕烈刊《士礼居丛书》本，此本系汲古阁影抄宋连江叶氏刻本，内容同于通行本，但不分细目，次第迥异，《指海》本、《龙溪精舍丛书》本皆由此本出。关于《博物志》的辑佚本，有王谟《汉唐地理书抄》辑本、周心如《纷欣阁丛书·博物志补》、钱熙祚《指海·博物志佚文》、陈穆堂《博物志疏证》辑本、王仁俊《经籍佚文》辑本等。今人范宁先生《博物志校证》，辑佚文二百一十二条，收罗最为完备。

《博物志》的作者张华（232—300 年）字茂先，范阳方城（今河北固安县南）人。魏初，举为太常博士，转河南尹丞，未拜，除佐著作郎③。张华入晋后为中书令，拜黄门侍郎，封关内侯。后又因平吴有功，晋封为

---

① 张华撰，范宁校证：《博物志校证》，中华书局 1980 年版，第 168 页。
② 李剑国：《唐前志怪小说史》，南开大学出版社 1984 年版，第 262 页。
③ 房玄龄等：《晋书》卷二四，中华书局 1974 年版，第 1070 页。

广武县侯，增邑万户。惠帝朝官至司空。面对"上品无寒门，下品无士族"的西晋社会，庶族出身的张华以博闻强识的姿态立足朝廷。《晋书·张华传》："华强记默识，四海之内，若指诸掌。武帝尝问汉宫室制度及建章千门万户。华应对如流，听者忘倦，画地成图，左右瞩目。帝甚异之。""尝徙居，载书三十乘。秘书监挚虞撰定官书，皆资华之本以取正焉。天下奇秘，世所稀有者，悉在华所。由是博物恰闻，世无与比。"[①] 而史官出身又使张华有机会接触大量前代典籍。因此，《博物志》的资料来源相当广泛，包括《诗经》、《礼记》、《周书》、《左传》、《山海经》、《河图括地象》、《援神契》、《河图玉版》、《诗含神雾》、《史记》、《列子》、《墨子》、《晏子春秋》、《孔子家语》、《徐偃王志》、《典论》、《新论》、《神农经》、《神农本草》、《神仙传》、《十洲记》等在内的各种著作。

《博物志》卷一云："余视《山海经》及《禹贡》、《尔雅》、《说文》、地志，虽曰悉备，各有所不载者，作略说……博物之士，览而鉴焉。"[②] 张华撰写《博物志》有着明确的意图，试图建立一个比"《山海经》及《禹贡》、《尔雅》、《说文》、地志"更为完备的知识体系。"博物之士，览而鉴焉"，透露出在清谈中炫学的意味。从现存《博物志》的具体编排来看，"卷一"、"卷二"、"卷三"基本延续《山海经》的模式。"卷一"地、山、水、山水总论、五方人民、物产；"卷二"外国、异人、异俗、异产；"卷三"异兽、异鸟、异虫、异鱼、异草木，基本是《山海经》模式的沿袭。轩辕、白民、君子、三苗、驩兜、厌光、羽民等异域形象即出自《山海经》。其中《博物志》卷二"蒙双民"条云："昔高阳氏有同产而为夫妇，帝放之于此野，相抱而死，神鸟以不死草覆之，七年男女皆活，同颈二头、四手，是蒙双民。"[③] 这个故事虽然涉及神鸟、不死草等神话意象，事实上所谓的"蒙双民"很有可能是近亲通婚后产下的连体畸形儿。除《山海经》外，还有些内容还直接来源于《河图括地象》、《援神契》、《河图玉版》、《诗含神雾》等汉代纬书。尤其值得一提的是

---

① 房玄龄等：《晋书》卷三六，中华书局 1974 年版，第 1070、1074 页。
② 张华撰，范宁校证：《博物志校证》，中华书局 1980 年版，第 7 页。
③ 同上书，第 23 页。

"卷一"引《尚书考灵耀》条的记载："《考灵耀》曰：'地有四游，冬至地（行）上北而西三万里，夏至地（行）下南而东三万里，春秋二分其中矣。地常动不止，譬如人在大舟（中闭牖）而坐，舟行而人不觉。'"①《尚书考灵耀》，虽是纬书，但其中保留了当时人对地球自转的初步认识，这是难能可贵的。

《博物志》从"卷四"开始完全超越《山海经》只记殊方异物的局限，记录了大量的现实社会生活内容。"卷四"：物性、物理、物类、药物、食忌、药术、戏术；"卷五"：方士、服食、辨方士；"卷六"：人名考、文籍考、地理考、典礼考、乐考、服饰考、器名考、物名考；"卷七"：异闻；"卷八"：史补；"卷九"、"卷十"：杂说等，涉及物理、化学、生物、医学、民俗、逸史等内容。

关于《博物志》中的物理、化学知识，如卷四云："削（冰）令圆，举以向日，以艾于后承其影，则得火。"② 以冰取火，表面上看不可思议，因而被列入"戏术"，但实际上是应用了凸透镜对光的聚焦作用点燃了艾草，这表明当时的人们（很有可能是方士）已经掌握了凸透镜的聚焦原理。卷九云："今人梳头脱著衣时，有随梳解结有光者，亦有咤声。"③ 这条记载实即今日物理学上的摩擦生电原理。卷四云："烧白石作白灰，既讫，积著地，经日都冷，遇雨水及水浇即更燃，烟焰起。"④ 这实际上反映的是生石灰遇水，释放热量的化学反应。

《博物志》一书中关于生物学的记载内容最为丰富，为我们今天研究动植物史提供了材料。卷四云："蚕三化，先孕而后交。不交者亦产子。"⑤此条记载被蚕学家认为，"这是昆虫孤雌生殖现象的最早记载"⑥。由于这种蚕卵未经过受精，发育不完全，成活率低，产丝量也不高。此外，《博物志》中关于"果下马"的记载也很丰富：

---

① 张华撰，范宁校证：《博物志校证》，中华书局1980年版，第10页。
② 同上书，第50页。
③ 同上书，第106页。
④ 同上书，第50页。
⑤ 同上书，第45页。
⑥ 彩万志：《孤雌生殖及其在进化上的意义》，载《昆虫知识》1989年第6期。

果下马高三尺，乘之可于果树下行，故谓果下。①

秽貊国……又出果下马，汉时献之，驾辇车。②

果下马又称矮马，在汉魏时期以身材矮小而闻名，除《后汉书·东夷传》中曾有濊向汉朝进贡果下马的记载③外，《三国志·魏书》的记载更为详细："（濊）又出果下马，汉桓时献之。臣松之按：果下马高三尺，乘之可于果树下行，故谓之果下。见《博物志》、《魏都赋》。"④《颜氏家训》亦提到梁代有果下马。颜之推云："梁世士大夫，皆尚褒衣博带，大冠高履，出则车舆，入则扶侍，郊郭之内，无乘马者。周弘正为宣城王所爱，给一果下马，常服御之，举朝以为放达。"⑤此外，《北史》中也有关于果下马的记载："景有果下马，文襄求之，景不与，曰：'土相扶为墙，人相扶为王。一马亦不得畜而索也？'"⑥可见，果下马在魏晋南北朝时期一直被视为珍稀马种，非一般人可乘。这种矮马在现代依然存在，据解德文《文山州矮马资源调查报告》称，"文山州矮马资源极为丰富"，"公马平均体高102.17cm，体长100.86cm，胸围118.90cm，管围13.94cm，体重125.17公斤；母马分别为101.47cm、101.23cm、117.17cm、13.55cm、116.53公斤"，"其中最矮者仅89cm高"⑦。《博物志》中关于矮马的记载无疑为我们研究马的种群研究提供了宝贵的资料。

在医学方面，《博物志》中除介绍野葛、茯苓、地黄、菟丝子等药物外，还引用了汉代《神农经》、《神农本草》等本草著作，由于此二书已亡佚，因此《博物志》中相关引用对于此二书的辑佚有一定的参考作用。此外，《博物志》中的本草内容也相当丰富，《重修政和证类本草》、《图经衍义本草》、《本草纲目》等本草著作中均有《博物志》的佚文。

---

① 张华撰，范宁校证：《博物志校证》，中华书局 1980 年版，第 115 页。
② 同上书，第 132 页。
③ 范晔：《后汉书》卷八五，中华书局 1965 年版，第 2818 页。
④ 陈寿：《三国志》卷三十，中华书局 1973 年版，第 849 页。
⑤ 王利器：《颜氏家训集解》，中华书局 1993 年版，第 322 页。
⑥ 李延寿：《北史》卷五四，中华书局 1974 年版，第 1953 页。
⑦ 解德文：《文山州矮马资源调查报告》，载《云南畜牧兽医》1989 年第 2 期。

在民俗方面，《博物志》中最有特色的是关于僚族风俗的记载。由于两汉时在安南北部置交趾、九真、日南三郡。《晋书》又立《扶南传》，可见魏晋时期与南海各地已有频繁往来。司马炎以晋代魏的禅让仪式，百僚还曾派遣使者前来观礼。"泰始元年冬十二月丙寅，设坛于南郊，百僚在位及匈奴南单于四夷会者数万人。"① 据《晋书·扶南传》记载："武帝泰始初，（扶南国）遣史贡献。太康中，又频来。"② 由于西晋与百越之地的交往频繁，因此《博物志》中对百越之地的记载多近于征实：百越民族房屋构造称为"干栏"，据李锦芳考证："关于'干栏'型房屋，史籍最早记述的大概就是生活在公元232年至300年间的西晋大臣、文学家张华所著的《博物志》，该书称：'南人巢居，北溯穴居，避寒暑也。'"③ 而这种"干栏"的样式，《魏书·僚传》云："依树积木，以居其上。"④ 确实很像鸟巢，因此《博物志》用巢居来形容僚族的居住方式是很贴切的。《博物志》卷二云："荆州极西南界至蜀，诸民曰僚子……既长，皆拔去上齿牙各一，以为身饰。"⑤ 这是关于僚族凿齿习俗的记载。此外《博物志》中还有僚族猎头风俗的描写："南方有落头虫，其头能飞。其种人常有所祭祀号曰虫落，故因取（名）之焉。"⑥ 头无故离身而飞，头晚上飞走后，早上还能飞回复著于体。这样的记载在今人看来未免荒谬，但确被采入正史中，《新唐书·南蛮下》："有飞头獠者，头欲飞，周项有痕如缕，妻子共守之，及夜如病，头忽亡，比旦还。"⑦

张华由于曾任职史官，对前代的史学典籍颇为熟悉，因此《博物志》中曾引包括《左传》、《公羊传》、《国语》、《逸周书》、《绝越书》、《吴越春秋》、《史记》、《汉书》等相关史书。而《博物志》本身的记载又为《三国志》裴松之注引，《后汉书》刘昭注引，《史记》三家注引等。其中《博物

① 房玄龄等：《晋书》卷三，中华书局1974年版，第50页。
② 同上书，第2547页。
③ 李锦芳：《"干栏"语源小考》，载《广西民族研究》1999年第4期。
④ 魏收：《魏书》卷一〇一，中华书局1974年版，第2248页。
⑤ 张华撰，范宁校证：《博物志校证》，中华书局1980年版，第24页。
⑥ 同上书，第37页。
⑦ 欧阳修：《新唐书》卷二二二，中华书局1975年版，第6326页。

志》佚文："太史令茂陵显武里大夫司马（迁），年二十八，三年六月乙卯除六百石也。"① 还曾引发对于司马迁生年的学界争论②。关于《博物志》中的历史内容，本书将在第四章中予以集中讨论。

综上所述，《博物志》突破了《山海经》只记殊方异物的局限，形成包罗山川、动植物、物理、化学、医学、民俗、逸史等多种内容的博杂体式。因此，现代学者对《博物志》的评价颇高。侯忠义先生云："（《博物志》）不失为志怪小说中独具特点的一种体裁，对后世也很有影响，形成文言小说的一个流派。"③ 陈文新也认为："魏、晋、南北朝的《博物志》、《玄中记》、《述异记》则是'博物'体志怪高峰期的作品，而以《博物志》成就较高。"④ 但必须指出的是，由于《博物志》中知识性、历史性内容的增加，所以也在一定程度上削弱了小说的故事性。

三　葛洪《西京杂记》

《西京杂记》，《隋书·经籍志》史部旧事类著录，二卷。《旧唐书·经籍志》作一卷，入起居类。《新唐书·艺文志》作二卷，故事类与地理类互见，题葛洪撰。《郡斋读书志》杂史类著录，云："江左人或以为吴均依托为之。"⑤《直斋书录解题》传记类著录六卷。《宋史·艺文志》入故事类，六卷。《四库全书》归入小说家杂事类，兼题刘歆、葛洪撰。

由于最早著录《西京杂记》的《隋书·经籍志》不题撰人，因此关于《西京杂记》的作者，主要有刘歆说、葛洪说、吴均说三种。刘歆说主要依据是葛洪《西京杂记·跋》："洪家具有其书（刘歆著《汉书》一百卷），试以此记考校班固所作，殆是全取刘书，有小异同耳。并固所不取，不过二万许言，今抄出为二卷，名曰《西京杂记》。"⑥ 不过，刘歆的著作权遭

---

① 张华撰，范宁校证：《博物志校证》，中华书局 1980 年版，第 122 页。
② 徐朔方：《司马迁生于汉景帝中元五年考》，载《杭州大学学报》1983 年第 3 期；赵生群：《司马迁生年及相关问题考辨》，载《南京师范大学学报》2001 年第 4 期。
③ 侯忠义：《中国文言小说史稿》，北京大学出版社 1990 年版，第 81 页。
④ 陈文新：《文言小说审美发展史》，武汉大学出版社 2002 年版，第 101 页。
⑤ 晁公武撰，孙猛校证：《郡斋读书志校证》，上海古籍出版社 1990 年版，第 242 页。
⑥ 葛洪撰，程毅中点校：《西京杂记》，中华书局 1985 年版，第 45 页。

到陈振孙《直斋书录解题》、《四库全书总目》、余嘉锡《四库提要辨证》的质疑，其主要观点是从《西京杂记》与《史记》、《汉书》"错互不合"之处详加考证，认为："刘歆《汉书》之事，必不可信，盖依托古人以自取重耳。"① 此外程章灿在《西京杂记的作者》一文中，又提出四条证据证明《西京杂记》非刘歆所作，其中最重要的一条证据是"本书既称刘向为家君，却不避家讳'向'字，这只能证明其作者是冒牌的刘歆。"② 吴均说的依据是晚唐段成式的《酉阳杂俎·语资篇》："庾信作诗用《西京杂记》事，旋自追改曰：'此吴均语，恐不足用也。'"③ 但这种说法已经被前辈学者所质疑，正如鲁迅先生所云："所谓吴均语者，恐指文句而言，非谓《西京杂记》也，梁武帝敕殷芸撰《小说》，皆抄撮故书，已引《西京杂记》甚多，则梁初已流行世间，固以葛洪所造为近是。"④ 不过把此书的著作权归入葛洪名下，也有问题：一是据《晋书·葛洪传》，葛洪终生未至长安，不得知汉宫秘事、街道设置等；二是宋陈振孙《直斋书录解题》云："按洪博闻深学，江左绝伦，所著书几五百卷，本传具载其目，不闻有此书。"⑤ 三是清卢文弨《新雕西京杂记缘起》云："书中称'成帝好蹴鞠，群臣以为非至尊所宜，家君作弹棋以献'，此歆谓向家君也。洪奈何以一小书之故，至不惮父人之父，求以取信于世也邪？"⑥ 鉴于此，余嘉锡、鲁迅、程章灿、宁稼雨认为，《西京杂记》的作者既非刘歆，也不是葛洪、吴均，而是"葛洪利用汉晋以来流传的稗史野乘、百家短书撮编集而成的"⑦。目前，这种说法在学术界中占据主要地位。既然《西京杂记》成书于葛洪，因此本书将其纳入晋代博物杂记类小说的范围进行研究。

《西京杂记》的通行本为六卷。现存明刻本以嘉靖壬午野竹斋刊本为最早，嘉靖壬子孔天胤刊本次之，明清诸丛书中，还包括吴琯的《古今逸

---

① 余嘉锡：《四库提要辨证》卷十七，中华书局 1985 年版，第 1012 页。
② 程章灿：《西京杂记的作者》，载《中华文化》1994 年第 9 期。
③ 段成式撰，方南生点校：《酉阳杂俎》，中华书局 1981 年版，第 112 页。
④ 鲁迅：《中国小说史略》，上海文化出版社 2005 年版，第 28—29 页。
⑤ 陈振孙：《直斋书录解题》卷七，上海古籍出版社 1987 年版，第 195—196 页。
⑥ 葛洪撰，程毅中点校：《西京杂记》，中华书局 1985 年版，第 48—49 页。
⑦ 程章灿：《西京杂记的作者》，载《中华文化》1994 年第 9 期。

史》本、商濬的《稗海》本、毛晋的《津逮秘书》本、马俊良的《龙威秘书》本、张海鹏的《学津讨源》诸本，其中以清乾隆年间报经堂本最为精审。1985 年中华书局出程毅中校点本，1991 年上海古籍出版社出向新阳、刘克任的《西京杂记校注》，1993 年贵州人民出版社出成林、程章灿的《西京杂记全译》。本书所引《西京杂记》原文为程毅中本。

葛洪（284—364 年），字稚川，丹阳句容（今属江苏）人。晋惠帝时，为兵都尉，后迁伏波将军。西晋末年丞相司马睿（后为元帝）辟为掾，因功赐爵关内侯。东晋成帝咸和初，司徒王导召补州主簿，转司徒掾，迁咨议参军。干宝荐洪任国史之职，洪以年老欲炼丹固辞。后至广州，隐于罗浮山炼丹，自号抱朴子。《晋书》卷二十七有传。

《西京杂记》虽由葛洪撮编"稗史野乘、百家短书"而成，但却颇具史料价值。"西京"即西汉的都城长安，《西京杂记》主要是记录西汉的博物传闻，内容主要包括技术工艺、宫室苑囿、民俗风情、文人逸事等。

《西京杂记》中关于技术工艺的描写，充分体现了中国古代人民的勤劳与智慧，如卷一载：

> 长安巧工丁缓者，为常满灯，七龙五凤，杂以芙蓉莲藕之奇。又作卧褥香炉，一名被中香炉。本出房风，其法后绝，至缓始更为之。为机环转运四周，而炉体常平，可置之被褥，故以为名。又作九层博山香炉，镂为奇禽怪兽，穷诸灵异，皆自然运动。[1]

"被中香炉"与"博山香炉"均是汉代的薰香器皿。1963 年在法门寺地宫中发掘出"鎏金双蜂团华纹镂空银香囊"实物两件[2]。"被中香炉"主要是根据万向支架的原理制作的，"它的球形外壳和位于中心的半球形炉体之间有两层同心圆环（也有三层的）。炉体在径向两端各有短轴，支承在内环的两个径向孔内，能自由转动。用同样的方式，内环支承在外环上，外环支承在球形外壳的内壁上。炉体、内环、外环和外壳内壁的支承

---

① 葛洪撰，程毅中点校：《西京杂记》，中华书局 1985 年版，第 8 页。
② 陕西省法门寺考古队：《扶风法门寺塔唐代地宫发掘简报》，载《文物》1988 年第 10 期。

轴线依次互相垂直。炉体由于重力作用，不论球壳如何滚转，炉体总是保持水平状态，不会把点燃的香灰洒在被褥上。"① 至于汉代"博山香炉"，以1968年河北满城中山靖王刘胜夫妇墓中出土的错金博山炉最为有名，其错金装饰工艺与《西京杂记》中"镂为奇禽怪兽"的记载非常吻合②。可见，《西京杂记》中所记"被中香炉"与"博山香炉"能与考古发现相证明，均非虚构之物。

关于西汉时期的灯，除了上文提到的"常满灯"以外，卷一"飞燕昭仪赠遗之奢"中提到"七枝灯"，卷三"咸阳宫异物"中提到"清玉五枝灯"等。连枝灯造型呈树枝状，灯柱为长短不一的树枝，树枝上托有灯盘，七枝灯就有七个灯盘，五枝灯就有五个灯盘，近年来多枝灯在考古中屡屡被发现③。其中以1985年河南济源出土的汉代二十九枝灯盏陶灯最具代表性。这件陶枝灯高"1.42米"、"灯座上造型生动的百戏和栩栩如生的飞禽走兽"等装饰性纹样，造型精美、工艺精湛，具有极高的艺术价值④。

《西京杂记》"送葬用珠襦玉匣"条中记：

> 汉帝送死皆珠襦玉匣。匣形如铠甲，连以金缕。武帝匣上皆缕为蛟龙鸾凤龟麟之象，世谓为蛟龙玉匣。⑤

这条内容不仅可以与《汉书·霍光传》所云霍光死后皇帝曾赐"璧珠玑玉衣"⑥的记载相印证，而且也为考古发现所证实。1968年河北满城汉中山靖王刘胜夫妇墓中出土的珠襦玉匣与本条的记载相同⑦，被考古学家们命名为"金缕玉衣"。

---

① 武际可：《被中香炉与万向支架》，载《力学与实践》2007年第4期。
② 中国社会科学院考古研究所：《满城汉墓发掘报告》上册，文物出版社1980年版，第63、253页。
③ 叶小燕：《战国秦汉的灯及其有关问题》，载《文物》1983年第7期。
④ 张新斌：《河南济源出土汉代大型陶连枝灯》，载《文物》1991年第4期。
⑤ 葛洪撰，程毅中点校：《西京杂记》，中华书局1985年版，第5页。
⑥ 班固：《汉书》卷六十八，中华书局1975年版，第2948页。
⑦ 中国社会科学院考古研究所：《满城汉墓发掘报告》上册，文物出版社1980年版，第36—37页。

此外，《西京杂记》中还有关于汉代纺织技术的记载。如卷一载：

> 霍光妻遗淳于衍蒲桃锦二十四匹、散花绫二十五匹。绫出钜鹿陈宝光家，宝光妻传其法。霍显召入其第，使作之。机用一百二十镊，六十日成一匹，匹值万钱。①

虽然是否有陈宝光妻其人，已不可考，但钜鹿的丝织品在汉代确实非常有名，东汉初钜鹿的丝织品已经成为皇帝犒赏大臣的重要奖品。据《太平御览》卷八一八引《东观汉记》："马援行亭鄣，到右北平，诏书赐援巨鹿缣三百匹。"② 至于"蒲桃锦"，除了在此条中有所记载外，还在卷三"尉佗献高祖鲛鱼、荔枝，高祖报以蒲桃锦四匹"中再次出现。"蒲桃锦"在《西京杂记》中屡次作为赐品，可见是一种非常珍贵的丝织品。而《西京杂记》中提到的"一百二十镊"织机，现代学者赵翰生认为在历史上曾经出现过，"是多臂织机发展到极限的一种特殊机型，对提花机的发展有一定的积极影响。"③

汉代宫廷苑囿是除娱乐外，还包含着祭祀、演武等各种功能，因此未央宫、上林苑、太液池、昆明池都规模庞大、气势恢宏。萧何以"天子以四海为家，非壮丽无以重威，且无令后世有以加也"④ 的思想修建未央宫。《西京杂记》载：

> 汉高帝七年，萧相国营未央宫。因龙首山制前殿，建北阙。未央宫周回二十二里九十五步五尺，街道周回七十里。台殿四十三，其三十二在外，其十一在后。宫池十三，山六，池一、山一亦在后。宫门闼凡九十五。⑤

---

① 葛洪撰，程毅中点校：《西京杂记》，中华书局1985年版，第4页。
② 李昉：《太平御览》卷八一八，中华书局1985年版，第3637页。
③ 赵翰生：《中国古代多臂织机再研究》，载《自然科学史研究》2003年第2期。
④ 司马迁：《史记》卷八，中华书局1975年版，第386页。
⑤ 葛洪撰，程毅中点校：《西京杂记》，中华书局1985年版，第1页。

关于"萧何营未央宫"的记载，亦见《史记·高祖本纪》："萧丞相营作未央宫，立东阙、北阙、前殿、武库、太仓……宫阙壮甚。"① 类似的记载还见于《汉书·高帝纪》。《西京杂记》中关于未央宫位置、规模等的记载在现代考古中也得到证实。据《汉代考古学概说》称："全宫平面为一规整的方形。四周围墙的长度，东墙和西墙各为 2150 米，南墙和北墙各为 2250 米，周围全长 8800 米，合汉代二十一里。""未央宫前殿基本上居全宫的正中，其基址至今犹高耸在地面上，南北长约 350 米，东西宽约 200 米，北端最高处在 15 米以上，是利用龙首山的丘陵造成的。""从实际情况看来，未央宫的南墙和西墙距长安城的城墙都很近，亦无立阙的余地。"②

关于昆明池的修建，《西京杂记》称是汉武帝为"欲发昆吾夷，教习水战"而作。《汉书·武帝纪》载元狩三年，"发谪吏穿昆明池"③。《汉书·食货志下》云："是时（元鼎元年）粤欲与汉用船战逐，乃大修昆明池。"④ 可见，昆明池确为武帝所建，修建昆明池也确包含训练水军的军事目的。此外，昆明池还包含祭祀祈雨的功能，《西京杂记》云：

> 昆明池刻玉石为鱼，每至雷雨，鱼常鸣吼，鬐尾皆动。汉世祭之以祈雨，往往有验。⑤

至于汉世的昆明池畔祈雨是否灵验已无法考证，不过杜甫《秋兴八首》之七云："昆明池水汉时动，武帝旌旗在眼中，织女机丝虚月夜，石鲸鳞甲动秋风。"可见昆明池畔的石鲸等，至唐时尚存。

上林苑是汉代皇家园林的代表，其中奇花异木不计其数，充分体现了汉帝国的宏大气势与开阔胸襟。《西京杂记》载：

---

① 司马迁：《史记》卷八，中华书局 1975 年版，第 385 页。
② 王仲舒：《汉代考古学概说》，中华书局 1984 年版，第 6、7 页。
③ 班固：《汉书》卷六，中华书局 1975 年版，第 177 页。
④ 班固：《汉书》卷二四，中华书局 1975 年版，第 1170 页。
⑤ 葛洪撰，程毅中点校：《西京杂记》，中华书局 1985 年版，第 6 页。

初修上林苑，群臣远方，各献名果异树，亦有制为美名，以标奇丽。①

《博物志》云："张骞使大夏，得石榴。"② 其中上林苑中的"安石榴十株"应来自西域。"湘核桃可能为浅黄色的黄肉桃"，其原产地也为西域③。"枇杷十株"的记载与司马相如《上林赋》中"卢桔夏熟，黄甘橙楱，枇杷橪柿"④ 的描写相印证。除上林苑外，乐游苑也是长安城附近著名的皇家园林。《西京杂记》云："乐游苑自生玫瑰树，树下多苜蓿。苜蓿一名怀风，时人或谓之光风，风在其间，常萧萧然，日照其花，有光彩，故名苜蓿为怀风。"⑤ 事实上，苜蓿亦是来自西域，由李广利伐大宛后传入中原，据《汉书》载："汉使采蒲陶、目宿种归。天子……益种蒲陶、目宿离宫馆旁，极望焉。"⑥ 因此，从《西京杂记》中关于皇家园林中植物的栽培也可看出，张骞通西域后，中外物质文化交流的频繁。

此外，《西京杂记》中还记载了汉代斗鸡、斗鸭、蹴鞠、投壶、六博等民俗风情，本书将在第四章加以探讨。而"扬雄吐凤"、"画工弃市"、"文君当垆"、"凿壁借光"、"秋胡戏妻"等故事也为大家所熟悉，甚至凝结为常用典故。因此，对于《西京杂记》内容的丰富性、博杂性，《四库全书总目》有很高的评价："虽多小说家言，而摭采繁富，取材不竭。李善注《文选》、徐坚作《初学记》，已引其文，杜甫诗用事谨严，亦多采其语。词人沿用数百年，久成故实，固有不可遽废者焉。"⑦

《西京杂记》以西汉的社会历史生活为题材，其描写重点已经由异域山水转向宫廷苑囿。断代取材及其表现都市风情的描写方式，使得博物杂记类小说蛮荒色彩逐渐褪去，而奢华色调渐次加强。除史料价值外，《西

---

① 葛洪撰，程毅中点校：《西京杂记》，中华书局 1985 年版，第 6 页。
② 张华撰，范宁校证：《博物志校证》，中华书局 1980 年版，第 121 页。
③ 刘振亚、刘璞玉：《我国古代桃栽培类群的演化与形成刍议》，载《河南农业大学学报》1990 年第 2 期。
④ 司马相如：《上林赋》，载萧统编，李善注《文选》卷八，中华书局 1977 年版，第 368 页。
⑤ 葛洪撰，程毅中点校：《西京杂记》，中华书局 1985 年版，第 3 页。
⑥ 班固：《汉书》卷九十六，中华书局 1975 年版，第 3895 页。
⑦ 永瑢等：《四库全书总目》卷一四〇，中华书局 2003 年版，第 1182 页。

京杂记》的文学性被鲁迅先生誉为："此在古小说中，固亦意绪秀异，文笔可观者也。"① 因此，无论是从史料价值，还是艺术价值来看，《西京杂记》在魏晋博物杂记类小说中都占据了重要的地位。

四　王嘉《拾遗记》

《拾遗记》，又题《王子年拾遗记》、《拾遗录》，王嘉撰。《晋书·王嘉传》载："著《拾遗录》十卷，记事多诡怪，今行于世。"② 萧绮《拾遗记序》云："《拾遗记》者，晋陇西安阳人王嘉字子年所撰。凡十九卷，二百二十篇，皆为残缺……今搜检残遗，合为一部，凡一十卷，序而录焉。"③ 可见，《拾遗记》至梁时已残缺不全，今本《拾遗记》乃萧绮搜残补缺之作。《隋书·经籍志》杂史类著录《拾遗录》二卷，注："伪秦姚苌方士王子年撰。"又有《王子年拾遗记》十卷，注："萧绮撰。"④ 疑二卷本为残卷，十卷本为萧绮补订本。两《唐书》杂史类两本俱录，但《拾遗录》作三卷。十卷本《拾遗记》，《旧唐书》著录同《隋志》，《新唐书》则改题萧绮录。《崇文书目》、《郡斋读书志》均将《拾遗记》收入传记类。《直斋书录解题》始将《拾遗记》十卷列入小说家类，云："晋陇西王嘉子年撰，萧绮序录。"⑤ 另著王子年《名山记》一卷，"即前（《拾遗记》）之第十卷。大抵皆诡诞。嘉，符秦时人，见《晋书·艺术传》。"自《直斋书录解题》后，《四库全书总目》亦将《拾遗记》录入小说类。关于《拾遗记》的作者，胡应麟认为："盖即绮撰而托之王嘉。"⑥ 宋晁载之《续谈助·洞冥记跋》引张柬之语，云："虞义造《王子年拾遗录》。"⑦ 不过无论是胡应麟，还是晁载之，均没有提出确切的证据。因此，本书仍将王嘉作为《拾遗记》的作者。

---

① 鲁迅：《中国古代小说史略》，上海文化出版社 2005 年版，第 29 页。
② 房玄龄等：《晋书》卷九十五，中华书局 1974 年版，第 2497 页。
③ 王嘉撰，萧绮录，齐治平校注：《拾遗记》，中华书局 1981 年版，第 1—2 页。
④ 魏征：《隋书》卷三三，中华书局 1973 年版，第 961 页。
⑤ 陈振孙：《直斋书录解题》卷十一，上海古籍出版社 1987 年版，第 316 页。
⑥ 胡应麟：《少室山房笔丛》，中华书局 1964 年版，第 418 页。
⑦ 晁载之：《洞冥记跋》，载丁锡根《中国历代小说序跋集》，人民文学出版社 1996 年版，第 35 页。

　　王嘉，字子年，陇西安阳（今甘肃渭源）人。生年不详，约卒于晋孝武帝太元十八年（393 年）前。其人"不食五谷，不衣美丽，清虚服气，不与世人交游"，"凿岩穴居"于东阳谷，弟子受业者数百人。后赵石虎之末，至长安，隐于终南山，后又迁于倒兽山。"苻坚累征不起，公侯以下咸躬往参诣，好尚之士无不师宗之……好为譬喻，状如戏调；言未然之事，辞如谶记，当时鲜能晓之，事过皆验。"① 后秦姚苌入长安，颇礼之，后因答问忤姚苌意被杀。事迹见《晋书·艺术传》、《高僧传·释道安传》、《云笈七签·洞仙传》、《类说·王氏神仙传》。

　　《拾遗记》今存最早刻本为明嘉靖世德堂翻宋本，其他通行本有《古今逸史》本、《汉魏丛书》本、《广汉魏丛书》本、《增订汉魏丛书》本、《秘书二十一种》本、《百子全书》本等，皆为十卷。《稗海》本多有异文，系别一系统。《历代小史》本作一卷，内容与十卷本相同。今人齐治平校注本，辑佚文十三条，并附录《传记资料》、《历代著录及评论》，颇便阅读，本文所引《拾遗记》即齐本。

　　《拾遗记》前九卷以时间为线索记录逸闻。卷一记庖牺、神农、皇帝、少昊、高阳、高辛、尧、舜八代事，卷二至卷四记夏至秦事，卷五、卷六记汉事，卷七、卷八记三国事，卷九记晋事。卷一到卷九记录了三十几个国家的风俗和物产，为我们研究中外文化交流提供了宝贵的材料。卷十以方位为依托独记名山，包括昆仑山、蓬莱山、方丈山、瀛洲、员峤山、岱舆山、昆吾山以及洞庭山的奇景异物。

　　《拾遗记》中最引人注目的是记录了大量中外文化交流的逸闻轶事，其中中原与沐胥、大月氏、条支等国的交往都是有历史文献可参证。如卷四云："（燕昭王）七年，沐胥之国来朝，则申毒之一名也。有道术人名尸罗……善炫惑之术。于其指端出浮屠十层，高三尺，及诸天神仙，巧丽特绝。人皆长五六分，列幢盖，鼓舞，绕塔而行，歌唱之音如真人矣……尸罗常坐日中，渐渐觉其形小，或化为老叟，或为婴儿，倏忽而死，香气盈室，时有清风来吹之，更生如向之形。咒术炫惑，神怪无穷。"② "沐胥"，

---

　　① 房玄龄等：《晋书》卷九五，中华书局 1974 年版，第 2496 页。
　　② 王嘉撰，萧绮录，齐治平校注：《拾遗记》，中华书局 1981 年版，第 94 页。

《类说》五、《绀珠集》八均作"休胥",《汉书·西域传》中则有《休循传》,休胥与休循音近。休循的地理位置据《汉书·西域传》载:"东至都护治所三千一百二十一里,至捐毒衍敦谷二百六十里,西北至大宛国九百二十里,西至大月氏千六百一十里。"① 申毒与身毒音近,身毒即天竺,据《后汉书·西域传》:"天竺国一名身毒,在月氏之东南数千里。"② 可见,休胥的地理位置与身毒相邻近。

《拾遗记》卷五记:"太初二年,大月氏国贡双头鸡,四足一尾,鸣则俱鸣。"③ 大月氏国是张骞第一次出使西域时就试图联系的国度,汉武帝时期大月氏国越过阿姆河吞并了大夏故地,"都妫水北为王庭"④。而《汉书》、《后汉书》中均有《大月氏传》,可见汉人对大月氏具有一定的熟悉度。关于"双头鸡"的记载则明显受到佛典中关于双头鸟记载的影响。据丁福保《佛学大辞典》"耆婆鸟"条下云:"《涅槃经》作'命命鸟',《胜天王般若经》作'共命鸟'。梵名耆婆耆婆一身两头之鸟也。"⑤

《拾遗记》卷六载:"章帝永宁元年,条支国来贡异瑞。有鸟名鸱鹊,形高七尺,解人语。"⑥ 虽然这条记载的时间有误(章帝在位十三年,并无永宁年号,永宁乃安帝年号),不过"条支"实有其国,领土包括今叙利亚及幼发拉底河以东的地区。而条支与汉朝的交往也由来已久,汉武帝时就已"发使抵安息、奄蔡、犁靬、条支、身毒国。"⑦ 东汉时期条支和汉朝的来往更加紧密,《后汉书·西域传》中正式有了《条支传》:"条支国城在山上,周回四十余里。临西海,海水曲环其南及东北,三面路绝,唯西北隅通陆道。土地暑湿,出狮子、犀牛、封牛、孔雀、大雀。大雀其卵如甕。"⑧ 和帝时期汉使臣还曾亲临条支,"和帝永元九年,都护班超遣甘英使大秦,抵条支"⑨。

---

① 班固:《汉书》卷九十六,中华书局 1975 年版,第 3897 页。
② 范晔:《后汉书》卷八十八,中华书局 1965 年版,第 2921 页。
③ 王嘉撰,萧绮录,齐治平校注:《拾遗记》,中华书局 1981 年版,第 122 页。
④ 班固:《汉书》卷九十六,中华书局 1975 年版,第 3891 页。
⑤ 丁福保:《佛学大辞典》,文物出版社 1984 年版,第 859 页。
⑥ 王嘉撰,萧绮录,齐治平校注:《拾遗记》,中华书局 1981 年版,第 142 页。
⑦ 班固:《汉书》卷六十一,中华书局 1975 年版,第 2694 页。
⑧ 范晔:《后汉书》卷八八,中华书局 1965 年版,第 2918 页。
⑨ 同上。

而《拾遗记》所载的"鸀鹕，形高七尺"，从外形上看也与条支特产"大雀"极其相似，而"大雀"确也曾作为贡品进献给汉朝，"十三年，安息王满屈复献狮子及条支大鸟，时谓之安息雀。"[①] 虽然《拾遗记》关于条支大雀来到中原的具体时间记载不太准确，对大雀"解人语"及"其国太平，则鸀鹕群翔"的描写也不乏夸饰成分，但对于条支大雀于后汉中叶来到中原的事实与史书记载却是大体吻合的。

《拾遗记》对异国风物的描写很多国名难以详考，但很多物产来自西域及中南亚一带却是毫无疑问的。比如玛瑙，《拾遗记》卷一载："有丹丘之国，献玛瑙瓮。"[②]《艺文类聚》卷八四引《玄中记》云："马瑙出月氏国。" 又引魏文帝《马瑙勒赋》曰："马瑙，玉属也，出自西域。"[③] 可见，对于中土而言马瑙是来自西域的珍稀矿物。又如琥珀与火齐，卷三云："有韩房者，自渠胥国来，献玉骆驼高五尺，虎魄凤凰高六尺，火齐镜广三尺。"[④] 卷五记董偃有"火齐屏风"[⑤]。"火齐"，宝石名。《文选》左思《吴都赋》"火齐之宝"下注引《异物志》云："火齐如云母，重沓而可开，色黄赤，似金，出日南。"[⑥] 另据《南史·夷貊传上·扶南国》："（扶南国）献火齐珠。"[⑦] 火齐大约是出产于越南、柬埔寨一带的宝石，因此当其传入中国之后便成为奢侈品的象征。关于"火浣布"，卷九载："有羽山之民献火浣布万匹。"[⑧]"火浣布"频繁出现在包括《神异经》、《十洲记》、《博物志》等博物杂记小说中，事实上，所谓的"火浣布"即是石棉，而正史中也有关于"火浣布"的记载，如《三国志·魏书·三少帝纪》云："西域重译献火浣布，诏大将军、太尉临试以示百僚。"[⑨] 又《晋书·四夷传》载

① 范晔：《后汉书》卷八八，中华书局 1965 年版，第 2918 页。
② 王嘉撰，萧绮录，齐治平校注：《拾遗记》，中华书局 1981 年版，第 19 页。
③ 欧阳询撰，汪绍楹校：《艺文类聚》卷八四，上海古籍出版社 1982 年版，第 1441 页。
④ 王嘉撰，萧绮录，齐治平校注：《拾遗记》，中华书局 1981 年版，第 75 页。
⑤ 同上书，第 121 页。
⑥ 萧统编，李善注：《文选》卷五，中华书局 1977 年版，第 214 页。
⑦ 李延寿：《南史》卷七八，中华书局 1975 年版，第 1954 页。
⑧ 王嘉撰，萧绮录，齐治平校注：《拾遗记》，中华书局 1981 年版，第 206 页。
⑨ 陈寿：《三国志》卷四，中华书局 1973 年版，第 117 页。

大秦"其土多出金玉宝物、明珠、大贝，有夜光璧、骇鸡犀及火浣布"①。因此，火浣布当为来自西域特产。由此可见，《拾遗记》的内容在一定程度上保留了中外文化交流的材料。

《拾遗记》中一些异物描写笼罩了强烈的科幻色彩。《拾遗记》卷一云："有曳影之剑，腾空而舒，若四方有兵，此剑则飞起指其方，则尅伐；未用之时，常于匣里，如龙虎之吟。"② 这里的曳影剑使用时"腾空而舒"，且打击目标相当精确，与今天的导弹类似。又如周灵王时："异方献玉人。"我们从玉人"机捩自能转动"③ 的灵活性来看，这种玉人已经具备了今天机器人的雏形。卷一还记载："尧登位三十年，有巨查浮于西海，查上有光，夜明昼灭。海人望其光，乍大乍小，若星月之出入矣。查常浮绕四海，十二年一周天，周而复始，名曰贯月查，亦谓挂星查。羽人栖息于其上。群仙含露以漱，日月之光则如瞑矣。"④ 所谓的巨查无论是从外形还是从运行方式来看都与今天的天外飞行物似乎很类似。而"含露以漱"的群仙是否有可能就是外星生物呢？卷四关于"沦波舟"的记载，则和现代的潜水艇类似，"有宛渠之民，乘螺舟而至。舟形似螺，沉行海底，而水不侵入，一名'沦波舟'。"⑤ 由于旁证资料的缺乏，很难判断以上内容到底是来源于古人亲眼所见的外星实物，还是仅凭想象就描写出具有现代意义的交通工具。

《拾遗记》中还保存了关于苏绣的珍贵材料。苏州一带濒临太湖，气候温和，盛产丝绸，丝织业兴盛，东吴妇女多擅长刺绣，而孙权的赵夫人则是其中的杰出代表。《拾遗记》卷八载："吴主赵夫人，丞相达之妹。善画，巧妙无双，能于指尖以彩丝织云霞龙蛇之锦，大则盈尺，小则方寸，宫中谓之'机绝'。"赵夫人不仅擅长纺织，而且能将绘画与刺绣相结合制成地图："作列国方帛之上，写以五岳河海城邑行阵之形。既成，乃进于吴主，时人谓之'针绝'。"⑥ 赵夫人以精湛的刺绣工艺制成的地图，相对

① 房玄龄等：《晋书》卷九七，中华书局1974年版，第2544页。
② 王嘉撰，萧绮录，齐治平校注：《拾遗记》，中华书局1981年版，第16页。
③ 同上书，第74页。
④ 同上书，第23页。
⑤ 同上书，第101页。
⑥ 王嘉撰，萧绮录，齐治平校注：《拾遗记》，中华书局1981年版，第179页。

于毛笔绘制的地图而言，不易掉色，更易于保存，无疑是地图绘制史上的一个创举。虽然齐治平先生认为，"（赵）达未尝为丞相，孙权夫人中亦无赵姓者，此条殆传闻之误"①。但由于此条的记载还见于唐张彦远《历代名画记》②，即便历史上真没有赵夫人这个人，但以刺绣绘地图之事在唐代仍然是一个流传广泛的传闻，这也可以从一个侧面反映出魏晋时期刺绣水平的高超。

此外，《拾遗记》中关于火山、煤层等的记载将在本书第三章中结合其他博物杂记类小说的相关描写一并加以讨论。

《拾遗记》以时间为主要线索的编排方式与《洞冥记》十分类似，因此《四库全书总目》云："盖仿郭宪《洞冥记》而作。"③ 这种说法有一定的合理性。而《拾遗记》中记载的关于"巨查"、"玉人"、"沦波舟"等极具前瞻性的科学幻想内容，则是汉唐博物杂记类小说中最具特色的部分之一。值得注意的是，《拾遗记》中除了现存王嘉记录的故事外，还有萧绮的评论，这一方面可以看作是对《史记》"太史公曰"史书撰写方式的继承和发扬，另一方面也可看作是后世小说评点的滥觞。

五　任昉《述异记》

《述异记》，旧题任昉撰。《梁书》、《南史》本传以及《隋书·经籍志》、《旧唐书·经籍志》、《新唐书·艺文志》均未见著录此书。《崇文总目》小说类著录，二卷，题任昉撰。《郡斋读书志》小说家类著录，云："梁任昉撰。"④《宋史·艺文志》小说家类著录⑤。《四库全书总目》将其列入小说家琐记之属，但疑此书为后人伪托，称："考昉本传，称著《杂传》二百四十七卷，《地志》二百五十二卷，文章三十三卷，不及此书。且昉卒于梁武帝时，而下卷'地生毛'一条云'北齐武成河清年中'，按河清元年壬午，当陈天嘉三年、周保定二年、后梁萧岿天保元年，距昉之卒久

---

① 王嘉撰，萧绮录，齐治平校注：《拾遗记》，中华书局1981年版，第180页。
② 张彦远撰，俞剑华注释：《历代名画记》，上海人民美术出版社1964年版，第90—91页。
③ 永瑢等：《四库全书总目》卷一四二，中华书局2003年版，第1207页。
④ 晁公武撰，孙猛校证：《郡斋读书志校证》，上海古籍出版社1990年版，第546页。
⑤ 脱脱等：《宋史》卷二〇六，中华书局1977年版，第5219页。

矣，昉安得而记之？……考《太平广记》所引《述异记》，皆与此本相同，则其伪在宋以前。其中桃都天鸡事，温庭筠《鸡鸣埭歌》用之，燕昭王为郭隗筑台事，白居易《六帖》引之，则其书似出中唐前。蛇珠龙珠之谚，乃剽窃《灌畦暇语》，则其书又似出中唐后。或后人杂采类书所引《述异记》，益以他书杂记，足成卷帙。"① 关于《述异记》的真伪问题，程毅中先生认为："任昉有杂传三十六卷，见《隋书·经籍志》杂传类，注云：'本一百四十七卷，亡。'（《梁书》、《南史》本传均作二百四十七卷）或后人辑其佚文为此书。"② 李剑国先生进一步认为："《梁书》、《南史》本传及《隋志》、《唐志》不录任氏《述异记》者，盖其书已含于《杂传》之中。宋时《述异记》独传而其余杂传渐亡，故宋代书目始有著录。"至于《四库全书总目》谈到的《述异记》中载有任昉卒后之事，李剑国先生认为是此书在流传过程中经唐人改窜的缘故，至于"唐人书与《述异》相合者，乃唐人取《述异》，非《述异》取唐人书也"③。在没有充分证据的情况下，笔者仍倾向于任昉为《述异记》的作者。

任昉（460—508年），字彦升，乐安博昌（今山东寿光）人。仕宋、齐、梁三朝，历任奉朝请、太常博士、尚书殿中郎、太子步兵校尉、中书侍郎、黄门侍郎、义兴太守、御史中丞、秘书监、新安太守等职。卒后追赠太常卿。《梁书》本传称"昉雅善属文，尤长载笔，才思无穷，当世王公表奏，莫不请焉。昉起草即成，不加点窜。沈约一代词宗，深所推挹。"④ 时有"沈诗任笔"之称。事迹见《梁书》卷一四、《南史》卷五九。任昉的著作包括《杂传》二百四十七卷，《地记》二百五十二卷，文集三十三卷，均散佚，明人辑有《任彦升集》。

现存《述异记》一为常见通行本，包括《汉魏丛书》本、《广汉魏丛书》本、《增订汉魏丛书》本、《四库全书》本、《龙威秘书》本、《百子全书》本、《说库》本等，上卷一百五十三条，下卷一百五十二条；二为

---

① 永瑢等：《四库全书总目》卷一四二，中华书局 2003 年版，第 1214 页。

② 程毅中：《古小说简目》，中华书局 1981 年版，第 36 页。

③ 李剑国：《唐前志怪小说史》，南开大学出版社 1984 年版，第 399 页。

④ 姚思廉：《梁书》卷一四，中华书局 1973 年版，第 253 页。

《稗海》本，亦为上、下两卷，但条目、文字有所不同，上卷一百五十五条，下卷一百五十四条。本书所引《述异记》原文均出自据一九一九年扫叶山房石刻本影印的浙江人民出版社版的《百子全书》。

任昉博学多识，"聚书至万余卷，率多异本"①，又精通地学，著《地记》二百五十卷，因此《述异记》中关于各地风俗、物产的记载相当丰富。比如"扬州有虵市，市人鬻珠玉而杂货鲛布。"② "南海出鲛绡纱。"③ "郁林郡有珊瑚市海先布。"④ "日南有香市，商人交易诸香处。"⑤ 上引《述异记》中关于物产的记载，相较《山海经》、《神异经》，已经不再荒诞无稽，更多地具有了征实色彩。《述异记》中关于物产的记载还有与其他博物杂记小说相呼应之处，比如"日南郡出果下牛，高三尺。乐浪郡有果下马，并高三尺"⑥。果下马的记载已见《博物志》，"果下牛"据《尔雅·释畜》"犚牛"下注："犚牛，庳小，今之犑牛也，又呼果下牛，出广州高凉郡。"⑦ 此外，《述异记》中关于懒妇鱼的故事也很有特色："淮南有懒妇鱼。俗云昔杨氏家妇，为姑所溺而死，化为鱼焉。其脂膏可燃灯烛，以之照鸣琴博弈则灿然有光；及照纺绩，则不复明焉。"这个故事的开头似乎颇有悲剧意味，"杨氏家妇，为姑所溺而死，化为鱼"。杨氏生前喜好娱乐，不好纺绩，死后所化鱼脂膏"照鸣琴博弈，则灿然有光，及照纺绩，则不复明"⑧，这样的描写则为这个故事添上了几许幽默色彩。懒妇鱼究竟为何物？一说是大鲵，俗称娃娃鱼；一说是江豚，俗称江猪。无论懒妇鱼究竟是何种鱼类，都说明至少在南朝时期人们已经利用鱼类的脂肪来照明。关于懒妇鱼的故事还被《酉阳杂俎》所收录⑨，这也可见出博物杂记类小说题材的前后传承性。

---

① 姚思廉：《梁书》卷一四，中华书局 1973 年版，第 254 页。

② 任昉：《述异记》卷上，载《百子全书》，浙江人民出版社 1984 年版。

③ 同上。

④ 同上。

⑤ 任昉：《述异记》卷下，载《百子全书》，浙江人民出版社 1984 年版。

⑥ 同上。

⑦ 郭璞注，邢昺疏：《尔雅注疏》，载《十三经注疏》，中华书局 1982 年版，第 2653 页。

⑧ 任昉：《述异记》卷上，载《百子全书》，浙江人民出版社 1984 年版。

⑨ 段成式撰，方南生点校：《酉阳杂俎》，中华书局 1981 年版，第 165 页。

《述异记》在内容上的第二个特点是多将传说与风俗、名胜相结合，比如尧台、舜馆、范蠡石、圣姑祠、盘古庙等，其中关于对蚩尤的名胜古迹最有特色。蚩尤的神话本出自《山海经》："蚩尤作兵伐黄帝。"① 《述异记》在此基础上描写了冀州民俗中关于蚩尤的崇拜。任昉云："有蚩尤神，俗云人身、牛蹄、四目、六手。"《述异记》接下来的记载在《山海经》的基础上有了更多的生活气息，冀州除了有蚩尤神以外，还有蚩尤骨、蚩尤川、蚩尤祠、蚩尤戏等。而冀州关于蚩尤的传说由来已久，汉代角觚戏的来源即是冀州的蚩尤戏。"今冀州有乐名蚩尤戏，其民两两三三头戴牛角而相觚。汉造角觚戏，盖其遗制也。"② 《述异记》中的上述内容无疑为我们研究冀州风俗以及戏剧的起源提供了参考材料。

由于南朝王权更替频繁，任昉又曾仕宋、齐、梁三朝，这种特殊的人生体验使《述异记》中关于名胜古迹的记载也在某种程度上体现出了黍离之悲。"公主山在华山中。汉末王莽秉政。南阳公主避乱，奔入此峰学道，后得升仙……潘安仁有《公主峰记》。"③ 动乱年代，人的生命轻如鸿毛，即便是金枝玉叶的公主也难逃国破家亡的命运。如果说西汉末的公主逃入深山，得道升仙，也算相对超脱的结局，那么西晋的公主在国破家亡后流落民间，其命运则更具悲剧色彩。"晋永嘉乱，既已至江，诸公主不得随去。安阳公主、平城公主奔入两河界。悉为民家妻，常怏怏不悦，有故乡之思。村民感之，共筑一台以居之，谓之公主望乡之馆，至今岿然。王朗《怀旧赋》云：'将军出塞之台，公主望乡之馆。'汉成帝遣将军王溃戍边，及帝崩，王莽篡逆。溃与莽有隙，遂留不敢归。因逃入胡中，士卒相率筑台为望乡之处。"④ 每当政权更替之际，旧有的社会秩序被打乱，公主也罢，将军也罢，无论是流落民间，还是浪迹天涯，萦绕在胸中的故国之思终究是挥之不去的。潘安仁的《公主峰记》、王朗的《怀旧赋》、任昉的《述异记》等文学作品，虽然文体不同、题材各

① 袁珂：《山海经校注》，上海古籍出版社 1980 年版，第 430 页。
② 任昉：《述异记》卷上，载《百子全书》，浙江人民出版社 1984 年版。
③ 任昉：《述异记》卷下，载《百子全书》，浙江人民出版社 1984 年版。
④ 同上。

异，但在表现故国之思上有异曲同工之妙。这也是文学感动人心的力量所在。

此外，《述异记》中关于怪雨的记载尤其丰富。卷下云："汉武帝时，广阳县雨麦。"其他还有雨鱼、雨金、雨五铢钱、雨粟、雨稻、雨枣、雨五色石等记载。其实关于怪雨，正史中也有很多类似的记载，比如《后汉书·光武帝纪》载："（建武三十一年）陈留雨谷，形如稗实。"① 又如《汉书·五行志》载："成帝鸿嘉四年秋，雨鱼于信都，长五寸以下。"② 当时人们对雨麦、雨谷、雨鱼等现象不理解，当作是灾异，便在史书及其他著作中记录下来，不过现代气象学已经为我们解开了怪雨之迷，这些怪雨大都是由龙卷风、台风等造成的。《述异记》中的相关记载很有代表性："汉宣帝时，江淮饥馑，人相食。天雨谷三日。秦、魏地奏亡谷二十顷。"③ 显然，秦、魏之地的谷正是通过龙卷风吸走而降落在江淮。而雨石等现象，除了有可能是龙卷风造成的以外，还有可能是天空中坠落的陨石，比如"魏武帝末年，邺中雨五色石"，这条记载中的"五色石"很有可能就是天空中坠落的陨石。

《述异记》最大的特点是记录了大量与传说相关的地方风俗以及名胜古迹，这样的记载在此前的博物杂记小说中是不多见的，这也是博物杂记类小说内容生活化、真实化的重要表现。也正是在这个意义上，《郡斋读书志》称："昉家藏书三万卷。天监中，采辑前代之事，纂新述异，皆时所未闻。将以资后来属文之用，亦博物之意。"④ 由于任昉"雅善属文"⑤，因此《述异记》中关于"懒妇鱼"、"公主望乡馆"、"将军出塞台"等记载，叙事婉转，语言生动，在一定程度上摆脱了博物杂记类小说常见的文学性相对较弱的弊病。

---

① 范晔：《后汉书》卷一，中华书局 1965 年版，第 81 页。
② 班固：《汉书》卷二十七，中华书局 1975 年版，第 1431 页。
③ 任昉：《述异记》卷下，载《百子全书》，浙江人民出版社 1984 年版。
④ 晁公武撰，孙猛校证：《郡斋读书志校证》，上海古籍出版社 1990 年版，第 546 页。
⑤ 姚思廉：《梁书》卷一四，中华书局 1973 年版，第 253 页。

第三节　唐代博物杂记类小说

一　唐代博物杂记类小说产生的背景

公元 589 年，隋灭陈，统一全国，结束了永嘉之乱（307 年）以来二百八十多年的分裂局面，为唐文化的发展奠定了坚实的基础。唐代博物杂记类小说的发展与民族融合及中外文化交流的加强、儒佛道思想的并存、史学的发达、类书编撰的兴盛等因素有密切的关系。

有唐一代，唐朝与突厥、回纥、吐蕃、南昭、契丹等民族虽然也时有战争，但总体保持着民族融合的态势。西北各民族推崇唐太宗为"天可汗"，唐太宗对各民族也持一种相对平等的态度："自古皆贵中华，贱夷、狄，朕独爱之如一。"① 唐朝统治者这种开阔的政治胸襟，以及他们所采取的和亲、羁縻政策，在民族融合过程中发挥了积极的作用。唐代最强盛的时候，疆域东至安东府，西至安西府，南至日南郡，北至单于府②。

在民族融合的同时，中外文化交流也得到了很大的发展。隋末战乱，丝绸之路一度中断，随着唐朝国力的增强，除了陆上丝绸之路再度繁荣外，还开辟了海上丝绸之路。随着中外文化交流的频繁，一方面，大量涌入的各国使者、留学生、商人将唐文化传播到境外，在中国周边形成了一个以中华文明为基础包括日本、朝鲜、越南在内的东亚文化圈；另一方面，中国传统的音乐、绘画、舞蹈、雕塑等艺术门类在发扬民族文化优良传统的基础上，广泛吸收外来文化的精华，呈现百花齐放的繁荣景象。在日常生活方面，胡酒、胡乐、胡舞、胡服，已经成为当时社会的时尚。郁金香、菩提树、莲花等外来物种以及西方的毛织品、金银器等奢侈品也源源不断地涌入中国。民族融合以及中外文化交流的发展在很大程度上为唐代博物杂记类小说的创作提供了新的素材，比如《酉阳杂俎》中的相关记载就被美国学者劳费尔认为："提供了许多关于波斯和拂林植物的很有用的材料。"③

---

① 司马光：《资治通鉴》卷一九八，中华书局 1976 年版，第 6247 页。
② 欧阳修：《新唐书》卷三七，中华书局 1975 年版，第 960 页。
③ ［美］劳费尔：《中国伊朗编》，林筠因译，商务印书馆 2001 年版，第 72 页。

在思想方面，有唐一代儒释道三教虽互有消长，但大体上是三教并举。关于儒学，唐高祖武德二年下诏于国子监立周公、孔子庙各一所，四时致祭；唐太宗颁布《五经正义》；唐玄宗追谥孔子为文宣王[①]，又自注《孝经》颁行天下[②]。佛教在唐代也得到了长足的发展，至唐武宗时，"天下寺四千六百，兰若四万，僧尼二十六万五百"[③]。在波罗颇迦罗蜜多罗、伽梵达摩、释莲华等高僧纷纷来华之际，玄奘、义净、不空等中土僧人亦西行求法。唐代的佛经翻译也达到高潮，据《大慈恩寺三藏法师传》载，仅玄奘翻译的佛经就有七十四部，一千三百三十五卷之多[④]。玄宗开元二十五年初置玄学博士，习《老子》、《庄子》、《文子》、《列子》亦曰道举，每岁依明经举[⑤]，设崇玄观，自注《道德经》颁行天下，至于武宗在道士的游说下灭佛等举动，无不是唐代道教兴盛的表现。佛寺、道观的兴建，宗教仪式的盛行，炼丹术的发展，佛像、佛经等宗教用品的流传，均为博物杂记类小说增加了新的内容。唐代文人的思想开放，大都带有出入儒释道三教的特点。在博物杂记类小说作家中，段成式就是一个典型的"精通三教"[⑥]的代表。因此，《酉阳杂俎》、《杜阳杂编》等博物杂记类小说中关于佛、道二教内容的描写非常丰富。

唐代自建国以来就非常注重总结历代王朝兴衰成败的教训，唐高祖李渊就认为："司典序言，史官记事，考论得失，究尽变通，所以裁成义类，惩恶劝善，多识前古，贻鉴将来。"[⑦]因此，从高祖武德五年（622年）诏修前代史起，唐代的修史之风变得空前浓厚。从太宗贞观三年（629年）到高宗显庆四年（659年），修纂了八部纪传体前代"正史"：《梁书》、《陈书》、《北齐书》、《周书》、《隋书》（包括《五代史志》），以及《晋书》和《南史》、《北史》；同时又开始编撰"实录"和修纂"国史"等本朝史书。

---

① 司马光：《资治通鉴》卷二一四，中华书局1976年版，第6838页。

② 刘昫：《旧唐书》卷八，中华书局1975年版，第183页。

③ 司马光：《资治通鉴》卷二四八，中华书局1976年版，第8015页。

④ 慧立、彦悰著，孙毓棠、谢方点校：《大慈恩寺三藏法师传》，中华书局2000年版，第220页。

⑤ 司马光：《资治通鉴》卷二一四，中华书局1976年版，第6826页。

⑥ 李昉等：《太平广记》卷一九七，中华书局1961年版，第1480页。

⑦ 刘昫：《旧唐书》卷一六〇，中华书局1975年版，第2597页。

在这种风气下，文人自然以任史职为荣，《史通·史官建置》云："近代趋竞之士，尤喜居于史职。""得厕其流者，实一时之美事。"① 对于文人来说，不能任史职而又企羡修史之事，往往以补国史之阙自命，比如苏颚撰《杜阳杂编》，封演撰《封氏闻见记》便是这一风气下的产物。

将各种文献内容分门别类重新辑录汇编而成的书称为类书，其优点在于便于查检。中国古代的类书编撰起源于魏文帝曹丕诏令编撰的《皇览》②，隋代编辑的类书主要有《长洲玉镜》、《北堂书钞》、《玄门宝海》等。降及唐代，类书编撰又有了长足的发展。从开国至盛唐，除中宗、睿宗朝（705—712 年）外，历朝都有官修类书，如高祖朝《艺文类聚》一百卷（欧阳询等撰），太宗朝有《文思博要》一千二百卷并《目》十二卷（高士廉等撰），高宗朝有《瑶山玉彩》五百卷、《累璧》四百卷并《目》四卷（均题许敬宗等撰），武后朝有《玄览》一百卷（天后撰）、《三教珠英》一千三百卷并《目》十三卷（张昌宗等撰），玄宗时有《事类》一百三十卷、《初学记》三十卷（徐坚等撰）。至今尚存《艺文类聚》、《初学记》两书。除官修类书外，唐代还有不少私人编写的类书，现唯有白居易《白氏六帖事类集》传世，与《艺文类聚》、《初学记》并称为唐代三大类书。此外，敦煌还发现了《兔园策》、《类林》等唐代类书的残卷。这些类书与博物杂记类小说的关系非常密切，一方面，唐前许多博物杂记类小说的佚文有赖于类书的保存，比如三大类书中就保存有《博物志》的许多佚文，这对于博物杂记类小说的辑佚有重要的作用；另一方面，类书的分类更为科学，在此影响下，唐代博物杂记类小说集的分类编排也趋于更加合理，《酉阳杂俎》的编排相对于《博物志》而言就有了很大的进步。随着唐代类书的兴起，类书在某种程度上替代了博物杂记类小说传播知识的社会功能，这也是唐以后博物杂记类小说逐渐走向衰弱的重要原因之一。

综上所述，由于各民族的融合及中外文化交流的加强、儒佛道思想的并存、史学的发达、类书编撰的兴盛等综合因素的作用，扩大了唐代博物

---

① 刘知几撰，浦起龙释：《史通通释》卷十一，中华书局 1978 年版，第 326、318 页。

② 胡道静：《中国古代的类书》，中华书局 2005 年版，第 51 页。

杂记类小说的题材来源，提高了作者的学术素养，使得唐代博物杂记类小说无论是从内容，还是从艺术形式上都呈现出新的面貌。

二　段成式《酉阳杂俎》

《酉阳杂俎》，唐段成式撰。《新唐书》本传称，段成式著《酉阳书》数十篇，未确言卷数。《新唐志》小说家类著录段成式《酉阳杂俎》三十卷，《崇文总目》小说类、《通志略》小说类同，皆不分正续集。《郡斋读书志》、《直斋书录解题》、《宋志》、《四库全书》均将《酉阳杂俎》收入小说类，并分正集二十卷、续集十卷。

《酉阳杂俎》最早的版本为南宋嘉定七年（1214 年）永康周登刻二十卷本，无续集。嘉定十六年（1223 年）武阳邓复刊行三十卷本，淳祐十年（1250 年）广文彭氏因旧本再次刊行，但宋刻本均已不见。明清常见刻本主要有两类：一是三十卷本，明万历年间赵琦美等校勘的脉望馆本（此本较诸本为佳）、《津逮秘书》本、《学津讨源》本。二是二十卷本，《稗海》本，旧明本、新都本。除二十卷、三十卷本外，还有若干节录本，如《类说》、《绀珠集》、《说郛》、《龙威秘书》等本。今人方南生有点校本，虽然此本仍然存在一些问题①，但相对于此前的本子而言，亦纠正了不少脱误，又比较完整，因此本书所引《酉阳杂俎》原文均以此本为依据。

《酉阳杂俎》的作者段成式，字柯古，临淄邹平人。父文昌，字墨卿，一字景初，相穆宗，历镇西川、淮南、荆南等地，封邹平郡公。段成式约生于唐德宗贞元十九年（803 年），卒于唐懿宗咸通四年（863 年）②。段成式自幼跟随父亲辗转往来于成都、长安、扬州、荆州等地，这样的生活经历无疑有助于其了解各地的风俗、物产，此外段成式"研精苦学，秘阁书

---

① 薛克翘：《从〈酉阳杂俎〉看中印文化交流》，载《南亚研究》1992 年第 2 期："故最新的点校本（方南生点校本）亦存在不少问题。"李剑国：《唐五代志怪传奇叙录》，南开大学出版社 1995 年版，第 721 页："方校本……惜乎校勘犹欠精博，疏误时见，又未事搜辑佚文，不能无憾焉。"郑慧生：《〈酉阳杂俎〉点校质疑》，载《河南大学学报》1993 年第 4 期；刘传鸿：《〈酉阳杂俎〉点校订补》，载《古籍整理学刊》2002 年第 6 期等文章，均指出了方南生点校本的一些问题。

② 段成式撰，方南生点校：《酉阳杂俎》，中华书局 1981 年版，第 309—349 页。

籍，披阅皆遍"①，这都为以后撰写《酉阳杂俎》打下了坚实的基础。段成式以荫入仕，曾任秘书省校书郎，出为庐陵、缙云、江州等地刺史，终太常寺卿。除《酉阳杂俎》外，段成式的作品还包括《庐陵官下记》二卷（《新唐志》小说家类著录，已佚）；《锦里新闻》三卷（《宋志》小说类，已佚）；《全唐诗》卷五八四收诗五十四首，卷八九一收词一首；《全唐文》卷七八七收文十篇；此外，还有与温庭筠、余知古等人在襄阳唱和所编成的《汉上题襟集》十卷（《新唐志》总集类，已佚）。《旧唐书·段文昌传》及《新唐书·段志玄传》后均有《段成式传》。

《酉阳杂俎》中的"酉阳"，据周登《酉阳杂俎后序》云："昔秦人隐学于小酉山石穴中，有所藏书千卷。梁湘东王尤好聚书，故其赋曰：'访酉阳之逸典。'或者成式以所著书有异乎世俗，故取诸逸典之义以名之也。"②"杂俎"指此书内容广泛而博杂，别具风味，"无若诗书之味大羹，史为折俎，子为醯醢，炙鸮羞鳖，岂容下著乎？"③

《酉阳杂俎》前集二十卷，续集十卷，涉及动物、植物、礼仪、宗教、技艺等内容，被侯忠义先生誉为："是继晋张华《博物志》、梁任昉《述异记》之后出现的又一部重要的博物类作品。"④

《酉阳杂俎》内容的博杂与段成式的博学多闻有密切的关系。段成式一生热爱大自然，对自然的敏锐的观察力在儿时已经初露端倪。据《酉阳杂俎》卷十七载："成式儿戏时，常以棘刺标蝇，置其来路，此蚁触之而返，或去穴一尺或数寸，才入穴中者如索而出，疑其有声相召也。其行每六七有大首者间之，整若队伍。"对于蚂蚁的兴趣，段成式一直保持到成年以后："元和中，成式假居在长兴里，庭中有一穴蚁，形状如窈赤之蚁之大者，而色正黑，腰节微赤，首锐足高，走最轻迅，每生致蝼及小鱼入穴，辄坏垤窒穴，盖防其逸也。"⑤ 这表明段成式通过长期的观察已经对蚂

---

① 刘昫：《旧唐书》卷一六七，中华书局1975年版，第4369页。
② 周登：《酉阳杂俎后序》，载段成式撰，方南生点校《酉阳杂俎》，中华书局1981年版，第291页。
③ 段成式撰，方南生点校：《酉阳杂俎》，中华书局1981年版，第1页。
④ 侯忠义：《隋唐五代小说史》，浙江古籍出版社1997年版，第349页。
⑤ 段成式撰，方南生点校：《酉阳杂俎》，中华书局1981年版，第167页。

蚁的食性、行为方式及种群有了相当程度的了解。这样的记载还很多，比如蠼螋、颠当等都是段成式在书斋里观察到的昆虫①。段成式除了注重观察外，还相当注重实证，比如前集卷十七载："天牛虫，黑甲虫也。长安夏中，此虫或出于离壁间，必雨，成式七度验之皆应。"在这条记载中，段成式对于天牛虫"出于离壁间，必雨"的传闻并不轻信，而是反复试验了七次之多。同时，《酉阳杂俎》中的部分内容也与段成式自身的生活经历有关，比如续集卷五、卷六的《寺塔记》就是出自段成式与同僚游赏长安寺院的产物："武宗癸亥三年夏，予与张君希复善继，同官秘丘，郑君符梦复，连职仙署。会暇日，游大兴善寺。因问《两京新记》及《游目记》，多所遗略，乃约一旬寻两街寺。以街东兴善为首，二记所不具，则别录之。"②

当然，一个人通过观察与实践获得的知识毕竟有限，因此《酉阳杂俎》中也有一些内容来源于访谈。段成式常在叙述故事的过程中，提及故事的来源，以增强故事的真实性。比如前集《毛篇》记"犀"云："成式门下医人吴士皋，尝职于南海郡，见舶主说本国取犀，先于山路多植木，如狙杙，云犀前脚直，常倚木而息，木栏折则不能起。犀牛一名奴角，有弯处必有犀也。犀，三毛一孔。刘孝标言，犀堕角埋之，人以假角易之。"③段成式一生并未到过南海郡，因此关于此地特有的犀牛的记载即是来源于访谈。对于访谈得来的资料，由于无法证实，段成式也常常保持一种怀疑态度，比如前集《天咫》中记载了僧一行的异行后，紧接着说："成式以此事颇怪，然大传众口，不得不著之。"④虽然段成式从主观上并不相信此事，但由于民间广泛流传，他也将这样的事记录在自己的书中，以待后人进一步考证。《支诺皋》中记载的"叶限"条便是中国版的灰姑娘故事，这个故事来源于"成式旧家人李士元所说。士元本邕州洞中人，多记得南中怪事"⑤。这样的记载便为我们今天研究灰姑娘故事的比较提供

---

① 段成式撰，方南生点校：《酉阳杂俎》，中华书局 1981 年版，第 167 页。
② 同上书，第 245 页。
③ 同上书，第 160 页。
④ 同上书，第 10 页。
⑤ 同上书，第 201 页。

了丰富的材料①。

《旧唐书》本传称段成式"研精苦学，秘阁书籍，披阅皆遍……家多书史，用以自娱"②。并且段成式曾任秘书省、集贤院的官职，必然对历代典籍相当熟悉。比如前集《黥》篇为说明唐人文身习俗就广泛地引用了《汉书》、《尚书刑德考》、《尚书大传》、《天宝实录》等前代典籍。《南楚新闻》载："唐段成式词学博闻。精通三教。"③《酉阳杂俎》中的《天咫》、《壶史》、《贝编》、《寺塔记》、《金刚经鸠异》等篇均是关于佛、道内容的记载。从《酉阳杂俎》中所引《释老志》、《譬喻经》、《隐诀》、《太真仙科》等来看，都可见出段成式对佛道典籍的熟悉。此外，段成式对前代志怪书也有一定的研究，《诺皋记》的产生便源于"成式因览历代怪书，偶疏所记，题曰《诺皋记》。"④《酉阳杂俎》还引用了《穆天子传》、《拾遗记》、《博物志》、《玄中记》、于氏《志怪》等前代小说。《酉阳杂俎》前集的《广动植》，续集的《支动》、《支植》等篇对天南海北的动植物作了大量的记载，收集《南康记》、《嵩山记》、《武陵记》、《交州异物志》等在内的魏晋以来的地志。《酉阳杂俎》中所引用的书籍，很大一部分都已经散佚了。因此《酉阳杂俎》对于这部分书籍的引用，也对我们的辑佚工作提供了宝贵的资料。

综上所述，段成式通过观察、采访、阅读等方式积累了丰富的博物学知识，为撰写唐代最著名的博物杂记类小说《酉阳杂俎》奠定了坚实的基础。

《酉阳杂俎》中的动植物知识相当丰富。其中《广动植》四卷、《肉攫部》一卷、《支动》一卷、《支植》两卷，共八卷的规模将植物分为草、木两类，将动物分为羽（鸟）、毛（兽）、鳞介（以鱼为主）、虫四类，记录

---

① 丁乃通：《中国和印度支那的灰姑娘型故事》，陈建宪译，载《中西叙事文学比较研究》，华中师范大学出版社1994年版，第115—149页。农学冠：《论骆越文化孕育的灰姑娘故事》，载《广西民族研究》1998年第4期。李道和：《舜象故事与叶限故事关系考辨》，载《民族文学研究》2005年第2期。王青：《"灰姑娘"故事的传输地——兼论中欧民间故事流通中的海上通道》，载《民族文学研究》2006年第1期。

② 刘昫：《旧唐书》卷一六七，中华书局1975年版，第4369页。

③ 李昉等：《太平广记》卷一九七，中华书局1961年版，第1480页。

④ 段成式撰，方南生点校：《酉阳杂俎》，中华书局1981年版，第127页。

动、植物近四百余种。《酉阳杂俎》中最引人注目的是记载了一些具有特殊生态习性的动物，比如卷十七："飞鱼，朗山浪水有之，鱼长一尺，能飞，飞即凌云空，息即归谭底。"① 段氏笔下的飞鱼即燕鳐鱼，属飞鱼科，胸鳍能飞翔如翼，又能潜游水底。又如卷十六记载："乌贼……遇大鱼，辄放墨，方数尺，以混其身。"② 描写了乌贼遇到危险时，释放墨汁迷惑敌害，然后逃跑的本领。段成式对动物的共生现象也有过观察和研究，卷十七云："寄居，壳似蜗，一头小蟹，一头螺蛤也。寄在壳间，常候蜗开出食，螺欲合，遽入壳中。"③ 段成式不仅观察到蟹与螺的共生现象，还通过试验对寄居蟹的寄生习性进行研究："寄居之虫如螺而有脚，形似蜘蛛，本无壳，入空螺壳中载以行，触之缩足，如螺闭户也。火炙之，乃出走，始知其寄居也。"④

《酉阳杂俎》除了对生物的特殊的生态习性进行描述外，段成式已经意识到不同的植物对生长环境有不同要求，比如卷十九中记载："南海有睡莲，夜则花低入水。""天芋，生终南山中。""水韭，生于水湄。""地钱，叶圆茎细，有蔓，生涧溪边。"⑤ 睡莲是水生植物，天芋是陆生植物，水韭常生长于水边，地钱多生长在富含有机质的阴湿之处。相对于植物而言，动物对环境的适应力更强。《酉阳杂俎》卷二十云："凡禽兽，必藏匿形影同于物类也，是以蛇色逐地，茅兔必赤，鹰色随树。"段成式已经观察到动物普遍存与生活环境相似的保护色。这种保护色，一方面有利于进攻和捕食其他动物，另一方面也有效地避免被天敌捕获。

鸽子是一种常见的鸟类，早在《绝越书》中就有"蜀有花鸽，状如春花"⑥ 的记载。到了唐代由于对外交流的扩大，唐人已经发现了波斯人成功地驯化出在海上航行中专门用于传递信息的信鸽，如《酉阳杂俎》前集《羽》篇载：

---

① 段成式撰，方南生点校：《酉阳杂俎》，中华书局 1981 年版，第 164 页。
② 同上书，第 163 页。
③ 同上书，第 166 页。
④ 同上书，第 278 页。
⑤ 同上书，第 188 页。
⑥ 李昉：《太平御览》卷九二三，中华书局 1985 年版，第 4096 页。

鸽，大理丞郑复礼言，波斯舶上多养鸽，鸽能飞行数千里，辄放一双至家，以为平安信。①

无独有偶，李肇《唐国史补》中也有类似的记载：

南海舶，外国船也……舶发之后，海路必养白鸽为信，舶没，则鸽虽数千里亦能归也。②

波斯人利用信鸽良好的归巢性，将其驯化为海上传递信息的工具。由于信鸽传递信息的方便、快捷，到了宋代信鸽作为通信手段日益变得重要，有了"千鸠不如一鸽"的俗谚。清代张万钟撰写《鸽经》，对于信鸽进行了专门的研究。

《酉阳杂俎》中对于药物的记载非常丰富。《诺皋记》下云：

许卑山人言，江左数十年前，有商人左膊上有疮如人面，亦无它苦。商人戏滴酒口中，其面亦赤。以物食之，凡物必食，食多觉膊内肉涨起，疑胃在其中也。或不食之，则一臂痹焉。有善医者，教其历试诸药，金石草木悉与之。至贝母，其疮乃聚眉闭口。商人喜曰："此药必治也。"因以小苇筒毁其口灌之，数日成痂，遂愈。③

这个故事貌似荒诞，实则记载了贝母具有疗疮之效。再如雄黄，医家以武都雄黄为贵，《重修证和证类本草》引《名医别录》云："雄黄……生武都山谷，敦煌山之阳，采无时。"④《酉阳杂俎》中对武都雄黄亦倍加推崇："玄宗幸蜀，梦思邈乞武都雄黄，乃命中使赍雄黄十斤，送于峨眉顶上。"⑤孙思邈在唐代被誉为"药王"，他所乞的药材必为上品。《酉阳杂

---

① 段成式撰，方南生点校：《酉阳杂俎》，中华书局1981年版，第154页。
② 李肇：《唐国史补》，上海古籍出版社1979年版，第63页。
③ 段成式撰，方南生点校：《酉阳杂俎》，中华书局1981年版，第147—148页。
④ 唐慎微：《重修政和证类本草》卷四，载《四部丛刊》初编。
⑤ 段成式撰，方南生点校：《酉阳杂俎》，中华书局1981年版，第19页。

俎》中的上述记载具有一定的神话色彩，正是由于这种神话色彩的存在，增强了故事的文学色彩，体现出《酉阳杂俎》中的药学内容不同于本草著作的一面。

随着交通的发展，唐代对外交流扩大，《酉阳杂俎》还记录了很多来自域外的物种。比如橄榄，原产波斯、叙利亚一带，唐时传入中国，由波斯语 zeitun 音译为"齐墩"。《酉阳杂俎·木篇》云：

> 齐墩树，出波斯国，亦出拂林国，拂林呼为齐虚，树长二三丈，皮青白，花似柚，极芳香。子似杨桃，五月熟，西域人压为油，以煮饼果，如中国之用巨胜也。[①]

又如阿魏，原产波斯和乌浒河、阿剌海和里海东岸等地，可作蔬菜、调味品及药物，有健胃消食、治疗皮肤红肿之效。唐时传入中国，中文名"阿魏"由波斯语 angnyan 翻译而来。《酉阳杂俎·木篇》云：

> 阿魏，出伽阇那国，即北天竺也。伽阇那呼为形虞，亦出波斯国，波斯国呼为阿虞截。树长八九丈，皮色青黄，三月生叶，叶似鼠耳，无花实。断其枝，枝出如饴，久乃坚凝，名阿魏。[②]

《酉阳杂俎》中还记录了龙脑香树、安息香树、波斯枣、扁桃、波斯皂荚等域外植物。尤其值得注意的是《酉阳杂俎》中的域外物种基本都按同样的顺序进行描述：首先点明产地，然后是在波斯、拂林、印度语中的称呼，接着描绘植物形态，有的还在末尾交代该植物的用途。《酉阳杂俎》对于域外植物的记载更近于客观描绘，没有多少神话色彩，这和此前博物杂记类小说关于域外物种充满神奇色彩的记载相比，呈现出完全不同的纪实风貌。

除动、植物外，《酉阳杂俎》中还存在一些关于奇人的记载。比如

---

① 段成式撰，方南生点校：《酉阳杂俎》，中华书局 1981 年版，第 179 页。
② 同上书，第 178 页。

《支诺皋下》云："太和六年秋，凉州西县百姓妻产一子，四手四足，一身分两面，顶上发一穗长至足。"① 这里记载的"四手四足，一身分两面"的婴儿，实际上就是连体婴儿。《物异》篇记："人腊，李章武有人腊，长三尺余，头项〈骨中〉肋成就，云是僬侥国人。"② 类似的记载还见于李绰的《尚书故实》："尝见人腊长尺许，眉目手足悉具，或以为僬侥人也。"③ 所谓的"人腊"，或许是保存完好的类似木乃伊的干尸。段成式和李绰都将这样的干尸称为"僬侥人"，从名称来看，这样的干尸当来自域外。由于古代尸体防腐技术有限，来自域外保存完好的干尸便成为难得一见的稀奇之物。

此外，《酉阳杂俎》中还保存了丰富的关于唐人文身、饮食以及佛、道二教信仰等内容，这将在本书第四章及第五章中集中加以探讨。

总之，无论是从文学性还是知识性来考察，《酉阳杂俎》都是唐代博物杂记类小说的巅峰之作，因此《四库全书》对其评价甚高："自唐以来，推为小说之翘楚，莫或废也。"④《酉阳杂俎》对后世的小说创作也很有影响，《夷坚志》、《青琐高议》、《醒世恒言》、《聊斋志异》等著名小说都曾从《酉阳杂俎》中取材。

三 苏鹗《杜阳杂编》

《杜阳杂编》，唐苏鹗撰。《杜阳杂编》始著录于《崇文总目》传记类，三卷。《新唐书·艺文志》、《郡斋读书志》、《直斋书录解题》、《四库全书总目》均作三卷，入小说家类。《宋史·艺文志》唯作二卷，入小说家类。今传版本有《稗海》本、《学津讨源》本、《笔记小说大观》本、《丛书集成初编》等多种，皆为三卷本，无自序。中华书局上海编辑所1958年排印本即根据《丛书集成初编》本排印。北京图书馆藏旧抄本三卷，原藏铁琴铜剑楼，《铁琴铜剑楼藏书目录》卷十七曰："唐苏鹗撰并序。黄琴六丈从

---

① 段成式撰，方南生点校：《酉阳杂俎》，中华书局1981年版，第227页。
② 同上书，第100页。
③ 李绰：《尚书故实》，载丁如明等校点《唐五代笔记小说大观》，上海古籍出版社2000年版，第1160页。
④ 永瑢等：《四库全书总目》卷一四二，中华书局2003年版，第1214页。

秦西岩致爽阁钞本校过。卷首钤黄琴六读书记印。"① 杜序他本均佚，故此本弥足珍贵。《类说》、《绀珠集》、《说郛》等皆有节录本，但《太平广记》引三十六条，有今本所不载者，则知今本已有遗佚。

《杜阳杂编》的作者苏鹗，据《新唐书·艺文志》小说家类注："字德祥，光启中进士第。"② 《全唐文》卷八一三小传称光启二年进士。苏鹗学识颇佳，除《杜阳杂编》外还著有《苏氏演义》十卷，载《新唐书·艺文志》，今存二卷。

《杜阳杂编》杂记代宗至懿宗十朝事，其中关于奇技异宝的部分最有特色。晋代王嘉在《拾遗记》中曾记载东吴赵达之妹为孙权刺绣作战地图之事，被看作是关于苏绣的最早记载之一。《杜阳杂编》则记载了唐代广绣的发展成就：

> 永贞元年，南海贡奇女卢眉娘，年十四，称本北祖帝师之裔。自大足中流落于岭表，幼而慧悟，工巧无比。能于一尺绢上绣《法华经》七卷。字之大小不逾粟粒，而点画分明，细于毛发。其品题章句，无有遗阙。③

广绣是中国四大名绣之一，其特点是针法多变，针步匀称。隋唐时期，广绣得到了很大的发展，刺绣不仅仅用于服饰上，还出现了审美与宗教意义相结合的刺绣佛经。常人在一尺绢上用毛笔书写七卷经文，尚且不易，眉娘却能用点画分明、粟粒大小的绣字完整呈现七卷《法华经》，可见广绣工艺之精湛，亦无愧于顺宗赞其为"神功"。眉娘所绣《法华经》今已不传，但刺绣佛经却成为刺绣工艺中的一个重要门类在后世有了很大的发展。台湾故宫博物院今藏有《宋绣千手千眼无量大延寿陀罗经》。上海博物馆藏有元代刺绣《妙法莲华经》，至今还珍藏在故宫博物院中，"此经卷是目前所见我国

---

① 瞿镛：《铁琴铜剑楼藏书目录》，中华书局1990年版，第257页。
② 欧阳修：《新唐书》卷五九，中华书局1975年版，第1541页。
③ 苏鹗：《杜阳杂编》，中华书局1958年版，第32页。

古代刺绣经卷中篇幅最长、字数最多的一件"①。足见我国古代佛经刺绣技艺的高超。

《四库全书总目》认为，《杜阳杂编》"大抵祖述王嘉之《拾遗》，郭子横之《洞冥》"②。不过《拾遗记》和《洞冥记》多是通过描写王室的奢华来铺陈奇珍异宝，达到夸耀帝国强盛的目的，而《杜阳杂编》则将批判的眼光投向奸臣生活的奢靡，从而行文中带有更多的批判色彩，如《香玉辟邪》：

> 肃宗赐李辅国香玉辟邪二，各高一尺五寸，奇巧殆非人间所有。其玉之香，可闻于数百步，虽锁之于金函石匮，终不能掩其气。或以衣裾误拂，则芬馥经年。纵澣濯数四，亦不消歇。辅国常置于座侧。一日方巾栉，而辟邪忽一大笑，一悲号。辅国惊愕失据，而辗然者不已，悲号者更涕泗交下。辅国恶其怪，碎之如粉，以投厕中，其后常闻冤痛之声。其辅国所居里巷，酷烈弥月犹在，盖舂之为粉而愈香故也。不周岁而辅国死焉。初碎辟邪，辅国嬖奴慕容宫人，知异常物，隐屑二合。而鱼朝恩不恶辅国之祸，以钱三十万买之。及朝恩将伏诛，其香化为白蝶，竟天而去。当时议者以奇香异宝非人臣之所蓄也。③

在这个故事中，苏鹗借玉辟邪"非人臣所蓄"巧妙地表达了对破坏君臣之道及政治秩序稳定的罪恶行径的批判。玉辟邪的香气在苏鹗笔下显得相当神奇，到底是否存在这种香玉，世人多有疑问，不过纪昀在《阅微草堂笔记》中对此进行了考证："《杜阳杂编》记李辅国香玉辟邪事，殊怪异，多疑为小说荒唐。然世间实有香玉。先外祖母有一苍玉扇坠，云是曹化淳故物，自明内府窃出。制作朴略，随其形为双螭纠结状。有血斑点数点，色如熔蜡。以手摩热，嗅之作沉香气；如不摩热，则不香。疑李辅国玉，亦不过如是，记事者点缀其词耳。"④ 事实上，现代科学已经证明了自

---

① 庄恒：《元代刺绣〈妙法莲花经〉卷》，载《文物》1992 年第 1 期。
② 永瑢等：《四库全书总目》卷一四二，中华书局 2003 年版，第 1209 页。
③ 苏鹗：《杜阳杂编》，中华书局 1958 年版，第 19—20 页。
④ 纪昀：《阅微草堂笔记》卷八，上海古籍出版社 1980 年版，第 170 页。

然界中确实存在散发香味的玉石。这类玉石被称为金香玉，虽然目前并未对金香玉的成因进行充分的研究，不过近年来已经逐渐引起现代科技研究者的强烈兴趣①。可见，《杜阳杂编》与其他博物杂记类小说一样，其中很多宝物都是实有的，由于不常见，加之作者的"点缀其词"，显得比较神奇而已。

唐代社会饮茶风气渐盛，这一风气也波及宫廷，皇帝往往将赐茶作为以示恩宠的手段。永泰元年（765 年），鱼朝恩判国子监事，代宗命"中使送酒及茶果，赐充宴乐"②，以示恩宠。哀帝也曾"赐（柳）璨茶、药"③。《杜阳杂编》中亦有类似的记载：

> 文宗皇帝尚贤乐善……常延学士于内庭，讨论经义，较量文章，令宫女已下侍茶汤饮馔。④
> 上召入内廷，遇之（罗浮先生轩辕集）甚厚……上令宫人侍茶汤。⑤
> 咸通九年，同昌公主出降，宅于广化里……上每赐御馔汤物……其茶则绿华紫英之好。⑥

在中国古代皇权社会中，帝王的喜好必然会对社会风气产生影响，因此宫廷对茶的喜爱也从某种程度上推动了唐代茶文化的发展。

此外，《杜阳杂编》中关于中外文化交流的记载也很丰富，如大中中，日本王子来朝与第一国手顾师言对弈，顾以"镇神头"应著险胜日本王子的故事，便为我们研究围棋文化提供了材料⑦。如果说唐前外国人主要以使节或商人的身份来到中国，那么到了唐朝，许多外国人则进入朝廷担任官职，《杜阳杂编》载：

---

① 沈才卿：《首届金香玉学术研讨会在京举办》，载《宝石与宝石学杂志》2006 年第 3 期。
② 刘昫：《旧唐书》卷二四，中华书局 1975 年版，第 924 页。
③ 同上书，第 803 页。
④ 苏鹗：《杜阳杂编》，中华书局 1958 年版，第 41 页。
⑤ 同上书，第 51—52 页。
⑥ 同上书，第 53—55 页。
⑦ 同上书，第 50 页。

飞龙卫士韩志和，本倭国人。善彫木作鸾鹤鸦鹊之状。饮啄动静，与真无异，以关戾置于腹内，发之则凌云奋飞，可高三尺，至一百二十步外方始却下。兼刻木作猫儿以捕鼠雀……志和更彫踏床，高数尺，其上饰之以金银彩绘，谓之见龙床。置之则不见龙形，踏之则鳞鬣爪牙俱出。①

韩志和制作的木"鸾鹤鸦鹊"、木猫及龙床不仅形象逼真，而且还具备了初级的自动化装置。韩志和这位来自异国的能工巧匠能为唐王朝所用，也从一个侧面反映出唐王朝海纳百川的气魄。此外，《杜阳杂编》中还记录了唐宪宗爱喝来自西域乌弋山离国的龙膏酒，敬宗喜看来自幽州的妓女火胡所表演的杂技，以及懿宗好佛教迎佛骨于法门寺等，均从物质、艺术及宗教等方面反映出唐朝由于自身的强大，在深受异域文明影响的同时，体现出兼容并包的宏大气魄。

《四库全书总目》对《杜阳杂编》的评价是"铺陈缛艳，词赋恒所取材，固小说家之以文采胜者"②。《杜阳杂编》作为一部博物杂记类小说，其中的题材能被"词赋恒所取材"，可见其文学价值之所在。

四　刘恂《岭表录异》

《岭表录异》，唐末刘恂撰，《新唐书·艺文志》著录三卷，归入地理类。《崇文总目》入小说家类。《岭表录异》原书久佚，但在唐以后的类书中多有征引，其中以《永乐大典》所引尤多。清人修订《四库全书》时从《永乐大典》中辑出三卷，稍后以武英殿聚珍版刊印。鲁迅于 1911 年据武英殿本为底本对《岭表录异》加以整理。1980 年《鲁迅研究资料》第四辑收录此校本。1983 年广东人民出版社将其收入《广东地方文献丛书》。1999 年人民文学出版社出版《鲁迅辑录古籍丛编》（一）亦收录此书。《岭表录异》的另一个校本是广西人民出版社 1988 年出版的商璧、潘博的《岭表录异校补》。

---

① 苏鹗：《杜阳杂编》，中华书局 1958 年版，第 38 页。
② 永瑢等：《四库全书总目》卷一四二，中华书局 2003 年版，第 1209 页。

《岭表录异》中最引人注目的是对海洋的认识和利用，这在以往的博物杂记类小说中是不多见的。例如《岭表录异》卷下记腔肠类动物海蜇：

> 广州谓之水母……其形乃浑然凝结物。有淡紫色者，有白色者。大如覆帽，小者如碗。腹下有物如悬絮，俗谓之足，而无口眼。常有数十虾寄腹下，咂食其涎，浮泛水上。捕者或遇之，即欻然而没，乃是虾有听见耳。①

这里对水母的颜色、外形、行动方式，以及与小虾形成的共栖现象都做了仔细的观察与描述。

《岭表录异》中关于露脊鲸的记载也很生动：

> 海鳅鱼，即海上之最伟者也，其小者亦千余尺……路经调黎深阔处，或见十余山，或出或没。篙工曰："非山岛，鳅鱼背也。"果见双目闪烁，髻鬣若簸朱旗。危沮之际，日中忽雨霢霂。舟子曰："此鳅鱼喷气，水散于空，风势吹来若雨耳。"②

成年露脊鲸平均体长 15—18 米，老鲸甚至可达 21 米，露脊鲸的鲸须长约为 2.9 米。由于露脊鲸没有背鳍，因此当其浮到海面上时，宽大的脊背几乎一半露于水面。因此刘恂关于露脊鲸"海上之最伟者"、"髻鬣若簸朱旗"的记载是很形象的。尤其值得注意的是，刘恂关于露脊鲸的知识来源于篙工，正是这些常年航行于海上的航海者积累了丰富的海洋知识，为中国古代海洋科学的发展做出了贡献。

岭南人民经过长期的观察与实践，形成了独具特色的捕鱼技术：

> 跳鲢，乃海味之小鱼鲢也……捕者以仲春于高处卓望，鱼儿来如阵云，阔二三百步，厚亦相似者。既见，报鱼师，遂将船争前而迎

---

① 刘恂撰，鲁迅校勘：《岭表录异》，广东人民出版社 1983 年版，第 32 页。
② 同上书，第 28 页。

之。船冲鱼阵，不施罟网，但鱼儿自惊跳入船，逡巡而满，以此为鲥，故名之"跳"。又云：船去之时，不可当鱼阵之中，恐鱼多压沉故也。即可以知其多矣。[①]

这种利用海洋鱼类生活习性进行捕捞的方式，相当省力。

出于航海需要，岭南的造船业也相当发达，"贾人船不用铁钉，只使桄榔须系缚，以橄榄糖泥之。糖干甚坚，入水如漆也。"[②] 造船所用材料尽量就地取材，桄榔和橄榄均是岭南的特产。《岭表录异》卷中载："桄榔树生广南山谷……叶下有须，如粗马尾……其须尤宜咸水浸渍，即粗胀而韧，故人以此缚舶，不用钉线。"[③] "橄榄……树枝节上生脂膏如桃胶，南人采之，和其皮叶煎之，调如黑饧，谓之橄榄糖。用泥船损，干后牢于胶漆，著水益坚耳。"[④] 这些造船知识都是岭南人民在长期的生产生活实践中充分利用本地物产，总结出来的迥异于中原的造船工艺。

岭南地区由于海岸线较长，并拥有密布的内陆水网，这种特定的地理环境，为岭南饮食提供了较内地更为丰富的水产。《岭表录异》以大量篇幅记述岭南的河鲜、海鲜及其制作，《岭表录异》所列举的可作食用的水产品有：跳鲥、嘉鱼、鲨鱼、黄蜡鱼、竹鱼、乌贼鱼、石首鱼、石矩、瓦屋子（蚌蛤类）、水蟹、黄膏蟹、赤蟹、蚝（牡蛎）、水母等数十种。除水产品外，一些令人望而生畏的野生动物也成为岭南人的美食。比如蜈蚣："取其肉暴为脯，美于牛肉。"蜜蜂："彼中人好食蜂儿，状如蝉蛹而莹白。"蚁卵："交、广溪洞间，酋长多收蚁卵，淘泽令净，卤以为酱……其味酷似肉酱，非官客亲友不可得也。"[⑤] 岭南人民在大力开发天然食物资源的同时，烹调水平也有了很大的提高。烹制方法包括炸、脯、炙、羹、炒、脍等多种，形成了独具特色的民族饮食习俗：

---

① 刘恂撰，鲁迅校勘：《岭表录异》，广东人民出版社 1983 年版，第 25 页。
② 同上书，第 8 页。
③ 同上书，第 17 页。
④ 同上书，第 19 页。
⑤ 同上书，第 34—35 页。

交趾之人，重"不乃"羹。羹以羊鹿鸡猪肉和骨同一釜煮之，令极肥浓，滤去肉，进之葱姜，调以五味，贮以盆器，置之盘中。羹中有觜银杓，可受一升。即揖让，多自主人先举，即满斟一杓，纳觜入鼻，仰首徐倾之，饮尽传杓，如酒巡行之。吃羹了，然后续以诸馔。谓之"不乃会"。交趾人或经营事务，弥缝权要，但设此会，无不谐者。①

从"不乃羹"无论是食材、配料的选择，火候的把握，餐具的配置，还是食用的过程来看，均有一定的讲究和程序，显示出岭南独具特殊的饮食文化。尤其是关于鼻饮的习俗，除了《岭表录异》以外，宋代乐史的《太平寰宇记》、李昉的《太平御览》、朱辅的《溪蛮丛笑》、陆游的《老学庵笔记》、范成大的《桂海虞衡志》等都有相关记载。可见鼻饮的风俗曾在中国古代少数民族中广泛存在，虽然清代以后关于鼻饮之事的记载渐少，但现代中国少数民族中是否还存在鼻饮有待进一步考证，不过可以肯定的是，鼻饮之风在现在越南的康族中仍有保留②。

岭南人的饮食器具也很有地域特色：越王鸟冠、鹦鹉螺、虎蟹、红蟹均可作酒器，椰子壳可作水罐，尤其是石器、陶器所做的炊具更是岭南一绝：

康州悦城县北百余里，山中有焦石穴。每岁，乡人琢为烧食器。但烧令热彻，以物衬阁，置之盘中，旋下生鱼肉及葱韭斋菹腌之类，顷刻即熟，而终席煎沸。南中有亲朋聚会，多用之。频食亦极壅热，疑石中有火毒。③

这条记载反映出唐代岭南仍然保持了原始人以石烙肉的传统。这里的"焦石"即是煤炭矿石，因此用火可以迅速加热食物。除石器外，岭南人

---

① 刘恂撰，鲁迅校勘：《岭表录异》，广东人民出版社1983年版，第9页。
② 范宏贵：《鼻饮有当代民族学实证》，载《广西民族研究》1994年第2期。
③ 刘恂撰，鲁迅校勘：《岭表录异》，广东人民出版社1983年版，第6页。

还喜用土器："广州陶家皆作土锅镬,烧熟,以土油之,其洁净则愈于铁器。尤宜煮药。一斗才直十钱。"① 这种土陶制品由于制作简便,价格便宜,在岭南很受欢迎。

唐代榷盐法创立于唐肃宗乾元元年（758年）,其后刘晏又对盐法进行改革："但于出盐之乡置盐官,收盐户所煮之盐转鬻于商人,任其所之,自余州县不复置官。"② 岭南地区虽然拥有丰富的海盐资源,但由于地势偏远,其海盐生产依然存在商人向官府缴纳一定的榷课之后,直接雇用工人煮盐的经营方式,《岭表录异》载：

> 野煎盐：广人煮海其□无限。商人纳榷,计价极微数,内有恩州场、石桥场,俯迎沧溟,去府最远,商人于所司给一百榷课,支销杂货二三千。及往本场,盐并官给,无官给者,遣商人。但将人力收聚咸池沙,掘地为坑,坑口稀布竹木,铺蓬篁于其上,堆沙,潮来投沙,咸卤淋在坑内。伺候潮退,以火炬照之,气冲火灭,则取卤汁,用竹盘煎之,顷刻而就。竹盘者,以蔑细织。竹镬表里,以牡蛎灰泥之。自收海水煎盐之,谓之野盐,易得如此也。江淮间试卤浓淡,即置饭粒于卤中,粒浮者即是纯卤也。③

由于唐代中后期施行食盐专卖制度,商人私自招募工人煮盐,不将制好的盐卖给官府,因此称为"野煮盐"。从这条材料的记载来看,唐代岭南地区已经放弃了直接煮海水成盐的制盐法,而广泛采用更为先进的取卤制盐法。这种制盐法分为取卤、验卤、煮卤三个环节,技术要领是测试卤水的浓度："伺候潮退,以火炬照之,气冲火灭,则取卤汁。"由于卤汁是高浓度的盐水,以此煮盐,不仅节省燃料,而且效率大为提高,因此被称为"易得如此"。从《岭表录异》的记载来看,这种取卤制盐法在唐代的运用已经相当普遍,江淮煮盐过程与岭南大体类似,只是验卤的方式改

---

① 刘恂撰,鲁迅校勘：《岭表录异》,广东人民出版社1983年版,第8页。
② 司马光：《资治通鉴》卷二二六,中华书局1976年版,第7286页。
③ 刘恂撰,鲁迅校勘：《岭表录异》,广东人民出版社1983年版,第37页。

"以火炬照之"为"置饭粒于卤中"。可见，《岭表录异》虽然是博物杂记类小说，却为我们研究唐代制盐法提供了翔实的资料。

此外，《岭表录异》关于医药学、气象学的记载也很丰富，这将在本书第三章"汉唐博物杂记类小说中的科技视野"中结合唐代其他博物杂记小说一起论述。

《岭表录异》和其他博物杂记类小说明显不同之处在于，它仅仅只记录岭南的风物，实征性较强，有着鲜明的地域特色。其广见闻、资考证的价值在《四库全书总目》中得到了很高的评价："历来考据之家，皆资引证。盖不特图经之圭臬，抑亦苍雅之流，有稗小学，非浅鲜也。"①

五　封演《封氏闻见记》

《封氏闻见记》，唐封演撰，《新唐书·艺文志》作五卷，入"杂传记类"；《崇文总目》、《郡斋读书志》、《宋史·艺文志》均入"小说家类"，《直斋书录解题》入"小说家类"，作二卷；《四库全书总目》入"杂家类"，作十卷。《封氏闻见记》通行本多为十卷本，主要有《学海类编》本、《雅雨堂丛书》本、江都秦鬘刻本、秦恩复刻《石研斋四种》本、《学津讨源》本、《畿辅丛书》本等。近人赵贞信作《封氏闻见记校证》十卷，1933 年由哈佛燕京出版社出版。其后岑仲勉作《跋〈封氏闻见记〉（校证本）》，1947 年发表于《历史语言研究所集刊》第九本，对《封氏闻见记》及封演的生平做了进一步的考证。1958 年，中华书局出版了赵贞信在《封氏闻见记校证》基础上精简而成的《封氏闻见记校注》，颇为精审，因此本书所引《封氏闻见记》原文均来自此本。

封演生平无系统记载，据赵贞信、余嘉锡、岑仲勉等人的考证，封演，天宝中曾为太学生，天宝末中进士，曾为昭义节度使薛嵩幕僚，官屯田郎中权邢州刺史，后又仕于田承嗣处，在田悦时任司刑侍郎。《封氏闻见记》一书，大约作于贞元十六年（800 年）之后。

《封氏闻见记》一书，编排严谨，内容十分丰富，《四库全书总目》

①　永瑢等：《四库全书总目》卷七〇，中华书局 2003 年版，第 623 页。

云："唐人小说，多涉荒怪，此书独语必征实。前六卷多陈掌故，七、八两卷多记古迹及杂论，均足以资考证。末二卷则全载当时士大夫轶事，嘉言善行居多，惟末附谐语数条而已。"① 《封氏闻见记》的博物内容主要集中于前八卷，后两卷主要记人物轶事。因李氏尊老子为祖先，故卷一将《道教》列于《儒教》之前。卷二至卷八包括典籍、民俗、地理、科举、制度等内容，末二卷则全载当时士大夫轶事，嘉言善行居多。因此博物杂记内容主要集中于前八卷。

封演无论是对于自然现象还是社会现象都保持一种不迷信、不盲从的科学态度。张华一度被认为是最著名的博物学家，即便是张华的观点，封演也不轻信。"温汤"条记载了全国各地的温泉：

> 海内温汤甚众，有新丰骊山汤，蓝田石门汤，岐州凤泉汤，同州北山汤，河南陆浑汤，汝州广成汤，兖州乾封汤，邢州沙河汤，此等诸汤皆知名之汤也。并能愈疾。②

这段材料为我们研究唐代温泉的分布提供了很好的材料。在罗列了天下著名温泉之后，封演进一步指出温泉具有"并能愈疾"的疗效。温泉的疗效已被现代医学证实，由于温泉中存在的硫黄、氯化物、碳酸等化学成分，对皮肤病、神经痛、风湿痛、关节炎都有一定的治疗效果。对于温泉的成因，封演和张华有不同的看法：

> 《博物志》云："水源有石流黄，其泉则温。"天下山泉，由土石滋润蓄而成泉耳。如硫黄煎铄，久久理当焦竭。汤之处皆不出硫黄，有硫黄之所不闻有汤，事可明矣。③

温泉的成因大致可以分为两类：一是由于地壳内部岩浆作用而形成的

---

① 永瑢等：《四库全书总目》卷一二〇，中华书局 2003 年版，第 1033 页。
② 封演撰，赵贞信校注：《封氏闻见记校注》，中华书局 1958 年版，第 63 页。
③ 同上书，第 64 页。

硫黄质温泉，多出现于火山活动过的地域。二是由于地表水渗入地壳深处由地热加热而形成的碳酸质温泉，多出现在山谷中的河床上。因此，张华和封演的说法均有一定的科学性，将二者合起来便是温泉形成的两个主要原因。封演这种不迷信前人，善于观察，勤于思考的科学态度无疑是十分可贵的。

潮汐是沿海地区的一种自然现象，关于海潮的形成，东汉王充已经认识到潮汐运动周期与月亮运行的关系："涛之起也，随月盛衰。"① 封演在王充的基础上通过自己的观察进一步总结出每月中潮汐运动的规律：

> 余少居淮海，日夕观潮。大抵每日两潮，昼夜各一。假如月出潮以平明，二日三日渐晚，至月半则月初早潮翻为夜潮，夜潮翻为早潮矣。如是渐转至月半之早潮复为夜潮，月半之夜潮复为早潮。凡一月旋转一帀，周而复始。虽月有大小，魄有盈亏，而潮常应之，无毫厘之失。月阴精也，水阴气也，潜相感致体于盈缩也。②

现代海洋学研究证实潮汐运动的产生与太阳、月球的引潮力都有直接的关系，也和我国传统农历对应。由于月球每天在天球上东移 13 度多，合计为 50 分钟左右，即每天月亮上中天时刻（为 1 太阴日＝24 时 50 分）约推迟 50 分钟左右，（下中天也会发生潮水，每天一般都有两次潮水）故每天涨潮的时刻也推迟 50 分钟左右。封演观察到的"至月半之早潮复为夜潮，月半之夜潮复为早潮"，"凡一月旋转一帀，周而复始"的现象与现代科学的研究是相当一致的。现在虽然无法考证封演是否看过宝应年间窦叔通著的《海涛志》及绘制的《涛时图》，但以封演不迷信《博物志》的态度，可以推断出《封氏闻见记》中关于潮汐的记载与其亲自观察有直接的关系。

封演强烈的求知欲除了表现在对自然现象的探索外，对于社会现象也进行了观察与思考。卷六记《纸钱》：

---

① 黄晖：《论衡校释》，中华书局 1990 年版，第 186 页。
② 封演撰，赵贞信校注：《封氏闻见记校注》，中华书局 1958 年版，第 58 页。

今代送葬为凿纸钱，积钱为山，盛加雕饰，舁以引柩。

按，古者享祀鬼神有圭璧币，事毕则埋之。后代既宝钱货，遂以钱送死。汉书称"盗发孝文园瘗钱"，是也。

率易从简，更用纸钱。纸乃后汉蔡伦所造，其纸钱魏、晋以来始有其事。今自王公逮于匹庶，通行之矣。凡鬼神之物，取其象似，亦犹涂车刍灵之类。古埋帛；今纸钱则皆烧之，所以示不知神之所为也。①

在这条记录中，封演追溯了纸钱产生的过程，源于祭祀文化中的祖先崇拜，古时候祭祀鬼神用圭璧币，后来改用钱的实物。新疆吐鲁番地区的墓葬中曾出土了麴氏高昌王国时期纸质随葬品②。到了唐代在送葬过程中运用纸钱的风俗更加普遍，这在唐代的小说及诗歌中屡有提及：《酉阳杂俎》中恶少李和子为延命三年，曾以四十万纸钱贿赂鬼使："和子遽归，货衣具凿楮，如期备酹焚之，自见二鬼挈其钱而去。及三日，和子卒。鬼言三年，盖人间三日也。"③王建《寒食行》："三日无火烧纸钱，纸钱哪得到黄泉。"张籍《北邙行》："寒食家家送纸钱，乌鸢作巢衔上树。"可见，正是由于纸钱在唐代的盛行激发了封演对这一民俗现象的来龙去脉进行考证。

《封氏闻见记》和此后的考证笔记不同之处主要在于在对某物进行考究原委后，往往再叙述与之相关的故事，并在故事中暗喻褒贬。比如前举"温汤"条，在介绍了各地温泉后，接着讲述了唐玄宗游幸骊山温泉的故事。篇末云："丧乱以来，汤所馆殿，鞠为茂草"④，其感伤色彩相当浓郁。封演从骊山温泉的盛衰这样一个侧面，演绎大唐王朝的没落，延续了《诗经》开创的"黍离之悲"的主题。《封氏闻见记》"宅第"条的记载也很有特色。封演先描绘了唐代官员宅第由"卑陋"到"竟为宏壮"的过程，然后笔锋一转叙述汉代郭子仪的故事：

---

① 封演撰，赵贞信校注：《封氏闻见记校注》，中华书局 1958 年版，第 55 页。
② 新疆维吾尔自治区博物馆：《新疆吐鲁番阿斯塔那北区墓葬发掘简报》，载《文物》1960 年第 6 期。
③ 段成式撰，方南生点校：《酉阳杂俎》，中华书局 1981 年版，第 202 页。
④ 封演撰，赵贞信校注：《封氏闻见记校注》，中华书局 1958 年版，第 64 页。

中书令郭子仪，勋伐盖代，所居宅内，诸院往来乘车马，僮客于大门出入各不相识。词人梁锽常赋诗曰："堂高凭上望；宅广乘车行。"盖此之谓也。郭令曾将出，见修宅者，谓曰："好筑此墙，勿令不牢。"筑者释锤而对曰："数十年来，京城达官家墙皆是某筑，只见人自改换，墙皆见在也。"郭令闻之，怆然动容，遂入奏其事，因固请老。①

所谓的荣华富贵不过是过眼云烟，封演借修宅者之口婉转地讽刺了追逐名利者的可悲下场。这种卒章显志的写法与汉大赋篇末讽谏的艺术手法不乏可沟通之处。

《封氏闻见记》的内容非常丰富，其中的"瓯使"、"卤薄"、"图画"等条还将在本书第四章、第七章分别加以讨论。

《封氏闻见记》中的博物描写，最明显的特点在于征实，尤其是考证性相对鲜明。这预示着唐代一部分博物杂记小说具有向《资暇》、《刊误》等考证笔记转变的趋势。

---

① 封演撰，赵贞信校注：《封氏闻见记校注》，中华书局 1958 年版，第 40 页。

第三章　汉唐博物杂记类小说中的科技视野

第一节　地理之属

《山海经》作为博物杂记类小说的源头，以山、海为构架记录山水、动植、物产等内容，具有地理书性质，因此历代书目如《隋书·经籍志》、《旧唐书·经籍志》、《新唐书·艺文志》等均将其归入地理书类。汉唐博物杂记类小说也在很大程度上继承了《山海经》的传统，记载了丰富的地理学内容。

一　汉唐博物杂记小说中的地理内容

（一）自然地理

区域地理《博物志》云："中国之城，左滨海，右通流沙，方而言之，万五千里，面二千五百里。东至蓬莱，西至陇西，后跨京北，前及衡岳。"[①] 这条记载反映了魏晋时期人们对于"中国"地形的总体认识。同时《博物志》中还有对于秦、魏、赵、燕、齐、鲁、宋、楚、吴等区域地形的具体描绘，如"秦，前有蓝田之镇，后有胡苑之塞，左崤函，右陇蜀，西通流沙"、"魏，前枕黄河，背漳水，瞻王屋，望梁山"、"赵，东临九州，西瞻恒岳"、"燕，却背沙漠，进临易水，西至军都，东至于辽"[②] 等。这样的描写以方位为依托，涉及地形地貌、河湖水系等诸方面，俨然是一幅幅宏观的区域地形图。

---

① 张华撰，范宁校证：《博物志校注》，中华书局1980年版，第8页。
② 同上。

汉唐博物杂记类小说还有一些关于山川景物随物赋形的细致描绘。《异苑》云："会稽天台山虽非遐远，自非卒生忘形则不能跻也。赤城阻其径，瀑布激其冲，石有莓苔之险，渊有不测之深。"① 此条记载从赤城、飞瀑、险石、深渊四个方面表现天台山的奇与险，这样的描写颇具山水画的意境。类似的描写还见于《异苑》"衡山三峰"及《述异记》"君山"诸条。

地壳升降　在认识水平相对低下的中国古代，人们无法从科学的角度对地壳上升、下降等运动进行解释，因此，博物杂记类小说中关于地壳运动的记载往往带有很强的神秘色彩。《搜神记》载：

> 由拳县，秦时为长水县也。始皇时童谣曰："城门有血，城当陷没为湖。"有妪闻之，朝朝往窥。门将欲缚之。妪言其故。后门将以犬血涂门，妪见血，便走去。忽有大水欲没县。主簿令干入白令。令曰："何忽作鱼？"干曰："明府亦作鱼。"遂沦为湖。②

《述异记》云：

> 和州历阳沦为湖。昔有书生遇一老姥，姥待之厚。生谓姥曰："此县门石龟眼血出，此地当陷为湖。"姥后数往观之。门吏问姥，姥具答之。吏以朱点龟眼。姥见，遂走上北山，顾城遂陷焉。今湖中有明府鱼奴鱼婢鱼。③

地表岩体和土块在重力等内、外力综合作用下发生下降运动，这种地壳运动带来的类似将整座城市下陷为湖的现象，给人类带来了巨大的灾害。除了地壳在运动中有下陷，还存在上升的情况。《搜神记》卷六中对这两种现象都有记载：

---

① 刘敬叔撰，范宁校点：《异苑》，中华书局1996年版，第2页。
② 干宝：《搜神记》卷十三，中华书局1979年版，第161—162页。
③ 任昉：《述异记》卷上，载《百子全书》，浙江人民出版社1984年版。

周隐王二年四月，齐地暴长，长丈余，高一尺五寸。京房《易妖》曰："地四时暴长。占：春、夏多吉，秋、冬多凶。"历阳之郡，一夕沦入地中而为水泽，今麻湖是也。不知何时。《运斗枢》曰："邑之沦阴，吞阳，下相屠焉。"①

由于地壳的升降并不是一种常见的自然现象，在古代地理科学不发达的情况下，在古代小说中对于这种自然现象的记载通常含有童谣、预言、谶纬等神秘主义色彩。

流沙　《山海经》中曾提到"流沙"这种地质现象，如《东山经》："又南水行五百里，流沙三百里，至于葛山之尾，无草木，多砥砺。"② 以"无草木，多砥砺"为主要地貌特征的"流沙"即是今天所称的沙漠。由于《山海经》中的内容以神话传说居多，因此流沙的具体位置难以确考。

汉代，人们对蒙古及敦煌地区的沙漠地貌认识渐趋详细。《汉书·匈奴传》载："幕北地平，少草木，多大沙，匈奴来寇，少所蔽隐，从塞以南，径深山谷，往来差难。"③ 在对匈奴的长期战争中，汉人已经意识到在蒙古高原的沙漠作战的独特性。张骞沟通西域之后，随着中外交流的加强，汉代对于敦煌地区的鸣沙现象也有了详细的记载，《辛氏三秦记》载：

河西有沙角山，峰岳危峻，逾于石山。其沙粒黄，有如乾糒。

沙角山之阳有一泉，云是沙井，绵历今古。沙填不满。人欲澄（登）峰，必步下入穴，即有鼓角之声，震动人足。④

除《三秦记》外，大约成书于魏晋时期的《西河旧事》中也有甘肃一带鸣沙现象的记载："沙洲，天气晴朗，则沙鸣闻于城内。"⑤

中国的沙漠多集中于西北部，因此西晋博物家常用"流沙"来泛指西

---

① 干宝：《搜神记》卷六，中华书局 1979 年版，第 69 页。
② 袁珂：《山海经校注》，上海古籍出版社 1980 年版，第 106 页。
③ 班固：《汉书》卷九十四，中华书局 1975 年版，第 3803 页。
④ 辛氏：《三秦记》，载刘纬毅《汉唐方志辑佚》，北京图书馆出版社 1997 年版，第 3 页。
⑤ 佚名《西河旧事》，载刘纬毅《汉唐方志辑佚》，北京图书馆出版社 1997 年版，第 32 页。

北部的沙漠地貌，这在《博物志》中体现得最明显：

> 中国之城，左滨海，右通流沙，方而言之，万五千里。东至蓬莱，西至陇右，右跨京北，前及衡岳，尧舜土万里，时七千里。
>
> 秦，前有蓝田之镇，后有胡苑之塞，左崤函，右陇蜀，西通流沙，险阻之国也。①

张华在《博物志》卷八中还记载了在干旱的沙漠中寻找水源的方式：

> 齐桓公出，因与管仲故道，自敦煌西涉流沙往外国，沙石千余里，中无水，时则有（伏）流处，人莫能知，皆乘骆驼，骆驼知水脉，过其处辄停不肯行，以足蹑地，人于其蹑处掘之，辄得水。②

温泉　早在《山海经》中就有关于温泉的记载："温水出崆峒，（崆峒）山在临汾南。"③ 由于温泉并不常见，直到汉代辛氏《三秦记》中关于温泉的描写仍然具有很强的神话色彩："骊山西北有温水。祭则得入，不祭则烂人肉。俗云：始皇与神女游而忤其旨，神女唾之生疮，始皇谢之，神女为出温泉。后人因此浇洗疮。"④ 魏晋南北朝时期，关于温泉的记载逐渐增多的同时渐渐褪去神话色彩，人们更关注其在疗病方面的积极作用。晋常璩《华阳国志·蜀志》云："邛都县……有温泉穴，冬夏常热，其温可汤鸡、豚。下流澡洗治疾病。"⑤ 由于温泉中存在的硫黄、氯化物、碳酸等化学成分，因此对于皮肤病、神经痛、风湿痛、关节炎都有一定的治疗效果。晋伏琛《齐记》中的曲城温泉⑥，宋郑缉之《永嘉记》中的青田溪温泉⑦，宋

---

① 张华撰，范宁校证：《博物志校证》，中华书局 1980 年版，第 8 页。
② 同上书，第 96—97 页。
③ 袁珂：《山海经校注》，上海古籍出版社 1980 年版，第 332 页。
④ 辛氏：《三秦记》，载刘纬毅《汉唐方志辑佚》，北京图书馆出版社 1997 年版，第 2 页。
⑤ 常璩撰，任乃强校注：《华阳国志校补图注》，上海古籍出版社 1987 年版，第 209 页。
⑥ 伏琛：《齐记》，载刘纬毅《汉唐方志辑佚》，北京图书馆出版社 1997 年版，第 92 页。
⑦ 郑缉之：《永嘉记》，载刘纬毅《汉唐方志辑佚》，北京图书馆出版社 1997 年版，第 196 页。

盛弘之《荆州记》中提到的新都温泉、紫山温泉等①，都是当地著名的温泉。此外，郦道元《水经注》中关于温泉的记载达三十八处之多②，这些温泉遍布湖南、云南、陕西、甘肃、山东等地，足见当时人们对于温泉资源的重视。温泉除了可以治病外，为提高稻田的水土温度，南北朝时期人们遂发明了利用温泉灌溉稻田的技术：

> 桂阳郡西北接耒阳县，有温泉。其下流百里，恒资以溉灌。常十二月一日种，至明年三月新谷便登重种，一年三熟。③

关于温泉的成因，封演在《封氏闻见记》中进行了讨论，具体论述参看第二章第三节相关内容。需要补充的是，温泉文化始终为博物杂记类小说提供源源不绝的题材，除了上述秦始皇与神女的传说外，《封氏闻见记》中骊山温泉又成为唐玄宗荒淫误国的见证。

除了温泉可以治病外，《酉阳杂俎》中还记录了一种可除虫的泉水：

> 田公泉……饮之除肠中三虫。④

这里的田公泉大约是含有锂、锶、锌、硒、溴化物、碘化物、偏硅酸等物质的矿泉水，通过饮用泉水起到调节人体内激素、核酸的代谢水平，提高免疫力的作用。此外，一些地区由于水质较好，人口的平均寿命普遍较高。《荆州记》载：

> 菊水出穰县，芳菊被崖，水极甘香，谷中皆饮此水。上寿百二十，七八十者犹以为夭。太尉胡广所患风疾，休沐南归，恒饮此水，

---

① 弘盛之：《荆州记》，载刘纬毅《汉唐方志辑佚》，北京图书馆出版社 1997 年版，第 212、213 页。

② 陈桥驿：《水经注研究》，天津古籍出版社 1985 年版，第 78 页。

③ 弘盛之：《荆州记》，载刘纬毅《汉唐方志辑佚》，北京图书馆出版社 1997 年版，第 217 页。

④ 段成式撰，方南生点校：《酉阳杂俎》，中华书局 1981 年版，第 93 页。

后疾遂瘳，年八十二薨。①

现代研究证明，菊花中含有挥发油、菊甙、腺嘌呤、氨基酸、胆碱、水苏碱、小蘗碱、黄酮类、菊色素、维生素，微量元素等物质，能够增强毛细血管抵抗力，其中的类黄酮物质已经被证明对自由基有很强的清除作用，而且在抗氧化、防衰老等方面卓有成效。菊花可扩张冠状动脉，增加血流量，降低血压，对冠心病、高血压、动脉粥样硬化、血清胆固醇过高症都有很好的疗效。因此，除菊水外，长期饮用菊花茶、菊花酒均能起到延年益寿之功效，《西京杂记》中就有关于汉宫中农历九月九日饮菊花酒的风俗记载。卷三云："九月九日，佩茱萸，食蓬饵，饮菊花酒，令人长寿。菊花舒时，并采茎叶，杂黍米酿之，至来年九月九日始熟，就饮焉，故谓之菊花酒。"②

气象学 由于中国古代农业社会中，气象学与人们是生产生活息息相关，因此人们十分注意对气象学知识的观察与积累，汉唐博物杂记类小说中保存了丰富的气象学内容。早在南朝时期沈怀远的《南越志》中就有关于飓风的详细记载：

> 熙安间多飓风。飓者，具四方之风也。一曰惧风，言怖惧也。常以六七月兴。未至时，鸡犬为之不鸣。大者或至七日，小者一二日。外国以为黑风。③

沈怀远以"四方之风"概括了热带风暴具有气旋似环流的特点，并准确指出了我国东南沿海的飓风多发生于农历六七月间。唐代刘恂在此基础上对于热带风暴进行了更为形象的描绘，《岭表录异》载："南海秋夏间，或云物惨然，则见其晕如虹，长六七尺，比候则飓风必发，故呼为飓母。"这无疑是人们在长期的实践中总结出的飓风暴发前的征兆，"舟人常以为

---

① 弘盛之：《荆州记》，载刘纬毅《汉唐方志辑佚》，北京图书馆出版社 1997 年版，第 219 页。
② 葛洪撰，程毅中点校：《西京杂记》，中华书局 1985 年版，第 20 页。
③ 沈怀远：《南越志》，载刘纬毅《汉唐方志辑佚》，北京图书馆出版社 1997 年版，第 276 页。

候，预以备之"。"南中夏秋多恶风，彼人谓之飓。"飓风多发生于夏秋，与沈怀远的观察一致。刘恂采用描写方法形象地描绘了飓风的危害，"坏屋折树，不足喻也。""甚则吹屋瓦如飞蝶。"[①]

关于各种气候的成因，古人通常用阴阳二气加以解释，《西京杂记》的看法很有代表性：

> 阴气胁阳气。天地之气，阴阳相半，和气周回，朝夕不息……二气之初蒸也，若有若无，若实若虚，若方若圆，攒聚相合，其体稍重，故雨乘虚而坠。风多则合速，故雨大而疏；风少则合迟，故雨细而密。其寒月则雨凝于上，体尚轻微，而因风相袭，故成雪焉。寒有高下，上暖下寒，则上合为大雨，下凝为冰，霰雪是也。[②]

《西京杂记》的观点虽然披着阴阳论的外衣，但是和现代降水理论大体符合：云是由小水滴组成的，小水滴在云里互相碰撞，合并成大水滴，当它大到空气托不住的时候，就从云中落了下来，形成了雨。雪的形成原因与雨相似，冬季由于气候寒冷，当冷却水滴和冰晶相碰撞的时候，就会冻结黏附在冰晶表面，使它迅速增大。当小冰晶增大到能够克服空气的阻力和浮力时，便落到地面，这就是雪花。

矿物学 中国地大物博，蕴藏着丰富的石油、天然气、煤炭等丰富的矿产资源。石油作为重要的地下能源之一，在西晋《博物志》中就有明确的记载：

> 酒泉延寿县南出泉水，大如筥，注地为沟。水有肥如肉汁，取著器中，始黄后黑，如凝膏。然之，极明，与膏无异。不可食。膏车及水碓缸甚佳。彼方谓之石漆。[③]

---

① 刘恂撰，鲁迅校勘：《岭表录异》，广东人民出版社 1983 年版，第 3 页。
② 葛洪撰，程毅中点校：《西京杂记》，中华书局 1985 年版，第 35—36 页。
③ 张华撰，范宁校证：《博物志校证》，中华书局 1980 年版，第 115—116 页。

《水经注·河水》除引用《博物志》这段原文外，还提道："高奴县有洧水，肥可燃，水上有肥，可接取用之。"[①] 此外，唐代的《酉阳杂俎》亦提到高奴县产石漆：

> 石漆，高奴县石脂水，水腻浮水上如漆，采以膏车及燃灯，极明。[②]

这里的"石脂水"、"石漆"即是石油。从上述记载来看，晋唐时期发现的石油主要在河西及陕北一带，属于自然溢出型浅层油。当时石油的用途主要在于照明、涂料及润滑等方面。宋代沈括对于石油做了更为明确的记载："鄜、延境内有石油，旧说'高奴县出脂水'，即此也。生于水际，沙石与泉水相杂，惘惘而出，土人以雉尾裹之，乃采入缶中，颇似淳漆，（燃）之如麻，但烟甚浓，所霑幄幕甚黑。"[③]

四川盆地位于川中折褶带，盆地东南部因局部旋钮而形成的众多环状穹隆背斜构造地形中蕴含了丰富的天然气资源。西汉时期的扬雄在《蜀都赋》中就曾记录了蜀地盛产天然气："东有巴賨，绵亘百濮。铜梁金堂，火井龙湫。"[④] 这里的火井即是指天然气。由于蜀中天然气资源丰富，蜀民发明了利用天然气煮盐的技术，《博物志》载：

> 临邛火井一所，从广五尺，深二三丈。井在县南百里。昔时人以竹木投以取火，诸葛丞相往视之，后火转盛热，盆盖井上，煮盐（水多）得盐。入以家火即灭，迄今不复燃也。酒泉延寿县南山名火泉，火出如炬。[⑤]

临邛火井燃烧之盛在东晋常璩的《华阳国志》描写更为详细：

---

① 郦道元撰，陈桥驿点校：《水经注》卷三，上海古籍出版社 1990 年版，第 61 页。
② 段成式撰，方南生点校：《酉阳杂俎》，中华书局 1981 年版，第 94 页。
③ 沈括撰，胡道静校注：《新校正梦溪笔谈》卷二四，中华书局 1957 年版，第 233 页。
④ 扬雄：《蜀都赋》，载费振刚等辑校《全汉赋》，北京大学出版社 1993 年版，第 160 页。
⑤ 张华撰，范宁校证：《博物志校证》，中华书局 1980 年版，第 26 页。

　　临邛县郡西南二百里，本有邛民。秦始皇徙上郡民实之。有布濮水，从布濮来合火井江。有火井，夜时光映上昭，民欲其火光，以家火投之，顷许，如雷声，火焰出，通耀数十里。以竹筒盛其光藏之，可挈行终日不灭也。井有二水，取井水煮之，一斛水，得五斗盐，家火煮之得无几也。[1]

　　从以上记载可知，至迟到东晋，蜀民利用天然气井煮盐已经掌握了"取井水煮之一斛水，得五斗盐"的技术，这无疑是广大人民在长期实践中不断探索的结果。

　　中国古代人民在寻找矿藏的过程中积累了大量的经验，《酉阳杂俎》云：

　　山上有葱，下有银。山上有薤，下有金。山上有姜，下有铜锡。[2]

　　这里记载的是利用指示植物寻找矿藏的方法。这种方法主要依据不少金属的硫化物由于不稳定，常常转变为含氧盐进入地下循环水中。生长在这一地区的植物通过汲取地下水进行光合作用，这便使地下水中金属元素在该植物体内不断聚集。在一般情况下，某些元素的异常浓集会导致植物群落的死亡，但某些种类的植物却有可能在长期的生存斗争中逐渐适应环境，甚至还有可能养成对于某些金属元素的特殊嗜好，产生某种形态与生态的变异。因此人们往往可以根据植物群落的变异，推断地下隐藏的矿藏。实践证明，利用指示植物找矿具有较强的操作性，"近年来，在湖南省同县漠滨金矿含金石英脉旁，发现了大量的野薤子。尤其是含金石英脉水流经过的地方，野薤子生长得特别茂盛。"[3] 可见，《酉阳杂俎》等博物杂记小说中记载的利用薤寻找金矿的方式，是具有一定科学道理的。

　　岩石学　关于石灰岩化学性质的认识，《博物志》载：

---

[1]　常璩撰，任乃强校注：《华阳国志校补图注》，上海古籍出版社 1987 年版，第 157 页。
[2]　段成式撰，方南生点校：《酉阳杂俎》，中华书局 1981 年版，第 152 页。
[3]　焦闻：《植物与金矿》，载《科技文萃》1994 年第 6 期。

烧白石作石灰，既讫，积著地，经日都冷，遇雨及水浇即更燃，烟焰起。[1]

《酉阳杂俎》中也有类似的记载：

燃石，建城县出燃石，色黄理疏，以水灌之则热，安鼎其上，可以炊也。[2]

这里的"白石"即石灰岩。石灰岩经过高温煅烧后，将其冷却，形成生石灰。生石灰遇水释放热量的同时产生大量气体，这便是"烟焰起"的原因。"燃石"也是指石灰岩，《述异记》云：

羊山上有燃石，其色黄而文理疏。以水沃之，便如煎沸。其上可炊烹，稍冷即复以水沃之。[3]

这里已经谈到利用生石灰遇水发热的化学反应烹制食物。

（二）人文地理

文化地理学　汉唐博物杂记类小说中关于文化地理学的记载多与远古神话及历史名人的传说有关。《述异记》中记录了许多与远古盘古、神农、仓颉、防风氏等神话有关的古迹遗址："南海有盘古氏墓"、"桂林有盘古氏庙"、"吴越间防风庙"、"仓颉墓在北海"、"成阳山中有神农鞭打药处"、"饶州有轩辕磨镜石"。与尧、舜、禹有关的古迹：《述异记》云："崆峒山中有尧碑、禹碣"、"会稽山有要虞舜巡狩台"。《异苑》云："衡阳山、九嶷山皆有舜庙"。

与老子有关的名胜古迹："濑乡石室，有老子篆《道德经》五千字。蔡邕于其旁以隶书证之"（《述异记》），"濑乡老子祠"（《述异记》），"襄邑

---

① 张华撰，范宁校证：《博物志校证》，中华书局1980年版，第50页。
② 段成式撰，方南生点校：《酉阳杂俎》，中华书局1981年版，第96页。
③ 任昉：《述异记》卷上，载《百子全书》，浙江人民出版社1984年版。

县南八十里曰濑乡，有老子庙，庙中有九井"（《殷芸小说》）。与孔子有关的名胜古迹："安吉县西有孔子井。"（《殷芸小说》）

与吴越争霸有关的名胜古迹，《述异记》云："吴王夫差筑姑苏之台。""会稽山有越王台。""会稽之上有越王铸剑州，剑簇洲。""洞庭湖中有钓舟。"（范蠡）"广州东界，有大夫文种之墓。""吴王阖闾葬于吴县，三月有白虎居其上，号曰：虎丘。"

与秦始皇有关的古迹有东海蒲台（《述异记》），羁齐禹城蒲台（《殷芸小说》）等。与项羽有关的古迹遗址有乌江长亭、九曲泽、项王村（《述异记》），乌程卞山项籍庙（《异苑》）等。与贾谊有关的古迹遗址有湘州东贾谊宅（《殷芸小说》）。与梁孝王有关的古迹遗址有兔园，与汉武帝有关的古迹遗址有思贤苑、昆明池等（《西京杂记》）。与诸葛亮有关的古迹遗址有襄阳郡的诸葛孔明故宅（《殷芸小说》）等。与陶侃有关的古迹遗址有陶侃庙（《殷芸小说》）、钓矶山（《异苑》）等。

通过以上分析可以看出，汉唐博物杂记类小说对于吴越及荆州一带的长江中下游地区的古迹遗址的记载尤为丰富，这些古迹遗址涉及神话传说、名人寓居、名人游历、石刻墨宝等诸多方面。其中一些描写融传说、地理、民俗为一体，颇有文学色彩。比如《异苑》云："长沙罗县有屈原自投之川，山明水净，异于常处。民为立庙在汨潭之西岸侧，盘石马迹尚存，相传云原投川之日，乘白骥而来。"① 此条以"山明水净，异于常处"与"乘白骥而来"映衬屈原的品性高洁，以"民为立庙在汨潭之西岸侧"表达人们对屈原的怀念，这样的描写方式起到了类似于比兴的效果。而《述异记》中关于会稽的古迹遗址，从记述一方风物的角度叙述尧舜禹的传说及吴越争霸的历史，别有一番人世沧海之感。

人种地理学 生活在不同地域环境中的人群及动植物，由于水土的不同，在形态上存在明显的差异，这在《周礼·地官·司徒》中就有记载："一曰山林，其动物宜毛物，其植物宜早物，其民毛而方；二曰川泽，其动物宜鳞物，其植物宜膏物，其民黑而津；三曰丘陵，其动物宜羽物，其

---

① 刘敬叔撰，范宁校点：《异苑》，中华书局 1996 年版，第 2 页。

植物宜核物，其民专而长；四曰坟衍，其动物宜介物，其植物宜荚物，其民皙而瘠；五曰原隰，其动物宜羸物，其植物宜丛物，其民丰肉而庳。"①这里的叙述虽然不乏机械类比之嫌，但反映出了当时人们已经认识到生活环境对于人类体貌会产生一定的影响。《博物志》在此基础上糅合阴阳五行观念形成了"五方人民"论：

> 东方少阳，日月所出，山谷清（朗），其人佼好。
>
> 西方少阴，日月所入，其土窈冥，其人高鼻、深目（而）多毛。
>
> 南方太阳，土下水浅，其人口大多傲。
>
> 北方太阴，土平广深，其人广面缩颈。
>
> 中央四析，风雨交，山谷峻，其人端正。②

事实上，虽然张华以阴阳五行作为论述依据，有一定的牵强附会的成分，不过《博物志》总结出来西方人"高鼻、深目（而）多毛"，南方人"口大"等相貌特征在很大程度上与现实情况是相符的。《酉阳杂俎》延续了《博物志》的看法，进一步将人的五窍与五方相对应：

> 东方之人，鼻大，窍通于目，筋力属焉。南方之人，口大，窍通于耳。西方之人，面大，窍通于鼻。北方之人，窍通于阴，短颈。中央之人，窍通于口。③

事实上，认为由于气候、地形、土壤、水质等环境条件的不同，各个地域的人会在体貌上存在明显的差异，再加之古代地理的隔阂与婚姻的限制，各个地域的人出现体貌上的差异又通过遗传的方式固定下来，是完全有可能的。

医学地理学　《酉阳杂俎》对于不同地理环境对人的性别、体质、寿

---

① 郑玄注，贾公彦疏：《周礼注疏》，载《十三经注疏》，中华书局1982年版，第702页。

② 张华撰，范宁校证：《博物志校注》，中华书局1980年版，第12页。

③ 段成式撰，方南生点校：《酉阳杂俎》，中华书局1981年版，第44页。

命、疾病等方面的影响的认识非常具有代表性：

> 山气多男，泽气多女，水气多喑，风气多聋，木气多伛，石气多力，阻险气多瘿，暑气多残，云气多寿，谷气多痹，丘气多尪，衍气多仁，陵气多贪。①

虽然段成式对于人与自然关系的认识上不乏牵强与附会之处，但事实上，家居的自然环境的确能够影响人的身体健康及心理状态。《博物志》中也有类似的记载：

> 有山者采，有水者渔。山气多男，泽气多女。平衍气仁，高陵气犯，丛林气躄，故择其所居。居在高中之平，下中之高，则产好人。居无近绝溪，群冢狐虫之所近，此则死气阴匿之处也。②

选择地势平缓、气候宜人、水源流动之处无疑是居家的理想环境，蕴含着古人生存智慧的择居思想对于今天仍然有借鉴作用。

人群的疾病与所居住的地域环境也有密切的关系。《吕氏春秋·季春·尽数》载："轻水所多秃与瘿人。"③ 所谓的瘿人就是现在所指的地方性甲状腺肿患者。虽然两千多年前的古人不可能认识到碘元素在人体代谢中的重要作用，但《吕氏春秋》认为瘿病的产生与水质有关，无疑是一个很重要的发现。《博物志》在此基础上进一步指出瘿病的多发地区：

> 山居之民多瘿肿疾，由于饮泉之不流者。今荆南诸山郡多此疾瘴。由践土之无卤者，今江外诸山县偏多此病也。④

---

① 段成式撰，方南生点校：《酉阳杂俎》，中华书局 1981 年版，第 104 页。
② 张华撰，范宁校证：《博物志校证》，中华书局 1980 年版，第 12、13 页。
③ 陈奇猷校释：《吕氏春秋新校释》，上海古籍出版社 2002 年版，第 139 页。
④ 张华撰，范宁校证：《博物志校证》，中华书局 1980 年版，第 13 页。

由于饮食中缺乏碘元素，会直接导致甲状腺激素合成出现障碍，因此在某些地区出现大量的地方性甲状腺肿的患病人群。明代的李时珍进一步指出了瘿病的治疗方法。《本草纲目》载海藻"主治瘿瘤结气，散颈下硬核痛"，海带"治水病瘿瘤，功同海藻"①。从以上记载可以看出，我国古代对于瘿病发生与环境关系的认识逐渐深入，并最终总结出防治瘿病方法。

除瘿病外，瘴疾也是一种典型的地方性疾病。岭南地区，由于气候炎热潮湿，多崇山峻岭、毒蛇猛兽，在隋唐时期被认为是瘴疠之地，白居易《送客春游岭南二十韵》就极具代表性："瘴地难为老，蛮陬不易驯……天黄生瘴母，雨黑长枫人。"晚唐博物小说家刘恂曾在岭南生活多年，对瘴疾的致病原因有仔细的研究：

> 岭表山川，盘郁结聚，不易疏泄，故多岚雾作瘴。人感之多病，腹胪胀成蛊。俗传有萃百虫为蛊以毒人。盖湿热之地，毒虫生之，非第岭表之家，性惨害也。②

现代医学证明，瘴疾实际上是一种恶性疟疾一类的传染病，多发生于气候湿热、地形闭塞、植被茂盛等蚊蚋滋生的地理环境中。可见，刘恂关于瘴疾暴发于湿热之地，多由毒虫所致的看法，与现代医学的解释十分接近。

二 汉唐博物杂记类小说地理描写的特点

（一）知识性

汉唐博物杂记类小说地理的描写涉及区域地理学、地貌学、气象学、矿物学、岩石学、文化地理学、人种地理学、医学地理学等诸多方面，具有较高的认识价值，为我们研究汉唐时期的自然地理以及人文地理提供了丰富的资料。

汉唐博物杂记类小说中的地理内容既有来源于正史的部分，亦有部分

---

① 李时珍：《本草纲目》，人民卫生出版社 1972 年版，第 1375、1376 页。
② 刘恂撰，鲁迅校勘：《岭表录异》，广东人民出版社 1983 年版，第 3—4 页。

内容为正史所采纳。《博物志》云："汉北广远，中国人鲜有至北海者。汉使骠骑将军霍去病北伐单于，至瀚海而还，有北海明矣。"① 这样的记载显然来源于《汉书·霍去病传》："骠骑将军去病率师躬将所获荤允之士，约轻赍，绝大幕，涉获单于章渠……封狼居胥山，禅于姑衍，登临瀚海。"② 而《酉阳杂俎》中关于拨拔力国的记载则完全被《新唐书·西域传》所采纳。《酉阳杂俎》载：

> 拨拔力国，在西南海中，不食五谷，食肉而已。常针牛畜脉，取血和乳生食。无衣服，唯腰下用羊皮掩之。其妇人洁白端正，国人自掠卖与外国商人，其价数倍。土地唯有象牙及阿末香。波斯商人欲入此国，团集数千，赍绯布，没老幼共刺血立誓，乃市其物。自古不属外国。战用象排、野牛角为槊，衣甲弓矢之器。步兵二十万。大食频讨袭之。③

这里的拨拔力国是东非亚丁湾南岸巴巴拉民族最早的汉译名称④。《新唐书·西域传》："海中有拨拔力种，无所附属。不生五谷，食肉，刺牛血和乳饮之。俗无衣服，以羊皮自蔽。妇人明皙而丽。多象牙及阿末香，波斯贾人欲往市，必数千人纳氍剺血誓，乃交易。兵多牙角，而有弓、矢、铠、矟，士至二十万，数为大食所破略。"⑤ 通过比较可以发现《新唐书·西域传》中关于拨拔力国的记载与《酉阳杂俎》，大体一致，只是字句稍有出入而已。可见，随着博物杂记类小说内容真实性的增强，其价值逐渐被正史发掘。

尤其值得一提的是，除上文提到的汉唐博物杂记类小说中的部分地理描写出自当时地志著作外，还有部分内容为后世的地理学著作引用。例如

---

① 张华撰，范宁校证：《博物志校证》，中华书局 1980 年版，第 9 页。

② 班固：《汉书》卷五十五，中华书局 1975 年版，第 2486 页。

③ 段成式撰，方南生点校：《酉阳杂俎》，中华书局 1981 年版，第 46 页。

④ 景兆玺：《试论唐代的中非交通》，载《西北第二民族学院学报》（哲学社会版）2002 年第 2 期。

⑤ 欧阳修：《新唐书》卷二二一，中华书局 1975 年版，第 6262 页。

《博物志》关于石油的记载为《水经注》"河水"注所引，"四渎"条分别为《水经注》"洛水"注、"泗水"注所引，果下马条被《三国志注》所引，大梁城、陶居公冢、公冶长墓、王诸君冢、赵奢冢、漂母冢等条被《史记》三家注引，桃林条为《艺文类聚》所引，落头虫条为《新唐书·南蛮传》所采，临邛火井条又见于《华阳国志》，"汗血马"条可与《史记》[1]、《汉书》[2]的相关记载相互印证。《殷芸小说》关于蒲台及石桥的记载分别为《水经注》"河水"注及"濡水"注所引等。《异苑》及《述异记》中关于西域鼠国的描写，据现代学者考定为"尼雅废墟"[3]。

（二）文学性

汉唐博物杂记类小说中的地理描写在选材上注重发掘山水的奇趣，并在此基础上生发出想象与虚构。例如，关于山水的描写，上文提到的《异苑》中载天台山之奇"自非卒生忘形则不能跻"外，《异苑》又载："衡山有三峰极秀。其一名华盖，又名紫盖。澄天明景，辄有一双白鹤回翔其上。一峰名石囷，下有石室，中常闻讽诵声，清响亮彻。一峰名芙蓉，最为竦桀，自非清霁素朝，不可望见。峰上有泉飞泒，如一幅绢，分映青林，直注山下。"[4] 衡山之奇体现在三峰中的白鹤、石室、飞泉、青林等景物不仅秀色如画，而且会随着天气变化而逐一展现。关于水，《述异记》云："粉水出房龄永清谷。取其水以渍粉，即鲜洁有异于常，谓之粉水。"有云："一说香水在并州。其水香洁，浴之去病。吴故宫亦有香水溪，俗云西施浴处，人呼为脂粉塘，吴王宫人濯妆于此，溪上源至今馨香。古诗云'安得香水泉，濯郎衣上尘。'"[5] 所谓的粉水、香水可能是由于其中蕴含某种矿物质而导致其性质发生改变的水，小说家出于"广见闻"的目的将其记录下来。

再如关于火山的描写。早在《山海经》中就有关于"炎火之山"的描写："西海之南，流沙之滨，赤水之后，黑水之前，有大山，名曰昆仑之

---

① 司马迁：《史记》，中华书局 1975 年版，第 3179 页。

② 班固：《汉书》，中华书局 1975 年版，第 2720 页。

③ 谭娟学：《西域鼠国及鼠神摭谈》，载《敦煌研究》1994 年第 2 期。

④ 刘敬叔撰，范宁校点：《异苑》，中华书局 1996 年版，第 1 页。

⑤ 任昉：《述异记》卷上，载《百子全书》，浙江人民出版社 1984 年版。

丘……其下有弱水之渊环之，其外有炎火之山，投物辄然。"① 而《山海经》中关于"烛龙"的描写有学者认为是"产生于雁门与阴山之间多处煤层自燃"② 的自然现象。

汉代的《神异经》中也有关于"火山"的记载：

> 南荒之外有火山，长四十里，广五十里。其中皆生不烬之木，火鼠生其中。③

人们从火能够点燃木材的生活常识出发将火山爆发的原因归结为"不烬之木"的燃烧，明确地提出了"火山"这个概念。晋代王嘉的《拾遗记》关于岱舆山的描写则详细得多：

> 岱舆山，一名浮析，东有员渊千里，常沸腾，以金石投之，则烂如土矣。孟冬水涸，中有黄烟从地出，起数丈，烟色万变。山人掘之，入地数尺，得燋石如炭灭，有碎火，以蒸烛投之，则然而青色，深掘则火转盛。有草名莽煌，叶圆如荷，去之十步，炙人衣则燋，刈之为席，方冬弥温，以枝相摩，则火出矣。南有平沙千里，色如金，若粉屑，靡靡常流，鸟兽行则没足。风吹沙起若雾，亦名金雾，亦曰金尘。沙著树粲然，如黄金涂矣。④

王嘉虽然没有将岱舆山明确成为火山，不过从"黄烟"、"燋石"以及"如炭"、"有碎火，以蒸烛投之，则然而青色，深掘则火转盛"等现象来看，类似煤层自燃。

唐代《岭表录异》中还记载了梧州火山：

---

① 袁珂：《山海经校注》，上海古籍出版社 1980 年版，第 407 页。

② 周述椿：《释"烛龙"》，载《中国历史地理论丛》1998 年第 3 期。

③ 东方朔撰，王根林校点：《神异经》，载《汉魏六朝笔记小说大观》，上海古籍出版社 1999 年版，第 53 页。

④ 王嘉撰，萧绮录，齐治平校注：《拾遗记》，中华书局 1981 年版，第 230 页。

梧州对岸西火山，山形高下大小，如桂林独秀山。山下有澄潭，水深无极。其火每三五夜一见于山顶，每至一更初火起，匝其顶如野烧之状，食顷而息。或言其下水中有宝珠，光照于上如火。上有荔枝，四月先熟，以其地热，故为火山也。①

梧州火山在中国历史上非常有名，唐沈佺期"身经火山热，颜入瘴江销"（《梧州火山句》），宋陶弼"江潭海潮上，地热火山来"（《送吕涛典狱之梧州》），明解缙"火山鲛室夜光浮"（《苍梧即事》），清王维泰"越王台畔镇南关，夕焰曾闻出此间"（《火山夕焰》），都是吟咏梧州火山的奇丽景色。直到今天，火山夕焰都是"梧州八景"之一。不过从这个"火山"爆发时"火起匝，其顶如野烧之状"，以及煤资源比较丰富的情况来看，更像是煤层自燃。

汉唐博物杂记小说中"火山"指的是着火的山，而非今天地质学上所指的火山。由于火山爆发的景象多来源于传闻，在流传过程中不断地被夸张与修改，极大地刺激了文人的想象，为小说创造提供了很多素材，最典型的便是《西游记》中关于火焰山的描写："八百里火焰，四周围寸草不生。若过得此山，就是铜脑盖、铁身躯，也要化成汁哩！""山上火光烘烘腾起……那火足有千长之高，渐渐烧着身体。行者急回，已将两股毫毛烧尽。"② 在这里，关于火焰山灼热的温度、烟焰涨天的气势的描写，相对于汉唐博物小说而言，描写得更为细致与夸张。

由于火焰容易引发燃烧，而火山地区温度又较高，一般的生物难以生存，于是古人就幻想出一种耐高温的动物——火鼠。《神异经》中就有"南荒之外有火山……火鼠生其中"的记载。由于火鼠生活在火山地带，因此其皮毛必定能够耐火烧。《十洲记》云：

又有火林山，山中有火光兽，大如鼠，毛长三四寸，或赤，或白，山可三百里许，晦夜即见此山林，乃是此兽光照，状如火光相

---

① 刘恂撰，鲁迅校勘：《岭表录异》，广东人民出版社1983年版，第4页。
② 吴承恩撰，黄永年等点校：《西游记》，中华书局2005年版，第308、312页。

似。取其兽毛，以辑为布，时人号为火浣布，此是也。国人衣服垢污，以灰汁浣之，终无洁净。唯火烧此衣服，两盘饭间，振摆，其垢自落，洁白如雪。①

由火鼠的毛织成的布称为"火浣布"，这种布最大的特点是弄脏之后用火烧则洁净如初。关于火浣布的描写，在汉魏小说中非常普遍，除上文提到的《神异经》、《十洲记》外，《博物志》、《搜神记》、《拾遗记》等书也有记载。值得注意的是，在汉代的博物杂记小说中，对火浣布产地的描写非常模糊。但自魏晋起，便多将火浣布的产地归于西域。《博物志》称："西域献火浣布。"② 《搜神记》云："西域使人献火浣布袈裟。"③ 只有《拾遗记》的记载略有出入："羽山之民献火浣布万匹。其国人称：'羽山之上，有文石，生火，烟色以随四时而见，名为'净火'。有不洁之衣，投于火石之上，虽滞污渍涅，皆如新浣。'"④ 从《拾遗记》的描写来看，"羽山"亦是一个神奇的地方，他们进页"火浣布"亦是表示臣服于西晋王朝。

必须指出的是，虽然汉代博物杂记小说中已经记载了火浣布，但在汉代《史记》、《汉书》以及宋范晔所著的《后汉书》等正史中并无关于火浣布的描写。正史中最早记录火浣布的是陈寿所著《三国志》："（景初三年）二月，西域重译献火浣布，诏大将军、太尉临试以示百僚。"⑤ 此后，裴松之为《三国志》这段记载作注时，广泛引用了《神异经》、《傅子》、《异物志》等杂记小说。可见，火浣布是首先被小说家记录，然后才被采入正史之中。事实上，历史上是否真的存在火浣布，还有待于出土文物的发掘证实，不过从火浣布入火则洁的特性来看，与石棉的特性非常类似。所谓火浣布很有可能是利用石棉织成的防火布。如果火浣布果真来自西域，也可

---

① 东方朔撰，王根林校点：《十洲记》，载《汉魏六朝笔记小说大观》，上海古籍出版社1999年版，第65页。

② 张华撰，范宁校证：《博物志校证》，中华书局1980年版，第26页。

③ 干宝：《搜神记》卷十三，中华书局1979年版，第166页。

④ 王嘉撰，萧绮录，齐治平校注：《拾遗记》，中华书局1981年版，第206页。

⑤ 陈寿：《三国志》卷四，中华书局1973年版，第117页。

能是当时西域已经掌握了将石棉纺成布的工艺。现代研究证明，石棉除了高度耐火性外，还具有电绝缘性及绝热性，是重要的防火、绝缘和保温材料。石棉制品由于具有保温、防火、隔热、防腐、隔音、绝缘等性能，广泛运用于汽车、化工、电器设备、建筑业等行业。

汉唐博物杂记类小说在选材上的嗜奇倾向在溶洞的描写中体现得尤为明显。《山海经》即博物杂记类小说的开山之作，也是我国最早记载溶洞和暗河的著作。《南山经》云："南禺之山……其下多水，有穴焉，水出辄入，夏乃出，冬则闭。"① 春季雨水流入洞穴，夏季雨水更为充沛，于是地下水由洞穴流出，冬季干旱，暗河也随之干涸。魏晋时期大量溶洞被发现与江南地区的开发有密切的关系。江苏、浙江、山西、广西、湖北中南部、湖南南部等地都存在喀斯特地形。由于溶洞多出现于人迹罕至之处，并且又拥有与外界截然不同的钟乳、石室、暗河等奇异景象，极大地刺激了人们的好奇心。随着越来越多的溶洞被发现，魏晋时期的博物学家对山川构造有了新的看法。张华《博物志》云："名山大川，孔穴相内，和气所出。"既然名山内部有孔穴相通，这些孔穴的形成也有了几千几万年的历史，那么在这个不受外界干扰的环境中受天地灵气自然生成之物一定也具有非凡的功效。因此张华认为："石脂、玉膏，食之不死，神龙灵龟行于穴中矣。"② 任昉的《述异记》也有类似的看法："荆州清溪秀壁诸山，山洞往往有乳窟，窟中多玉泉交流。中有白蝙蝠，大如鸦。按《仙经》云：'蝙蝠一名仙鼠，千载之后，体白如银，栖即倒悬，盖饮乳水而长生也。'"③ 在汉魏六朝的博物杂记小说中关于洞穴主题的故事越来越有向长生不老的仙话转移的倾向，这与这一时期道教的盛行有密切的关系。

汉魏六朝时期道教盛行，道教中人出于布道及修炼的需要，常常隐居山林，非常注意对地理环境的考察，早在道教的创始之初张陵就创二十四治，此后汉晋之际道教地理学在此基础上提出的洞天福地之说。生活在这

---

① 袁珂：《山海经校注》，上海古籍出版社 1980 年版，第 19 页。
② 张华撰，范宁校证：《博物志校证》，中华书局 1980 年版，第 13 页。
③ 任昉：《述异记》卷下，载《百子全书》，浙江人民出版社 1984 年版。

一时期的博物杂记小说家不免受其影响,《晋书·张华传》称张华"图纬方伎之书莫不详览"①。因此博物杂记小说中"名山相通"的观念便与"洞天"、神仙等的主题产生了契合点。《博物志》载:

> 君山有道与吴包山潜通,上有美酒数斗,得饮者不死。汉武帝斋七日,遣男女数十人至君山,得酒欲饮之,东方朔曰:"臣识此酒,请视之。"因一饮致尽。帝欲杀之,朔乃曰:"杀朔若死,此为不验。以其有验,杀亦不死。"乃赦之。②

"君山有地道"的记载还见于晋罗含的《湘中记》③。君山美酒的故事在"君山有地道"的地理发现上融合了汉代以来广泛流传的汉武帝与东方朔的传说。至于君山美酒饮后是否能不死飞仙,张华自己可能也将信将疑,因此为故事安排了一个似是而非的结局。

不过到了东晋在葛洪《神仙传》等小说的影响下,溶洞与遇仙的关系变得肯定起来。《拾遗记》卷十"洞庭山"条载:

> 采药石之人入中,如行十里,迥然天清霞耀,花芳柳暗,丹楼琼宇,官观异常。乃见众女,霓裳冰颜,艳质与世人殊别。来邀采药之人,饮以琼浆金液,延入璇室,奏以箫管丝桐。饯令还家,赠之丹醴之诀。虽怀慕恋,且思其子息,却还洞穴,还若灯烛导前,便绝饥渴,而达旧乡。已见邑里人户,各非故乡邻,唯寻得九代孙。问之,云:"远祖入洞庭山采药不还,今经三百年也。"其人说于邻里,亦失所之。④

采药人由于机缘巧合误入洞庭山洞穴,由此进入一个与世隔绝的仙

---

① 房玄龄:《晋书》卷三六,中华书局 1974 年版,第 1068 页。
② 张华撰,范宁校证:《博物志校证》,中华书局 1980 年版,第 97 页。
③ 罗含:《湘中记》,载刘纬毅《汉唐方志辑佚》,北京图书馆出版社 1997 年版,第 125 页。
④ 王嘉撰,萧绮录,齐治平校注:《拾遗记》,中华书局 1981 年版,第 235—236 页。

境，但由于思念亲人而离开仙境，却发现光阴荏苒，物是人非。除《拾
遗记》外，这类故事亦见于托名陶渊明的《搜神后记》（如"嵩高山大
穴"、"剡县赤城"、"韶舞"、"桃花源"、"刘麟之"、"穴中人世"），南朝
宋刘敬叔的《异苑》（如"武溪石穴"），刘义庆的《幽明录》（如"刘晨
阮肇"、"黄原"、"洛中穴"），殷芸的《小说》（如"洛中穴"、"嵩高山
大穴"等）。其中《搜神后记》中的"桃花源"无疑是最成功地将道教颇
具宣教色彩的洞穴遇仙故事，转变成为更具文人理想色彩的世外桃源梦
想。关于"桃花源"的主题，前人研究已很丰富，这里就不再赘述。必
须强调的是洞穴遇仙主题虽然在托名刘向的《列仙传·邗子传》中最早
出现，但在汉代其他小说中并未发现同类主题。由于魏晋时期随着江南
的开发、道教的传播，越来越多的溶洞不断被发现，使洞穴遇仙的故事
拥有了更广泛的社会基础，因此无论从数量还是质量上来看都有了很大
的提高。

到了唐代，段成式在《酉阳杂俎》中关于洞中遇仙的设想更为大胆，
干脆将溶洞中的钟乳石直接描写成仙人的模样。《酉阳杂俎》云：

> 有人游终南山一乳洞，洞深数里，乳旋滴沥成飞仙状，洞中已
> 有数十，眉目衣服，形制精巧。一处滴至腰以上，其人因手承漱之。
> 经年再往，见其所承滴，像已成矣，乳不复滴，当手承处，衣缺二
> 寸不就。①

唐代的终南山本就是道教的大本营，段成式对于终南山溶洞神奇景象
的渲染，无疑会对道教的传播起到良好的宣传效应。

我们通过对汉魏以来博物杂记类小说中洞穴主题演变的考察，可以看
出，在嗜奇心态的影响下，汉唐博物杂记小说中的知识性因素不断下降，
而想象、夸张等文学性因素逐渐上升。唐传奇《枕中记》、《南柯太守传》
中卢生、淳于棼容身的枕穴、蚁穴，便是洞穴仙境的变形。

---

① 段成式撰，方南生点校：《酉阳杂俎》，中华书局 1981 年版，第 216—217 页。

此外，汉唐博物杂记类小说中的地理描写在艺术表达中非常重视辞藻的经营与情感的抒发。既有如《异苑》中对于衡山、天台山、汩潭马迹等采用比与兴的清新疏朗的描写，也有如《拾遗记》中关于岱舆山等类似于赋的错彩镂金的刻绘。其中更为值得重视的是，汉唐博物杂记类小说中常常插入铭文、诗歌、赋等其他体裁，增加地理描写的抒情性。例如《拾遗记》云：

> 舜迁宝瓮于衡山之上，故衡山之岳有宝露坛。舜于坛下起月馆，以望夕月。舜南巡至衡山，百辟群后皆得露泉之赐。时有云气生于露坛，又迁宝瓮于零陵之上。舜崩，瓮沦于地下。至秦始皇通汩罗之流为小溪，径从长沙至零陵，掘地得赤玉瓮，可容八斗，以应八方之数，在舜庙之堂前。后人得之，不知年月。至后汉东方朔识之，朔乃作《宝瓮铭》曰："宝云生于露坛，祥风起于月馆，望三壶如盈尺，视八鸿如萦带。"①

此段文字，本来主要是描写与宝瓮有关的宝露坛、月馆、零陵等景观，其中又插入了描写宝露坛上云雾袅绕、祥风阵阵的神奇景象的《宝瓮铭》。这篇铭文句式整齐，对偶工整，富于想象，气魄宏大，无论是意境的营造还是典故的选择都透露出仙家风范。

除铭文外，《述异记》"香水"条中插入了古诗，"伺潮鸡"条插入了孙绰《望海赋》，"房陵山朱仲李园"条插入潘岳《闲居赋》、李尤《果赋》、陆机《国赋》，"南海鲛人"条插入木玄虚《海赋》等。《博物志》在描写了秦、蜀、魏、赵等国的地形之后，还插入了赞。此外，《西京杂记》中插入了包括《梁孝王忘忧馆时豪七赋》及《文木赋》在内的八篇咏物赋。汉唐博物杂记类小说在描写地理风物的同时插入铭、诗、赋以加强叙事，有效增强了小说的抒情性。

汉唐博物杂记类小说中的地理描写还注意抒情氛围的营造。由于南朝

---

① 王嘉撰，萧绮录，齐治平校注：《拾遗记》，中华书局 1981 年版，第 19—20 页。

王权更替频繁，任昉又曾仕宋、齐、梁三朝，这种特殊的人生体验，使《述异记》在地理描写过程中往往流露出沧桑之感。任昉云："公主山在华山中。汉末王莽秉政。南阳公主避乱，奔入此峰学道，后得升仙……潘安仁有《公主峰记》。"①

此外，汉唐博物杂记类小说将地方风物与盘古、神农、仓颉、防风氏等神话以及与老子、孔子、夫差、范蠡、屈原、贾谊、汉武帝、诸葛亮等历史名人的传说相结合，体现了一种追慕与景仰的情愫。汉唐博物杂记类小说中的地理描写不再是单纯的山水景致，而是体现为一种更为鲜活的历史文化记忆。

综上所述，汉唐博物杂记类小说中的地理描写作为介于文学与地理学的中间产物，其中保存了丰富的自然地理学与人文地理学内容，为研究我国古代地理学史提供了丰富的材料。同时这部分内容在神话、宗教、传闻的影响下又不乏幻想及神秘主义色彩，再加之重视辞藻的经营与情绪的抒发，这些因素在很大程度上增强了博物杂记类小说的文学性。

第二节 动植之属

汉唐博物杂记类小说中保留了丰富的动植物内容。这些内容有的来源于作者的观察，有的来源于传闻，还有的来源于前代典籍。由于材料来源的复杂，再加之博物杂记类小说的作者毕竟主要是小说家而非生物学家，在描写过程中不免进行文学渲染，因此汉唐博物杂记类小说中的动植物内容并非纯粹的科学叙述，其中还掺杂了许多想象与虚构成分。基于以上考虑，本节并不对汉唐时期所取得的动植物学研究成果进行全面论述，而主要以博物杂记类小说中记载的动植物的生理学与生态学、植物栽培及动物驯化与利用等方面为切入点，挖掘其中所蕴含的科技史价值。

---

① 任昉：《述异记》卷下，载《百子全书》，浙江人民出版社 1984 年版。

一 动植物的生理学与生态学

汉唐博物杂记类小说中有着丰富的动物生理学与生态学描写，即便是常见的动物，如鲤鱼，博物杂记类小说也着重挖掘其独特的生理特征。最早在任昉的《述异记》中就有关于鲤鱼鳞甲数量的记载，"鲤鱼满三百六十鳞，蛟龙辄率而飞去。"① 虽然鲤鱼拥有三百六十鳞则可飞去的说法具有仙话的色彩，但任昉已经隐约意识到鲤鱼的鳞甲与其他鱼类有所不同。唐代段成式《酉阳杂俎》中首次准确记载了鲤鱼身上有三十六片腹线鳞，"鲤脊中鳞一道，每鳞上有黑点，大小皆三十六鳞。"② 现代研究证明鲤鱼无论大小，都有侧线鳞35至38个，一般为36个。所谓鳞上黑点指的是鲤鱼鳞片上的侧线孔，有听觉、感受水流以及定位的作用。宋代科学家沈括在此基础上进行了进一步的观察："鲤鱼当肋一行三十六鳞，鳞有黑文如十字。"③ 由于古代常借用鲤鱼指代书信，如古诗："呼童烹鲤鱼，中有尺素书。"而六六三十六，唐以后的诗歌中往往用"六六"指代鲤鱼以及鲤鱼所代表的书信。比如宋庠《春霁汉南登楼望怀仲氏子京》："私书一纸离怀苦，望断波中六六鳞。"宋祁《祗答太傅邓国张相公》："君轩恋结萧萧马，客素愁凭六六鱼。"陆游《九月晦日作》："锦城谁与寄音尘，望断秋江六六鳞。"这也可以看作是科学观察转化为文学典故的典型例子。

汉唐博物杂记类小说对于动物生理学内容的记载多着眼于动物生理特征的怪异之处。早在《山海经》中就有关于巴蛇食象的故事，《海内南经》载："巴蛇食象，三岁而出其骨，君子服之，无心腹之疾。"④《博物志》中也有类似的记载："巴蛇食象，三岁而出其骨，食之无心腹之疾。"⑤ 人们通过观察可以发现，蛇能够吞食比自己体积庞大的食物，但这里象与蛇的体积相差太过明显，无论是何种巨蛇，要吞下一头小象也不是一件容易的事。因此人们多对巴蛇吞象的真实性表示怀疑，并用"巴蛇吞象"这一个

---

① 任昉：《述异记》卷下，载《百子全书》，浙江人民出版社1984年版。
② 段成式撰，方南生点校：《酉阳杂俎》，中华书局1981年版，第163页。
③ 沈括撰，胡道静校注：《新校证梦溪笔谈》卷十七，中华书局1957年版，第173页。
④ 袁珂：《山海经校注》，上海古籍出版社1980年版，第281页。
⑤ 张华撰，范宁校证：《博物志校证》，中华书局1980年版，第136页。

成语来比喻人自不量力及贪得无厌的行为。不过到了唐代《岭表录异》中，对于蛇食性的观察与描绘则要真实得多：

> 蚺蛇：大者五六丈，围四五尺。以次者，亦不下三四丈，围亦称是。身有斑文，如故锦缬。俚人云，春夏多于山林中，等鹿麖过则衔之，自尾而吞，惟头角碍于口。深入林树间，阁其首，俟鹿坏，头角坠地，鹿身方咽入腹。如此蝮蛇极羸弱，及其鹿消，壮俊悦怿，勇健于未食鹿者。或云一年则食一鹿。①

蚺蛇，现名蟒蛇，属于爬行类蛇目蟒科动物，从"大者五六丈，围四五尺。以次者，亦不下三四丈"可看出蚺蛇的体形庞大。由于蛇下颌由可活动的方骨与脑颅相连，因此蛇口张大可至130度，因此吞食体长在120厘米左右的鹿麖并不是一件困难的事。由于鹿的头角难以被消化，因此蛇并不将其吞入腹内。《酉阳杂俎》中亦有类似的记载："蚺蛇，长十丈，常吞鹿，鹿消尽乃绕树出骨。"② 这些记载对于考察唐代蚺蛇及鹿麖的活动地域、蚺蛇的食性都有一定的参考价值。

乌贼猎食的方式也很奇特。《岭表录异》载：

> 乌贼鱼，只有骨一片，如龙骨而轻虚，以指甲刮之，即为末。亦无鳞，而肉翼前有四足。每潮来，即以二长足捉石，浮身水上。有小虾鱼过其前，即吐涎惹之，取以为食。③

乌贼的两条长触腕有吸盘可捕捉被其唾液麻痹的鱼虾等食物。乌贼逃避危险的方式也很特别，《酉阳杂俎》载："乌贼遇大鱼，辄放墨方数尺，以混其身。"④ 乌贼体内有墨囊，当其遇到危险时，立即从墨囊里喷出一股

---

① 刘恂撰，鲁迅校勘：《岭表录异》，广东人民出版社1983年版，第33页。
② 段成式撰，方南生点校：《酉阳杂俎》，中华书局1981年版，第170页。
③ 刘恂撰，鲁迅校勘：《岭表录异》，广东人民出版社1983年版，第26页。
④ 段成式撰，方南生点校：《酉阳杂俎》，中华书局1981年版，第163页。

墨汁，把周围的海水染黑，迅速逃之夭夭了。由于乌贼喷出的墨汁含有毒素，还可以起到麻痹敌害的作用。然而更为有趣的是《酉阳杂俎》中还记录了人们利用乌贼的墨汁作伪书赖账的行为："江东人或取墨书契以脱人财物，书迹如淡墨，逾年字消，唯空纸耳。"①

《酉阳杂俎》载："飞鱼，朗山浪水有之，鱼长一尺，能飞，飞即凌云空，息即归潭底。"② 飞鱼即燕鳐鱼，其体形呈流线型，胸鳍特别发达，外形类似鸟类的翅膀，长长的胸鳍一直延伸到尾部，它能够跃出水面十几米，空中停留的最长时间是 40 多秒，飞行的最远距离有 400 多米。关于飞鱼，段成式已经了解到飞鱼不仅能潜游水中，而且还能跃出水面飞行的特殊行为方式。

人们在长期的观察与实践中发现动物的生殖活动规律。《酉阳杂俎》云："甲虫影伏，羽虫体伏。"③ 段成式通过比较龟鳖与鸟类不同的孵卵方式，总结出鸟儿需要亲自伏在卵上孵化，而鱼鳖则不必亲自伏在卵上孵化。《本草纲目》引《万毕术》云："（鳖）夏日孚乳，其抱其影。"④ 鳖产卵后并不直接参与孵卵的生殖特性，用"影伏"、"抱其影"来形容是相当贴切的。

鲎的生殖行为也很特别，《岭表录异》载：

> 鲎鱼，其壳莹，净滑如青瓷碗。微背，眼在背上，口在腹下。青黑色。腹两旁为六脚。有尾长尺余，三棱如棱茎，雌常负雄而行。捕者必双得之，若摘去雄者，雌者即自止；背负之，方行。腹中有子如绿豆，南人取之，碎其肉脚，和以为酱，食之。尾中有珠如栗色黄。雌小雄大，置之水中，即雄者浮，雌者沉。⑤

每到鲎的繁殖季节，雌雄鲎便结为夫妻，由肥大的雌鲎驮着瘦小的雄鲎蹒跚而行，爬到沙滩上挖穴产卵。此时的鲎一捉便是一对，由于正值产

---

① 段成式撰，方南生点校：《酉阳杂俎》，中华书局 1981 年版，第 163 页。
② 同上书，第 164 页。
③ 同上书，第 150 页。
④ 李时珍：《本草纲目》，人民卫生出版社 1972 年版，第 2503 页。
⑤ 刘恂撰，鲁迅校勘：《岭表录异》，广东人民出版社 1983 年版，第 25—26 页。

卵期，因此雌鲨腹中通常有子。可见，"南人"正是充分利用了鲨在繁殖季节雌雄相伴的生物学特性进行捕捉。

动物间通常要经过交配才能繁衍下一代，不过在一些特殊情况下也可能出现孤雌生殖的现象。《博物志》就记载了蚕两性生殖与孤雌生殖的差别："蚕三化，先孕后交，不交者亦产子……收采亦薄。"① 蚕三化，是指蚕的幼虫要蜕皮三次才发育成熟，在交配之前卵就已经形成。不经过交配的卵也能孵化成幼虫，不过这种幼虫成活率不高，蚕茧质量也很差。蚕是中国较早家养的昆虫，张华观察到的蚕孤雌生殖的现象，对于如何改良养蚕技术提供了方向。

动物间的群体关系：灵长类动物是智力水平较高的动物，它们通常是处于一种群体生活状态。《国史补》云：

> 剑南人之采猩猩者，获一猩猩，则数十猩猩可尽得矣。何哉？其猩猩性仁，不忍伤类，见被获者，聚族而啼，虽杀之，终不去也。②

猩猩即是叶猴，这段文字不仅显示出唐代剑南是叶猴的重要栖息地，而且还清晰地记载了叶猴在群体生活中的护群行为。但将这种生物本能的护群行为解释成"仁"的象征，不免牵强附会。猴类最类似人之处在于其恋幼护幼的行为。《搜神记》载："临川东兴有人入山，得猿子，便将归。猿母自后逐至家。此人缚猿子于庭中树上，以示之。其母便搏颊向人，欲乞哀状，直谓口不能言耳。此人既不能放，竟击杀之。猿母悲唤，自掷而死。"③ 在这个故事中，人扮演了一个非常残忍的角色，利用猿母护子心切的心理，先折磨死幼猿，然后不费吹灰之力又得到了因悲伤过度而死的母猿。

蜜蜂也是聚群而居的动物。《博物志》云：

---

① 张华撰，范宁校证：《博物志校证》，中华书局1980年版，第45页。
② 李肇：《唐国史补》，上海古籍出版社1979年版，第64页。
③ 干宝：《搜神记》，中华书局1979年版，第242页。

诸远方山郡幽僻处，出蜜臈。人往往以桶聚蜂，每年一取。

远方诸山（出）蜜蜡处，（其处人家有养蜂者，其法）以木为器，中开小孔，以蜜蜡涂器，内外令遍。春月蜂将生育时，捕取三两头著器中，蜂飞去，寻将伴来，经日渐益，遂持器归。①

前一条记载表明人们掌握了蜜蜂聚群而居的特性，利用桶收集野生蜂群，获得野生蜂蜜的方法。后一条记载则是具体描述当时人们利用木桶诱捕野蜂的方法。此外，唐代博物杂记类小说中还有关于采蜂巢的记载，从中我们可以更清晰地看到蜜蜂的群居生活。《岭表录异》云："大蜂结房于山林间，其大如巨钟，其中数百层。土人采时，须以草覆蔽体，以捍其毒螫，复以烟火熏散蜂母，乃敢攀缘崖木，断其蒂。一房中蜂子或五六斗至一石，择其未翅足者，以盐酪炒之，暴干，以小纸囊贮之，寄入京洛，以为方物。然房中蜂子三分之一翅足已成，则不堪用。"② 这种大蜂的巢"大如巨钟，其中数百层"，居住在蜂巢中的光蜂子就五六斗至一石。可见蜂群中的个体总数是相当庞大的，如果有人或其他动物试图接近或攻击蜂房的话，大蜂会采取"毒螫"的方式保卫蜂巢。为了得到蜂巢，土人采用烟熏法，迫使大蜂离开自己的巢穴。

鸡、鸭、鹅统称家禽，可以大量饲养，不过雄家禽之间经常发生争斗行为。早在战国时期就有了斗鸡这种娱乐方式。《战国策》云："临淄甚富而实，其民……斗鸡、走犬。"③ 除常见的斗鸡外，公元 1 世纪左右还很流行斗鸭、斗鹅、斗雁等游戏，《西京杂记》载："鲁恭王好斗鸡鸭及鹅雁。"④ 家鸡由野鸡家化而成，野鸡也具有好斗的习性。人们通常利用这一习性诱捕野鸡，《临海异物志》载："山鸡，状如家鸡。安阳诸山中多鸡。侍踞好斗。当时以家鸡置其处，取即可得。"⑤

① 张华撰，范宁校证：《博物志校证》，中华书局 1980 年版，第 110 页。
② 刘恂撰，鲁迅校勘：《岭表录异》，广东人民出版社 1983 年版，第 34 页。
③ 何建章注释：《战国策注释》，中华书局 1990 年版，第 326 页。
④ 葛洪撰，程毅中点校：《西京杂记》，中华书局 1985 年版，第 15 页。
⑤ 沈莹：《临海水土物志》，载刘纬毅《汉唐方志辑佚》，北京图书馆出版社 1997 年版，第 59 页。

关于动物间的共栖现象，早在《博物志》中就有关于蟹蛤共生的记载[①]，《酉阳杂俎》中有关于蟹螺共生的记载也很丰富，其详细论述见第二章第三节。

关于动物的适应性，《酉阳杂俎》对动物的保护色有生动的描述，其详细论述见第二章第三节。

二　植物的栽培及利用

（一）园林植物

关于果树栽培　汉代的皇家园林中种植了不少优良的树种。据《西京杂记》记载：

> 初修上林苑，群臣远方，各献名果异树，其中包括梨十种，枣七种，栗四种，桃十种，李十五种，柰三种，查三种，椑三种，棠四种，梅七种，杏二种，桐三种，林檎十株，枇杷十株，橙十株，安石榴十株，白银树十株，黄银树十株，槐六百四十株，千年长生树十株，万年长生树十株，扶老木十株，守宫槐十株，金明树二十株，摇风树十株，鸣风树十株，琉璃树七株，池离树十株，离娄树十株，柿四株，枞七株，白俞梅、杜梅、桂蜀漆树十株，栝十株，楔四株，枫四株。[②]

其中"出瀚海北耐寒不枯"的"瀚海梨"，"出昆仑山"的"西王母枣"，"出西域"的"胡桃"等，显然是来自西域少数民族地区的优良果树品种。因此，汉代皇家园林中无论是植物品种，还是种植技术都反映了中外文化交流的成果。

魏晋南北朝时期果树种植有了很大的发展，以橘树为例，政府甚至将果农专门编户，以方便征收果税，《述异记》载：

---

① 张华撰，范宁校证：《博物志校证》，中华书局1980年版，第127页。
② 葛洪撰，程毅中点校：《西京杂记》，中华书局1985年版，第6—7页。

越多橘柚园。越人岁多橘税，谓橙橘户。①

橘树种植面积的扩大，客观上也促进了栽培技术的提高。中国是世界上最早采用生物防治虫害的国家之一。大约在西晋时期，中国南方已经发明了利用昆虫天敌来防治果树虫害的技术。《南方草木状》载：

> 柑乃橘之属，滋味甘美特异者也。有黄者，有赪者，赪者谓之壶柑。交趾人以席囊贮蚁，鬻于市者，其窠如薄絮，囊皆连枝叶，蚁在其中，并窠而卖。蚁赤黄色，大于常蚁。南方柑树，若无此蚁，则其实皆为群蠹所伤，无复一完者矣。②

唐代这种生物防治技术得到了极大的推广，在岭南地区极为常见，《岭表录异》云：

> 岭南蚁类极多，有席袋贮蚁子巢，鬻于都市者。蚁巢如薄絮囊，皆连带枝叶，蚁在其中，和巢而卖。有黄色大于常蚁而脚长者。云南中柑子树无蚁者实多蛀，故人竞买之，以养柑子也。③

类似记载还见于《酉阳杂俎》：

> 岭南有蚁，大于秦中蚂蚁，结巢于甘树，实时，常循其上，故甘皮薄而滑，往往甘实在其巢中，冬深取之，味数倍于常者。④

"黄色大于常蚁而脚长者"的黄猄蚁，又称江树蚁，产于热带及亚热带，常常在柑树上筑巢，以柑橘树上害虫为食。从"有席袋贮蚁子巢，鬻

---

① 任昉：《述异记》卷上，载《百子全书》，浙江人民出版社1984年版。
② 嵇含著，王根林校点：《南方草木状》，载《汉魏六朝笔记小说大观》，上海古籍出版社1999年版，第265页。
③ 刘恂撰，鲁迅校勘：《岭表录异》，广东人民出版社1983年版，第35页。
④ 段成式撰，方南生点校：《酉阳杂俎》，中华书局1981年版，第173页。

于都市"的记载来看，唐代我国南方为提高柑橘产量，已经普遍应用了这种生物灭虫技术。

唐代在域外果树栽培方面取得了较大的成就。除了第二章第二节谈到的油橄榄、阿魏外，波斯枣也非常有名。波斯枣原产西亚、北非。《酉阳杂俎》载：

> 波斯枣，出波斯国，波斯国呼为窟莽。树长三四丈，围五六尺，叶似土藤，不凋。二月生花，状如蕉花，有两甲，渐渐开罅，中有十余房。子长二寸，黄白色，有核，熟则紫黑，状类乾枣，味甘如饴，可食。①

波斯枣引入中原后，多栽培于岭南一带，《岭表录异》的作者刘恂还曾试种，《岭表录异》云："波斯枣：广州郭内见其树，树身无间枝，直耸三四十尺，及树顶，四向共生十余枝叶，如海椶。广州所种者，或三五年一番结子，亦似北中青枣，但小耳。自青及黄，叶已尽，朵朵著子，每朵约三二十颗。恂曾于番酋家食本国将来者，色类砂糖，皮肉软烂。饵之，乃火烁水蒸之味也。其核与北中枣殊异：两头不尖，双卷而圆，如小块紫矿。恂亦收而种之，久无萌芽，疑是蒸熟也。"②

关于葡萄 葡萄的原生地在黑海、地中海沿岸一带及中亚细亚地区。现代学者对葡萄何时引进中原还有争论③，《博物志》的看法也不妨聊备一说："西域有葡萄酒，积年不败，彼俗云：'可至十年饮之，醉弥月乃解。'"④《史记·大宛列传》亦称："宛左右以蒲陶为酒，富人藏酒至万石，久者数十岁不败。俗嗜酒，马嗜苜蓿。汉使取其实来，于是天子始种苜蓿、蒲陶肥饶地。及天马多，外国使来众，则离宫别观旁尽种葡萄、苜蓿

---

① 段成式撰，方南生点校：《酉阳杂俎》，中华书局1981年版，第178页。
② 刘恂撰，鲁迅校勘：《岭表录异》，广东人民出版社1983年版，第18页。
③ 张宗子：《葡萄何时引进我国》，《农业考古》1984年第1期。胡澍：《葡萄引种内地时间考》，《新疆社会科学》1986年第5期。
④ 张华撰，范宁校证：《博物志校证》，中华书局1980年版，第64页。

极望。"① 此后葡萄在中原的种植逐渐普遍，北魏时期，洛阳城外许多地方都种植了葡萄，尤其是白马寺的葡萄尤为有名："浮屠前，柰林葡萄，异于余处，枝叶繁衍，子实甚大。柰林实重七斤，葡萄实伟于枣，味并殊美，冠于中京。"②

唐代葡萄的繁殖技术更是有了很大的提高。《酉阳杂俎》云：

> 天宝中，沙门昙霄因游诸岳，至此谷，得葡萄食之。又见枯蔓堪为杖，大如指，五尺余，持还本寺植之，遂活。长高数仞，荫地幅员十丈，仰观若帷盖焉。其房实磊落，紫莹如坠，时人号为草龙珠帐焉。③

这表明在唐代，人们已经掌握了直接用葡萄枝蔓进行扦插培繁殖葡萄的技术。尤其值得注意的是，采用扦插法繁殖的是僧人，并将其种于寺院之中。可见，唐代寺庙十分注重园艺新品种的引进，僧人也因此在实践中为提高种植技术做出了很大贡献。

唐代葡萄不仅栽培技术有了提高，而且又增加了王母葡萄、马乳葡萄等新品种。这些品种由于多来源于国外，因此博物杂记小说中记载就尤显神秘。《酉阳杂俎》云：

> 贝丘之南有葡萄谷，谷中葡萄，可就其所食之，或有取归者即失道，世言王母葡萄也。④

这个葡萄谷具体地点很难确考，唐代并无贝丘县，汉代、北齐的贝丘县在山东清平，南朝宋及南齐的贝丘是在江苏一带，而且从"或有取归者即失道"的描写来看，王母葡萄的来历似乎颇为神秘。《封氏闻见记》载：

---

① 司马迁：《史记》卷一二三，中华书局 1975 年版，第 3173—3174 页。
② 范祥雍校注：《洛阳伽蓝记校注》卷四，上海古籍出版社 1982 年版，第 196 页。
③ 段成式撰，方南生点校：《酉阳杂俎》，中华书局 1981 年版，第 175—176 页。
④ 同上。

太宗朝，远方咸贡珍异草木。今有马乳葡萄，一房长二尺余，叶护国所献也。①

《南部新书》中也记载了马乳葡萄的传入中原的过程："太宗破高昌，收马乳葡桃种于苑。"② 综合以上两条记录，可以看出马乳葡萄大约是唐太宗时期从西域传入中原，可能和侯君集破西昌有一定的联系，并且最初是在皇家园林中种植。唐代还盛行马乳葡萄酒，刘禹锡《和令狐相公谢太原李侍中寄葡桃》诗："鱼鳞含宿润，马乳带残霜。染指铅粉腻，满喉甘露香。酿成十日酒，味敌五云浆。"马乳葡萄酒的流行与马乳葡萄的普遍种植密不可分，这也是唐代葡萄种植业兴盛的一个标志。

关于花卉栽培　博物杂记类小说中最引人注目的是唐代牡丹栽培的兴起。牡丹为芍药科芍药属，多年生落叶灌木，被誉为百花之王。唐前并无牡丹之名，牡丹因为与芍药有一定的相似之处，因此将之称为"木芍药"。直到唐代木芍药之名仍在沿用，《松窗杂录》云："开元中，禁中初重木芍药，即今牡丹也。"③《酉阳杂俎》载："检隋朝《种植法》七十卷中，初不记说牡丹，则知隋朝花药所无也。"可见直到隋朝牡丹并未作为药用植物进行广泛栽培。关于牡丹作为观赏的植物在东晋及南北朝时期已引起人们的注意，《酉阳杂俎》云："牡丹，前史中无说处，惟谢康乐集中，言竹间水际多牡丹。"④ 谢康乐即谢灵运，著有《谢康乐集》，今本《谢康乐集》非完本，虽其中无此语，但欧阳修《洛阳牡丹记》有类似的说法："谢灵运言永嘉水际竹间多牡丹。"⑤ 如果段成式与欧阳修的记载准确的话，谢灵运确有"水际竹间多牡丹"的诗句，便表明东晋文人已经对于牡丹表现出一种观赏的意味。

唐天宝年间，牡丹由于受到唐玄宗的喜爱而声名日盛，成为一时的名花。《酉阳杂俎》云：

---

① 封演撰，赵贞信校注：《封氏见记校注》，中华书局 2003 年版，第 60 页。
② 钱易：《南部新书》，中华书局 2002 年版，第 32 页。
③ 李濬：《松窗杂录》，中华书局 1958 年版，第 4 页。
④ 段成式撰，方南生点校：《酉阳杂俎》，中华书局 1981 年版，第 185 页。
⑤ 欧阳修：《洛阳牡丹记·花释名第二》，文渊阁《四库全书》本。

开元末，裴士淹为郎官，奉使幽冀回，至汾州众香寺，得白牡丹一窠，植于长安私第。天宝中，为都下奇赏。当时名公有《裴给事宅看牡丹》诗，诗寻访未获。一本有诗云："长安年少惜春残，争认慈恩紫牡丹。别有玉盘乘露冷，无人起就月中看。"太常博士张乘尝见裴通祭酒说。又房相有言牡丹之会，琯不预焉。至德中，马仆射镇太原，又得红紫二色者，移于城中。元和初犹少，今与戎葵角多少矣。①

唐代出现了包括白牡丹、紫牡丹、红牡丹等在内的优良牡丹品种，比如《杜阳杂编》云：

穆宗皇帝殿前种千叶牡丹花，始开，香气袭人，一朵千叶，大而且红，上每睹芳盛，叹曰人间未有。②

《酉阳杂俎》载：

兴唐寺有牡丹一窠，元和中着花一千二百朵。其色有正晕、倒晕、浅红、浅紫、深紫、黄白檀等，独无深红。又有花叶中无抹心者。重台花者，其花面径七八寸。

东都尊贤坊田令宅，中门内有紫牡丹成树，发花千朵。③

这些品种的出现，无疑标志着唐代牡丹种植水平的提高。从"兴善寺素师院牡丹，色绝佳"，"慈恩寺……白牡丹是法力上人手植"，以及上文所引汾州众香寺出白牡丹等情况来看，寺庙在唐代牡丹种植技术的提高中发挥了极其重要的作用。唐代名贵牡丹价格不菲，刘浑《牡丹》诗云："近来无奈牡丹何，数十千钱买一棵。"白居易《秦中吟·买花》：

---

① 段成式撰，方南生校点：《酉阳杂俎》，中华书局1981年版，第185页。
② 苏鹗：《杜阳杂编》，中华书局1958年版，第38页。
③ 段成式撰，方南生校点：《酉阳杂俎》，中华书局1981年版，第186、208页。

"帝城春欲暮，喧喧车马度。共道牡丹时，相随买花去。贵贱无常价，酬直看花数。灼灼百朵红，戋戋五束素……一丛深色花，十户中人赋。"由于名贵牡丹价格的昂贵，平民显然无法消费，而寺院作为唐代公共文化中心，种植名贵牡丹能够在一定程度上满足士人、平民游赏牡丹的需求。同时由于唐代寺院经济发达，拥有大量田产，还可以利用种植牡丹获取利润。《唐国史补》云："京城贵游，尚牡丹三十余年矣。每春暮车马若狂，以不耽玩为耻。执金吾铺官围外寺观种以求利，一本有值数万者。"① 因此，除了文化娱乐需求外，获利心理也在很大程度上刺激了牡丹种植技术的提高。

关于蔬菜栽培　菠菜从西域传入中原，据《拾遗记》佚文载：

> 西域菜，名僧携其子入中国，讹为波稜。②

从《拾遗记》的记载来看，菠菜似在东晋以前，便有僧人携带种子传入中原。《刘宾客嘉话录》中关于菠菜传入中国的方式与《拾遗记》的记载类似，并且从读音的演变来考察菠菜读音的转变："菜之菠稜者，本西国中。有僧自彼将其子来，如苜蓿、蒲陶，因张骞而至也。绚曰：'岂非颇稜国将来，而语讹为菠稜耶？'"③ 不过隋唐时期菠菜的种植似乎并没有被推广，直到唐太宗时期仍有西域来献，《封氏闻见记》云：

> 太宗朝，远方咸贡珍异草木……波稜菜，叶似红蓝，实如蒺藜，泥婆罗国所献也。④

虽然以上记载关于菠菜传入中原的时间、方式都有所不同，不过可以肯定的是唐代西域菠菜已经传入中原。

---

① 李肇：《唐国史补》，上海古籍出版社 1979 年版，第 45 页。
② 王嘉撰，萧绮注，齐治平校注：《拾遗记》，中华书局 1981 年版，第 94 页。
③ 韦绚撰，阳羡生校点：《刘宾客嘉话录》，载《唐五代笔记小说大观》，上海古籍出版社 2000 年版，第 798 页。
④ 封演撰，赵贞信校注：《封氏闻见记校注》，中华书局 1958 年版，第 60 页。

茄子的栽培在唐代已经相当成熟,《岭表录异》载:

> 栽种茄子宿根,有二三年渐长枝干,乃为大树。每夏秋熟,则梯树摘之。三年后,渐树老子稀,即伐去,别栽嫩者。①

关于茄子命名之由来,《酉阳杂俎》考证甚详,云:

> 茄子,茄字本莲茎名,革遐反。今呼伽,未知所自。成式因就节下食伽子数蒂,偶问工部员外郎张周封伽子故事,张云一名落苏,事具《食疗本草》。此误作《食疗本草》,原出《拾遗本草》。成式记得隐侯《行园》诗云:"寒瓜方卧垅,秋菰正满陂。紫茄纷烂漫,绿芋郁参差。"又一名昆仑瓜。岭南茄子宿根成树,高五六尺。姚向曾为南选使,亲见之。故《本草》记广州有慎火树,树大三四围。慎火即景天也,俗呼为护火草。茄子熟者,食之厚肠胃,动气发痰,根能治灶瘃。②

宋初王辟之《渑水燕谈录》卷十云:"钱镠之据钱塘也,子跛,镠钟爱之。谚为跛为瘸,杭人为讳之,乃称茄为落苏。"③ 这种关于茄子命名的说法显系望文生义,故陆游在《老学庵笔记》卷二中据《酉阳杂俎》加以驳斥④。值得注意的是关于僧人除了在茄子的栽培上做出了杰出的贡献,在茄子烹调方面也进行了卓有成效的探索。《酉阳杂俎》云:"僧人多炙之,甚美。有新罗种者,色稍白,形如鸡卵。西明寺僧造玄院中有其种。"⑤

(二)经济作物的种植及其利用

苜蓿 汉武帝在沟通西域的过程中,引进良种马的同时,也引进了良种饲料——苜蓿。《史记·大宛列传》称:"俗嗜酒,马嗜苜蓿。汉使取其

---

① 刘恂撰,鲁迅校勘:《岭表录异》,广东人民出版社1983年版,第14页。
② 段成式撰,方南生校点:《酉阳杂俎》,中华书局1981年版,第186页。
③ 王辟之:《渑水燕谈录》卷十,文渊阁《四库全书》本。
④ 陆游撰,李剑雄、刘德权点校:《老学庵笔记》卷二,中华书局1979年版,第21页。
⑤ 段成式撰,方南生点校:《酉阳杂俎》,中华书局1981年版,第186—187页。

实来，于是天子始种苜蓿、蒲陶肥饶地。及天马多，外国使来众，则离宫别观旁尽种葡萄、苜蓿极望。"① 苜蓿最开始如《史记·大宛列传》称是在宫苑中率先种植，除了作为饲料外，还有观赏价值。《西京杂记》还记载了苜蓿的别名："乐游苑自生玫瑰树，树下多苜蓿。苜蓿一名怀风，时人或谓之光风，风在其间，常萧萧然，日照其花，有光彩，故名苜蓿为怀风。茂陵人谓之连枝草。"② 优质牧草苜蓿的引进，无疑对于繁殖良种马，改善马的体质发挥了重要的作用。

中国的油料作物的种植开始于红蓝花、胡麻的引进。关于红蓝花的引进，据《博物志》载："红蓝花生梁汉及西域，一名黄蓝，张骞所得也。"③ 胡麻也来源于外国，《博物志》云："外国得胡麻豆，或曰戎菽。"④ 《史记·货殖列传》中也有关红蓝花的记载⑤。《齐民要术》中更是将胡麻与红蓝花的种植列了专篇⑥，可见魏晋南北朝时期油料作物的种植有了很大的提高。不过现存西晋以前的著作中并未提到中国榨取植物油起于何时。直到《博物志》中才有"煎麻油"的记载：

> 煎麻油，水气尽，无烟，不复沸则还冷，可用手搅之。得水则焰起，散卒而灭。此亦试之有验。

张华又云：

> 积油满万石，则自然生火。武帝泰始中武库火，积油所致。⑦

---

① 司马迁：《史记》卷一二三，中华书局 1975 年版，第 3173—3174 页。
② 葛洪撰，程毅中点校：《西京杂记》，中华书局 1985 年版，第 3 页。
③ 张华撰，范宁校证：《博物志校证》，中华书局 1980 年版，第 137 页。
④ 同上书，第 124 页。
⑤ 《史记·货殖列传》载："及名国万家之城，带郭千亩亩钟之田，若千亩卮茜……《集解》徐广曰：'卮音支，鲜支也。茜音倩，一名红蓝，其花染缯赤黄也。'《索隐》卮音支，鲜支也。茜音倩，一名红蓝花，染缯赤黄也。"司马迁：《史记》卷一二九，中华书局 1975 年版，第 3272—3273 页。
⑥ 贾思勰撰，缪启愉校释：《齐民要术》卷二、卷五，农业出版社 1982 年版，第 108、272 页。
⑦ 张华撰，范宁校证：《博物志校证》，中华书局 1980 年版，第 47 页。

这里的"麻油"应当是指植物油，而武库中的积油大约也应是植物油。如果张华的记载可靠的话，这表明中原地区榨取和利用植物油在魏末晋初应该相当普遍。西晋初年，王濬攻吴，"又作火炬，长十余丈，大数十围，灌以麻油，在船前，遇锁，然炬烧之，须臾，融液断绝，于是船无所碍"①。这也可证明晋初植物油的榨取已经有了一定规模。

此外，紫草是一种多年生草本植物，因含有紫草红色素，可以用作染料。《博物志》中已经有关于紫草产地的记载："平民山之阳，紫草特好也。""又比阳有阳山，出紫草。"②《齐民要术》中还有关于紫草的栽培技术的记载③，可见人们对紫草的栽培与利用已经有了相当长的历史。

（三）野生植物的采集与利用

桄榔树属棕榈科植物，树心的髓含有丰富的淀粉，可将其制成桄榔粉以供食用。《博物志》载："蜀中有树名桄榔，皮里出屑如面。用作饼食之，谓之桄榔面。"④ 由于这种桄榔树，多野生，在主食不足的情况下，可以作为替代食品，缓解饥饿。到了唐代，人们制作桄榔粉的技术有了很大的提高，并且将烹调技艺也进行了改良。《酉阳杂俎》云："古南海县有桄榔树，峰头生叶，有面，大者出面百斛，以牛乳啜之，甚美。"⑤ 由于岭南地区盛产桄榔树，人们逐渐发现桄榔木除了制作桄榔粉外，还有其他重要用途。《岭表录异》载："桄榔树生广南山谷，枝叶并蕃茂，与枣、槟榔等小异。然叶下有须，粗如马尾，广人采之，以织巾子。其须尤宜咸水浸渍，即粗胀而韧，故人以此缚舶，不用钉线。木性如竹，紫黑色，有文理而坚，工人解之，以制博弈局。其木刚作锻锄，利如铁，中石更利，惟中蕉方致败耳。此树皮中有屑如面，可为饼食之。"⑥ 在岭南人看来，桄榔树一身是宝，其须可用于织布，固定船只；其木可制棋盘，可作农具；其面还可食用。可见，唐代岭南地区由于造船业及纺织业的发展，对于野生桄

---

① 房玄龄等：《晋书》卷四二，中华书局 1974 年版，第 1209 页。
② 张华撰，范宁校证：《博物志校证》，中华书局 1980 年版，第 117、119 页。
③ 贾思勰撰，缪启愉校释：《齐民要术校释》卷五，农业出版社 1982 年版，第 272 页。
④ 张华撰，范宁校证：《博物志校证》，中华书局 1980 年版，第 134 页。
⑤ 段成式撰，方南生点校：《酉阳杂俎》，中华书局 1981 年版，第 286 页。
⑥ 刘恂撰，鲁迅校勘：《岭表录异》，广东人民出版社 1983 年版，第 17 页。

椰树利用水平也逐渐提高。

关于橄榄，《岭表录异》载：

> 橄榄，树身耸枝，皆高数尺，其子深秋方熟。闽中尤重此味。云咀之香口，胜含鸡舌香。生吃及煮饮悉解酒毒。有野生者，子繁树峻，不可梯缘，但刻其根下方寸许，内盐于其中，一夕，子皆自落。树枝节上生脂膏，如桃胶，南人采之，和其皮叶煎之，调如黑饧，谓之橄榄糖。用泥船损，干后坚于胶漆，著水益坚耳。①

在岭南地区，橄榄树除了果实可供食用外，树胶还可用于补船。并且人们已经开始利用擦盐的方式改变植物体内生理过程和代谢方向，使高大植株上的果实不采自落。其原理是将盐擦于橄榄树根部，高浓度的钠会破坏植物体内的正常代谢而出现水分的大量外渗，由于失水，叶柄、果柄的离层进一步分化，使植物体某些水分散失快的器官如叶、果脱落，从而减少水分散失，达到植株自为的目的。当时人们也许并未理解其中的科学原理，只是从长期的实践种因为偶然发现了这一现象，因而利用这一生理变化，从而达到果实不采自落的目的。这也可以说是中国古代植物采集史上的一大科学发现。

此外，一些特有的野生植物的利用也为岭南人们的生活增添了方便，如野鹿藤，可"制藤线，编以为幕"，越王竹"用为酒筹、菜箸"②。

三　动物的驯养及利用

马在古代农业生产、交通运输以及军事活动中发挥了重要作用。因此，汉唐博物杂记类小说对于中国历代名马特别关注。《博物志》载：

> 古骏马有飞兔、騕袤。
>
> 周穆王八骏：赤骥、飞黄、白蚁、华骝、骡耳、騟骊、渠黄、

---

① 刘恂撰，鲁迅校勘：《岭表录异》，广东人民出版社1983年版，第19页。
② 同上书，第38页。

盗骊。

唐成公有骈骊。①

汉代皇帝对宝马的爱好亦不输前人，《西京杂记》载：

> 文帝自代还，有良马九匹，皆天下之骏马也。一名浮云，一名赤电，一名绝群，一名逸骠，一名紫燕骝，一名绿螭骢，一名龙子，一名麟驹，一名绝尘，号为九逸。②

由于中国西北少数民族地区自古盛产良马，汉武帝在长期的对外征战中，为了增强骑兵的战斗力，致力于良种马的引进。《史记·大宛列传》云："得乌孙马好，名曰'天马'。及得大宛汗血马，益壮，更名乌孙马曰'西极'，名大宛马曰'天马'云。"③《汉书》也记录了李广利传率兵征讨大宛，得"善马数十匹，中马以下牝牡三千余匹"的记载④。博物杂记类小说也有类似的描写，《博物志》载："大宛国有汗血马，天马种，汉、魏西域时有献者。"⑤ 所谓好马配好鞍，武帝对于宝马的装饰极尽奢华，《西京杂记》云：

> 后得贰师天马，帝以玫珸石为鞍，镂以金银输石，以绿地五色锦为蔽泥，后稍以熊罴皮为之。⑥

由于马是草食性家畜，因此在引进良种马的同时，优质饲料的引进也显得特别重要，苜蓿就是汉武帝引进大宛汗血马的过程中，一同引进中原的。东汉桓帝时，又从朝鲜引入果下马，这在《博物志》中也有生

---

① 张华撰，范宁校证：《博物志校证》，中华书局1980年版，第75页。
② 葛洪撰，程毅中点校：《西京杂记》，中华书局1985年版，第10页。
③ 司马迁：《史记》卷一二三，中华书局1975年版，第3170页。
④ 班固：《汉书》卷六一，中华书局1975年版，第2702页。
⑤ 张华撰，范宁校证：《博物志校证》，中华书局1980年版，第36页。
⑥ 葛洪撰，程毅中点校：《西京杂记》，中华书局1985年版，第10页。

动的描述①。

《拾遗记》中记载了曹家白鹄的传奇故事：

> 曹洪，武帝从弟，家盈产业，骏马成群。武帝讨董卓，夜行失马，洪以其所乘马上帝。其马号曰"白鹄"。此马走时，惟觉耳中风声，足似不践地。至汴水，洪不能渡，帝引洪上马共济，行数百里，瞬息而至。马足毛不湿。时人谓为乘风而行，亦一代神骏也。谚曰："凭空虚跃，曹家白鹄。"②

骏马出色的奔跑力，在某些关键时刻能够起到扭转局面的作用，历代军事家都对骏马偏爱有加，而小说家也乐于渲染这样的离奇情节，以满足读者猎奇心理。因此在古代小说中对于英雄横刀立马的情节津津乐道，项羽的乌骓马、关羽的赤兔马，甚至唐僧的白龙马都是增强小说惊险性与刺激性的必要道具。

唐代博物杂记类小说对于名马也特别留意，《酉阳杂俎》中对于唐代良种马的引进也很关注：

> 骨利干国献马百匹，十匹尤骏。上为制名。决波骟者，近后足有距，走历门三限不顿，上尤惜之。隋内库有交臂玉猿，二臂相贯如连环，将表其帻。上后尝骑与侍臣游，恶其饰，以鞭击碎之。③

由于长期的戎马生涯，唐太宗对于马匹的了解与热爱超越常人，因此对于外国进献的良种马，唐太宗亲自为其中最优者进行命名，并不惜以贵重的饰品进行装饰。《杜阳杂编》言代宗的九花虬，德宗的神智骢与如意骝，均是一时良马。此外，博物杂记类小说还记载了唐代种马的选留标准，《酉阳杂俎》云："十三岁以下可以留种。"种马的标准是

---

① 相关分析见第二章第二节。
② 王嘉撰，萧绮录，齐治平校注：《拾遗记》，中华书局1981年版，第173页。
③ 段成式撰，方南生点校：《酉阳杂俎》，中华书局1981年版，第1页。

"戎马八尺，田马七尺，驽马六尺。"① 汉唐博物杂记类小说对于马的引进、品种、选种等问题的记录，对于我们研究汉唐时期马文化提供了丰富的材料。

鹰的驯化与利用　鹰是隼形目猛禽的典型代表，汉唐博物杂记类小说中关于鹰的驯化的记载异常丰富。《西京杂记》就记载了汉代良种鹰用于狩猎的情况：

> 茂陵少年李亨，好驰骏狗，逐狡兽。或以鹰鹘逐雉兔，皆为之佳名。狗则有修毫、釐睫、白望、青曹之名。鹰则有青翅、黄眸、青冥、金距之属，鹘则有从风鹘、孤飞鹘。②

《西京杂记》中对于鹰的描写较为简略，而唐代《酉阳杂俎》中的《肉攫部》则完全可以看作一篇关于鹰的驯化与利用的专题论文。文中以取鹰法为开端，详细叙述了不同的鹰有不同的捕捉时间，以及包括木鸡、木雀、鹑竿、鸱竿等在内的捕鹰工具。接着段成式论述了收养雏鹰的时间：

> 凡鸷鸟，雏生而有惠，出壳之后，即于窠外放巢。大鸷恐其坠堕，及为日所曝，热暍致损，乃取带叶树枝，插其巢畔，防其坠堕及作阴凉也。欲验雏之大小，以所插之叶为候，若一日二日，其叶虽萎而尚带青色。至六七日，其叶微黄。十日后枯瘁，此时雏渐大可取。③

取鹰人只要仔细观察鹰巢外鹰所插枝叶的颜色，就能推断鹰雏的大小，决定取雏的时间。关于人工辅助鹰换羽的方法：

> 鹰四月一日停放，五月上旬拔毛入笼。拔毛先从头起，必于平旦

---

① 段成式撰，方南生点校：《酉阳杂俎》，中华书局 1981 年版，第 158—159 页。
② 葛洪撰，程毅中点校：《西京杂记》，中华书局 1985 年版，第 30 页。
③ 段成式撰，方南生点校：《酉阳杂俎》，中华书局 1981 年版，第 193 页。

过顶，至伏鹑则止。从颈下过颫毛，至尾则止。尾根下毛名颫毛。其背毛、并两翅大翎覆翮及尾毛十二根等并拔之，两翅大毛合四十四枝，覆翮翎亦四十四枝。八月中旬出笼。[1]

此外，段成式还详细介绍了白唐、青斑、赤斑唐、白兔鹰、东道白、漠北白等品种的鹰外形、生长发育过程、产地。比如鹰中体形最大的东道白鹰：

> 东道白，腹背俱白，大者六斤余，鹰内之最大。生卢龙、和龙以北，不知远近，向涣林、巨黑、章武、合口、光州飞。虽稍软，若值快者，越于前鹰。[2]

尤其值得注意的是段成式还总结出动物在适应环境的过程中，逐渐形成了保护色："凡禽兽，必藏匿形影同于物类也。是以蛇色逐地，茅兔必赤，鹰色随树。"[3]

象的饲养与驯化 象是现存最大的陆生哺乳动物。《博物志》中记录了大象作为群居动物在同伴去世后的悲哀表现：

> 昔日南贡四象，各有雌雄。其一雄死于九真，乃至南海百有余日，其雌涂土著身，不饮食，坐卧草中，长史问其所以，闻之辄流涕矣，有哀状。[4]

直到唐代，岭南地区还有野象的踪迹，《岭表录异》载："广之属潮郡、循州，多野象。"唐代象的驯化已经相当成功，象在云南常被驯化为运输工具，《岭表录异》载："恂有亲表，曾奉使云南。彼中豪族，各家养

---

① 段成式撰，方南生点校：《酉阳杂俎》，中华书局 1981 年版，第 193 页。
② 同上书，第 196 页。
③ 同上书，第 193 页。
④ 张华撰，范宁校证：《博物志校证》，中华书局 1980 年版，第 36 页。

象，负重到远，如中夏之畜牛马也。"此外，象经过驯化还可以成为舞象，"蛮王宴汉使于百花楼前设舞象，曲乐动，倡优引入一象，以金羁络首，锦襜垂身，随膝腾踏，动头摇尾，皆合节奏。即舞马之类"。并且这种舞象还曾进贡给唐王朝，以贡皇室娱乐之需："乾符四年，占城国进驯象三头。当殿引对，亦能拜舞。"①

雉的家化 雉鸡的家化与驯养在汉代已经非常成功，《西京杂记》载：

> 茂陵文固阳，本琅琊人，善驯野雉为媒，用以射雉。每以三春之月，为茅障以自翳，用觟矢射之，日连百数⋯⋯其子亦善其事。②

"三春之月"正是野雉的繁殖期，在这个时候将驯化后的野雉做媒，引诱同类，猎人每天就能毫不费力地获取上百只野雉。猎人这种驯化野雉的方法，代代相传，"其子亦善其事"。

兔的利用 中国对兔的利用主要是对其毛皮的加工与制作。中国在汉代已开始利用兔毛制笔。《西京杂记》云天子笔"毛皆以秋兔之毫"③。事实上，汉代的兔毛笔在现代考古中也不断被发现。比如江苏东海县尹湾西汉墓中也出土了两支兔箭毛制作的毛笔④。除用兔毛制笔外，唐代还曾将兔毛织物，成为"褐"，李肇《唐国史补》："宣州以兔毛为褐，亚于锦绮，复有染丝织者尤妙，故时人以为兔褐真不如假也。"⑤

关于制笔，还有一点需要补充，唐代岭南地区由于并不产兔与狐，于是因地制宜发明了鹿毛笔、野狸毛笔，甚至鸡毛笔等书写工具，《岭表录异》载："番隅地无狐兔，用鹿毛、野狸毛为笔。又昭、富、春、勤等州，则择鸡毛为笔。其为用也，亦与兔毫不异。"⑥ 制笔材料的多样化，也从一个侧面反映出唐代我国制笔工艺的提高。

---

① 刘恂撰，鲁迅校勘：《岭表录异》，广东人民出版社 1983 年版，第 10 页。
② 葛洪撰，程毅中点校：《西京杂记》，中华书局 1985 年版，第 30 页。
③ 同上书，第 1 页。
④ 连云港市博物馆：《江苏东海县尹湾汉墓群发掘简报》，《文物》1996 年第 8 期。
⑤ 李肇：《唐国史补》，上海古籍出版社 1979 年版，第 65 页。
⑥ 刘恂撰，鲁迅校勘：《岭表录异》，广东人民出版社 1983 年版，第 8 页。

水獭的驯化　水獭是半水栖兽类，喜欢栖息在湖泊、河湾、沼泽等淡水区，以鱼类、鼠类、蛙类、蟹、水鸟等为主食。水獭长期被认为是人工养鱼的天敌，《淮南子·兵略》云："夫畜池鱼者也必去猵獭。"[①] 中国驯养水獭捕鱼开始于何时，目前尚不清楚，不过唐代已经有驯养水獭捕鱼的记载，《朝野佥载》云：

> 通川界内多獭，各有主养之，并在河侧岸间。獭若入穴，插雄尾于獭穴前，獭即不敢出。去却尾即出。取得鱼，必须上岸，人便夺之。取得多，然后放令自吃，吃饱即鸣杖以驱之还。插雄尾，更不敢出。[②]

饲养水獭捕鱼实际上与饲养鸬鹚的原理类似，均是利用了动物之间的食物链关系，化害为利。《酉阳杂俎》也有相似的记载：

> 元和末，均州勋乡县有百姓，年七十，养獭十余头。捕鱼为业，隔日一放出。放时，先闭于深沟斗门内令饥，然后放之，无网罟之劳，而获利相若。老人抵掌呼之，群獭皆至，缘衿藉膝，驯若守狗。[③]

养獭专业户的出现表明唐代养獭捕鱼已经相当普遍，这是我国继驯化鸬鹚捕鱼之后捕鱼业的又一发明。

除养獭捕鱼外，唐代另一利用动物食物链防害的技术是养枭捕鼠，《岭表录异》载："北方枭鸣，人家以为怪，共恶之。南中昼夜飞鸣，与鸟鹊无异。桂林人罗取生鬻之，家家养使捕鼠，以为胜狸。"[④] 猫头鹰由于外貌丑陋，叫声凄厉，给人以恐怖的感觉，因而北方人厌恶。不过其专以鼠类为食，岭南人则利用其食性，加以饲养用以捕鼠。这也是唐代生物防治

---

　①　刘文典撰，冯逸、乔华点校：《淮南鸿烈集解》，中华书局1989年版，第490页。

　②　张鷟撰，恒鹤校点：《朝野佥载》，载《唐五代笔记小说大观》，上海古籍出版社2000年版，第58页。

　③　段成式撰，方南生点校：《酉阳杂俎》，中华书局1981年版，第53页。

　④　刘恂撰，鲁迅校勘：《岭表录异》，广东人民出版社1983年版，第21页。

技术的又一成果。

第三节　医学之属

　　《汉书·艺文志》中最早提出中国古代小说的概念。事实上，汉人所谓的小说家言，多是方士之言，"依人则伊尹鬻熊师旷黄帝，说事则封禅养生，盖多属方士假托"①，故"从小说的数量与重要性考察，方士无疑是汉代小说最主要的作家"②。方士本由巫演化而来，巫除了负责沟通神明外，治病救人也是其分内之事，正如《说文》酉部医字下所云："古者巫彭初作医。"③ 博物杂记类小说的源头《山海经》被鲁迅先生称为："古之巫书也。"④ 其中就包含了许多药物学知识，"提到药用植物 67 种，药用植物 52 种，连同其他药物达 126 种（另一统计 353 种）"⑤。此外，《山海经》中还有许多关于"不死"的神话，比如《海外南经》有"不死民"，《海外西经》有"不死树"、"不死之药"⑥ 等，均反映出人们对于延长生命的良好愿望。可见博物杂记类小说自诞生以来，医药知识就已经在其中占据了一席之地。

　　作为人间帝王，荣华富贵本已享用不尽，唯一遗憾的是人的寿命有限，于是在齐威王、燕昭王、秦始皇掀起的求仙热潮中，方士往往利用帝王追求长生不老的思想，吹嘘仙药的神奇。《史记》载："自威、宣、燕昭使人入海求蓬莱、方丈、瀛洲。此三神山者，其傅在勃海中，去人不远；患且至，则船风引而去。盖尝有至者，诸仙人及不死药皆在焉。其物禽兽尽白，而黄金银为宫阙。未至，望之如云；及到，三神山反居水下。临之，风辄引去，终莫能至云。世主莫不甘心焉。及至秦始皇并天下，至海上，则方士言之不可胜数。"⑦《史记》的这段描述可以说是整个汉代博物

---

① 鲁迅：《中国古代小说史略》，上海文化出版社 2005 年版，第 23 页。
② 侯忠义：《中国文言小说史稿》，北京大学出版社 1990 年版，第 9 页。
③ 许慎：《说文解字》，中华书局 1963 年版，第 313 页。
④ 鲁迅：《中国古代小说史略》，上海文化出版社 2005 年版，第 13 页。
⑤ 郭郛、李约瑟、成庆泰：《中国古代动物学史》，科学出版社 1999 年版，第 37 页。
⑥ 袁珂：《山海经校注》，上海古籍出版社 1980 年版，第 196、299、301 页。
⑦ 司马迁：《史记》卷二八，中华书局 1975 年版，第 1369—1370 页。

杂记类小说医药内容叙述模式的滥觞：仙药多在海外绝域，只有有缘人才能得到。《神异经》中东荒中有梨树"和羹食之为地仙"，南荒中有如何树"食之者地仙"①；《十洲记》中祖洲、长洲、炎洲、元洲、生洲、凤麟洲、聚窟洲、沧海岛等均有仙药，食之长生。这里的荒、洲、岛的遥想带有明显的探索意味，这种探索不仅是地理意义上的，而且表现出古人对生命延长的极度渴望。

汉代博物杂记类小说中关于仙药的记载虽然仙话成分居多，但其中亦有现实医药的成分。比如《神异经》中甘蔗"咋啮其汁，令人润泽"，枣"食之可以安躯，益于气力"② 等记载，显然是符合现代医学常识的。而《十洲记》中则已经有中外医药交流的记载，"凤麟洲"条在描写了西国使者献续弦胶与吉光毛裘之后，接着叙述"（汉武帝）厚谢使者而遣去，赐以牡桂干姜等诸物，是西方国之所无者"③。这里的牡、桂、干姜等正是中药常用之物，武帝的馈送正是代表中药向西域的输出。除中药的输出外，《十洲记》中还有西域药品的输入，"聚窟洲"条中月氏使者所献具有起死回生的返魂香，据笔者考证即苏合香之类的后世医家常用药④。

魏晋南北朝博物杂记类小说的作者与方士的关系亦很密切，如张华、王嘉、葛洪均可以说是方士化的文人。不过随着汉武帝在内的一系列求仙活动的失败，博物杂记类小说将目光从海外仙药上移开，转向更具操作性的导引行气、服食炼养、房中养生等内容，并记载了当时最为有名的方士的活动。《博物志》云：

> 魏时方士，甘陵甘始，庐江有左慈，阳城有郄俭。始能行气导引，慈晓房中之术，（俭）善辟谷不食，悉号二百岁人。凡如此之徒，武帝皆集之于魏，不使游散。甘始（老）而少容，曹子建密问其所

---

① 东方朔撰，王根林校点：《神异经》，载《汉魏六朝笔记小说大观》，上海古籍出版社1999年版，第50、52页。
② 同上书，第53、56页。
③ 东方朔撰，王根林校点：《十洲记》，载《汉魏六朝笔记小说大观》，上海古籍出版社1999年版，第66页。
④ 详细论述见本书第二章第二节。

行，始言本师姓韩字世雄，尝与师于南海作金，投数万斤于海。又取鲤鱼一双，（令其一著药，俱求沸膏中，有药者奋尾鼓鳃）鲤游行沉浮，有若处渊，其与药者已熟而（可）食。言此药去此逾远万里，已不可行，不能得也。①

这些方士通过或"能行气导引"，或"晓房中之术"，或"善辟谷"等方式的修炼，达到了强身健体、延年益寿之效。不过张华到底不是方士之徒，对于方士的修炼之法抱有怀疑，并真实地记载了当时由于服食、导引行气不当引发的危害："（魏）文帝《典论》云：议郎李覃学却郄辟谷食茯苓，饮水中不寒（中泻痢），泻痢殆至殒命；军祭酒弘农董芬学甘始鸱视狼（顾），呼吸吐纳，为之过差，气闭不通，良久乃苏。寺人严峻就左慈学补导之术，阉竖真无事于斯（术），而逐声若此。"② 这段话虽引自曹丕《典论》，但从中亦可看出张华对于时人盲目练习服食、导引损害健康的行为持一种批判态度，并嘲笑了寺人练习房中术的荒唐行径。

不过道教医学中也有一些颇具科学价值的成分，《博物志》云：

> 皇甫隆遇青牛道士姓封名君达，其余养性法即可仿用。大略云："体欲常劳少，劳无过虚，食去肥浓，节酸咸，减思虑，损喜怒，除驰逐，慎房室。（春夏）施泄，秋冬闭藏。"③

首先关于饮食与健康的关系，现代医学证明，营养不足与营养过剩，都会影响健康。经常饱食，容易加重肠胃负担，消化系统长期负荷过度，导致内脏器官过早衰老和免疫功能下降，甚至还会引起冠心病、心绞痛以及诱发胆石症、胆囊炎、糖尿病。因此，从这个意义上来看，张华所主张的"所食愈少，心开愈益，所食愈多，心愈塞，年愈损焉"的养生之道，如果长期坚持，在延年益寿方面是能够收到一定效果的。

---

① 张华撰，范宁校证：《博物志校证》，中华书局1980年版，第62页。
② 同上书，第65页。
③ 同上书，第62页。

其次，动静结合的养生法，疲劳过度容易导致细胞死亡或坏损，而细胞又是人体各个器官的最小单位，因此疲劳容易导致器官机能、功能衰退或直接对器官损坏造成器质性疾病，如骨质增生，腰膝酸痛。此外由于器官损坏，不能正常工作会产生变异性疾病，如发炎、肿痛。同时人体疲劳产生的废物如自由基、有毒分泌物，由于器官病变而不能及时排出体外或分解，最后导致微循环障碍，出现非器质性疾病，如癌症、肿瘤、冠心病、囊肿、皮肤病等。所以疲劳是百病之源。但是如果一个人很少活动也会影响健康，最直接的表现就是血流减慢，心肺储备功能变差，易出现全身组织供血不足、头痛头晕、全身无力、食欲下降、烦躁不安、失眠多梦等症状。而且不活动时肌肉储备能量少、紧张度降低，肌肉也变得松弛无力。

再次，人的情绪变化与健康有直接的关系。道教在养生中尤其注意情绪的节制，《太平御览·方术部》中亦有类似的观点："所以保和全真当须少思，少念，少笑，少言，少喜，少怒，少乐，少愁，少恶，少好，少事，少机。夫多思则神散，多念则心劳，多笑则腑脏上翻，多言则气海虚脱，多喜则膀胱客风，多怒则腠理奔浮血，多乐则心神邪荡，多愁则头面焦枯，多好则志气溃溢，多恶则精爽奔腾，多事则筋脉乾急，多机则智虑沉迷。"[1] 现代心理学、医学的研究表明，当人情绪变化时，往往伴随着生理变化。不仅皮肤温度、汗液、心率、心电图会发生变化，而且血液、尿液及其他体液成分也会发生变化。比如，人在恐惧时，会出现瞳孔变大、口渴、出汗、脸色发白、心跳加快、血压升高、血糖增加等一系列变化。过度的消极情绪，长期不愉快、恐惧、失望，会抑制胃肠运动，从而影响消化机能。由于情绪的波动与不少疾病的产生与加剧有密切的关系，因此，道教养生中关于情绪节制的观点是颇具推广价值的。

最后所谓"慎房室"，也即使道教养生中经常强调的节情欲而求寿考的"房中术"。关于房中术，早在《汉书·艺文志》中就已经与医经、经方神仙并列，并著录"房中八家"的著作百八十六篇。并云："房中者，

---

[1] 李昉：《太平御览》卷七二〇，中华书局1985年版，第3187页。

（情性）之极，至道之际，是以圣王制外乐以禁内情，而为之节文。传曰：
'先王之作乐，所以节百事也。'乐而有节，则和平寿考。及迷者弗顾，以
生疾而殒性命。"① 《博物志》中清牛道士强调的"慎房室。春夏泄泻，秋
冬闭藏"，实际上也蕴含着"乐而有节"，符合天地阴阳变化规律的成分。
对于青牛道士养性法的分析，可以看出道教养生经验中有很多与现代医学
研究相符合的成分。如何对其合理成分加以发掘与推广便成为一个具有现
实意义的课题。

魏晋博物杂记类小说中也有许多关于本草学的记载。《神农本草》是
我国第一部药物学专著，并非成于一时一人之手，而是秦汉以来许多医药
学家，通过对药物学资料的不断收集与整理，直至东汉才最后编订而成，
并托名于神农。遗憾的是《神农本草》的原著在唐初就已经失传，现存的
仅仅是孙星衍、顾观光等人的辑佚本。值得注意的是在《博物志》中还保
存了部分《神农本草》的原文：

> 《神农经》曰：上药养命，谓五石之练形，六芝之延年也。中药
> 养性，合欢蠲忿，萱草忘忧。下药治病，谓大黄除实，当归止痛。夫
> 命之所以延，性之所以利，痛之所以止，当其药应以痛也。违其药，
> 失其应，即怨天尤人，设鬼神矣。
>
> 《神农经》曰：药物有大毒不可入口鼻耳目者，入即杀人。
>
> 《神农经》曰：药种（物）有五物（毒）：一曰狼毒，占斯解之；二
> 曰巴豆，藿汁解之；三曰黎卢，（葱）汤解之；四曰天雄，乌头大豆解
> 之；五曰班茅，戎盐解之。毒菜，小儿溺、乳汁解，先食饮二升。②

《神农经》根据药物性能功效的不同，创立了药物三品分类法，将药
物分为上、中、下三品。上品药多属滋补类药物，所谓"上药养命"；中
品药多系补养而兼具有治病作用的药物，所谓"中药养性"；下品药多为
治病的药物，所谓"下药治病"。这种药物分类法是中国药物史上最早出

---

① 班固：《汉书》卷三十，中华书局 1975 年版，第 1779 页。
② 张华撰，范宁校证：《博物志校证》，中华书局 1980 年版，第 48—49 页。

现的药物分类法。"违其药，失其应，即怨天尤人，设鬼神亦"的观点，也可看作对时人违背科学、迷信鬼神的一种批评。魏晋时期的文人服药的风气相当盛行，鲁迅先生在《魏晋风度及文章与药及酒之关系》一文中已经指出了这一现象。因此，对于文人来说，在服药过程中如何辨别药性，中毒后如何解毒等一系列问题，便引起博物杂记类小说家关注，《博物志》中所引《神农经》的后两条内容，便体现了小说家对这些问题的关注。

《博物志》中还记录了一些由于形近而易于混淆的药物："魏文帝所记诸物相似乱者：武夫怪石似美玉；蛇床乱蘼芜；荠苨乱人参；杜衡乱细辛；雄黄似石流黄；鲗鱼相乱，以有大小相异；敌休乱门冬；百部似门冬；房葵似狼毒；钩吻草与芹华相似；拔楔与萆薢相似，一名狗脊。"① 蛇床多用于阳事不起、赤白带下、月经不调等病症。蘼芜具有祛风止眩，补肝明目，除涕止唾之效。两者药效完全不同，如果在入药中发生混淆，显然是不可能达到预想的功效。如果房葵与狼毒区分不清，入药后则可能有性命之忧。房葵，一名梨盖，味辛，冬生川谷，久服，坚骨髓，益气。狼毒，有大毒，中毒则腹痛、腹泻，里急后重，孕妇可致流产。但中药中以狼毒入药主要是采用以毒攻毒的方式，内服主治水气肿胀、淋巴结核、骨结核；外用治疥癣、瘙痒等。如果出于延年益寿的目的本应服用房葵，但如误服狼毒的话很可能造成药物中毒。

博物杂记类小说中关于药物的知识多来源于前人书籍，这一方面是小说家知识渊博的表现，另一方面由于很多古籍后来都散佚了，这也在客观上起到了保存古籍佚文的重要作用。同时《博物志》中亦记录了当时常用的药物学知识。比如"钩吻毒，桂心葱叶沸解之。"② "钩吻"又名"断肠草"，其主要的毒性物质是葫蔓藤碱。误食钩吻会在短时间内呈现烧心、头痛、恶心呕吐、口吐白沫、腹痛不止等中毒症状。葱叶具有除肝中邪气，安中补五脏，益目睛，杀百药毒之效。桂心有温中、平肝、益肺之功。将此两味药煎服或可解钩吻之毒。《博物志》此条记载亦被《重修政

---

① 张华撰，范宁校证：《博物志校证》，中华书局 1980 年版，第 47 页。
② 同上书，第 135 页。

和类证本草》① 所引，可见此方的疗效为医家所重视。《重修政和类证本草》、《本草纲目》、《图经衍义本草》等本草著作中对于《博物志》的内容亦有引用。可见，《博物志》中的本草内容所具有的医学价值。

关于临床医学 针灸学是中国医学中最具特色的内容之一。《黄帝内经》中的《灵枢经》就是当时利用针灸进行治疗的实践总结。针灸在长期的发展中，也传到了国外。《酉阳杂俎》中就有关于高句丽人学习了中国针灸术后，入华行医，表演针术的记载：

> 魏时有句骊客善用针。取寸发斩为十余段，以针贯取之。言发中虚也，其妙如此。②

在显微镜尚未发明的时代，能够发现毛发中空已经是相当令人惊讶。更为奇妙的是，句骊客居然能够用针贯穿毛发中空部分。如果段成式的记载属实的话，可见当时无论是针的制作工艺还是医者的针法都已经非常高超。这个故事的主人公句骊客来自域外，也可看出唐代中外医学交流的频繁。

随着临床经验的积累，孙思邈的《备急千金要方》、王焘的《外台秘要》等医书中对于针灸术的总结，再加之唐代太医署中专设针科，这些因素的综合作用均促进了针灸治疗技术的发展。唐代针灸术已经取得了很高的成就，《酉阳杂俎》中王超的故事很有代表性：

> 太和五年，复州医人王超善用针，病无不瘥。于午，忽无病死，经宿而苏。言始梦至一处，城壁台殿如王者居，见一人卧，召前袒视，左髀有肿，大如杯。令超治之，即为针出脓升余。③

如果我们拨开这个故事的神异外壳，就会发现这实际上讲述的是医生

---

① 唐慎微：《重修政和类证本草》卷十，载《四部丛刊》初编。
② 段成式撰，方南生点校：《酉阳杂俎》，中华书局1981年版，第73页。
③ 同上书，第201页。

王超利用针灸治疗脓肿的故事。"左髀有肿，大如杯"，患者的脓肿部分相当大，但经过王超的治疗，"即为针出脓升余"，患者马上痊愈，并派使者护送王超重返人间。从整个治疗过程及治疗效果来看，利用针刺排脓肿的疗法具有不开刀、创面小、愈合快的优点。事实上，现代临床上这种方式经过改良以后还在广泛运用，并取得了良好的治疗效果①。

唐代医术中除针灸外，诊脉术也有很大的进步，《酉阳杂俎》云：

> 荆人道士王彦伯，天性善医，尤别脉，断人生死寿夭，百不差一。裴胄尚书子忽暴中病，众医拱手，或说彦伯，遽迎使视。脉之良久，曰："都无疾。"乃煮散数味，入口而愈。裴问其状，彦伯曰："中无腮鲤鱼毒也。"其子因鲙得病，裴初不信，乃脍鲤鱼无腮者，令左右食之，其候悉同，始大惊异焉。②

王彦伯是唐德宗时期的一代名医，通过把脉判断出裴胄之子的病因在于食物中毒。故事的精彩之处不在于王彦伯的药到病除，而在于裴胄让人再尝无鳃鲤鱼，以事实证明王彦伯的"别脉断人生死寿夭，百不差一"的高超医术。

除王彦伯外，张方福也尤擅把脉，《酉阳杂俎》云：

> 柳芳为郎中，子登疾重。时名医张方福初除泗州，与芳故旧，芳贺之，具言子病，唯恃故人一顾也。张诘旦候芳，芳遽引视登。遥见登顶曰："有此顶骨，何忧也。"因按脉五息，复曰："不错，寿且逾八十。"乃留芳数十字，谓登曰："不服此亦得。"登后为庶子，年至九十而卒。③

在这则故事中，并不具体描写柳登所患何病，有何症状，而是着力刻

---

①　胡承晓等：《电火针烙法治疗体表脓肿对照观察》，《中国针灸》2008 年第 1 期。
②　段成式撰，方南生点校：《酉阳杂俎》，中华书局 1981 年版，第 74 页。
③　同上。

画张方福通过望（"遥见登顶"）与切（按脉五息）的方法，不仅治好病患，而且准确预言柳登的寿命。

关于骨科，《酉阳杂俎》云：

> 百姓张七政，善止伤折。有军人损胫，求张治之。张饮以药酒，破肉去碎骨一片，大如两指，涂膏封之，数日如旧。经二年余，胫忽痛，复问张。张言前为君所出骨，寒则痛，可遽觅也，果获于床下。令以汤洗贮于絮中，其痛即愈。①

在张七政治疗骨伤的过程中，先让军人饮药酒，显然具有麻醉的作用，而"破肉去碎骨，涂膏封之"则涉及如何消毒、取碎骨、止血、缝合等一系列问题。不过从军人"数日如旧"的情况来看，术后效果良好。

由于佛道二教在发展的过程中，为了吸引信徒，都存在以医传教的现象，许多和尚、道士都是当时名医，除上文提到的道士王彦伯外，僧崇一还曾为王室服务："宁王宪寝疾，上命中使送医药，相望于道。僧崇一疗宪稍瘳，上悦，持赐崇一绯袍鱼袋。"② 如果这则记载真实的话，那么僧崇一的医术不在御医之下。

唐代博物杂记类小说中的本草内容，主要集中于对外来药物的记载。除前面提到的阿魏、波斯枣外，主要有：

阿月浑子 原产于伊朗和亚洲西部，唐时传入中原。《酉阳杂俎》云："胡榛子，阿月生西国，蕃人言与胡榛子同树，一年榛子，二年阿月。"③ 关于阿月浑子的功效，《重修政和证类本草》云："阿月浑子，味辛温，涩无毒。主诸痢，去冷气，令人肥健。"④

龙脑香 原产缅甸等地。《酉阳杂俎》云："龙脑香树，出婆利国，婆

---

① 段成式撰，方南生点校：《酉阳杂俎》，中华书局 1981 年版，第 56 页。
② 同上书，第 38 页。
③ 同上书，第 287 页。
④ 唐慎微：《重修政和证类本草》卷十二，载《四部丛刊》初编。

利呼为固不婆律。亦出波斯国。树高八九丈，大可六七围，叶圆而背白，无花实。其树有肥有瘦，瘦者有婆律膏香，一曰瘦者出龙脑香，肥者出婆律膏也。在木心中，断其树劈取之。膏于树端流出，斫树作坎而承之。入药用，别有法。"①

安息香　原产中亚古安息国、龟兹国、阿拉伯半岛及伊朗高原。《酉阳杂俎》云："安息香树，出波斯国，波斯呼为辟邪。树长三丈，皮色黄黑，叶有四角，经寒不凋。二月开花，黄色，花心微碧，不结实。刻其树皮，其胶如饴，名安息香。六七月坚凝，乃取之。烧通神明，辟众恶。"②《本草纲目》引苏恭云："安息香出西戎，状如松脂，黄黑色为块，新者亦柔韧。"③

无食子　原产波斯、亚美尼亚、叙利亚和小亚细亚等地，唐时传入中原。《酉阳杂俎》云："无石子，出波斯国，波斯呼为摩贼。树长六七丈，围八九尺，叶似桃叶而长。三月开花，白色，花心微红。子圆如弹丸，初青，熟乃黄白。虫食成孔者正熟，皮无孔者入药用。其树一年生无石子。一年生跋屡子，大如指，长三寸，上有壳，中仁如栗黄，可啖。"④

胡椒　原产波斯、阿拉伯、非洲、印度及东南亚一带，主治寒痰食积、脘腹冷痛、反胃、呕吐清水、泄泻、冷痢；外敷治疮肿、毒蛇咬伤、犬咬伤；又可解食物毒。唐时传入中原，《酉阳杂俎》：云"胡椒，出摩伽陀国，呼为昧履支。"⑤

蒇齐　又称白松香，原产叙利亚、波斯一带。《酉阳杂俎》云："蒇齐，出波斯国。拂林呼为顸勃梨咃。长一丈余，围一尺许。皮色青薄而极光净，叶似阿魏，每三叶生于条端，无花实。西域人常八月伐之，至腊月更抽新条，极滋茂。若不剪除，反枯死。七月断其枝，有黄汁，其状如蜜，微有香气。入药疗病。"⑥

阿勃参　原产阿拉伯南部，唐时传入中原。《酉阳杂俎》云："阿勃

---

① 段成式撰，方南生点校：《酉阳杂俎》，中华书局1981年版，第177页。
② 同上。
③ 李时珍：《本草纲目》，人民卫生出版社1972年版，第1961页。
④ 段成式撰，方南生点校：《酉阳杂俎》，中华书局1981年版，第177页。
⑤ 同上书，第179页。
⑥ 段成式撰，方南生点校：《酉阳杂俎》，中华书局1981年版，第180页。

参，出拂林国。长一丈余，皮色青白色。叶细，两两相对，花似蔓菁，正黄，子似胡椒，赤色。斫其枝，汁如油，以涂疥癣，无不瘥者。其油极贵，价重于金。"①

阿勒勃 原产于喜马拉雅山东部及西部，又称波斯皂荚。《酉阳杂俎》云："波斯皂荚，出波斯国，呼为忽野詹默。拂林呼为阿梨去伐。树长三四丈，围四五尺，叶似枸橼而短小，经寒不凋，不花而实，其荚长二尺，中有隔。隔内各有一子，大如指头，赤色，至坚硬，中黑如墨，甜如饴，可啖，亦入药用。"②

白豆蔻 原产柬埔寨、泰国、越南、缅甸及印度尼西亚等国。《酉阳杂俎》云："白豆蔻，出伽古罗国，呼为多骨。形似芭蕉，叶似杜若，长八九尺，冬夏不凋。花浅黄色，子作朵如葡萄。其子初出微青，熟则变白，七月采。"③ 白豆蔻具有行气，暖胃，消食，宽中，治气滞，食滞，胸闷，腹胀，噫气，噎膈，吐逆，反胃，疟疾之效。关于白豆蔻的形态及用法，《本草纲目》云："白豆蔻子圆大如白牵牛子，其壳白厚，其仁如缩砂仁，入药，去皮炒用。"④

巴旦杏 原产波斯，唐时传入中原，又称偏桃，婆淡，《本草纲目》称："甘、平温、无毒。"主治"止咳下气，消心腹逆闷"⑤。《酉阳杂俎》云："偏桃，出波斯国，波斯国呼为婆淡。树长五六丈，围四五尺，叶似桃而阔大。三月开花，白色。花落结实，状如桃子而形偏，故谓之偏桃。其肉苦涩，不可啖。核中仁甘甜，西域诸国并珍之。"⑥

胡桐泪 原产内蒙古西部，甘肃、青海、新疆等地。《本草纲目》称其："味咸、苦，大寒，无毒。""主治大毒热，心腹烦满，水和服之取吐。"⑦《岭表录异》云："胡桐泪。出波斯国，是胡桐树脂也，名胡桐泪。"⑧

---

① 段成式撰，方南生点校：《酉阳杂俎》，中华书局1981年版，第180页。。
② 同上书，第179页。
③ 同上。
④ 李时珍：《本草纲目》，人民卫生出版社1972年版，第179页。
⑤ 同上书，第1736页。
⑥ 段成式撰，方南生点校：《酉阳杂俎》，中华书局1981年版，第178页。
⑦ 李时珍：《本草纲目》，人民卫生出版社1972年版，第1973页。
⑧ 刘恂撰，鲁迅校勘：《岭表录异》，广东人民出版社1983年版，第20页。

　　岭南地区多崇山峻岭，毒蛇猛兽，气候炎热潮湿，生活在这样的环境中，常常有中毒情况发生，因此如何利用毒物、如何解毒，一直是岭南医家关注的问题。早在西晋的《博物志》中就有关于岭南毒药特点及解毒方式的记载：

　　　　交州夷名曰俚子。俚子弓长数尺，箭长尺余，以燋铜为镝，涂毒药
　　　于镝锋，中人即死，不时敛藏，即膨胀沸烂，须臾燋煎肌肉都尽，唯骨
　　　（在）耳。其俗誓不以此药治（法）语人。治之，饮妇人月水及粪汁。
　　　时有差者。唯射猪犬者，无他，以其食粪故也。燋铜者，故烧器。其长
　　　老唯别燋铜声，以物杵之，徐听其声，得燋毒者，便凿取以为箭镝。①

　　这段记载说明壮族的先民在很早以前就懂得利用本地出产的毒药制作毒箭，用于狩猎和战争。解毒的方法则主要采用"饮妇人月水及粪汁"这样的催吐法。

　　魏晋以后的博物杂记类小说家对于岭南医药的发展仍然很有兴趣。野葛亦称钩吻、胡蔓草，在岭南地区分布极为普遍，人们在生活中常常不注意而发生误食。唐代的博物杂记类小说中普遍记载岭南人饮用羊、鹅、鸭等动物的血解毒的方法。《岭表录异》载："野葛，毒草也，俗呼胡蔓草。误食之则用羊血浆解之。或说此草蔓生，叶如兰香，光而厚，其毒多著叶中，不得药解，半日辄死。"②《酉阳杂俎》亦云："胡蔓草，生邕、容间，丛生……误食之，数日卒，饮白鹅、白鸭血则解。"③

　　脆蛇又名金蛇、银蛇，为蛇蜥科动物，也是岭南地区常用的解毒药，《岭表录异》载："南土有金蛇，亦名蜴蛇……州土出，黔中桂州亦有。即不及黔南者，其蛇粗如大指，长一尺许，鳞甲上有金银，解毒之功不下吉利也。"④ 关于金蛇的解毒功能在本草著作中也有广泛的记载，《本草纲目》

---

　　① 张华撰，范宁校证：《博物志校证》，中华书局1980年版，第25页。
　　② 刘恂撰，鲁迅校勘：《岭表录异》，广东人民出版社1983年版，第15页。
　　③ 段成式撰，方南生点校：《酉阳杂俎》，中华书局1981年版，第188页。
　　④ 刘恂撰，鲁迅校勘：《岭表录异》，广东人民出版社1983年版，第32页。

引《本草拾遗》曰:"岭南多毒,足解毒之药,金蛇、白药是矣。"①

玳瑁属于鳖目海龟科,古名瑇瑁,我国北起山东、南迄广西沿海均有分布。唐前玳瑁主要用于饰品原料,汉代的《孔雀东南飞》中就有"足下蹑丝履,头上玳瑁光"的诗句。不过,至迟到唐代岭南人民已经发现了玳瑁具有解毒功能。《岭表录异》云:"瑇瑁形状如龟,惟腹背甲有红点。其大者悉如盘盖。《本草》云:瑇瑁解毒,其大者,□婆娑石。兼云辟邪。广南卢亭,获活瑇瑁龟一枚,以献连帅嗣薛王。王令生取背甲小者二片,带于左臂上以辟毒。龟被生揭其甲,甚极苦楚。后养于使宅后北池,俟其揭处渐生,复遣卢亭送于海畔。或云瑇瑁若生,带之有验。凡饮馔中有蛊毒,瑇瑁甲即自摇动。若死,无此验。"②《本草纲目》引《本草拾遗》曰:"玳瑁出岭南海畔山水间。"③

槟榔 关于槟榔的功能,《齐民要术》引《异物志》云:"以夫留、古贲灰并食,下气及宿食、消谷、白虫,消谷。"④ 证明当时岭南人民已经认识到槟榔具有主治诸气,助消化的功能。《岭表录异》还提到槟榔具有避瘴气之效,云:"交州地温,不食此无以祛其瘴疠。"⑤

鹧鸪 《岭表录异》云:"鹧鸪,吴楚之野悉有,岭南偏多。此鸟肉白而脆,远胜鸡雉,能解冶葛并菌毒。"⑥ 关于鹧鸪的功效,《本草纲目》载鹧鸪:"主治岭南野葛、菌子毒,生金毒,及温瘴久,欲死不可瘥。"⑦

蛤蚧 《岭表录异》云:"首如虾蟆,背有细鳞如蚕子,土黄色,身短尾长,多巢于榕树中。端州子墙内,有巢于厅署城楼间者。旦暮则鸣,自呼蛤蚧。或云鸣一声是一年者。俚人采之鬻于市,为药,能治肺疾。医人云:药力在尾,不具者无功。"⑧

陈家白药出苍梧,《本草拾遗》在介绍金蛇和伏鸡子根时指出,这两

---

① 李时珍:《本草纲目》,人民卫生出版社 1972 年版,第 32 页。

② 刘恂撰,鲁迅校勘:《岭表录异》,广东人民出版社 1983 年版,第 6 页。

③ 李时珍:《本草纲目》,人民卫生出版社 1972 年版,第 2499 页。

④ 贾思勰著,缪启愉校释:《齐民要术校释》卷十,农业出版社 1982 年版,第 600 页。

⑤ 刘恂撰,鲁迅校勘:《岭表录异》,广东人民出版社 1983 年版,第 23 页。

⑥ 同上书,第 31 页。

⑦ 李时珍:《本草纲目》,人民卫生出版社 1972 年版,第 2619 页。

⑧ 刘恂撰,鲁迅校勘:《岭表录异》,广东人民出版社 1983 年版,第 31 页。

种药的解毒之功与陈家白药相同，可见陈家白药是岭表地区著名的解毒药。《岭表录异》载：

> 广之属郡及乡里之间多蓄蛊，彼之人悉能验之。以草药治之，十得其八九。药则金钗股形，如石斛、古漏之、肝藤。陈家白药子，本梧州陈氏有此药，善解蛊毒。有中者即求之，前后救人多矣，遂以为名。今封康州有得其种者，广府每岁常为土贡焉。诸解毒药，功力皆不及陈家白药。①

《本草纲目》引《本草拾遗》称陈家白药："味苦，寒，无毒。主解诸药毒。"② 陈家白药不仅能够解毒，经过现代医学的改良提炼的毛冬青注射液，用于治疗冠心病、脑血管意外所致的偏瘫、中心性视网膜炎、葡萄膜炎等具有明显的功效。

蚒蛇　即蟒蛇，《本草纲目》引苏恭言："（蚒蛇）出桂、广以南高、贺等州，今岭南诸郡皆有之。"③《岭表录异》中有岭南人取蚒蛇胆的详细过程：

> 普安州有养蛇户，每年五月五日即担蚒蛇入府，只候取胆。余曾亲见，皆于大笼之中，藉以软草，盘屈其上。两人舁一条在地上，即以十数拐子从头翻其身，旋以拐子案之，不得转侧，即于腹上约其尺寸，用利刃决之，肝胆突出，即割下其胆，皆如鸭子大，曝于以备上贡。却合内肝，以线合其疮口，即收入笼。或云舁归放川泽。④

可见，唐代岭南的饲养蚒蛇及取蚒蛇胆的技术已经相当成熟，蚒蛇的

---

① 刘恂撰，鲁迅校勘：《岭表录异》，广东人民出版社1983年版，第38页。
② 李时珍：《本草纲目》，人民卫生出版社1972年版，第1307页。
③ 同上书，第2397页。
④ 刘恂撰，鲁迅校勘：《岭表录异》，广东人民出版社1983年版，第33页。

药用价值已经得到普遍的承认，《捕蛇者说》即是描写蚺蛇上贡给捕蛇人的艰辛生活。关于蚺蛇胆的药用价值，《本草纲目》云："（主治）破血，止血痢，虫蛊下血。明目，去翳膜，疗大风。"[①]

汉唐博物杂记类小说中除了以上所谈到养生学、本草学及临床医学等内容外，还记载了汉唐时期区域性疾病瘿病、瘴病的认识与治疗[②]。

通过以上的分析，我们发现，汉唐博物杂记类小说中的医学视野是一个不断发展与变化的过程：汉代由于受神仙方术学的影响，小说家的兴趣集中于海外仙药的渲染。魏晋南北朝时期受道教影响，养生学与服食相关的本草内容成为关注的焦点。唐代随着岭南的开发以及对外交流的扩展，小说家对少数民族地区的药物、海外药物及佛教医学的神奇表现出浓厚的兴趣。由于博物杂记类小说毕竟不是专门的医学著作，虽然其中很多内容具有医学史料价值，但总的说来记载相对零散。而且受时代氛围及作者身份的影响，博物杂记类小说中医学内容往往带有一定的宗教及神话色彩。但必须指出的是，由于生与死既是医学与宗教面临的共同课题，也是医学与宗教必须正视以及解决的问题，因此在以医传教的旗帜下，无论是道教还是佛教，必然会形成崇尚医学的传统。这一传统的出现，一方面促进了道士、和尚刻苦钻研医学，从而使佛道两教中的养生学及本草学中蕴含了很高的的医学价值；另一方面，道士、和尚的行医活动确实也治愈了不少病人，这也是宗教造福社会的重要表现。博物杂记类小说本就以内容的博杂见长，作为小说家显然乐意将这样的内容吸收到自己的小说中，以起到广见闻、资考证的作用。

第四节　创造发明及其他

汉唐博物杂记类小说对创造发明一直保持浓厚的兴趣。《博物志》中有很多关于技术起源的记载："桀作瓦。""汉桓帝时，桂阳人蔡伦始捣故渔网造纸。""蹴鞠，黄帝所作，或曰起战国时。""祝融造市，高辛臣也。

---

① 李时珍：《本草纲目》，人民卫生出版社1972年版，第2377页。
② 详细论述见第三章第一节。

蚩尤造兵，炎帝臣也。挥造弧，牟夷造矢，仓颉造律，颖首造数，皆黄帝臣也。仪狄造酒，禹时人。"① 虽然以上记载与其他古籍的相关记载也有不一致的地方，但在博物小说家的眼中，中国古代科学起源于人的发明创造，而不是宗教中的神灵创造。因此从这一思想出发，博物杂记类小说中的很多内容虽然不乏宗教与幻想色彩，但始终没有改变其重视人类自身力量的思想底色。汉唐博物杂记类小说中记载的创造发明有些是实有其物，并经过考古发现证实了的；有些发明则很难考证是否真有其物；甚至有些发明仅仅停留在幻想阶段。不过无论是哪种情况，都反映了中国古代人民在生产、生活实践中不断前进的努力。

记道车　《西京杂记》在"汉朝大驾骑数乘"条中有关于"记道车驾四"的记载②。如果《西京杂记》的记载可靠的话，应是目前为止关于记道车的最早记载。记道车又称记里鼓车，它是利用车轮带动大小不同的一组齿轮，车轮走满一里，其中一个齿轮刚好转动一圈，由齿轮拨动车上木人打鼓或击钟报告行程。遗憾的是虽然记道车在如《晋书·舆服志》、《宋书·礼志》、《南齐书·舆服志》、《隋书·礼仪志》、《旧唐书·舆服志》、《新唐书·舆服志》等史书中均有提到，而且在《宋史·舆服志》中对其形制和传动系统有详细的记载，但并未留下实物。由于记道车是减速齿轮系的典型，也是现代计程车、计速器的先驱，并且其报告路程的设计，也可以称得上是近代所有机械钟表中报时木偶的雏形，因此鉴于记道车在机械史上的重要地位，许多科学家致力于记道车的复原工作。其中王振铎先生自 1935 年起多次根据《宋史》中记述的大小、规格、形制及内部齿轮结构对记道车进行复原③。

风扇　《西京杂记》载西汉长安巧工丁缓发明"七轮扇，连七轮，大皆径丈，相连续，一人运之，满堂寒颤"④。所谓"七轮扇"即是将一个轮轴上装七个扇叶，以人力转动轮轴，七个扇叶旋转鼓风，达到"满堂寒

①　张华撰，范宁校证：《博物志校证》，中华书局 1980 年版，第 122、125、127、139 页。
②　葛洪撰，程毅中点校：《西京杂记》，中华书局 1985 年版，第 33 页。
③　王振铎：《指南车记里鼓车之考证及模制》，载王振铎《科技考古论丛》，文物出版社 1989 年版，第 1—39 页。
④　葛洪撰，程毅中点校：《西京杂记》，中华书局 1985 年版，第 8 页。

颤"的效果。1969 年河南济源县发现了汉代陶制风扇模型①。虽然在具体外形上有所不同，不过工作原理与丁缓所造风扇是完全一样的。需要补充的是丁缓是西汉著名的机械师，除了制作七轮扇外，还造有"被中香炉"和"九层博山香炉"等②。

机器人　汉唐博物杂记类小说中记载了铜制的、玉制的、木制的各式各样的古代机器人。据《西京杂记》载，公元前 206 年，汉高祖刘邦攻破咸阳时，于秦王宫府库发现：

> 铜人十二枚坐皆高三尺。列在一筵上，琴筑笙竽，各有所执，皆缀花采。俨若生人。筵下有二铜管，上口高数尺，出筵后。其一管空，一管内有绳，大如指。使一人吹空管，一人纽绳，则众乐皆作，与真乐不异焉。③

由一人牵动绳索，引发内装齿轮、轮轴等各种机关转动，可使机器人演奏音乐。如果《西京杂记》的记载可靠的话，这些铜制机器人的制作时间应该是秦以前。无独有偶，王嘉的《拾遗记》曾载周灵王时期（公元前 571—前 545）"异方贡玉人"，"机戾自能转动"④。这里描述的是一个能够转动的玉制偶人。如果这条记载属实的话，那么"机戾"完全可以看作是现代机器人的滥觞。唐代，机器人的制作技术有了新的提高。《朝野金载》云洛州县令殷文亮云：

> 刻木为人，衣以缯彩，酌酒行觞，皆有次第。又作妓女，唱歌吹笙，皆能应节。饮不尽，则木小儿不肯把；饮未竟，则木妓女歌管连理催。⑤

---

① 河南省博物馆：《济源泗涧沟三座汉墓的发掘》，《文物》1973 年第 2 期。
② 相关论述参加第二章第二节。
③ 葛洪撰，程毅中点校：《西京杂记》，中华书局 1985 年版，第 18—19 页。
④ 王嘉撰，萧绮录，齐治平校注：《拾遗记》，中华书局 1981 年版，第 74 页。
⑤ 张鷟撰，恒鹤校点：《朝野金载》，载《唐五代笔记小说大观》，上海古籍出版社 2000 年版，第 80 页。

殷文亮的木制机器人能够唱歌吹笙，劝人饮酒，在宴会中大现异彩，其制作技术显然在《西京杂记》中铜制机器人乐队仅会奏乐的基础上有了很大提高。同书又载：

> 将作大匠杨务廉甚有巧思，常于沁州市内刻木作僧，手执一碗，自能行乞。碗中钱满，关键忽发，自然作声云"布施"。市人竞观，欲其作声，施者日盈数千。①

这是一个关于发声机器人的记载，其发声方式或许是通过两种物体摩擦发出类似"布施"二字的声音。汉唐博物杂记类小说中关于机器人的记载，由于缺乏其他文献及出土文物等方面的证据，我们很难判断历史上是否实有其物。如果实有其物，那么对于我们研究古代科技史无疑提供了很好的材料，即便是这些机器人仅仅是古人的幻想，我们也不得不佩服其构思的巧妙。

除机器人外，唐代博物杂记类小说中还记载了其他一些自动装置，据《杜阳杂编》载倭人韩志和能"刻木猫以捕黄雀鼠"，又作"龙床"，"置之则不见龙形，踏之则鳞鬣爪角俱出"②。《酉阳杂俎》载："王肃造逐鼠丸，以铜为之，昼夜自转。"③ 这里的逐鼠丸似乎应该是一个自动的捕鼠器。《朝野佥载》中还记录了郴州刺史王琚所造的木獭："刻木为獭，沉于水中取鱼，引首而出。盖獭口中安饵，为转关，以石縋之则沉。鱼取其饵，关即发，口合则衔鱼，石发则浮出矣。"④

飞行器 早在战国时代就有关于飞行木鸢的记载。《墨子》云："公输子削竹木以为鹊，成而飞之，三日不下。"⑤《韩非子》则记载了墨子造木

---

① 张鷟撰，恒鹤校点：《朝野佥载》，载《唐五代笔记小说大观》，上海古籍出版社 2000 年版，第 81 页。
② 苏鹗：《杜阳杂编》，中华书局 1958 年版，第 38 页。
③ 段成式撰，方南生点校：《酉阳杂俎》，中华书局 1981 年版，第 96 页。
④ 张鷟撰，恒鹤校点：《朝野佥载》，载《唐五代笔记小说大观》，上海古籍出版社 2000 年版，第 81 页。
⑤ 吴毓江撰，孙启治点校：《墨子校注》，中华书局 1993 年版，第 739 页。

鸢："墨子为木鸢，三年而成，蜚一日而败。"① 由于记载简略，很难判断墨子与鲁班所造木鸢究竟是风筝还是其他机械装置。有趣的是，在《述异记》中，鲁班所造木鸢在汉武帝时代居然再度出现：

> 天姥山南峰，昔鲁班刻木为鹤，一飞七百里。后放于北山西峰上。汉武帝使人往取之，遂上南峰。往往天将雨，则翼翅摇动，若将奋飞。②

《杜阳杂编》中的倭人韩志和也曾造过木鸢：

> 善雕木作鸾鹤鸦鹊之状。饮啄动静，与真无异。以关戾置于腹内，发之则凌云奋飞，可高三尺，至一二百步外方始却下。③

从"关戾置于腹内"的叙述，我们可以肯定，韩志和制造的木鸢应该是一个机械飞行器。

博物杂记类小说中记载的飞行器，除木鸢外，还有飞车、浮槎等。《博物志》载：

> 奇肱民善为拭扛（机巧），以杀百禽，能为飞车，从风远行。汤时西风至，吹其车至豫州。汤破其车，不以视（示）民，十年东风至，乃复作车遣返，而其国去玉门关四万里。④

这里的"奇肱民"出自《山海经·海外西经》："奇肱之国在其北。其人一臂三目，有阴有阳，乘文马。有鸟焉，两头，赤黄色，在其旁。"⑤ 奇肱民是一个充满神奇色彩的民族。《镜花缘》中周饶国的交通工具即是飞

---

① 陈奇猷：《韩非子集释》，中华书局 1964 年版，第 625 页。
② 任昉：《述异记》卷下，载《百子全书》，浙江人民出版社 1984 年版。
③ 苏鹗：《杜阳杂编》，中华书局 1958 年版，第 38 页。
④ 张华撰，范宁校证：《博物志校证》，中华书局 1980 年版，第 22 页。
⑤ 袁珂：《山海经校注》，上海古籍出版社 1980 年版，第 212—213 页。

车，也可见《博物志》的影响。

关于"浮槎"，《博物志》云：

> 旧说云天河与海通。近世有人居海渚者，年年八月有浮槎去来，不失期，人有奇志，立飞阁于查上，多赍粮，乘槎而去。十余日中犹观星月日辰，自后茫茫忽忽亦不觉昼夜。去十余日，奄至一处，有城郭状，屋舍甚严。遥望宫中多织妇，见一丈夫牵牛渚次饮之。牵牛人乃惊问曰："何由至此？"此人具说来意，并问此是何处，答曰："君还至蜀郡访严君平则知之。"竟不上岸，因还如期。后至蜀，问君平，曰："某年月日有客星犯牵牛宿。"计年月，正是此人到天河时也。[①]

"浮槎"表现了古人探索宇宙奥秘的浓厚兴趣。与此类似的还有《拾遗记》中的"巨查"："尧登位三十年，有巨查浮于西海，查上有光，夜明昼灭。海人望其光，乍大乍小，若星月之出入矣。查常浮绕四海，十二年一周天，周而复始，名曰贯月查，亦谓挂星查，羽人栖息其上。群仙含露以漱，日月之光则如暝矣。虞、夏之季，不复记其出没。游海之人，犹传其神伟也。"[②] 从"查上有光，夜明昼灭"，"查常浮绕四海，十二年一周天，周而复始"等记载来看，这个"巨查"或者是来自另一个空间的飞行器。而"栖息其上"的羽人或许就是驾驶这一飞行器的外星人。上述的"浮槎"与"巨查"无论是来自传闻或是来自幻想，都反映出古人试图飞向太空的梦想。这一梦想无疑是推动航天技术日益进步的重要动力。

造船　汉代我国的造船业就具有了相当的规模，据《西京杂记》载："武帝作昆仑池，欲伐昆吾夷，教习水战。""昆明池中有戈船、楼船各数百艘。楼船上建楼橹，戈船上建戈矛。"[③] 关于汉代的"戈船"与"楼船"，

---

① 张华撰，范宁校证：《博物志校证》，中华书局1980年版，第111页。
② 王嘉撰，萧绮录，齐治平校注：《拾遗记》，中华书局1981年版，第23页。
③ 葛洪撰，程毅中点校：《西京杂记》，中华书局1985年版，第1、43页。

《汉书·武帝纪》中也有相应的记载，元鼎五年夏四月，南越王相吕嘉反，"遣伏波将军路博德出桂阳，下湟水；楼船将军杨仆出豫章，下浈水；归义越侯严为戈船将军，出零陵，下离水；甲为下濑将军，下苍梧。皆将罪人，江、淮以南楼船十万人。越驰义侯遗别将巴蜀罪人，发夜郎兵，下牂柯江，咸会番禺。"① 元鼎六年秋，东越王余善反，遣"楼船将军杨仆出豫章，击之"②。关于汉代的"楼船"除史书有证外，近年来考古方面也有新的发现。1953 年在广州市龙生冈 43 号东汉木椁墓发现彩绘木船模型一件，"经部分复原，船上是建有重楼的。桨 10 支和橹 1 支，完好齐全"③。通过以上材料，我们可以看出《西京杂记》中记录的汉代造船业的规模及水平是比较可靠的。

此外，《岭表录异》中也有关于唐代岭南造船技术的记载，详细分析见本章第二节。

墓葬 古代的墓葬是一个综合反映当时科技水平的重要平台。《西京杂记》载魏哀王冢："以铁灌其上，穿凿三日乃开。"④ 据考古证实，河北满城刘胜墓的封门"当系在两道土坯墙之间灌以熔化的铁水，铸成一道铁门"⑤。可见古代墓葬的封闭性能是相当好的。

事实上，中国古代尸体防腐技术水平也很高。据《西京杂记》载广川王好盗古冢，其中魏王子且渠冢中两尸"肌肤颜色如生人"，晋灵公冢"尸犹不坏"，幽王冢"百余尸，纵横相枕藉，皆不朽"⑥。近年来，全国各地也出土了很多保存完好的汉尸，这些尸体内脏俱全，血脉可辨，有的甚至肌肉还富有弹性，部分关节还能弯曲。其中最具代表性的就是长沙马王堆汉墓出土的汉代女尸。这具女尸的棺椁封存在 20 米封土之下，在棺椁周围填充了"一万多斤木炭"，"木炭外又用 60—130 厘米厚的白膏泥填塞封固"。这个汉墓完全符合现代防腐技术所要求的密封、缺氧、深埋等条件。

① 班固：《汉书》卷六，中华书局 1975 年版，第 186—187 页。
② 同上书，第 189 页。
③ 广州市文物管理委员会：《广州市龙生岗 43 号东汉木椁墓》，《考古学报》1957 年第 1 期。
④ 葛洪撰，程毅中点校：《西京杂记》，中华书局 1985 年版，第 41 页。
⑤ 中国社会科学院考古研究所：《满城汉墓发掘报告》（上），文物出版社 1980 年版，第 10 页。
⑥ 葛洪撰，程毅中点校：《西京杂记》，中华书局 1985 年版，第 42 页。

汉代贵妇下葬之后，由于密封的原因，需要氧气生存的细菌很快缺氧死亡，而不需要氧气的细菌渐渐地也因为没有了养分而死亡。此外，"棺液对于保存尸体的作用也是可以肯定的。棺液据化验为酸性（pH5.18），含有乙酸、乙醇和其他有机酸，沉淀物含有大量硫化汞，具有轻度抑菌作用，这种棺液浸泡尸体，有利于防腐和保持尸体的湿润"①。因此，这具古尸能够在两千年中保存完好。显然，我国古代这种尸体防腐技术从整个墓葬的物理环境与生物环境着手，已经达到了相当高的水平。此外，《西京杂记》中还记录了汉代利用金缕玉衣保存尸体的方法，这部分内容参看本书第二章第一节中的相关论述。

---

① 本刊通讯员：《马王堆一号汉墓女尸研究的几个问题》，《文物》1973 年第 7 期。

第四章 汉唐博物杂记类小说中的历史视野

巫、史在先秦时期曾经一度是知识阶层的代表，因此以《山海经》为代表的博物杂记类小说自诞生之日起便与巫史文化有着深刻的渊源。也正是由于这个原因，汉唐博物杂记类小说在命名、编排体例、内容构成等方面深受史官文化的影响。

第一节 史籍之属

一 汉唐博物杂记类小说的命名与编排体例

以《史记》、《汉书》为代表的中国古代正史大体由本纪、表、志（书）、列传、世家等几部分组成。汉唐博物杂记类小说在命名上深受正史影响，《洞冥记》、《十洲记》、《西京杂记》、《拾遗记》、《封氏闻见记》等小说集书名中均有"记"字，而《博物志》中有"志"字。

汉唐博物杂记类小说内容编排体例明显受史书影响。《洞冥记》入《郡斋读书志》及《直斋书录解题》传记类，记载了从"汉武帝未诞之时"至"武帝暮年"的逸闻轶史。整部小说的内容基本按照编年的顺序进行叙事，文中出现的具体年号包括：建元二年、元光中、元鼎元年、元鼎五年、元封中、元封三年、元封四年、元封五年、太初二年、太初三年、太初四年、天汉二年等。《洞冥记》这种以时间先后为序记编排事件的体例，显然是受到了编年体史书的影响。《洞冥记》的这种编排体例对于后世如《拾遗记》、《杜阳杂编》等博物杂记类小说产生了深远的影响。

《博物志》在《隋书·经籍志》中虽入子部杂家类，但亦与史学有密切的关系。"杂者，兼儒、墨之道，通众家之意，以见王者之化，无所不冠者也。古者司史历记前言往行，祸福存亡之道。然则杂者，盖出史官之职也。"①《博物志》涉及地理描写的包括卷一、卷二、卷三及卷六"地理考"，地理内容占全书的三分之一。其中卷一"地理略"、"地"、"山"、"水"、"山水总论"、"五方人民"、"物产"，及卷六的"地理考"与正史中的《地理志》关系密切。卷二与卷三的内容则与州郡地志中的《异物志》更为接近。《博物志》卷八名为《史补》记载了上自黄帝下至汉武帝三千多年的逸闻轶史，引用了包括《春秋》、《左传》、《战国策》等先秦历史著作。卷六《典礼考》中记载的九锡之礼可与《汉书·王莽传》参证，而肉刑制度则可与《汉书·景帝纪》、《汉书·刑法志》印证。《文籍考》不仅讨论了"经"、"传"、"笺"的区别，而且记录了"太古之书今见存者"，在辨章学术，考镜源流方面与《汉书·艺文志》一脉相承。

《西京杂记》入《隋书·经籍志》史部旧事类，《旧唐书》与《新唐书》史部故事类又见于地理类，《崇文书目》、《直斋书录解题》、《宋书·艺文志》传记类，以及《郡斋读书志》杂史类。《西京杂记》之所以在很长一段时间中被归入史部，最重要的原因就在于其中关于西汉长安城中的宫室苑囿、典章制度、人物逸事等内容的描写具有相当的历史价值。《西京杂记》中"萧何营未央宫"条与《史记·高祖本纪》以及《汉书·高帝纪》的记载基本相符。《西京杂记》中关于昆明池的描写分别见于"昆明池养鱼"、"玉鱼动荡"、"昆明池舟数百"诸条。这些描写与《汉书·武帝纪》、《汉书·食货志下》以及《三辅黄图》的相关内容大致一致。"送葬用珠襦玉匣"条不仅可以与《汉书·霍光传》相印证，而且也为现代考古发现所证实。②"董贤宠遇过盛"条记载可补《汉书·佞幸传》之不足。"公孙弘粟饭步被"以及"三馆待宾"诸条可补《汉书·平津侯主父列传》之不足。"闻《诗》解颐条"描写匡衡好学可补《史记》与《汉书》匡衡本传之不足。此外，"邓通钱文侔天子"条可补充《汉书·食货志》中邓

---

① 魏征：《隋书》，中华书局 1973 年版，第 1010 页。
② 中国社会科学院考古研究所：《满城汉墓发掘报告》（上册），文物出版社 1980 年版，第 36 页。

通、刘濞铸钱的相关记载。

《拾遗记》入《隋书·经籍志》及《新唐书·艺文志》中杂史类，《崇文总目》及《郡斋读书志》传记类。《四库全书总目》云："嘉书盖仿郭宪《洞冥记》而作。"① 事实上，《拾遗记》的编排体例在《洞冥记》的基础上又有所发展，并不仅仅单写某一帝王执政时期的逸闻轶史，而是从卷一到卷九按年代的先后顺序描写了春皇庖犧到后赵石虎三千多年的历史。具体到每卷内容安排也主要以时间为序，例如卷五"前汉上"与卷六"前汉下"依次记载了汉高祖、汉惠帝、汉武帝、汉昭帝、汉宣帝、汉成帝、汉哀帝、汉明帝、汉章帝、汉安帝、汉灵帝、汉献帝等朝的遗闻逸事。除帝王以外，卷六对于郭况、刘向、贾逵、何休、仁末、曹曾等人的生平事迹也是按照事件的先后顺序依次记录。类似的编排体例还包括《杜阳杂编》。《杜阳杂编》按照时间的先后顺序记录了"上起代宗广德元年（763），下尽懿宗咸通十四年（873），凡十朝之事"②。此外，正史在每一篇传记之后往往有史家的"赞"或"论"用以评价传主，《拾遗记》中亦有萧绮所做的"录"，或放于条后，或放于篇末，对于所记之人及事进行分析与评价。

二 汉唐博物杂记类小说内容与正史的关系

正史中基本是社会各个方面的专史，其中与汉唐博物杂记类小说联系最为密切的是《地理志》、《五行志》、《食货志》、《艺文志》、《舆服志》、《刑罚志》及《职官志》等。

《汉书》始开《地理志》之先河，被范晔誉为："记天下郡县本末，及山川奇异，风俗所由，至矣。"③ 正史中对全国各地的山川地形、历史沿革、风土人情的关注，固然是出于满足封建统治者观风俗、广教化的政治需求目的，但客观上却为我们研究历史地理提供了丰富的资料。在古代交通相对落后，信息较为闭塞的情况下编撰《地理志》是一项浩大的工程，而且正史的容量毕竟有限。因此，正史《地理志》中必然出现一些遗漏或

---

① 永瑢等：《四库全书总目》卷一四二，中华书局 2003 年版，第 1207 页。
② 同上书，第 1209 页。
③ 范晔：《后汉书》卷一〇九，中华书局 1965 年版，第 3385 页。

是错误的内容，这便是博物杂记类小说中的地理内容得以产生的重要原因。正如《博物志》开篇即云：

> 余视《山海经》及《禹贡》、《尔雅》、《说文》、地志，虽曰悉备，各有所不载者，作略说。出所不见，粗言远方，陈山川位象，吉凶有征。诸国境界，犬牙相入。春秋之后，并相侵伐。其土地不可具详，其山川地泽，略而言之，正国十二。博物之士，览而鉴焉。①

出于补"《禹贡》、《尔雅》、《说文》、地志"，"各有所不载"的目的，张华产生了撰写《博物志》的强烈使命感。同时从张华"博物之士，览而鉴焉"的虚心态度来看，《博物志》定位的目标读者群应是"博物之士"，而地理知识则是"博物之士"的知识体系中重要内容之一。

正史《地理志》主要包括山川地形、历史沿革、风土人情等内容。博物杂记类小说对于山川、物产等内容也很关注：《博物志》的卷一至卷三全是关于山川、动植物、风俗的记载，卷六的《地理考》则主要考证历史上重要人物的墓冢所在位置。《西京杂记》、《酉阳杂俎》中对于长安风物人情的描写，《拾遗记》中记载了大月氏国、条支国、乐浪国、于阗国等在内的四十余地的山水风物以及中外交流的史料，《述异记》对于东南沿海一带历史遗迹的记载，《岭表录异》对于岭南山川物产的描绘都是博物杂记类小说最具价值的部分之一。②

必须指出的是博物杂记类小说与正史《地理志》的区别是非常明显的，博物杂记类小说详于山川及异物描写，这些描写多来源于传闻，真假参半。刘知几的观点非常具有代表性，"城池旧迹，山水得名，皆传诸委巷，用为故实，鄙哉"③。杜佑也认为："凡言地理者多矣，在辨区域，征因革，知要害，察风土。纤介毕书，树石无漏，动盈百轴，岂所谓撮机要者乎！如诞而

---

① 张华撰，范宁校证：《博物志校证》，中华书局 1980 年版，第 7 页。
② 相关论述见第二章及第三章第一节。
③ 刘知几撰，浦起龙释：《史通通释》卷十，中华书局 1978 年版，第 276 页。

不经，徧记杂说，何暇编举。"① 同时，博物杂记类小说对于《地理志》中必须具备的政区沿革、人口数量等重要内容并无多少记载，而正统史学家恰恰认为这部分内容是《地理志》的精华所在。基于以上两点考虑，因此，后世目录学家遂将博物杂记类作品从史部剔除，划入子部小说家。这也正是笔者不赞成现代研究者将这部分小说称为地理博物小说的重要原因之一。

为了履行"究天人之际"的重要职责，早期史官往往对占卜等事务较为精通，所谓"文史星历，近乎卜祝之间"②。因此，正史中记载灾异现象的《五行志》即是早期史官残存职责的表现。对于灾异现象的兴趣在博物杂记类小说中也有体现。《述异记》中对灾异体现出浓厚的兴趣，记载了大量的虎生角，蛟变龙，天雨麦、雨金、雨粟、雨石以及男女性别互易等内容。李剑国先生据此认为任昉的《述异记》多"祥瑞灾异及变化之事……一似史书之《五行志》"③。即便如此，虽然同样是对自然界及人类社会中的奇异现象进行记载，史家是出于借以展开现实批判的一种重要方式，表现出沉重的忧患意识，而小说家则是抱着"及怪及戏，无侵于儒"④ 的心态，娱乐、猎奇、审美成分更重一些。例如，同样是关于性别互变的记载：《后汉书·五行志》云："（汉献帝）七年，越巂有男化为女子。时周群上言，哀帝时亦有此异，将有易代之事。至二十五年，献帝封于山阳。"⑤ 所谓的"男化为女子"不过是现代医学上所称的染色体混乱的雌雄间性现象。《后汉书·五行志》周群将两性人的出现与皇朝易代相联系，体现的是汉末政治动荡中，士大夫对于献帝江山不保的一种担忧。而《述异记》云："武都丈夫，化为女子，颜色美丽，盖山之精也。蜀王娶以为妻，无几物故，遂葬之于成都郭中。以石镜一枚，长二丈，高五尺，同葬之。"⑥《述异记》中变为女子的"武都丈夫"，由于容貌出众，竟然也成为人间帝王的妻子，死后还陪葬了一面巨大的石镜。这个故事中不

---

① 杜佑撰，王文锦等点校：《通典》卷一七一，中华书局 1988 年版，第 4451 页。
② 班固：《汉书》卷六二，中华书局 1975 年版，第 2732 页。
③ 李建国：《唐前志怪小说史》，南开大学出版社 1984 年版，第 405 页。
④ 段成式撰，方南生点校：《酉阳杂俎》，中华书局 1981 年版，第 1 页。
⑤ 范晔：《后汉书》卷一〇七，中华书局 1965 年版，第 3349 页。
⑥ 任昉：《述异记》卷下，载《百子全书》，浙江人民出版社 1984 年版。

仅描写了"武都丈夫"充满神奇的一生，而且还塑造了情深意长的蜀王形象；笔调轻松自如，完全没有《后汉书·五行志》中东汉末年，由于两性人的出现，所造成的人心惶惶的紧张气氛。

正史中的《食货志》主要是记载社会经济方面的史料。博物杂记类小说中对于社会的经济状况也偶有涉猎。《西京杂记》卷三云："文帝时，邓通得赐蜀铜山，所得铸钱，文字肉好，皆与天子钱同，故富侔人主。时吴王亦有铜山铸钱，故有吴钱微重，文字肉好与汉钱不异。"① 邓通、刘濞铸半两钱的记载亦见于正史。《汉书·食货志》云："吴以诸侯即山铸钱，富埒天子，后卒叛逆。邓通，大夫也，以铸钱财过王者。故吴、邓钱布天下。"②

《汉书》首设《艺文志》，将历代图书典籍汇编成目录，对于研究历代文献，考订学术源流，颇有参考价值。此后历代正史中均设有《艺文志》或《经籍志》。《博物志》卷六设《文籍考》不仅讨论了"经"、"传"、"笺"的区别，而且记录了"太古之书今见存者"。《封氏闻见记》卷二有《典籍》篇记"自汉以来典籍之大数"，以"武帝开献书之路"为起始，一直记载到"开元中定四部目录"，其中很多内容可与《隋书·经籍志》相参证。

此外，汉唐博物杂记类小说中塑造了许多博学的主人公形象，这些主人公往往在正史中也有记载。《拾遗记》载贾逵"明惠过人"③，可与《后汉书·贾逵传》记"逵博物多识"④ 相参证。《拾遗记》载何休"何休木讷多智"⑤，可与《后汉书·何休传》："休为人质朴讷口，而雅有心思"⑥ 相印证。博物杂记类小说常常将历史上博学多智之士的事迹加以渲染，呈现出将历史人物小说化的趋势。《洞冥记》及《十洲记》中等小说塑造了机智、博学的东方朔形象，这一形象的原型即来源于《汉书·东方朔传》"诙达多端，不名一行，应谐似优，不穷似智，正谏似直，秽德似隐"⑦ 的记载。值

---

① 葛洪撰，程毅中点校：《西京杂记》，中华书局1985年版，第16页。
② 班固：《汉书》卷二十四，中华书局1975年版，第1157页。
③ 王嘉撰，萧绮录，齐治平校注：《拾遗记》，中华书局1981年版，第154页。
④ 范晔：《后汉书》卷三六，中华书局1965年版，第1235页。
⑤ 王嘉撰，萧绮录，齐治平校注：《拾遗记》，中华书局1981年版，第155页。
⑥ 范晔：《后汉书》卷七九，中华书局1965年版，第2582页。
⑦ 班固：《汉书》卷六五，中华书局1975年版，第2873页。

得注意的是，刘向所处时代就已经出现"后世好事者因取奇言怪语附着之朔"①的现象，这也可以解释为何汉代的博物杂记类小说多托名东方朔，并常常以东方朔为主人公。

在博物杂记类小说与史传互动过程中，除出现将历史人物小说化的趋向外，还出现了将小说人物历史化的现象，这在刻画博物学家张华的形象上最为典型，《拾遗记》载：

> 及晋之中兴，夜有紫色冲斗牛。张华使雷焕为丰城县令，掘而得之。华与焕各宝其一。拭以华阴之土，光耀射人。后华遇害，失剑所在。焕子佩其一剑，过延平津，剑鸣飞入水。及入水寻之，但见双龙缠屈于潭下，目光如电，遂不敢前取矣。②

《拾遗记》中所记张华死后宝剑化龙的故事，被《晋书·张华传》全部采入，并增饰敷衍为"华之博物"的经典事件：

> 吴之未灭也，斗牛之间常有紫气，道术者皆以吴方强盛，未可图也，惟华以为不然。及吴平之后，紫气愈明。华闻豫章人雷焕妙达纬象，乃要焕宿，屏人曰："可共寻天文，知将来吉凶。"因登楼仰观。焕曰："仆察之久矣，惟斗牛之间颇有异气。"华曰："是何祥也?"焕曰："宝剑之精，上彻于天耳。"华曰："君言得之。吾少时有相者言，吾年出六十，位登三事，当得宝剑佩之。斯言岂效与!"因问曰："在何郡?"焕曰："在豫章丰城。"华曰："欲屈君为宰，密共寻之，可乎?"焕许之。华大喜，即补焕为丰城令。焕到县，掘狱屋基，入地四丈余，得一石函，光气非常，中有双剑，并刻题，一曰龙泉，一曰太阿。其夕，斗牛间气不复见焉。焕以南昌西山北岩下土以拭剑，光芒艳发。大盆盛水，置剑其上，视之者精芒炫目。遣使送一剑并土与华，留一自佩。或谓焕曰："得两送一，张公岂可

---

① 班固：《汉书》卷六五，中华书局1975年版，第2874页。
② 王嘉撰，萧绮录，齐治平校注：《拾遗记》，中华书局1981年版，第233—234页。

欺乎?"焕曰:"本朝将乱,张公当受其祸。此剑当系徐君墓树耳。灵异之物,终当化去,不永为人服也。"华得剑,宝爱之,常置坐侧。华以南昌土不如华阴赤土,报焕书曰:"详观剑文,乃干将也,莫邪何复不至?虽然,天生神物,终当合耳。"因以华阴土一斤致焕。焕更以拭剑,倍益精明。华诛,失剑所在。焕卒,子华为州从事,持剑行经延平津,剑忽于腰间跃出堕水,使人没水取之,不见剑,但见两龙各长数丈,蟠萦有文章,没者惧而反。须臾光彩照水,波浪惊沸,于是失剑。华叹曰:"先君化去之言,张公终合之论,此其验乎!"华之博物多此类,不可详载焉。①

相较于仅仅以张华为主人公的《拾遗记》而言,《晋书·张华传》以雷焕的神异烘托张华的博学,其描写更为神异与曲折。"宝剑之精,上彻于天"的异象在灭吴之前就已经显现,灭吴之后,张华与雷焕"密共寻之"。在雷焕得剑以后就已经预言"本朝将乱,张公当受其祸。此剑当系徐君墓树耳。灵异之物,终当化去,不永为人服也"。此后的叙事均围绕这个预言而展开。这种预叙的手法不仅暗示了张华的悲剧结局,交代了宝剑的最后下落,也给整个故事添上了几许悲凉色彩。雷焕虽然"妙达纬象",但终有不及张华博物之处。对于雷焕私留一剑的行为,张华是心知肚明的,因此才有关于"详观剑文,乃干将也,莫邪何复不至?虽然,天生神物,终当合耳"的通信。也就是说,张华既然知道"天生神物,终当合耳",比雷焕的"灵异之物,终当化去,不永为人服"的看法更进一步,难道还不知道自己终将死于非命吗?这也从一个侧面凸显了张华面对西晋"暗主虐后"②的政治局面,"知其不可而为之"的悲壮情怀。从以上的分析可以看出,在塑造博学主人公形象的过程中,无论是历史人物的小说化,还是小说人物的历史化,都体现出汉唐博物杂记类小说在发展过程中与史传文学纠结不清的关系。这种关系为此后的历史小说的出现与发展已经埋下了伏笔。

---

① 房玄龄等:《晋书》卷三十六,中华书局1974年版,第1075—1076页。
② 同上书,第1072页。

尤其值得一提的是，汉唐博物杂记类小说中的拾遗补阙的功能也曾在一定程度上引起历史学家的重视，火浣布最初出现在汉代博物杂记类小说《神异经》，此后则被采入陈寿所著《三国志》中。刘昭所注的司马彪《续汉志》，分别于《五行志》、《律历志》、《服舆志》前后共引《博物志》材料四十八条。裴注《三国志》引《博物志》六条。三家注史记引《博物志》十条，《宋书·谢灵运传》引《博物志》一条。《旧唐书·音乐志》、《旧唐书·吕才传》，在谈到白雪歌的来历时均引用了《博物志》的说法。唐代博物杂记类小说由于取材广泛，常常为后世编撰唐史者所采录。《酉阳杂俎》中关于房孺复之妻善妒，对奴婢滥用私刑的记载，可与《旧唐书·房孺复传》相参证。① 《酉阳杂俎》中关于拨拨力国的记载则全部为《新唐书·西域传》所采用。② 《杜阳杂编》卷下所记日本王子来朝入贡与大唐第一国手对弈的故事，③ 被《旧唐书·宣宗纪》④ 所采；《菩萨蛮》、《叹百年》等舞曲的创作过程，被《旧唐书·曹确传》所采；⑤ 苏鹗所记的懿宗迎佛骨的情形，⑥ 亦被《旧唐书·懿宗纪》⑦《新唐书·李蔚传》⑧ 所录。再如《封氏闻见记》卷四中关于韦陟谥号的议定与《旧唐书·韦陟传》⑨ 的记载几乎完全相同；卷九载相里造抗言鱼朝恩的故事被《旧唐书·鱼朝恩传》⑩ 所吸收。

此外，汉唐博物杂记类小说对于朝廷典章以及社会民俗的记载特别丰富，具有独特的文献价值与历史价值。因此，本章以下内容主要围绕这两方面展开。

---

① 刘昫：《旧唐书》卷一一一，中华书局 1975 年版，第 3325 页。
② 具体论述见本书第三章第一节。
③ 具体论述见本书第四章第三节。
④ 刘昫：《旧唐书》卷一八，中华书局 1975 年版，第 620 页。
⑤ 刘昫：《旧唐书》卷一七七，中华书局 1975 年版，第 4608 页。
⑥ 具体论述见本书第五章第二节。
⑦ 刘昫：《旧唐书》卷一九，中华书局 1975 年版，第 683 页。
⑧ 欧阳修：《新唐书》卷一八一，中华书局 1975 年版，第 5354 页。
⑨ 刘昫：《旧唐书》卷九二，中华书局 1975 年版，第 2961 页。
⑩ 刘昫：《旧唐书》卷一八四，中华书局 1975 年版，第 4764 页。

第二节 典章之属

本节主要探讨《封氏闻见记》所载唐代监察制度，《博物志》、《酉阳杂俎》所载肉刑制度，以及《西京杂记》所载汉大驾卤簿制度等内容。这些内容或可与正史记载相参证，或可补正史之不足。

一 《封氏闻见记》所载唐代监察制度

唐代监察制度的显著特点就是形成了台、谏并立的格局。所谓"台"是指御史台，御史对于百官的监察主要是上对下或者平行行政监督。所谓"谏"是指谏官。谏官与宰相间的相互制约，并对皇帝的决策发挥监督作用。其中谏官系统中的瓯谏制度是唐代监察制度最具特色的部分之一。御史台监察制度与瓯谏制度分别在《封氏闻见记》卷三的"风宪"篇及卷四的"瓯使"篇中有详细地记载，其中许多内容不但可与正史相参证，而且《封氏闻见记》中关于"延恩瓯"的记载相对于《新唐书·百官志》的相关记载而言，更为准确。

（一）御史台监察制度

唐代的监察制度相对于此前而言更趋于完善。唐代最主要的监察机构是御史台。唐初设御史台，高宗龙朔二年（662）改为宪台。咸亨元年（670）复为御史台。中宗文明元年（684）改称肃政台。则天光宅元年（684）分为左、右台，神龙元年（705）改为左右御史台，景云三年（712）废右台。玄宗先天二年（713）复置右台，十月废右台。此后御史台机构基本没有发生重大变化。由于御史台官员又称宪官。《封氏闻见记》卷三设"风宪"条对唐代御史制度有专门的记载：

> 御史主弹奏不法，肃清内外。唐兴，宰辅多自宪司登钧轴，故谓御史为宰相。杜鸿渐拜授之日，朝野钦羡。监察御史振举百司纲纪，名曰"入品宰相"。
>
> 高宗朝，王本立、余怀始为御史里行。则天更置内供奉及员外试御史。有台使、里使，皆未正名也。其里行员外试者，俗名合口椒，

言最有毒。监察为开口椒，言稍毒。散殿中为萝蔔，亦谓生姜，言虽辛辣而不能为患。侍御史谓之掐毒，言如蜂虿去其芒刺也。御史多以清苦介直获进，居常散服羸马至于殿庭。

开元末，宰相以御史权重，遂制：弹奏者先咨中丞大夫，皆通许，又于中书、门下通状先白，然后得奏。自是御史不得特奏，威权大减。

天宝中，宰相任人，不专清白，朝为清介，暮易其守，顺情希旨，纲维稍紊。御史罗希奭猜毒，吉温颇苛细，时称"罗钳"、"吉网"，望风气慑。

开元以前，诸节制并无宪官，自张守珪为幽州节度，加御史大夫，幕府始带宪官，由是方面威权益重。游宦之士，至以朝廷为闲地，谓幕府为要津，迁腾倏忽，坐致郎省，弹劾之职，遂不复举。①

御史台的长官为御史大夫，设一人，其品秩在唐初定为从三品，武宗会昌二年（842）升为正三品。御史中丞设二人，品秩初定为正五品上，武宗时升为正四品下。由于御史台长官"掌邦国刑宪、典章之政令，以肃正朝列"②，因此御史之职在朝中地位尊崇。《通典·职官》云："大唐自贞观初以法理治天下，尤重宪官，故御史复为雄要。""御史为风霜之任，纠弹不法，百僚震恐，官之雄峻，莫之比焉。"③ 唐代官员，一任一般须经四考（一年一考），考满之后才能升迁。但御史则三考之后便可升迁。监察御史 25 个月即为考满。殿中侍御史旧例 13 个月，后改为 18 个月为考满。侍御史依旧例考限为 10 个月，不过"凡侍御史之例，不出累月则迁登南省"④。一般御史到尚书省即为员外郎、郎中等清要官。而御史大夫、中丞则多升迁为宰相，或以御史大夫、御史中丞加"同中书门下平章事"，即兼宰相职。可见，《封氏闻见记》中关于"宰辅多自宪司登钧轴"及监察御史名为"入品宰相"等记载是有史实根据的。李华天宝十四年（755）撰写的《御史大夫厅壁记》中的记载也可与《封氏闻见记》相印证，李华云：

---

① 封演撰，赵贞信校注：《封氏闻见记校注》，中华书局 1958 年版，第 21—22 页。
② 李林甫等撰，陈仲夫点校：《唐六典》，中华书局 1992 年版，第 378 页。
③ 杜佑撰，王文景等点校：《通典》卷二四，中华书局 1988 年版，第 670 页，659—660 页。
④ 同上书，第 672 页。

（御史大夫）登宰相者十二人，以本官参政事者十三人，故相任者四人，藉威声以棱徼外……开元、天宝中，刑措不用，元元休息，由是务简，益重地清弥尊，任难其人，多举勋德，至宰辅者四人，宰辅兼者二人，故相任者一人，兼节度使者九人，异姓封王者二人。①

从李华的记载来看，自隋末义宁（614）到天宝末年（745），御史地位显赫，御史台长官一直是升迁包括宰相在内高官的主要候选人之一。事实上，御史的存在对于匡正君失、整饬吏治、缓和社会矛盾等方面起到了积极作用。唐代御史权重是封建社会上升时期司法监察制度在强化皇权的基础上，进一步摆脱门阀制度的束缚，逐渐趋于完备的重要表现。

御史台下设台院、殿院及察院。台院，设侍御史四人，品秩为从六品下。侍御史的主要职责是"纠举百僚，推鞫狱讼"②。因此，侍御史负有监察百官及审讯案件等职责，地位较高，正如《封氏闻见记》所云："侍御史谓之掐毒，言如蜂虿去其芒刺也。"殿院设殿中侍御史九人，品秩为从七品下。殿中侍御史主要负责"列于合门之外，纠离班、语不肃者。元日、冬至朝会，则乘马、具服、戴黑豸升殿。巡幸，则往来门旗之内，检校文物亏失者"③，以及"分知左、右巡，各察其所巡之内不法之事"④。由于殿中侍御史品秩相对侍御史而言稍低，且不参加司法审判，所以《封氏闻见记》称"散殿中为萝蔔，亦谓生姜，言虽辛辣而不能为患"。察院设监察御史十人，正八品上。监察御史掌"分察百僚，巡按郡县，纠视刑狱，整肃朝仪"，以及监南选、监决囚徒、监祭祀、监习射、分察尚书六司、知司农出纳等职责。⑤《封氏闻见记》云"监察为开口椒，言稍毒"，即是认为监察御史虽然品秩低，但监察的对象均是具有实权的地方官吏，认为其"毒"胜于殿中侍御史。

御史台除正员外，尚有里行、内供奉等员。《封氏闻见记》中所记的

---

① 董诰：《全唐文》卷一三六，中华书局 1983 年版，第 3203 页。
② 李林甫撰，陈仲夫点校：《唐六典》，中华书局 1992 年版，第 381 页。
③ 欧阳修：《新唐书》卷四八，中华书局 1975 年版，第 1239 页。
④ 李林甫撰，陈仲夫点校：《唐六典》，中华书局 1992 年版，第 381 页。
⑤ 同上书，第 381—382 页。

御史里行是唐代御史台监察御史的特殊任用形式。关于唐代御史台里行官制度起于何时,大致有两种说法:一种说法认为里行官制度始于唐太宗时期,马周以布衣游于京师,借宿于中郎将常何家。马周因替常何上疏,而得到唐太宗的赏识。《唐六典》载:"太宗令于监察御史里行。自此,便置'里行'之名。"① 另一种说法与《封氏闻见记》的记载一致,认为御史里行起于高宗时期的王本立。《唐会要》载:"龙朔元年(661)八月,忻州定襄县尉王本立为监察御史(里行),里行之名始于此。"② 对于这两种说法,杜佑认为并不矛盾:"太宗朝,始有里行之名。高宗时,方置内供奉及里行官,皆非正官也。"③ 这与《封氏闻见记》中"则天更置内供奉及员外试御史"的记载是完全一致的。

基本在唐前期直至长安四年(704),御史在进状前无须向御史大夫、御史中丞报告。但在后来,御史弹劾百官,加入了"进状"、"关白"等程序。《封氏闻见记》中所记"弹奏者先咨中丞大夫,皆通许,又于中书、门下通状先白,然后得奏",即是指天宝末御史弹劾过程中必须遵循的"关白"及"进状"程序。在这种情况下,御史弹劾权限不断缩小,"自是御史不得特奏,威权大减"。虽然肃宗至德元年(756)又诏令:"御史弹事,自今以后,不须取大夫同署。"德宗也一再重申"御史得专弹劾,不复关白于中丞、大夫"④,但是御史威望下降的趋势已经无法遏制。这与安史之乱后官场腐败习气,以及御史秉公执法观念的减弱有直接关系。《封氏闻见记》将天宝前后御史的形象做了鲜明的对比:天宝之前"御史多以清苦介直获进,居常敝服赢马至于殿庭",而"天宝中,宰相任人,不专清白,朝为清介,暮易其守,顺情希旨,纲维稍紊"。封演认为李林甫是天宝年间朝纲败坏的罪魁祸首。罗希奭天宝初被李林甫自御史台主簿迁殿中侍御史,《旧唐书》本传称其"为吏持法深刻"⑤,先后兴韦坚、李邕、赵奉璋等狱,皆滥杀之。因此,封演云"御史罗希奭猜毒"。吉温,初为

---

① 李林甫撰,陈仲夫点校:《唐六典》,中华书局1992年版,第381页。
② 王溥:《唐会要》卷六〇,上海古籍出版社1991年版,第1242页。
③ 杜佑撰,王文锦等点校:《通典》,中华书局1988年版,第661页。
④ 王溥:《唐会要》卷六一,上海古籍出版社1991年版,第1256、1262页。
⑤ 刘昫:《旧唐书》卷一八六,中华书局1975年版,第4858页。

万年尉，后为李林甫所引，"谲诡能诳事人"，"频知诏狱，忍行枉滥"①。封演称"吉温颇苛细"。正是由于自开元年间"罗钳"、"吉网"等酷吏的出现，使得御史的形象大打折扣。唐代中、后期，御史奉公执法的观念更为淡漠。正如白居易所云："自贞元以来，抗疏而谏者，留而不行；投书于匦者，寝而不报；待制之官，经时而不见于一问；登闻之鼓，终岁而不闻于一声。"② 此外，唐代中、后期中央为安抚藩镇，凡节度使、观察往往兼御史大夫、监察御史等衔。这种局面的产生无疑导致了中央监察制度的混乱以及御史声望的下降，"弹劾之职，遂不复兴"。

（二）谏匦制度

所谓谏匦制度是唐代谏议监察制度的重要补充形式之一。谏匦制起于武则天垂拱二年（686），《资治通鉴》载："太后欲周知人间事，保家上书，请铸铜为匦以受天下密奏。"③《新唐书》载："武后垂拱二年，有鱼保宗者，上书请置匦以受四方之书。"④ 关于上书建议设立匦制之人，《资治通鉴》称鱼保家，《新唐书》称鱼保宗，《封氏闻见记》则与《新唐书》记载一致。封演云："初，天后欲通知天下之事，有鱼保宗者，颇机巧，上书请置匦以受四方之书，则天悦而从之……保宗父承晔。"《封氏闻见记》还进一步补充了鱼保宗即武则天时期著名酷吏鱼承晔之子的重要信息，这一点亦被《资治通鉴》所吸收，鱼保家（鱼保宗）乃"侍御史鱼承晔之子"⑤。从以上记载来看，武则天设立谏匦制的目的是为了下情上传，了解民意。

关于匦制的沿革，《新唐书·百官二》云：

> 武后垂拱二年，有鱼保宗者，上书请置匦以受四方之书，乃铸铜
> 匦四，涂以方色，列于朝堂：青匦曰"延恩"，在东，告养人劝农之
> 事者投之。丹匦曰"招谏"，在南，论时政得失者投之。白匦曰"申

---

① 刘昫：《旧唐书》卷一八六，中华书局 1975 年版，第 4854、4856 页。
② 白居易：《白居易集》卷六四，中华书局 1979 年版，第 1334 页。
③ 司马光：《资治通鉴》卷二〇三，中华书局 1976 年版，第 6438 页。
④ 欧阳修：《新唐书》卷四七，中华书局 1975 年版，第 1206 页。
⑤ 司马光：《资治通鉴》卷二〇三，中华书局 1976 年版，第 6438 页。

冤",在西,陈抑屈者投之。黑匦曰"通玄",在北,告天文、秘谋者投之。以谏议大夫、补阙、拾遗一人充使,知匦事。御史中丞、侍御史一人,为理匦使。其后同为一匦。天宝九载,玄宗以"匦"声近"鬼",改理匦使为献纳使,至德元年复旧。宝应元年,命中书门下择正直清白官一人知匦,以给事中、中书舍人为理匦使。建中二年,以御史中丞为理匦使,谏议大夫一人为知匦使。投匦者,使先验副本。开成三年,知匦使李中敏以为非所以广聪明而虑幽枉也,乃奏罢验副封。①

《封氏闻见记》卷四"匦使"篇与《新唐书》的记载大体相同:

> 则天垂拱元年,初置匦。匦之制,为方函,四面各以方色。东曰延恩匦,怀才报器,希于闻达者投之。南曰招谏匦,匡政补过,裨于政理者投之。西曰申冤匦,怀冤受屈,无辜受刑者投之。北曰通玄匦,进献赋颂,涉于玄象者投之。置匦史一人,判官一人,谏议大夫或拾遗补阙充其使。专知受状,每名进入,以待处分。余付中书及理匦史,使常以御史中丞或侍御史为之。
>
> 初置匦有四门,其制稍大,难于往来。后遂小其制度,同为一匦,依方色辨之。
>
> 天宝中,玄宗以"匦"字声似"鬼",改匦使为献纳使。乾元初,复其旧名。②

谏匦制度是武则天为打击李唐宗室势力,巩固统治,广开言路的一项重要措施。武则天于朝堂设铜匦,接受臣民有关自荐、谏议时政、申冤、献诗赋等方面的投书。根据《新唐书·百官志》的记载谏匦制起于垂拱二年,这与《资治通鉴》的记载是一致的,而《封氏闻见记》所记的垂拱元年"初置匦"的记载则不确。事实上,武则天在垂拱元年(685)二月,

---

① 欧阳修:《新唐书》卷四七,中华书局1975年版,第1206页。
② 封演撰,赵贞信校注:《封氏闻见记校注》,中华书局1958年版,第28—29页。

曾下令"朝堂所置登闻鼓及肺石，不须防守，有挝鼓立石者，令御史受状以闻"①。封演或是将"挝鼓立石"算作投匦奏事的先声。垂拱二年初设之匦有四个，即延恩、招谏、申冤、通玄，各以涂色，置于朝堂。《新唐书·百官志》与《封氏闻见记》中除关于延恩匦用途记载有所差异外，其余三个匦用途记载大体一致。延恩匦到底是用于"告养人劝农之事者投之"，还是"怀才报器，希于闻达者投之"？在这一点《新唐书·百官志》与《封氏闻见记》的记载有很大出入。不过从杜甫曾先后投《进雕赋表》及《进三大礼赋表》②于延恩匦自荐来看，《封氏闻见记》关于延恩匦用途的记载更为准确。这也从《唐六典》及《资治通鉴》中的相关记载得到印证。《唐六典》卷九"匦使院知匦使"条云："立匦之制，一房四面，各以方色，东曰'延恩'，怀材报器，希于闻达者投之。"③《资治通鉴》也有类似的记载："（垂拱二年）三月，戊申，太后命铸铜为匦，其东曰'延恩'，献赋颂、求仕进者投之。"④初设四个匦，投匦者从光顺门入，按状的不同内容分别投入各个匦中。后因其行制较大，难于往来，遂改为一个匦，"中有四隔，上各有窍，以受表疏"⑤。由于投匦奏事制度是广开言路的一项重要措施，因此为确保言路的畅通，知匦使主要由谏官系统中的谏议大夫、拾遗补阙等官员担任。理匦使则由监察系统的御史中丞或侍御史担任。谏匦制度为武则天开创之后，一直为后世的唐代统治者所沿用，不过期间也经历了一些变化。天宝九年（750），唐玄宗以"匦"字声近"鬼"，改理匦使为献纳使，后又复旧，从此以后，一直沿用"匦"这个名称直到唐末。代宗宝应元年（762），曾"命中书门下择正直清白官一人知匦，以给事中、中书舍人为理匦使。德宗建中二年（781），又下令复旧，"以御史中丞为理匦使，谏议大夫一人为知匦使"⑥。此后，唐代的投匦奏事制度

① 司马光：《资治通鉴》卷二○三，中华书局1976年版，第6433页。
② 《杜甫全集》卷二十四《进三大礼赋表》云："臣谨稽首，投延恩匦，献纳上表。"《进雕赋表》云："不揆芜浅，谨投延恩匦进表献上以闻，谨言。"杜甫：《杜甫全集》，上海古籍出版社1996年版，第1726、1780页。
③ 李林甫撰，陈仲夫点校：《唐六典》，中华书局1992年版，第282页。
④ 司马光：《资治通鉴》卷二○三，中华书局1976年版，第6437页。
⑤ 同上书，第6438页。
⑥ 欧阳修：《新唐书》卷四七，中华书局1975年版，第1202页。

再无重大变化。

谏匦制的出现丰富了唐代谏议制度，是唐代开明政治的一种重要表现。《封氏闻见记》中关于谏匦制的记载在真实性上可与正史相参证，为我们研究唐代谏匦制度提供了丰富的材料。

二 《博物志》及《酉阳杂俎》所载肉刑制度

（一）肉刑制度的沿革

中国古代刑罚以给受刑者造成痛苦、屈辱以及残废为目的，早在《尚书·吕刑》中就记载了包括"劓、刵、椓、黥"① 等在内的残酷刑罚。所谓"劓"即割鼻，所谓"椓"即去势，刵即割耳，黥即刺字。中国刑罚制度在西汉以前均是以割裂肢体、残害肌肤为主的肉刑，直到汉文帝前元十三年（前 167）才下诏废除肉刑。以"斩人肢体，凿其肌肤"② 为惩罚手段的肉刑，使受刑之人不仅在身体上遭受巨大痛苦，而且精神上遭遇极大耻辱，而社会舆论对于肉刑的看法时而发生变化，这些内容均成为以"求奇"见长的博物杂记类小说关注的焦点。《博物志》卷六的"典礼考"，《酉阳杂俎》前集卷八的"黥"篇等，均为我们研究古代肉刑提供了丰富的资料。

《博物志》中对于肉刑的产生及废除有详细的记载：

> 肉刑，明王之制，荀卿每论之。至汉文帝感太仓公女之言而废之。班固著论宜复。迄汉末魏初，陈纪又论宜申古制，孔融云不可。复欲申之，钟繇、王朗不同，遂寝。夏侯玄、李胜、曹羲、丁谧建私议，各有彼此，多去（言）时未可复，故遂逌（寝）焉。③

张华认为肉刑是"明王之制"，大约是源于《左传》的记载："夏有乱

---

① 孙星衍撰，陈抗、盛冬铃点校：《尚书今古文注疏》，中华书局 1986 年版，第 522 页。
② 沈家本：《历代刑法考》，中华书局 1985 年版，第 6 页。
③ 张华撰，范宁校证：《博物志校证》，中华书局 1980 年版，第 74 页。

政，而作禹刑"、"商有乱政而作汤刑"，"周有乱政而作九刑"。① 荀子也从人性本恶的前提出发主张施行肉刑，《荀子》认为："杀人者不死而伤人者不刑，是谓惠暴而宽贼也，非恶恶也。"② 在明王与圣人的鼓吹下，肉刑以极大的威慑力从奴隶社会一直延续到汉初。《汉书·刑法志》云："汉兴之初，虽有约法三章，网漏吞舟之鱼。然其大辟，尚有夷三族之令。令曰：'当三族者，皆去黥，劓，斩左右止，笞杀之，枭其首，菹其骨肉于市。其诽谤詈诅者，又先断舌。'故谓之具五刑。"③ 可见，直到汉初，肉刑仍然是一种重要刑罚。汉文帝继位后，政治稳定，经济发展，废除肉刑的条件成熟。齐国太仓令淳于意被判肉刑，缇萦为救其父，上书汉文帝："妾父为吏，齐中皆称其廉平，今坐法当刑。妾伤夫死者不可复生，刑者不可复属，虽后欲改过自新，其道亡繇也。妾愿没入为官婢，以赎父刑，使得自新。"汉文帝在被缇萦孝心感动的同时，也意识到肉刑的存在已经不符合社会发展的需要，于是诏令"其除肉刑，有以易之，及令罪人各以轻重，不亡逃，有年而免"④。这即是《博物志》所记的"汉文帝感太仓公女之言而废之"。《酉阳杂俎》前集卷八所云："《汉书》：除肉刑，当黥者髡钳为城旦舂。"即是汉文帝废除肉刑后用髡钳代替黥刑的改革措施。

　　毫无疑问，汉文帝废除肉刑反映了社会的进步及文明程度的提高，但也随之产生了"肉刑之废，轻重无品"⑤ 等司法弊端。因此，在汉文帝废除肉刑后不久，宫刑作为宽待死刑犯的常用刑旋即恢复。《汉书·景帝纪》载："（景帝中元四年，即 144 年）秋，赦徒作阳陵者死罪；欲腐者，许之。"⑥ 在这一规定之下，宫刑旋即恢复，"考宫刑至隋开皇初始废，是终汉世未尝除也"⑦。而受宫刑者亦不乏其人，汉代最著名的史学家司马迁即受过宫刑。这种现象的产生为复肉刑之议提供了现实基础。着眼于肉刑废

①　夏氏注，孔颖达疏：《春秋左传正义》，载《十三经注疏》，中华书局 1982 年版，第 2044 页。
②　王先谦撰，沈啸寰、王星贤点校：《荀子集解》，中华书局 1988 年版，第 328 页。
③　班固：《汉书》卷二三，中华书局 1975 年版，第 1104 页。
④　同上书，第 1098 页。
⑤　范晔：《后汉书》卷四九，中华书局 1965 年版，第 1652 页。
⑥　班固：《汉书》卷五，中华书局 1975 年版，第 147 页。
⑦　程树德：《九朝律考》，中华书局 1963 年版，第 36 页。

除后刑法体系本身的缺陷，东汉著名的历史学家班固主张恢复肉刑。班固云："今触死者，皆可募行肉刑。及伤人与盗，吏受赇枉法，男女淫乱，皆复古刑。"① 虽然，班固的建议并未被当时的统治者所采纳，但到了汉魏之际在政治斗争激烈、生产力遭到极大破坏的社会背景下，是否恢复肉刑又引发了曹魏集团内部激烈的争论。这场辩论从建安一直持续到正始年间。在这近半个世纪的热烈讨论中，陈群、钟繇等主张恢复肉刑，孔融、王朗、夏侯玄等则反对恢复肉刑。通过这场辩论，对于刑罚功能与作用，罪与刑的关系，以及刑罚体系的改革等问题都有了进一步的认识，使得肉刑不应恢复的观念更加深入人心，同时又直接影响了以笞、杖、徒、流、死新五刑制度的建立。

《博物志》用简洁的语言记载了肉刑从产生到废除，以及汉文帝废除肉刑后其间两度出现的是否应当恢复肉刑的热议。张华将此篇列入《典礼考》，反映出博物小说家对于社会现实问题的关注并不仅仅停留于记录现象的层面，而是已经上升到"考镜源流"的境界，而这体现了博物杂记类小说独特的文献价值之所在。

（二）墨刑

中国古代肉刑在几千年的发展过程中，形成了以墨、劓、剕、宫、大辟等为主的五刑。其中墨刑使用时间最长，即使在汉文帝废除肉刑之后，历朝仍断续在使用。因此，博物杂记类小说中对于墨刑的记载相对较为丰富。

墨，一名黥，"黥，墨刑在面也"②。黥刑的部位一般在面部，以达到侮辱、警戒、稽查的目的。郑玄云："墨，黥也，先刻其面，以墨窒之。"③《酉阳杂俎》转引《尚书刑德考》称："涿鹿者，凿人额也。黥人者，马羁笄人面也。"可见，黥刑最初是刺在额及面。不过到后来，黥刑的部位有所改变，《酉阳杂俎》云："晋令，奴始亡，加铜青若墨，黥两眼；后再亡，黥两颊上；三亡，横黥目下：皆长一寸五分。"④ 晋代逃亡奴隶的黥刑

---

① 班固：《汉书》卷二三，中华书局 1975 年版，第 1112 页。
② 许慎：《说文解字》，中华书局 1963 年版，第 211 页。
③ 郑玄注，贾公彦疏：《周礼注疏》，载《十三经注疏》，中华书局 1982 年版，第 880 页。
④ 段成式撰，方南生点校：《酉阳杂俎》，中华书局 1981 年版，第 79 页。

主要施于眼部及脸颊等处，其用意大约在于便于统治者监视及防范奴隶再次逃跑。对于逃亡奴隶处以黥刑还见于《酉阳杂俎》"黥"篇的另一条记载，"成式三从兄遭，贞元中，尝过黄坑，有从者拾髑颅骨数片将为药，一片上有'逃走奴'三字，痕如淡墨，方知黥踪入骨也。"① 通过这条记载可以看出，第一，这片髑颅骨主人身份为奴隶，所犯罪行为"逃亡"。第二，在实施黥刑过程中所用墨水相当浓，这才足以深入骨髓。

事实上，魏晋南北朝时期黥刑是一直存在的。宋朝曾于明帝泰始四年（468）起对盗窃等重刑犯采取"可特赐黥刖，投畀四远，仍用代杀"② 的惩罚措施。这项措施虽然在明帝死后即被废止，但在梁代修订律例时得到了恢复，"劫，身皆斩，妻子补兵。遇赦降死者，黥面为劫字……（天监）十四年，又除黥面之刑"③。对于梁代的黥刑，《酉阳杂俎》中也有记载，"梁朝杂律，凡囚未断，先刻面作劫字。"虽然，《酉阳杂俎》与《通典》中关于囚徒在何种情况下会被施以黥刑，记载并不完全一致，但可以肯定的是在梁朝，黥刑依然存在。

唐代黥刑依然存在，例如上官仪因谋逆被处死后，其孙女上官婉儿被没入掖庭，"尝忤旨当诛，后惜其才，止黥而不杀也"④。对于上官婉儿而言，以黥面代替死刑，获得生存机会，是武则天基于爱才基础上的一种宽待。上官婉儿不愧是才女，竟然为掩饰脸上的黥痕，发明了新的化妆方式。《酉阳杂俎》载："今妇人面饰用花子，起自昭容上官氏所袭，以掩点迹。"⑤ 通过《酉阳杂俎》与正史相关记载的对比与印证，我们可以发现在汉文帝前元十三年（前167）废止肉刑，到宋太祖建隆四年（963）所颁的《宋刑统》正式恢复黥刑之间的一千多年中，历朝仍断续有黥刺之法的存在。

此外，黥刑还常常是贵族家庭内部采用的私刑之一。在封建社会一夫多妻制下，贵族妇女由于妒忌，也常在貌美的女婢脸上实施黥刑，以达到

---

① 段成式撰，方南生点校：《酉阳杂俎》，中华书局1981年版，第77页。
② 沈约：《宋书》卷八，中华书局1974年版，第163页。
③ 杜佑撰，王文锦等点校：中华书局1988年版，第4223页。
④ 欧阳修：《新唐书》卷六七，中华书局1975年版，第3488页。
⑤ 段成式撰，方南生点校：《酉阳杂俎》，中华书局1981年版，第79页。

破相的目的。据《北齐书》载，梁后主皇后穆邪利之母轻霄在侍中宋钦道家作婢女时，由于"钦道妇妒，黥轻霄面为'宋'"①。这样的情况在《酉阳杂俎》中也有记载：

> 房孺复之妻崔氏，性忌，左右婢不得浓妆高髻，月给胭脂一豆、粉一钱。有一婢新买，妆稍佳，崔怒谓曰："汝好妆耶？我为汝妆。"乃令刻其眉，以青填之，烧锁梁，灼其两眼角，皮随手焦卷，以朱敷之。及痂脱，瘢如妆焉。②

由于妒忌婢女的美丽，崔氏残忍地对婢女私自施以黥刑。但崔氏万万没有想到是，婢女痂落之后，"瘢如妆"，反而出落得更加美丽。房孺复即房琯之子，史载："娶台州刺史崔昭女，崔妒悍甚，一夕杖杀孺复侍儿二人，埋之雪中。"③房孺复还因为此事被坐贬连州司马。可见，由于崔氏之妒，导致家庭不和，在唐代上大夫家庭生活中具有一定的代表性。因此，《酉阳杂俎》这段关于崔氏私用黥刑的记载应该是比较可靠的。

《酉阳杂俎》中关于黥刑的记载，反映了博物小说家对于社会热点问题的敏锐洞察力，为我们研究黥刑制度提供了确切的材料。

三 《西京杂记》所载汉大驾卤簿制度

卤簿制度是指体现皇帝特殊地位和威严的尊卑有差的礼仪制度。正如《封氏闻见记》所云："舆驾行幸，羽仪导从谓之'卤簿'……按字书：'卤，大楯也'……甲楯有先后部伍之次，皆著之簿籍，天子出则案次导从，故谓之'卤簿'耳。"④根据封演的记载，卤簿制度创立于秦汉，秦代卤簿制度在正史中已无明确记载，而汉代卤簿制度在史书中也只留下零星的记载。《三辅黄图》卷六《卤簿》云："天子出，车驾次第，谓之卤簿。

---

① 李百药：《北齐书》卷九，中华书局 1972 年版，第 128 页。
② 段成式撰，方南生点校：《酉阳杂俎》，中华书局 1981 年版，第 78 页。
③ 刘昫：《旧唐书》卷一——一，中华书局 1975 年版，第 3325 页。
④ 封演撰，赵贞信校注：《封氏闻见记校注》，中华书局 1958 年版，第 34 页。

有大驾，有法驾，有小驾。大驾则公卿奉引，大将军参乘，太仆御。属车八十一乘，作三行。尚书御史乘之，备千乘万骑，出长安，出祠天于甘泉备之。百官有其仪注，名曰甘泉卤簿。"① 可见，汉代天子的卤簿主要分为大驾、法驾和小驾，其中大驾是卤簿制度中最高的御驾规格，主要适用于帝王参与重要的国事活动。由于大驾卤簿"中兴以来，希用之"②，其具体制度在东汉末已经不得而详，因此《西京杂记》中所记录的大驾卤簿制度就显得弥足珍贵：

　　汉朝舆驾祠甘泉汾阴，备千乘万骑，太仆执辔，大将军陪乘，名为大驾。司马车驾四，中道。辟恶车驾四，中道。记道车驾四，中道。靖室车驾四，中道。象车鼓吹十三人，中道。式道候二人，驾一。左右一人。长安都尉四人，骑。左右各二人。长安亭长十人驾。左右各五人。长安令车驾三，中道。京兆掾史三人，驾一。三分。京兆尹车驾四，中道。司隶部京兆从事，都部从事别驾一车。三分。司隶校尉驾四，中道。廷尉驾四，中道。太仆宗正引从事，驾四。左右。太常光禄卫尉，驾四。三分。太尉外部都督令史、贼曹属、仓曹属、户曹属、东曹掾、西曹掾，驾一。左右各三。太尉驾四，中道。太尉舍人祭酒，驾一。左右。司徒列从，如太尉王公骑。令史持戟吏亦各八人，鼓吹十部。中护军骑，中道。左右各三行，载楯弓矢鼓吹各一部。步兵校尉、长水校尉，驾一。左右。队百匹。左右。骑队十。左右各五。前军将军。左右各二行，载楯刀楯鼓吹各一部，七人。射声翊军校尉，驾三。左右二行，载楯、刀楯、鼓吹各一部，七人。骁骑将军、游击将军，驾三。左右二行，载楯、刀楯、鼓吹各一部，七人。黄门前部鼓吹，左右各一部，十三人，驾四。前黄麾骑，中道。自此分为八校。左四右四。护驾御史骑。左右。御史中丞驾一，中道。谒者仆射驾四。武刚车驾四，中道。九斿车驾四，中道。云罕车驾四，中道。皮轩车驾四，中道。闟戟车驾四，中道。鸾旗车

---

① 张宗祥校录：《三辅黄图》卷六，古典文学出版社 1958 年版，第 54 页。
② 蔡邕：《独断》卷下，《四部丛刊》三编。

驾四,中道。建华车驾四,中道。左右。虎贲中郎将车驾二,中道。护驾尚书郎三人,骑。三分。护驾尚书三,中道。相风乌车驾四,中道。自此分为十二校。左右各六。殿中御史骑。左右。典兵中郎骑,中道。高华,中道。罩罕。左右。御马。三分。节十六。左八右八。华盖,中道。自此分为十六校。左八右八。刚鼓,中道,金根车。自此分为二十校,满道。左卫将军,右卫将军。华盖。①

汉武帝曾得宝鼎于汾水,后又迎宝鼎至甘泉,因此西汉皇帝在“祠甘泉汾阴”时,多动用大驾,大驾卤簿也常常被称为“甘泉卤簿”。《西京杂记》中记载的大驾是由“大仆执辔,大将军陪乘”,这与正史的记载基本一致。《后汉书·舆服志上》云:“乘舆大驾,公卿奉引,太仆御,大将军参乘。属车八十一乘,备千乘万骑。西都行祠天郊,甘泉备之。官有其注,名曰甘泉卤簿。”②整个大驾卤簿会集了各级各类官员,几乎可以称得上是一个流动的朝廷。奉引方阵主要包括长安都尉、长安亭长、长安令、京兆掾史、京兆尹、司隶校尉、廷尉、太仆、宗正、太常、光禄、太尉、司徒等。从中护军起便是以皇帝御驾为核心的金根车方阵。在核心方阵中,除了保护皇帝安全的中护军、校尉、将军等武官外,就是与皇帝关系极其密切的御史中丞、护驾尚书、殿中御史等文官。遗憾的是《西京杂记》中“华盖”以后的部分“糜烂不存”,不过从以上记载中仍能够反映出汉代大驾卤簿的规模是极其宏大的。

蔡邕在《独断》中谈道:“天子出,车驾次第,谓之卤簿。”③说明汉代卤簿中除了各级各类官员外,车驾是卤簿的重要组成部分。大驾卤簿的核心是皇帝乘坐的金根车。《后汉书·舆服志》载:“秦并天下,阅三代之礼,或曰殷瑞山车,金根之色。”④《独断》云:“发驾上所乘金根车,驾六马。”⑤皇帝所乘金根车是以“金根之色”和“驾六马”为特征,象征皇权

---

① 葛洪撰,程毅中点校:《西京杂记》,中华书局1985年版,第33—35页。
② 范晔:《后汉书》卷一一九,中华书局1965年版,第3648页。
③ 蔡邕:《独断》卷下,《四部丛刊》三编。
④ 范晔:《后汉书》卷一一九,中华书局1965年版,第3643页。
⑤ 蔡邕:《独断》卷下,《四部丛刊》三编。

的至高无上。司马车、辟恶车、记道车、象车、武刚车、九斿车、云罕车、建华车、鸾旗车等仪仗车的存在均为大驾卤簿增添了恢宏气势。秦始皇灭六国之后，四处巡行，其威仪之盛，让项羽产生"彼可取而代也"①的想法，让刘邦发出"大丈夫当如此也"②的感慨。

天子在重大祭祀仪式典礼中，采用大驾卤簿，除了有保障帝王及随从安全的考虑外，还体现出建立在帝国强大的综合实力基础上的皇权的庄严与神圣。这一切都对观者产生强大的感召力与威慑力。对于小说家而言，缅怀汉帝国的强盛始终让人倍感自豪，而汉代大驾卤簿制度又是汉帝国的赫赫声威的重要体现。因此，在以知识性见长的博物杂记类小说记载了大驾卤簿制度，无疑体现出小说家"以裨《汉书》之阙"③的历史责任感。

通过以上分析可以看出，汉唐博物杂记类小说中关于唐代监察制度，汉唐时期的肉刑制度以及汉代大驾卤簿制度等内容的记载非常丰富。博物小说家往往采用有条不紊、言简意赅的方式进行叙述，使得这部分内容体现出类似史书的平实风格。

必须补充的是，汉唐博物杂记类小说中的典章内容，除上文谈到的《封氏闻见记》所载唐代监察制度，《博物志》及《酉阳杂俎》所载肉刑制度，《西京杂记》所载汉大驾卤簿制度等内容外，《封氏闻见记》所载唐代科举制度，④《酉阳杂俎》中的南北朝交聘制度⑤等也很有价值，但鉴于学界的相关研究已经比较透彻，这里就不再赘述。

第三节　风俗之属

汉唐博物杂记类小说关于风俗的记载内容丰富，为研究汉唐时期生活史提供许多珍贵的材料。本节主要从饮食风俗、服饰风俗、居住风俗、娱

---

① 司马迁：《史记》卷七，中华书局 1975 年版，第 296 页。
② 司马迁：《史记》卷八，中华书局 1975 年版，第 344 页。
③ 葛洪撰，程毅中点校：《西京杂记》，中华书局 1985 年版，第 45 页。
④ 俞钢：《唐代文言小说与科举制度》，上海古籍出版社 2004 年版。
⑤ 王友敏：《南北朝交聘礼仪考》，《中国史研究》1996 年第 3 期。

乐风俗等生活风俗入手，探讨汉唐博物杂记类小说中的生活风俗，以及其中隐藏的文化心态。

一 饮食风俗

汉唐博物杂记类小说中，对于宫廷的饮食生活的描写主要是通过皇帝对臣下的赐食加以展示。通过对于赐食的描写，可以从某种程度上反映唐代皇室与权臣以及皇亲国戚的生活片段。据《酉阳杂俎》载，唐玄宗所赐安禄山的膳食包括："桑落酒，阔尾羊窟利，马酪，野猪鲊，清酒，远泽野鸡，五术汤，蒸梨"等。① 唐玄宗赐食安禄山，是示皇恩的重要表现，由于玄宗对于安禄山的过分宠信，天宝十四载（755）爆发的安史之乱成为唐王朝由盛而衰的转折点。晚唐赐食之风更盛，唐懿宗十分宠爱同昌公主，在公主出嫁后，还常常赐食。《杜阳杂编》载：

> 上每赐御馔汤物，而道路之使相属。其馔有灵消炙、红虬脯，其酒有凝露浆、桂花醑，其茶则绿华紫英之号。灵消炙一羊之肉取之四两，虽经暑毒终不见败。红虬脯非虬也，但伫于盘中则健如虬。红丝高一尺，以箸抑之无数分，撤则复如故。②

同昌公主病逝以后，懿宗的赐食甚至遍及操办丧事的役夫，"赐酒一百斛，饼餤三十骆驼，各径阔二尺，饲役夫也"。（卷下）《杜阳杂编》中对于懿宗所赐食物的描写或有传闻色彩，不过从《旧唐书》"同昌公主，出降之日，礼仪甚盛"，以及"同昌公主薨，追赠卫国公主，谥曰文懿……上尤钟念，悲惜异常"，"以待诏韩宗绍等医药不效，杀之，收捕其亲族三百余人，系京兆府"③ 等记载来看，《杜阳杂编》中的记载当有一定事实基础。对于赐食这种现象，要一分为二地看待。如果是赐食于国家功臣，对于融洽君臣关系无疑是有好处的。但是一味大肆赐食于宠臣及皇亲国戚，不但

---

① 段成式撰，方南生点校：《酉阳杂俎》，中华书局 1981 年版，第 3 页。
② 苏鹗：《杜阳杂编》，中华书局 1958 年版，第 55—56 页。
③ 刘昫：《旧唐书》卷一九，中华书局 1975 年版，第 665、675 页。

增加了国家财政负担，而且在很大程度上败坏了朝风。

士大夫的经济实力与生活水平与宫廷贵族相去甚远，不过相对于平民而言，大部分知识分子衣食无忧，有着较高的文化修养及审美能力。因此，他们注重饮食的精致，讲究滋味，对于饮食生活的追求体现出一种艺术化的倾向。《酉阳杂俎》云：

> 历城北有使君林。魏正始中，郑公悫三伏之际，每率宾僚避暑于此。取大莲叶置砚格上，盛酒三升，以簪刺叶，令与柄通，屈茎上轮菌如象鼻，传吸之，名为碧筒杯。历下学之，言酒味杂莲气，香冷胜于水。①

碧筒即是荷叶柄。郑公悫之宴中用荷叶柄来饮酒，使饮酒之乐平添了几分雅致之趣。这里谈到的碧筒酒的故事，常常被后世诗人所吟咏。唐人《碧筩杯》诗句云："酒味杂莲气，香冷胜于冰。轮困如象鼻，潇洒绝青蝇。"宋代苏轼《泛舟城南会者五人分韵赋诗》中亦写道："碧筒时作象鼻弯，白酒微带荷心苦。"

对于士大夫而言，饮食不仅是为了满足果腹的基本生理需求，同时也能体现日常生活审美的情趣。《酉阳杂俎》云：

> 今衣冠家名食，有萧家馄饨，漉去汤肥，可以瀹茗。庚家粽子，白莹如玉。韩约能作樱桃饆饠，其色不变。又能造冷胡突、鲙鳢鱼、臆连蒸诈草草皮索饼。将军曲良翰，能为驴骏鬃驼峰炙。②

段成式所列的"衣冠家名食"，即是美味的食品，又不乏观赏性。在士大夫饮食文化中，一个非常有趣的现象：一些像曲良翰之类的士大夫本身即是美食家又是烹饪家。段成式本人亦十分重视烹调的乐趣，除了在《酒食》篇中记载各类美食外，还记录了包括折粟米法、乳煮羊胯利法、

---

① 段成式撰，方南生点校：《酉阳杂俎》，中华书局1981年版，第67页。
② 同上书，第71页。

鲤鲋鲙法、赍字五色饼法、蔓菁薤菹法、蒸饼法等烹饪方法。段成式对于饮食文化孜孜不倦的热爱，还体现在将自己的小说集命名为《酉阳杂俎》。段成式在《酉阳杂俎序》中谈道："无若诗书之味大羹，史为折俎，子为醯醢也。炙鸮羞鳖，岂容下箸乎？固役而不耻者，抑志怪小说之书也。"[①]在这里，段成式从饮食滋味的角度强调了小说相对诗书、史的正味而言，有着别具一格的奇味。根据《酉阳杂俎》的记载，我们可以看出，唐代士大夫们对于饮食的乐趣已经具备了较高的审美品位。

饼是汉唐时期最为大众化的食物。饼种类繁多，凡是以面粉、米粉制成的食品均称为饼。在博物杂记类小说中，市井的普通饼食常常使太上皇及达官贵人垂涎三尺。《西京杂记》卷二载：

> 太上皇徙长安，居深宫，凄怆不乐。高祖窃因左右问其故，以平生所好，皆屠贩少年，酤酒卖饼，斗鸡蹴鞠，以此为欢，今皆无此，故以不乐。高祖乃作新丰，移诸故人实之，太上皇乃悦。[②]

从刘太公喜食饼来看，饼食当是沛县一带的特色饮食。西汉长安市井的饼肆亦十分普遍，汉宣帝在即位之前就常常到市井的饼肆去买饼，"每买饼，所从买家辄大雠"[③]。"大雠"即大卖，可见当时长安市井的卖饼业竞争已经十分激烈。

到了唐代，随着城市商品经济的繁荣，无论是饼业的经营方式，还是饼的品种都有了新的发展。从《酉阳杂俎》中荆州"有匠饼者负囊而至"[④]的描写来看，唐代市井中已经出现了流动的卖饼经营方式。这样的经营方式还见于《朝野佥载》，一位名为邹骆驼的长安人，家道贫寒，"常以小车

---

① 段成式撰，方南生点校：《酉阳杂俎》，中华书局1981年版，第1页。

② 葛洪撰，程毅中点校：《西京杂记》，中华书局1985年版，第11—12页。类似的记载还见于《史记》卷八《高祖本纪》张守节正义引《括地志》云："新丰故城在雍州新丰县西南四里，汉新丰宫也。太上皇时凄怆不乐，高祖窃因左右问故，答以平生所好皆屠贩少年，酤酒卖饼，斗鸡蹴鞠，以此为欢，今皆无此，故不乐。高祖乃作新丰，徙诸故人实之。太上皇乃悦。"司马迁：《史记》，中华书局1975年版，第387页。

③ 班固：《汉书》卷八，中华书局1975年版，第237页。

④ 段成式撰，方南生点校：《酉阳杂俎》，中华书局1981年版，第27页。

推蒸饼卖"①。唐代武则天时期还有官员因为贪吃路旁蒸饼而被贬官。如"周张衡令史出身，位至四品，加一阶，合入三品，已团甲。因退朝，路旁见蒸饼新熟，遂市其一，马上食之，被御史弹奏。则天降敕：'流外出身，不许入三品。'遂落甲。"②官员由于在马上吃蒸饼而遭到降级处分，可见当时吏治的严格。不过经过安史之乱后，朝廷对于官员的管理松弛了不少，官员在路边公开食饼，并不担心会被朝廷追究。"刘仆射晏五鼓入朝，时寒，中路见卖烝胡之处，热气腾辉，使人买之，以袍袖包裙帽底啖之，且谓同列曰：'美不可言，美不可言。'"③从刘晏对市井胡饼的喜爱来看，这种来自西域的饼食得到了上至朝官下至平民的喜爱。唐代饼食种类繁多，除上文提到的胡饼外，仅《酉阳杂俎》中就提到了"凡当饼"、"蝎饼"、"阿韩特饼"、"疏饼"、"馉饳饼"、"五色饼"、"饆饠"、"煎饼"等。其中有些饼的做法已经失传，不过从名称来看，"胡饼"、"阿韩特饼"之类的饼食当来自西域，体现出唐代饮食胡化的一面。

茶与酒一直是汉唐博物杂记类小说关注的对象。《博物志》中将酒的发明权归入杜康名下。又称"西域有蒲萄酒，积年不败，彼俗云：'可（至）十年饮之，醉弥月乃解。'"④这种葡萄酒存放时间长、浓度高，郭正谊据此认为："《博物志》所记载的西域葡萄酒应该是高昌冻酒，是在风谷中冻成的……一般葡萄酒酿成时，乙醇浓度最多不过10%左右……设若在−30°时冻酒，则余下未冻的酒中乙醇浓度理论上可提高到30%。将未冻结的酒倾出来就是高浓的'冻酒'了。"⑤关于冻酒的记载，除《博物志》外，唐代《梁四公记》也有高昌国遣献冻酒的故事。⑥此外，《唐国史补》在记载各地名酒时谈到"富平之石冻春"，富平在今宁夏吴忠西南一带，"石冻春"似乎也应该是一种冻酒。可见，自张骞凿通西域以来，随着中

①　张鷟撰，恒鹤校点：《朝野佥载》，载《唐五代笔记小说大观》，上海古籍出版社 2000 年版，第 68 页。

②　同上书，第 53 页。

③　韦绚撰，阳羡生校点：《刘宾客嘉话录》，载《唐五代笔记小说大观》，上海古籍出版社 2000 年版，第 803 页。

④　张华撰，范宁校证：《博物志校证》，中华书局 1980 年版，第 64 页。

⑤　郭正谊：《论冻酒》，《化学通报》1987 年第 3 期。

⑥　李昉等：《太平广记》卷八一，中华书局 1961 年版，第 519 页。

原与西域的物质文化交流的加强，冻酒也逐渐东传，成为驰名中原的地方名酒之一。

《博物志》中还记载了西域的胡椒酒的酿制方法：

> 胡椒酒法，以好春酒五升，干姜一两，胡椒七十枚，皆捣末。好美安石榴五枚押取汁，皆以姜椒末及安石榴汁悉内着酒中，火暖取温。亦可冷饮，亦可热饮之，温中下气。若病酒苦觉体中不调，饮之。能者四五升，不能者可二三升从意。若欲增姜椒亦可，若嫌多欲减亦可。欲多作者，当以此为率。若饮不近，可停数日，此胡人所谓荜拨酒也。①

酿制胡椒酒所需包括胡椒、安石榴等原料均是西域特产。从张华的记载来看，胡椒酒虽然与葡萄酒一样均从西域传入中原，但胡椒酒的作用主要用于治病，而非佐食。《博物志》中的这段记载还被《齐民要术》、《北堂书钞》、《艺文类聚》、《太平御览》等书所引，足见其影响广泛。

除西域胡椒酒有药用价值外，菊花酒也有一定的食疗价值。《西京杂记》卷三有汉宫中重阳节饮菊花酒风俗的记载："九月九日……饮菊花酒，令人长寿，菊花舒时，并采茎叶，杂黍酿之，至来年九月九日始熟，就饮焉，故谓之菊花酒。"② 菊花酒的疗效见本书第三章第一节相关论述。

隋唐时期由于经济的富庶，对外开放的扩大，酿酒业得到长足的发展。《岭表录异》中对于米酒的酿造过程记录颇为详细：

> 南中酿酒，即先用诸药别淘，漉粳米，晒干；旋入药和米，捣熟，即绿粉矣。热水溲而团之，形如馅饳，以指中心刺作一窍，布放簟席上，以枸杞叶攒罨之，其体候好弱。一如造麹法。既而以藤蔑贯之，悬于烟头之上，每酝一年用几个饼子，固有恒准矣。南中地暖，春冬七日而熟，秋夏五日而熟。既熟，贮以瓦瓮，用粪埽火烧之。大

---

① 张华撰，范宁校证：《博物志校证》，中华书局1980年版，第117页。
② 葛洪撰，程毅中点校：《西京杂记》，中华书局1985年版，第20页。

抵广州人多好酒……先令尝酒。盘上白瓷瓯谓之甂，一甂三文。不持一钱，来去尝酒致醉者，当垆姬但笑弄而已。盖酒贱之故也。①

岭南一带酿酒业的发达，市井中酒价十分便宜。岭南饮酒之风盛行还体现在酒器往往就地取材，种类繁多，越王鸟冠、鹦鹉螺、虎蟹、红蟹均可作酒器。②

唐代出现了一批享誉全国的地方名酒，《唐国史补》载：

> 酒则有郢州之富水，乌程之若下，荥阳之土窟春，富平之石冻春，剑南之烧春，河东之乾和蒲萄，岭南之灵溪、博罗，宜城之九酝，浔阳之湓水，京城之西市腔，虾蟆陵郎官清、阿婆清。又有三勒浆类酒，法出波斯。三勒者谓庵摩勒、毗梨勒、诃梨勒。③

此外，《杜阳杂编》中还记载了来自西域乌离山国的龙膏酒，"黑如纯漆，饮之令人神爽"④。唐代地方性名酒的大量出现，充分体现出各地酿酒水平的提高，而"三勒浆"之类的西域名酒进入中原，也反映出随着中外交流的扩大，唐人的酒文化生活变得越来越丰富。

茶作为一种既能解渴，又能提神的饮料，早在《博物志》中就有记载。《博物志》卷四云："饮真茶，令人少眠。"⑤ 大约因魏晋时期饮茶之风尚未普及，因此，这一时期博物杂记类小说对于茶的记载并不多见。不过到了唐代，饮茶之风盛行，博物杂记类小说中的相关记载已异常丰富。《封氏闻见记》云：

> 茶早采者为茶，晚采者为茗。《本草》云："止渴，令人不眠。"

---

① 刘恂撰，鲁迅校勘：《岭表录异》，广东人民出版社 1983 年版，第 9—10 页。

② 关于《岭表录异》中涉及的岭南地区饮食习俗的详细探讨，参见本书第二章第三节相关内容。

③ 李肇：《唐国史补》，上海古籍出版社 1979 年版，第 60 页。

④ 苏鹗：《杜阳杂编》，中华书局 1958 年版，第 35 页。

⑤ 张华撰，范宁校证：《博物志校证》，中华书局 1980 年版，第 49 页。

南人好饮之，北人初不多饮。

开元中，太山灵岩寺有降魔师大兴禅教，学禅务于不寐，又不夕食，皆许其饮茶。人自怀挟，到处煮饮。从此转相仿效，逐成风俗。自邹、齐、沧、棣，渐至京邑，城市多开店铺，煎茶卖之，不问道俗，投钱取饮。其茶自江、淮而来，舟车相继，所在山积，色额甚多。

楚人陆鸿渐为《茶论》，说茶之功效并煎茶炙茶之法，造茶具二十四事，以都统笼贮之。远近倾慕，好事者家藏一副。有常伯熊者，又因鸿渐之论广润色之。于是茶道大行，王公朝士无不饮者。

古人亦饮茶耳，但不如今人溺之甚，穷日尽夜，殆成风俗。始自中地，流于塞外。往年回鹘入朝，大驱名马，市茶而归，亦足怪焉。①

封演描述了唐代饮茶之俗蔚然成风，并远播塞外的盛况。根据封演的记载，唐前北方饮茶之人甚少。唐代饮茶风气的盛行与佛教寺院参禅时"许其饮茶"的习俗流播有直接的关系，而陆鸿渐著《茶论》又对饮茶之风的蔓延起到了推波助澜的作用。在茶风盛行的唐代，为了满足人们饮茶之需，城市路边已经出现了茶馆，"煎茶卖之，不问道俗，投钱取饮"。这样的饮茶风气还蔓延到王公贵族之间，除了《封氏闻见记》所载的"王公朝士无不饮"外，《杜阳杂编》还记载了宫廷赐茶的风俗。② 从法门寺地宫出土的精巧茶具来看，也可印证唐代王公贵族饮茶之风的盛行。③《封氏闻见记》中饮茶风俗"流于塞外"的记载可与正史相印证。《新唐书》载："回纥入朝，始驱马市茶。"④ 除回纥外，青藏高原的吐蕃也深受中原饮茶之风影响，《唐国史补》云：

常鲁公使西蕃，烹茶帐中，赞普问曰："此为何物？"鲁公曰："涤

---

① 封演撰，赵贞信校注：《封氏闻见记校注》，中华书局1958年版，第46—47页。
② 详细论述见本书第二章第三节。
③ 陕西省法门寺考古队：《扶风法门寺塔唐代地宫发掘简报》，《文物》1988年第10期。
④ 欧阳修：《新唐书》卷一九六，中华书局1975年版，第5612页。

烦疗渴，所谓茶也。"赞普曰："我此亦有。"遂命出之，以指曰："此寿州者，此舒州者，此顾渚者，此蕲门者，此昌明者，此漫湖者。"①

由于饮茶之风的盛行，唐代茶叶生产有了很大的发展，唐人培育出许多优良的茶叶品种，《唐国史补》载：

> 风俗贵茶，茶之名品益众。剑南有蒙顶石花，或小方，或散牙，号为第一。湖州有顾渚之紫笋，东川有神泉、小团、昌明、兽目，峡州有碧涧、明月、芳蕊、茱萸簝，福州有方山之露牙，夔州有香山，江陵有南木，湖南有衡山，岳州有漫湖之含膏，常州有义兴之紫笋，婺州有东白，睦州有鸠坑，洪州有西山之白露，寿州有霍山之黄牙，蕲州有蕲门团黄，而浮梁之商货不在焉。②

根据李肇的记载，唐代名茶产地甚广。这一方面反映出唐代茶叶栽培技术的提高；另一方面也体现了唐代茶叶鉴赏水平的提高，这在很大程度上推动了茶文化向雅的方向发展。

《博物志》中还谈到一些饮食禁忌，例如"妊娠者不可啖兔肉。又不可见兔，令儿唇缺。又不可啖生姜，令儿多指"③。关于孕妇禁吃生姜的记载亦见于《酉阳杂俎》："妇人有娠，食干姜，令胎内消。"④《博物志》中孕妇禁食兔肉和生姜或与古代巫术有直接关系。弗雷泽将巫术分为顺势巫术和解除巫术。顺势巫术的原理是"同类相生"，或"果必同因"⑤。在古人看来，孕妇如果食用兔肉，那么胎儿就可能出现兔唇；如果孕妇食用干姜，胎儿就会像多指的姜一样生出枝指。《酉阳杂俎》中孕妇禁食姜的原因，或许古人正是看到姜具有清除积食，加强胃肠蠕动等功能，从而认为食姜会"令胎内消"。

---

① 李肇：《唐国史补》，上海古籍出版社1979年版，第60页。
② 同上。
③ 张华撰，范宁校证：《博物志校证》，中华书局1980年版，第109页。
④ 段成式撰，方南生点校：《酉阳杂俎》，中华书局1981年版，第105页。
⑤ 詹·乔·弗雷泽：《金枝》，大众文艺出版社1998年版，第58页。

此外，汉唐博物杂记类小说中关于道教服食的记载非常丰富，这部分内容将在本书第五章博物杂记类小说的道教视野中集中加以探讨。

通过以上分析可以看出，汉唐博物杂记类小说关于饮食习俗的描写生动再现了皇帝与权贵的生活片段，士大夫对于饮食艺术化的追求，市井饮食的一些情况，西域饮食文化对于中原的影响，岭南饮食文化的独特性，以及食品禁忌等内容。这些内容为我们研究汉唐时期各阶层、各民族的饮食习俗、饮食心理提供了丰富的材料。这也正是博物杂记类小说文献价值及文化价值的重要表现。

二　服饰风俗

服饰易趋奇而变，趋新而异，受外界影响明显，因此，最能直观地反映一个时代的社会生活面貌。汉唐时期，皇室及权贵以丰厚的物质基础为后盾，生活奢靡，贵族妇女在邀宠、猎奇等心态的驱使下，一度主导了服饰的流行趋势。钗，是古代妇女常用的首饰。根据《洞冥记》的描写，玉燕钗即是汉武帝的宫人仿神女之饰而造：《洞冥记》云：

> 有青鸟，赤头，道路而下，以迎神女。神女留玉钗以赠帝，帝以赠赵婕妤。至昭帝元凤中，宫人犹见此钗。黄谏欲之，明日示之，既发匣，有白燕升天。后宫人学作此钗，因名玉燕钗，言吉祥也。[1]

这里关于玉燕钗大约是一种玉制燕形钗。这种玉燕钗或是指钗头呈雀样的雀钗。这种钗制作工艺复杂，价格昂贵，东晋元帝时"将拜贵人，有司请市雀钗，帝以烦费不许"[2]。可见，这种钗的使用级别高于普通金钗。因此，《洞冥记》中谈到玉燕钗是由皇宫中率先制作，则记载大体不差。此外，《杜阳杂编》中还记载同昌公主有九玉钗，"九玉钗上刻九鸾，皆九

---

① 郭宪撰，王根林校点：《汉武洞冥记》，载《汉魏六朝笔记小说大观》，上海古籍出版社1999年版，第127页。

② 房玄龄等：《晋书》卷六，中华书局1974年版，第157页。

色，上有字曰玉儿。工巧妙丽，殆非人工所制"①。相对于玉燕钗而言，九玉钗在造型上更趋于精巧，足见玉雕工艺的成熟与发展。直到宋代，玉钗仍然是贵族妇女的重要饰品，《宋史》中谈到亲王纳妃的聘礼纳采中包括"真珠翠毛玉钗朵各二副"，纳财包括"真珠翠毛玉钗朵各三副"②。

汉魏以来，还流行一种称为靥钿的面妆。靥钿据说吴国邓夫人发明的。《拾遗记》载：

> 孙和悦邓夫人，常置膝上。和于月下舞水精如意，误伤夫人颊，血流污裤，娇姹弥苦。自舐其疮，命太医合药。医曰："得白獭髓，杂玉与琥珀屑，当灭此痕。"即购致百金，能得白獭髓者，厚赏之。有富春渔人云："此物知人欲取，则逃入石穴。伺其祭鱼之时，獭有斗死者，穴中应有枯骨，虽无髓，其骨可合玉春为粉，喷于疮上，其痕则灭。"和乃命合此膏，琥珀太多，及差而有赤点如朱，逼而视之，更益其妍。诸嬖人欲要宠，皆以丹脂点颊而后进幸。妖惑相动，遂成淫俗。③

类似的记载还见于《酉阳杂俎》：

> 近代妆尚靥如射月，曰黄星靥。靥钿之名，盖自吴孙和郑夫人也。和宠夫人，尝醉舞如意，误伤邓颊，血流，娇婉弥苦。命太医合药，医言得白獭髓，杂玉与虎珀屑，当灭痕。和以百金购得白獭，乃合膏。琥珀太多，及差，痕不灭，左颊有赤点如痣，视之更益甚妍也。诸婢欲要宠者，皆以丹青点颊，而进幸焉。④

邓夫人由于被误伤脸颊，竭力医治后所留赤点"逼而视之，更益其

① 苏鹗：《杜阳杂编》，中华书局1958年版，第54—55页。
② 脱脱等：《宋史》卷一一五，中华书局1977年版，第2735页。
③ 王嘉撰，萧绮录，齐治平校注：《拾遗记》，中华书局1981年版，第189—190页。
④ 段成式撰，方南生点校：《酉阳杂俎》，中华书局1981年版，第78—79页。

妍"。其余妻妾纷纷效仿，于是形成了丹脂点颊的时尚面妆。梁简文帝诗"分妆开浅靥"，即是描写的丹脂点颊的靥妆。唐代面靥之妆盛行，上官婉儿曾用花钿掩饰墨刑留下的痕迹，为靥妆起到了推波助澜的作用。《酉阳杂俎》云："今妇人面饰用花子，起自昭容上官氏所制，以掩点迹。"① 花子，即是花钿。唐代花钿的种类丰富多彩，最简单的花钿仅仅是一个小圆点。复杂的花钿由金箔、纸、鱼骨、油茶花饼、珍珠等材料制成，有花朵形、牛角形、扇形等各种形状，色彩以黄、红、绿为主，通常贴在脸颊、鬓角、额头、嘴角等处。白居易在《长恨歌》中用"花钿委地无人收，翠翘金雀玉搔头"来描写杨贵妃之死，形象地展现了贵妃在死前的痛苦挣扎，其中蕴含的凄惨之情，是很能引发读者对贵妃身世的同情与怜惜。

唐代由于政治稳定、经济繁荣、社会文化环境宽松，因此，皇室贵族在着装上更是别出心裁，奢华者如安乐公主造百鸟裙，《朝野佥载》云：

> 安乐公主造百鸟毛裙，以后百官、百姓家效之，山林奇禽异兽，搜山荡谷，扫地无遗，至于网罗杀获无数。开元中，禁宝器于殿前，禁人服珠玉、金银、罗绮之物，于是采捕乃止。②

关于百鸟裙的记载又见于《新唐书·五行志》：

> 安乐公主使尚方合百鸟毛织二裙，正视为一色，傍视为一色，日中为一色，影中为一色。而百鸟之状皆见，以其一献韦后……贵臣富家多效之，江、岭奇禽异兽毛羽采之殆尽。③

裙装是最能体现女性窈窕身姿的装束。安乐公主用百鸟羽毛所织之裙"正视为一色，旁视为一色，日中为一色，影中为一色"，足见唐代纺织工

---

① 段成式撰，方南生点校：《酉阳杂俎》，中华书局 1981 年版，第 79 页。
② 张鷟撰，恒鹤校点：《朝野佥载》，载《唐五代笔记小说大观》，上海古籍出版社 2000 年版，第 41—42 页。
③ 欧阳修：《新唐书》卷三四，中华书局 1975 年版，第 878 页。

艺的精湛。贵族妇女一时心血来潮所造百鸟裙，竟然引发官、民之家纷纷效仿，可见皇室文化对于时尚的号召力。如此奢华的百鸟裙除了加重人们的负担外，还使动物遭受"网罗杀获无数"的悲惨遭遇，这也体现出时尚残忍、血腥的一面。

唐代皇室贵族在着装方面引发时尚潮流的第二个表现是女着男装。《新唐书·五行志》云："高宗尝内宴，太平公主紫衫、玉带、皂罗折上巾，具纷砺七事，歌舞于帝前。帝与武后笑曰：'女子不可为武官，何为此装束？'"① 太平公主首开以公主之身着男装的先河，盛唐之后社会风气更为开放，女着男装的风气更盛。《大唐新语》卷十载："天宝中，士流之妻，或衣丈夫服，靴衫鞭帽，内外一贯矣。"②

唐代在频繁的中外文化交流中，服饰文化亦受到少数民族服饰的影响。唐人喜戴胡帽，浑脱毡帽即是胡帽的重要样式之一。浑脱毡帽又称"皮馄饨"，本系西域游牧民族用以防寒的小羊皮帽。唐代普通百姓与公卿大夫均喜欢戴浑脱毡帽。《朝野佥载》卷一云："赵公无忌以马羊毛为浑脱毡帽，天下慕之，其帽为'赵公浑脱'。"③ 宰相长孙无忌所戴的浑脱毡帽，竟然引发了"天下慕之"的时尚潮流。胡服对于女子服饰亦有影响，《大唐新语》卷十载："开元初，宫人马上始着胡帽，靓妆露面，士庶咸效之。"④

唐代服饰虽然受到胡风的影响，穿着更为大胆与新潮，但服分等级、饰别尊卑的观念依然是礼仪文化的重要组成部分。《酉阳杂俎》载：

> 明皇封禅泰山，张说为封禅使。说女婿郑镒，本九品官，旧例封禅后自三公以下，皆迁转一级。惟郑镒因说骤迁五品，兼赐绯服。因

---

① 欧阳修：《新唐书》卷三四，中华书局 1975 年版，第 878 页。

② 刘肃撰，恒鹤校点：《大唐新语》，载《唐五代笔记小说大观》，上海古籍出版社 2000 年版，第 304 页。

③ 张鷟撰，恒鹤校点：《朝野佥载》，载《唐五代笔记小说大观》，上海古籍出版社 2000 年版，第 12 页。

④ 刘肃撰，恒鹤校点：《大唐新语》，载《唐五代笔记小说大观》，上海古籍出版社 2000 年版，第 304 页。

大脯次，玄宗见镒官位腾跃，怪而问之，镒无词以对。黄幡绰曰："此乃泰山之力也。"①

根据唐代的官服制，八品、九品官员穿浅青色或青色官服，五品官穿浅绯色官服。郑镒在封泰山之后，按规定只能由九品升为八品，仍应该着青色官服，但却因丈人张说是封禅史，"骤迁五品，兼赐绯服"。因此，玄宗仅从服色上便判断出郑镒的升迁不合常规。可见，在封建社会中，即便是开化如唐代，服饰标识社会等级的功能也很难发生根本性的动摇。

唐代文身习俗曾经十分流行。文身的出现，一方面与黥刑有密切的关系："周官，墨刑罚三百。郑言，先刻面，以墨窒之，窒墨者使守门。"②另一方面，也与少数民族的禁忌风俗有关，《博物志》中就曾记录过"雕题"国，③《酉阳杂俎》则具体描写了雕题国的黥体风俗来源于禁忌："越人习水，必镂身以避蛇龙之患。今南中绣面佬子，盖雕题之遗俗也。"④《酉阳杂俎》前集卷八《黥》篇对于唐代文身的习俗有详细的记载。根据段成式的记载，唐代文身的动机主要有以下几种情况：一、追求新奇与时尚，如荆州葛清自颈以下遍刺白居易诗三十余首，还为其中一些诗句配刺了图画，被称为"白舍人行诗图"⑤。这样的文身图画形象地展示了白居易的诗歌在当时社会的接受状况。唐代还出现了以画为谜面，以诗为谜底的文身："（蜀小将韦少卿）胸上刺一树，树杪集鸟数十。其下悬镜，镜鼻系索，有人止侧牵之。叔不解问焉。少卿笑曰：'叔不曾读张燕公诗否？"挽镜寒鸦集"耳。'"⑥唐代确实是一个诗歌的黄金时代，连市井文身都体现出诗歌题材的偏好。二、期望获得神力的护佑。这与文身最初的巫术功能相关。段成式门下骆路神通，背刺天王，自称得神力。这种神力的源头或是佛教天王，或是民间信仰中的精怪。高陵县宋元素，右臂上刺葫芦精。

---

① 段成式撰，方南生点校：《酉阳杂俎》，中华书局 1981 年版，第 118 页。
② 同上书，第 79 页。
③ 张华撰，范宁校证：《博物志校证》，中华书局 1980 年版，第 23 页。
④ 段成式撰，方南生点校：《酉阳杂俎》，中华书局 1981 年版，第 79 页。
⑤ 同上书，第 77 页。
⑥ 同上书，第 76 页。

这里的葫芦精或许即是当时民间信仰中的神灵。三、戏弄人。崔承宠少时，"遍身刺一蛇，始自右手，口张臂食两指，绕腕匝颈，龃龉在腹，拖股而尾及骭焉。对宾侣常衣覆其手，然酒酣辄袒而努臂戟手，捉优伶辈，曰：'蛇咬尔！'优伶等即大叫毁而为痛状，以此为戏乐"①。这种以戏弄人为目的的文身，是最具娱乐效应的。

唐代的文身题材非常丰富，除上文提到的诗画、天王、精怪、动物外，"山、亭院，池榭、草木、鸟兽，无不悉具"②。由于唐代文身风气的盛行，文身技艺也有了很大提高。"蜀人工于刺，分明如画。或言以黛则色鲜，成式问奴辈，言但用好墨而已。""荆州贞元中，市有鬻刺者，有印，印上簇针为众物，状如蟾蝎杵臼，随人所欲。一印之，刷以石墨，细于随求（永）印。"③可见，丰富的题材与精湛的技艺使唐代文身的文化品位大为提升，这正是使文身逐渐脱离了耻辱性、宗教性色彩，上升到了艺术的高度。

通过以上资料我们可以看出汉唐时期，皇室、贵族的服饰常常引发民间的效仿，同时异域文化亦为汉族服饰增添了新的因素。正是由于汉唐时期兼容并包、平等开放的社会文化心理，为服饰风格多元化特征的形成提供了宽松的社会环境。在这样的社会文化心理中，原本带有耻辱及宗教色彩的文身中出现了诗文并茂的题材，在俗的背景中呈现出雅的色调。

三　居住风俗

汉代随着封建经济的发展，建筑技术的进步，无论是皇家园林，还是私人园林，较前代而言都有了很大的发展。关于西汉宫苑的盛况在《西京杂记》、《洞冥记》等博物杂记类小说中记载甚详。

汉代宫苑在造园手法上，十分强调理水，其中昆明池是皇家上林苑一大景观。《西京杂记》载：

---

① 段成式撰，方南生点校：《酉阳杂俎》，中华书局 1981 年版，第 77 页。
② 同上书，第 76 页。
③ 同上书，第 78 页。

武帝作昆明池，欲伐昆明夷，教习水战。因而于上游戏养鱼，鱼给诸陵庙祭祀，余付长安市卖之。池周回四十里。

昆明池刻玉石为鱼，每至雷雨，鱼常鸣吼，鬐尾皆动。汉世祭之以祈雨，往往有验。[1]

昆明池中有弋船、楼船各数百艘。楼船上建楼橹，弋船上建弋矛，四角垂幡旄，旍葆麾盖，照灼涯涘。[2]

关于昆明池的规模，《三辅黄图》云："汉昆明池，武帝元狩四年穿，在长安西南，周回四十里。"[3] 这与《西京杂记》的记载是一致的。根据《西京杂记》的记载，上林苑中占地极广的昆明池具备包括游览、练兵、养鱼、祈雨等多重功能。其中训练水军是昆明池的一大特色，类似的记载还见于《汉书·食货志》："是时粤欲与汉用船战逐，乃大修昆明池，列馆环之。治楼船，高十余丈，旗织加其上，甚壮。"[4] 事实上，正是由于昆明池是在大汉帝国最为强盛的时期所建，因此，在后世回忆中，昆明池成为汉帝国强盛的象征。杜甫《秋兴八首》之七云："昆明池水汉时功，武帝旌旗在眼中。"即是这一心态的典型反映。

除昆明池外，上林苑中还有影娥池、太液池等水体景观。关于影娥池，《洞冥记》云：

帝于望鹄台西起俯月台，台下穿池，广千尺，登台以眺月，影入池中，使仙人乘舟弄月影，因名影娥池，亦曰眺蟾台。

影娥池中有游月船、触月船、鸿毛船、远见船，载数百人。或以青桂之枝为棹，或以木兰之心为楫，练实之竹为篙，纫石脉之为绳缆也。

影娥池中有鼍龟，望其群出岸上，如连璧弄于沙岸也。[5]

---

① 葛洪撰，程毅中点校：《西京杂记》，中华书局1985年版，第1，6页。
② 同上书，第43页。
③ 张宗祥校录：《校正三辅黄图》卷四，古典文学出版社1958年版，第31页。
④ 班固：《汉书》卷二十四，中华书局1975年版，第1170页。
⑤ 郭宪撰，王根林校点：《汉武洞冥记》，载《汉魏六朝笔记小说大观》，上海古籍出版社1999年版，第134页。

影娥池的记载又见《三辅黄图》：

> 武帝凿池以玩月，其旁起望鹄台以眺月。影入池中，使宫人乘舟弄月影，名影娥池，亦名眺蟾宫。[①]

可见，影娥池大约在俯月台、望鹄台边，是一个可以登高台、欣赏月影入池的独特景观。从影娥池中有众多船只，及大量鼋龟来看，影娥池的规模应该较大。

关于太液池，《西京杂记》云：

> 太液池边皆是雕胡、紫萚、绿节之类。菰之有米者，长安人谓之雕胡。葭芦之未解叶者，谓之紫萚；菰之有首者，谓之绿节。其间凫雏雁子布满充积，又多紫龟绿鳖，池边多平沙，沙上鹈鹕、鹧鸪、鸡鹊、鸿鸨，动辄成群。[②]
>
> 太液池中有鸣鹤舟、容与舟、清旷舟、采菱舟、越女舟。
>
> 太液池西有一池，名孤树池。池中有洲，洲上粘树一株，六十余围，望之重重如盖，故取为名。[③]

太液池周围水生植物茂盛，水鸟甚多，足见其风景优美，生态环境极好。

根据《西京杂记》的记载，梁孝王的兔园也有丰富的水体景观，"有雁池，池间有鹤洲凫渚……王日与宫人宾客弋钓其中"，即便是茂陵富人北邙山下的私人园林也注意"激流水注其内"[④]。通过以上记载，可以看出汉代园林在景观建构上极其重视理水，上林苑中拥有昆明池、影娥池、太液池等大小不一的水体，私家园林中也拥有流动水系。园林中水元素的丰富，增强了园林的流畅感，拓宽了园林的艺术表现手法。

---

① 张宗祥校录：《校正三辅黄图》卷四，古典文学出版社 1958 年版，第 35—36 页。
② 葛洪撰，程毅中点校：《西京杂记》，中华书局 1985 年版，第 3 页。
③ 同上书，第 42—43 页。
④ 葛洪撰，程毅中点校：《西京杂记》，中华书局 1985 年版，第 15、18 页。

汉代园林除了重视理水外，还十分重视叠山。梁孝王的兔园，"园中有百灵山，山有肤寸石、落猿岩、栖龙岫"。袁广汉的私家园林"构石为山，高十余丈，连延数里"[①]。在园林中人工构筑假山，丰富了园林空间构造方式，增强了园林的艺术性与观赏性。

上林苑地域辽阔、地形复杂，除天然植被极为丰富外，人工栽培了大量花草树木。《西京杂记》云：

> 初修上林苑，群臣远方，各献名果异树。亦有制为美名，以标奇丽……上林令虞渊得朝臣所上草木名二千余种。[②]

司马相如在《上林赋》中对于上林苑的植物也有详细的描绘，"卢橘夏熟，黄甘橙楱，枇杷橪柿，樗柰厚朴。樗枣杨梅，樱桃蒲陶……"[③] 可见，上林苑中树木繁茂，再加之太液池等水体边的水草丰茂，体现了典型的亚热带植物园风光。

同时，汉代园林中通常有许多动物。上林苑中动物品种的丰富自不待言。梁孝王的兔园"瑰禽怪兽毕备"，茂陵富人袁广汉私家园林中亦有"白鹦鹉、紫鸳鸯、牦牛、青兕"，以及"江鸥海鹤"等"奇兽怪禽"。汉代园林中动物繁多，兼有狩猎与观赏的双重功效，同时也体现出生机勃勃的景象。

在园林建筑方面，常见的有宫殿、台、坛、阁等。关于宫殿，《西京杂记》云：

> 汉高帝七年，萧相国营未央宫。因龙首山制前殿，建北阙。未央宫周回二十二里九十五步五尺，街道周回七十里。台殿四十三，其三十二在外，其十一在后。宫池十三，山六，池一、山一亦在后。宫门闼凡九十五。[④]

---

① 葛洪撰，程毅中点校：《西京杂记》，中华书局1985年版，第15、18页。
② 详细内容见本书第三章第二节。
③ 司马相如：《上林赋》，载萧统编，李善注《文选》卷八，中华书局1977年版，第368页。
④ 葛洪撰，程毅中点校：《西京杂记》，中华书局1985年版，第1页。

成帝设云帐、云幄、云幕于甘泉紫殿，世谓三云殿。

汉披庭有月影台、云光殿、九华殿、鸣鸾殿、开襟阁、临池观，不在簿籍，皆繁华窈窕之所栖宿焉。

赵飞燕女弟居昭阳殿，中庭彤朱，而殿上丹漆，砌皆铜沓，黄金涂，白玉阶，壁带往往为黄金釭，含蓝田璧，明珠翠羽饰之。上设九金龙，皆衔九子金铃，五色流苏。带以绿文紫绶，金银花镮。每好风日，幡旄光影，照耀一殿，铃镮之声，惊动左右。中设木画屏风，文如蜘蛛丝缕，玉几玉床，白象牙簟，绿熊席。席毛长二尺余，人眠而拥毛自蔽，望之不能见，坐则没膝，其中杂熏诸香，一坐此席，余香百日不歇。有四玉镇，皆达照，无瑕缺。窗扉多是绿琉璃，亦皆达照，毛发不得藏焉。椽桷皆刻作龙蛇，萦绕其间，鳞甲分明，见者莫不兢慄。匠人丁缓、李菊，巧为天下第一。缔构既成，向其姊子樊延年说之，而外人稀知，莫能传者。[①]

《洞冥记》载：

甘泉宫南昆明池中，有灵波殿七间。皆以桂为柱，风来自香。[②]

汉代宫殿建筑规模宏大，装饰豪华，色调雍容，显示出王朝的富庶，以及建筑工程技术的发达。

《洞冥记》中关于皇家园林中台、坛、阁的记载：

建元二年，帝起腾光台，以望四远。

元封中……起神明台。

太初三年，起甘泉望风台。

帝于望鹄台西起俯月台。

---

① 葛洪撰，程毅中点校：《西京杂记》，中华书局 1985 年版，第 5—6 页。
② 郭宪撰，王根林校点：《汉武洞冥记》，载《汉魏六朝笔记小说大观》，上海古籍出版社 1999 年版，第 125 页。

元光中帝起寿灵坛。

元鼎元年，起招仙阁于甘泉宫西。[①]

汉代高台建筑十分流行，这与当时的神仙思想有直接的关系。《汉书·郊祭志》云："公孙卿曰：'仙人好楼居……'于是上（汉武帝）令长安则作飞廉、桂馆，甘泉则作益寿、延寿馆，使卿持节设具而候神人。乃作通天台，置祠具其下，将招来神仙之属。"[②] 因此，汉代宫苑之中的高台建筑除了能观景外，还有通神之用。根据《洞冥记》的描写，招仙阁中曾招来西王母与神女，"西王母握（枣）以献帝"，"神女留钗以赠帝"[③]。汉武帝曾在神明台备上各种人间美食，"仙众食之"。从这些内容来看，汉代宫廷建筑中崇台建阁以招仙的意识非常突出，这也是汉代神仙思想流行的重要体现。

汉代宫苑由于容居住、狩猎、练兵、游览、生产、祈雨、通神等多种功能为一体，因此，汉代苑囿基本为皇帝、王侯、富人所有，规模宏大，建筑宏伟。汉代宫苑广泛采用叠山、理水，以及广种奇花异草，饲养珍禽异兽等造园手法。

博物杂记类小说中除了记载汉族君主的宫苑外，《拾遗记》中还对后赵石虎宫苑的描写非常细致。王嘉云：

> 石虎于太极殿前起楼，高四十丈，结珠为帘，垂五色玉佩，风至铿锵，和鸣清雅。盛夏之时，登高楼以望四极，奏金石丝竹之乐，以日继夜。于楼下开马埒射场，周回四百步，皆文石丹砂及彩画于埒旁。聚金玉钱贝之宝，以赏百戏之人。四厢置锦幔，屋柱皆隐起为龙凤百兽之形，雕斫众宝，以饰楹柱，夜往往有光明。集诸羌互于楼上。时亢旱，春杂宝异香为屑，使数百人于楼上吹散之，名曰"芳

---

① 郭宪撰，王根林校点：《汉武洞冥记》，载《汉魏六朝笔记小说大观》，上海古籍出版社1999年版，第125、128、129、134、125、127页。

② 班固：《汉书》卷二五，中华书局1975年版，第1241—1242页。

③ 郭宪撰，王根林校点：《汉武洞冥记》，载《汉魏六朝笔记小说大观》，上海古籍出版社1999年版，第127页。

尘"。台上有铜龙，腹容数百斛酒，使胡人于楼上嗽酒，风至望之如露，名曰"粘雨台"，用以洒尘。楼上嬉笑之声，音震空中。又为四时浴室，用镕石碔砆为堤岸，或以琥珀为瓶杓。夏则引渠水以为池，池中皆以纱縠为囊，盛百杂香，渍于水中。严冰之时，作铜屈龙数千枚，各重数十斤，烧如火色，投于水中，则池水恒温，名曰"焌龙温池"。引凤文锦步障萦蔽浴所，共宫人宠嬖者解媟服宴戏，弥于日夜，名曰"清嬉浴室"。浴罢，泄水于宫外。水流之所，名"温香渠"。渠外之人，争来汲取，得升合以归，其家人莫不怡悦。至石氏破灭，焌龙犹在邺城，池今夷塞矣。①

石虎弑石勒子自立，称大赵天王，旋即称帝，是中国历史上有名的暴君。《拾遗记》中记载了石虎的奢侈生活，太极殿前高楼亢旱时吹芳尘，宴饮时嗽酒，浴室则有"焌龙温池"、"清嬉浴室"。关于石虎奢侈宫廷生活的记载又见于《晋书·石季龙传》，"襄国起太武殿，于邺造东西宫"、"又起灵风台九殿于显阳殿后"、"置女太史于灵台"② 等相关描写。如果说，知识分子对于汉族君主穷奢极欲、暴殄天物的享乐生活往往不敢正面批判，多采取劝一讽百的婉转态度的话，那么对于异族统治者的批判可谓理直气壮，一针见血。萧绮云："石虎席卷西京，崇丽妖虐，外僭和鸾文物之仪，内修三英、九华之号，灵祥远贡，光耀旧都，珠玑丹紫，饰备于土木。自古以来，四夷侵掠，骄奢僭暴，擅位偷安，富有之业，莫此比焉。"③

对于少数民族居住风俗的描写，除了上文提到的《拾遗记》中记载后赵石虎宫殿外，《博物志》中也有零星的记载：

南越巢居，北朔穴居，避寒暑也。④

---

① 王嘉撰，萧绮录，齐治平校注：《拾遗记》，中华书局1981年版，第217—218页。
② 房玄龄等：《晋书》卷一百六，中华书局1974年版，第2765页。
③ 王嘉撰，萧绮录，齐治平校注：《拾遗记》，中华书局1981年版，第218—219页。
④ 张华撰，范宁校证：《博物志校证》，中华书局1980年版，第12页。

南方由于潮湿，因此多巢居。《魏书·獠传》云："（獠族）依树积木，以居其上，名曰'干兰'，干兰大小，随其家口之数。"[①] 这种以树木为支点，上面铺架木板的建筑方式，称为"干栏式"建筑。中国南方的壮、傣、布依等少数民族多居住在这样的干栏建筑中。寒冷而干燥的北方，在古代曾出现过穴居的居住方式。所谓的穴居即居住在向阳山坡所挖成的拱形洞中。仰韶文化中的山西石楼岔沟、龙山文化早期的内蒙古凉城园子沟遗址，均属于这样的穴式居室。今天黄土高原上的窑洞，也可以看作是穴式居室。

隋唐时期是中国封建社会的鼎盛时期，这一时期的居住文化呈现出一些新的特点。唐代政府曾颁布《营缮令》规范居室等级制度。其令曰："宫殿皆四阿，施鸱尾。""王公以下，舍屋不得施重栱藻井。三品以上堂舍，不得过五间九架，厅厦两头门屋，不得过五间五架。五品以上堂舍，不得过五间七架，厅厦两头门屋，不得过三间两架，仍通作乌头大门，勋官各依本品。六品七品以下堂舍，不得过三间五架，门屋不得过一间两架。非常参官，不得造轴心舍，及施悬鱼、对凤、瓦兽、通栿乳梁装饰……庶人所造堂舍不得过三间四架，门屋一间两架，仍不得辄施装饰。"[②] 唐政府主要是从房屋间数、结构样式，以及装饰等方面规定了各个阶层的居住等级。如果违制，必须受到惩罚，"于令有违者，杖一百"[③]。唐初，由于社会经济的恢复尚需时日，并且开国元勋大都明白创业的艰难，因此官员多能自觉遵守此项规定。《封氏闻见记》卷五中对于唐代官员宅邸由俭入奢的变化描写十分细腻。封演云：

> 太宗朝，天下新承隋氏丧乱之后，人尚俭素。太子太师魏征，当朝重臣也，所居室宇卑陋。太宗欲为营第，辄谦让不受。洎征寝疾，太宗将营小殿，遂辍其材为造正堂，五日而就。开元中，此堂犹在。家人不谨，遗火焚之，子孙哭临三日，朝士皆赴吊。

---

① 魏收：《魏书》卷一〇一，中华书局 1974 年版，第 2248 页。
② 王溥：《唐会要》卷三一，上海古籍出版社 1991 年版，第 671 页。
③ 长孙无忌等撰，刘俊文点校：《唐律疏议》卷二六，中华书局 1983 年版，第 488 页。

高宗时，中书侍郎李义琰宅亦至褊迫，义琰虽居相位，在官清俭，竟终于方丈室之内。高宗闻而嗟叹，遂敕将作造堂，以安灵座焉。①

随着经济的复苏，从则天朝起，官员宅邸修建日趋奢华：

则天以后，王侯妃主京城第宅日加崇丽。

至天宝中，御史大夫王鉷有罪赐死，县官簿录太平坊宅，数日不能遍。宅内有自雨亭子，簷上飞流四注，当夏处之，凛若高秋。又有宝钿井栏，不知其价，他物称是。安禄山初承宠遇，敕营甲第，瓖材之美，为京城第一。太真妃诸姊妹第宅，竞为宏壮，曾不十年，皆相次覆灭。②

安史之乱给社会生活带来极大破坏，而中唐以后，房屋违制的趋势更加明显：

肃宗时，京都第宅屡经残毁。

代宗即位，宰辅及朝士当权者争修第舍，颇为烦弊矣。议者以为土木之妖。无何，皆易其主矣。

中书令郭子仪，勋伐盖代，所居宅内诸院，往来乘车马，僮客于大门出入，各不相识。词人梁锽尝赋诗曰："堂高凭上望，宅广乘车行。"盖此之谓。郭令曾将出，见修宅者，谓曰："好筑此墙，勿令不牢。"筑者释锤而对曰："数十年来，京城达官家墙，皆是某筑，只见人自改换，墙皆见在。"郭令闻之，怆然动容。遂入奏其事，因固请老。③

《旧唐书》云："及安、史大乱之后，法度隳驰，内臣戎帅，竞务奢

---

① 封演撰，赵贞信校注：《封氏闻见记校注》，中华书局1958年版，第40页。
② 同上。
③ 封演撰，赵贞信校注：《封氏闻见记校注》，中华书局1958年版，第40—41页。

豪，亭馆第舍，力穷乃止，时谓'木妖'。"①《封氏闻见记》的上述记载可看作是对正史记载的形象阐释。封演借筑墙人的话表达了世事无常的道理，不仅很精辟，而且也很生动。

此外，《酉阳杂俎》对于佛寺的描写也极为丰富，这将在本书第五章中加以讨论。

汉唐博物杂记类小说主要集中于皇室贵族居住状况，对于少数民族民居及汉族民居的描写非常稀少。这一方面与小说的作者多为达官贵人，对于王公贵族的生活比较熟悉，有直接的关系；另一方面也与小说作者在写作过程中强烈的炫耀心态密切相关。因为，王公贵族的宫苑往往处于封闭状态，并且其中蕴藏了很多奇珍异宝，只有博学的小说家才能对其中的奥秘娓娓道来，从而满足公众的求知欲与好奇心。

由于人们的生老病死、饮食起居、婚丧嫁娶、交际往来、善恶荣辱均与家紧密地联系在一起。因此，中国人对于家倾注了无数的精力与情感。如果说由于财力、地位等因素的影响，普通人的家居构建有很多限制的话，那么王侯将相在追求居住的舒适度、奢华性上则有了更多的自由。通过以上分析可以看出，汉唐博物杂记类小说在描写王公贵族的居住状况时，对于宫苑中的建筑、园林的描绘非常细致，一方面为我们研究汉唐时期王公贵族宫苑的结构、功能提供了丰富的材料，另一方面，又站在历史的高度，对王公贵族穷奢极欲的生活提出了批判。正是由于这种批评的存在，使得汉唐博物杂记类小说体现出独特的理性色彩。

四　娱乐风俗

娱乐活动能够给人们带来精神上的愉悦。汉唐时期，随着社会经济的发展，中外文化交流的加强，娱乐活动也日趋丰富。关于汉唐时期的娱乐活动，在博物杂记类小说中也有丰富的表现。

（一）百戏

角觝戏这种表演形式在汉代曾经风靡一时，受到上自帝王，下至百姓

---

① 刘昫：《旧唐书》卷一五二，中华书局 1975 年版，第 4067 页。

的热烈欢迎。关于角觝戏的产生，《述异记》云：

> 秦汉间说蚩尤氏，耳鬓如剑戟，头有角，与轩辕斗，以角觝人，人不能向。今冀州有乐名蚩尤戏，其民两两三三，头戴角而相觝，汉造角觝戏，盖其遗制也。①

根据任昉的记载，角觝戏的产生与蚩尤有直接的关系。在表演过程中，演员需要进行"头戴角"的化妆，并且具有角力的成分，因此称为角觝戏。

《西京杂记》中记载了汉代著名的角觝戏《东海黄公》的剧情：

> 有东海人黄公，少时为术，能制龙御虎，佩赤金刀，以绛缯束发，立兴云雾，坐成山河。及衰老，气力羸惫，饮酒过度，不能复行其术。秦末，有白虎见于东海，黄公乃以赤刀往厌之。术既不行，遂为虎所杀。三辅人俗用以为戏，汉帝亦取以为角抵之戏焉。②

在《东海黄公》这出角觝戏中，具有完整的故事情节，容纳戏剧、角力、宗教等因素。

汉代即有缘竿之戏，表演时戏车上树一长竿，一小儿缘竿直上，爬到顶端，然后"突倒投而跟絓，譬陨绝而复联"③。关于唐代缘竿之戏的表演情景，《杜阳杂编》载：

> 上降日，大张音乐，集天下百戏于殿前。时有妓女石火胡，本幽州人也，挈养女五人，才八九岁，于百尺竿上张弓弦五条，令五女各居一条之上，衣五色衣，执戟持戈，舞《破阵乐》曲，俯仰来去，赴节如飞。是时观者目眩心怯。火胡立于十重朱画床子上，令诸女迭踏

① 任昉：《述异记》卷上，载《百子全书》，浙江人民出版社1984年版。
② 葛洪撰，程毅中点校：《西京杂记》，中华书局1985年版，第16页。
③ 张衡：《西京赋》，载《全汉赋》，北京大学出版社1993年版，第420页。

以至半空，手中皆执五彩小帜，床子大者始一尺余。俄而手足齐举，为之踏浑脱，歌呼抑扬，若履平地。①

缘竿之戏，以惊险见长，久盛不衰。类似的记载还见于《朝野金载》：

> 幽州人刘交，戴长竿高七十尺，自擎上下。有女十二，甚端正，于竿上置定，跨盘独立。见者不忍，女无惧色。②

上述两条记载均是女子缘竿，在整个表演过程中，女子技艺高超，衣饰鲜艳，舞姿优美，缘竿之戏由于女子的参与变得更加摇曳多姿，成为人们喜爱的娱乐活动。

除缘竿外，走绳也是中国古代流行的杂技表演方式之一。走绳至迟在后汉时期便已经走向宫廷。《晋书·乐志下》载后汉正旦，天子临德阳殿受朝贺，有百戏表演，"以两大丝绳系两柱头，相去数丈，两倡女对舞，行于绳上，相逢切肩而不倾"③。关于唐代宫廷中表演走绳的情形，《封氏闻见记》中有详细的记载：

> 玄宗开元二十四年八月五日，御楼设绳妓。妓者先引长绳，两端属地，埋鹿卢以系之。鹿卢内数丈立柱以起绳，绳之直如弦。然后妓女自绳端蹑足而上，往来倏忽之间，望之如仙。有中路相遇，侧身而过者；有著屐而行，从容俯仰者；或以画竿接胫，高五六尺，或蹋肩蹈顶至三四重，既而翻身掷倒，至绳还住曾无蹉跌：皆应严鼓之节，真奇观者。④

根据封演的记载，唐代的绳妓并非单纯走索，而是在走索的过程中表演包括翻腾、倒立等多种高难度动作。后世的走钢丝等杂技，便是在走绳

---

① 苏鹗：《杜阳杂编》，中华书局 1958 年版，第 40—41 页。
② 张鷟撰，恒鹤校点：《朝野金载》，载《唐五代笔记小说大观》，上海古籍出版社 2000 年版，第 80 页。
③ 房玄龄等：《晋书》卷二三，中华书局 1974 年版，第 718 页。
④ 封演撰，赵贞信校注：《封氏闻见记校注》，中华书局 1958 年版，第 50 页。

的基础上发展而来。

(二)体育

拔河是一项古老的竞力体育活动。《封氏闻见记》载:

> 拔河,古谓之牵钩。襄、汉风俗,常以正旦望日为之。相传楚将伐吴,以为教战。梁简文临雍部,禁之而不能绝。古用篾缆,今民则以大麻绳长四五十丈,两头分系小索数百条挂于胸前,分二朋,两向齐挽,当大绳之中,立大旗为界,震鼓叫噪,使相牵引,以却者为胜,就者为输,名曰"拔河"。

> 中宗时,曾以清明日御梨园球场,命侍臣为拔河之戏。时七宰相二驸马为东朋,三宰相五将军为西朋。东朋贵人多,西朋奏输胜不平,请重定,不为改。西朋竟输。仆射韦巨源、少师康休璟,年老,随绳而踣,久不能兴。上大笑,令左右扶起。

> 玄宗数御楼,设此戏,挽者至千余人,喧呼动地,蕃客士庶观者,莫不震骇。进士河东薛胜为《拔河赋》。其词甚美,时人竞传之。①

根据封演的记载,最初的拔河为军事训练方式,后来逐渐演变为角力的体育运动,而唐代的拔河运动规则与今天已经十分类似。唐代宫廷中举办的拔河比赛,参加的均是王公贵族,颇能渲染热闹气氛,引起巨大轰动。玄宗数御楼前拔河的盛况,除了封演的《封氏闻见记》、薛胜为的《拔河赋》外,还有玄宗的《观拔河俗戏》②、张说的《奉和圣制观拔河俗戏应制》③ 等诗中均有所描写。从"蕃客士庶观者,莫不震骇"等记载来看,拔河的场面是颇为壮观的。

除拔河外,球类运动也是一项悠久的体育运动。《西京杂记》中有刘邦之父喜蹴鞠,"成帝好蹴鞠"④ 的记载。唐代盛行的球类运动除蹴鞠

---

① 封演撰,赵贞信校注:《封氏闻见记校注》,中华书局1958年版,第49页。
② 彭定求等编:《全唐诗》,中华书局1979年版,第32页。
③ 同上书,第944页。
④ 葛洪撰,程毅中点校:《西京杂记》,中华书局1985年版,第11、14页。

外，还有马球。唐中宗时期唐与吐蕃之间还进行了精彩的比赛。《封氏闻见记》载：

> 景云中，吐蕃遣使迎金城公主，中宗于梨园亭子赐观打球。吐蕃赞咄奏言：“臣部曲有善球者，请与汉敌。”上令仗内试之。决数都，吐蕃皆胜。时玄宗为临淄王，中宗又令与嗣虢王邕、驸马杨慎交、武延秀等四人敌吐蕃十人。玄宗东西驱突，风回电激，所向无前。吐蕃功不获施，其都满赞咄犹此仆射也。中宗甚说，赐强明绢数百段。学士沈佺期、武平一等皆献诗。[①]

在吐蕃先胜的情况下，唐以四人敌吐蕃十人，不但赢得了比赛，而且大长了国威。唐代君主中除上文提到的唐玄宗是马球高手外，唐僖宗更是自称“朕若应击球进士举，须为状元”[②]，足见马球运动在皇室中的风行。马球所具有的强身健体，提高马术等功能，亦为军队所重视，所谓“打球乃军中常戏”[③]。

棋类活动。汉唐时期的棋类活动主要有围棋、弹棋等。关于围棋的起源，《博物志》云：“尧造围棋而丹朱善围棋。”[④] 围棋作为一种锻炼智力的娱乐方式，在汉代宫闱中曾经相当流行，《西京杂记》云：

> 戚夫人侍儿贾佩兰，后出为扶风人段儒妻。说在宫内时……八月四日，出雕房北户，竹下围棋，胜者终年有福，负者终年疾病，取丝缕，就北辰星求长命乃免。[⑤]

在汉代宫闱中，围棋乃是一项岁时节日中广泛参与的娱乐活动，因此宫廷中上至皇帝、嫔妃，下至宫女，均对围棋有着强烈的兴趣。在此氛围

---

① 封演撰，赵贞信校注：《封氏闻见记校注》，中华书局1958年版，第48页。
② 司马光：《资治通鉴》卷二五三，中华书局1976年版，第8221页。
③ 封演撰，赵贞信校注：《封氏闻见记》，中华书局1958年版，第48页。
④ 张华撰，范宁校证：《博物志校证》，中华书局1980年版，第124页。
⑤ 葛洪撰，程毅中点校：《西京杂记》，中华书局1985年版，第20页。

下，汉代的弈棋高手将弈棋提升到裨益圣教的高度。《西京杂记》卷二云："杜陵杜夫子善弈棋，为天下第一人。或讥其费日，夫子曰：'精其理者，足以大裨圣教。'"① 杜夫子关于"精其理者，足以大裨圣教"的观点，其思想渊源当来自《论语》。孔子云："饱食终日，无所用心，难矣哉！不有博弈者乎？为之犹贤乎己。"② 这便在很大程度上提升了围棋的哲学与政治品位，为推广围棋运动打下了良好的基础。在考古方面也证实了汉代围棋运动的广泛，陕西咸阳甲六号汉墓中出土了铁足石棋局一件，局面以黑线画棋格，纵横各十五道。③

汉魏交替之际亦涌现出包括曹操在内的一大批围棋名家。《博物志》云："冯翊山子道、王九真、郭凯等善围棋，太祖皆与埒能。"④ 此条亦为《魏志》卷一太祖纪所引，可见其记载的真实性。随着棋手技艺的提高，围棋本身的美学性日益受到重视，《酉阳杂俎》载："晋罗什与人棋，拾敌死子，空处如龙凤形。"⑤ 这样的记载或来源于传闻，不过后世围棋中探索相思断、无忧角、倒垂莲、金鸡独立、黄莺扑蝶等棋形美，与此有异曲同工之处。

唐代围棋运动在中原大地蓬勃发展，除了在《全唐诗》中杜甫《寄岳州贾司马六丈、巴州严八使君两阁老五十韵》、白居易《池上二绝》、刘长卿《过包尊师山院》、张籍《寄友人》、温庭筠《寄青源寺僧》等诗中记载外，小说中也颇多描写。《酉阳杂俎》载唐玄宗与亲王下棋，在将败之际，杨贵妃放猧子搅乱棋盘的轶事。⑥ 尤其值得一提的是，玄宗时期在翰林院下设"棋待诏"这一职位，任职官员主要是从全国围棋高手中层层考核选拔出来的，往往具备第一流的棋艺。宣宗时期的顾师言即是当时翰林院中著名的棋待诏，《杜阳杂编》中记载了顾师言在棋盘上险胜日本王子，维护大唐尊严的故事：

① 葛洪撰，程毅中点校：《西京杂记》，中华书局 1985 年版，第 14 页。
② 何晏集解，邢昺疏：《论语集解》，载《十三经注疏》，中华书局 1980 年版，第 2526 页。
③ 咸阳秦都考古工作站：《秦都咸阳汉墓清理简报》，《考古与文物》1986 年第 6 期。
④ 张华撰，范宁校证：《博物志校证》，中华书局 1980 年版，第 115 页。
⑤ 段成式撰，方南生点校：《酉阳杂俎》，中华书局 1981 年版，第 115 页。
⑥ 同上书，第 2 页。

大中中，日本国王子来朝，献宝器音乐，上设百戏珍馔以礼焉。王子善围棋，上敕顾师言待诏为对手。王子出楸玉局，冷暖玉棋子，云本国之东三万里有集真岛，岛上有凝霞台，台上有手谈池，池中产玉棋子。不由制度自然黑白分焉。冬温夏冷，故谓之冷暖玉，又产如楸玉，状类楸木，琢之为棋局，光洁可鉴。及师言与之敌手，至三十三下，胜负未决。师言惧辱君命，而汗手凝思，方敢落指，则谓之镇神头，乃是解两征势也。王子瞪目缩臂已伏不胜，回语鸿胪曰："待诏第几手耶？"鸿胪诡对曰："第三手也。"师言实第一国手矣。王子曰："愿见第一。"曰："王子胜第三，方得见第二；胜第二，方得见第一，今欲躁见第一，其可得乎？"王子掩局而吁曰："小国之一不如大国之三，信矣。"今好事者尚有《顾师言三十三镇神头图》。①

此事在孙光宪《北梦琐言》卷一、钱易《南部新书》卷壬、《册府元龟》卷八六九《总序部》皆有记载，当是本自《杜阳杂编》。顾师言本是大唐围棋第一高手，却诡称第三，以"三十三镇神头"险胜日本王子。随着围棋作为中外文化交流的重要媒介，在东传以后，深受日本人民的喜爱，宣宗时期，日本的围棋技艺已经发展到接近中土的水平。从这条记载中还可看出，大唐风范不仅体现在物质文明的高度发展上，而且还体现在对异邦精神上的震慑。围棋在这里成为一种弘扬国威的外交手段。而日本王子所出的"楸玉局"，"状类楸木"，"光洁可鉴"，"冷暖玉棋子"，"自然黑白分焉"，"冬温夏冷"，除具有极强的实用性外，其审美价值也不容低估。围棋美学除上文提到的棋形的图案美外，棋具的精美也是其中重要组成部分。

弹棋是一种在棋盘上借手指或其他物品的力量将己方棋子弹出，碰撞对方棋子，以决胜负的游戏。汉唐博物杂记类小说中对于弹棋的起源倍加留意：第一种说法是以《西京杂记》、《述异记》为代表，认为弹棋发明于西汉时期，《西京杂记》云："成帝好蹴鞠，群臣以蹴鞠为劳体，非至尊所

---

① 苏鹗：《杜阳杂编》，中华书局 1958 年版，第 50 页。

宜。帝曰：'朕好之，可择似而不劳者奏之。'家君作弹棋以献，帝大悦。赐青羔裘、紫丝履，服以朝觐。"① 葛洪称《西京杂记》中的材料来源于刘歆所著《汉书》一百卷，这里的"家君"当指刘歆的父亲刘向。根据《西京杂记》的记载，弹棋的发明者应为西汉的刘向。不过任昉的《述异记》却将弹棋的产生时间上移了近百年，认为汉武帝时期便已有弹棋："汉武帝于湖中牧马处，至今野草皆有嚼齿状。湖中泽有武帝弹棋方石，石上勒铭存焉。"② 这两条材料虽然对于弹棋的发明者及发明时间的记载有所差异，不过大体都认为弹棋源于西汉宫禁，是参照蹴鞠的形制创设的。关于弹棋发明时间的第二种说法认为弹棋起源于曹魏时期，《博物志》云："弹棋始自魏宫。"③《世说新语》也有类似的看法："弹棋始自魏宫内用装奁戏。"④《酉阳杂俎》中也对此种看法表示了赞同："《世说》云：弹棋始自魏宫内，妆奁戏也。"不过这种看法是不可靠的，因为《后汉书·梁冀传》中已经有关于弹棋的记载："（梁冀）性嗜酒，能挽满、弹棋、格五、六博、蹴鞠、意钱之戏。"⑤ 可见，在魏文帝之前，弹棋就已经在社会上盛行开来。因此，弹棋产生于西汉宫廷的看法较为合理。

　　魏晋时期，弹棋已经成为颇为流行的娱乐活动，据《博物志》载魏文帝的弹棋技艺就十分高超："文帝好之，每用手巾拂之，无不中者。"⑥ 弹棋本应以手指弹动棋子，而曹丕用手巾拂棋，已属技艺高超之辈了，不过还有人竟然能够用头巾拂棋，《世说新语》云："客著葛巾角，低头拂棋，妙踰于帝。"⑦ 据《酉阳杂俎》转引《典论》称当时的弹棋高手还包括"京师有马合乡侯、东方世安、张公子"等人。弹棋活动在南北朝时期盛行不衰，颜之推在《颜氏家训·杂艺篇》中谈道："弹棋亦近世雅戏，消愁释愤，时可为之。"⑧ 将弹棋归入雅戏范畴，反映了文人士大夫对于弹棋的喜爱。

① 葛洪撰，程毅中点校：《西京杂记》，中华书局 1985 年版，第 14 页。
② 任昉：《述异记》卷下，载《百子全书》，浙江人民出版社 1984 年版。
③ 张华撰，范宁校证：《博物志校证》，中华书局 1980 年版，第 124 页。
④ 徐震堮：《世说新语校笺》，中华书局 1984 年版，第 384 页。
⑤ 范晔：《后汉书》卷三四，中华书局 1965 年版，第 1178 页。
⑥ 张华撰，范宁校证：《博物志校证》，中华书局 1980 年版，第 124 页。
⑦ 徐震堮：《世说新语校笺》，中华书局 1984 年版，第 384 页。
⑧ 王利器：《颜氏家训集解》，上海古籍出版社 1993 年版，第 594 页。

唐代弹棋的形制相对于此前而言，也发生了改变，《酉阳杂俎》云："今弹棋用棋二十四，以色别贵贱，棋绝后一豆。"《座右方》云："白黑各六棋，依六博棋形。颇似枕状。又魏戏法，先立一棋于局中，斗余者闻白黑围绕之，十八筹成都。"① 唐代出现了二十四枚棋子的弹棋，这在原来的棋子数目上增加了一倍。韦应物的《弹棋歌》云："圆天方地局，二十四气子。"即是指这种二十四子的弹棋。

（三）博戏

投壶是从射礼中演化出来的一种竞技游戏。秦汉时期，士大夫们每逢宴饮，多有投壶等节目用以娱乐。《西京杂记》中记载了汉代郭舍人高超的投壶技巧：

> 武帝时，郭舍人善投壶，以竹为矢，不用棘也。古之投壶，取中而不求还，故实小豆于中，恶其矢跃而出也。郭舍人则激矢令还，一矢百余反，谓之为骁。言如博之擘枭于掌中，为骁杰也。每为武帝投壶，辄赐金帛。②

郭舍人的投壶高明之处在于由于壶中不放小豆，因此竹矢投入壶中后立刻反弹出来，郭舍人随即接矢于手，再次投入壶中。这样一投一接，矢在空中穿梭如飞，无一落地，令人叹为观止。

樗蒲，或作摴蒲、蒲戏，关于樗蒲的起源，《博物志》云："摴蒲者，老子作之用卜，今人掷之为戏。"③《博物志》称老子是樗蒲的发明者，有附会之嫌，不过提到樗蒲或起源于占卜，形制与"五木"有关，以投掷为戏，则是研究樗蒲起源的重要线索。樗蒲在西汉时期就已盛行，《西京杂记》载："京兆有古生者，学从纵横揣摩、弄矢摇丸樗蒲之术。"④ 从魏晋南北朝时期小说中关于樗蒲的记载来看，当时的樗蒲已经与赌博联系在一

---

① 段成式撰，方南生点校：《酉阳杂俎》，中华书局 1981 年版，第 240 页。

② 葛洪撰，程毅中点校：《西京杂记》，中华书局 1985 年版，第 37—38 页。

③ 张华撰，范宁校证：《博物志校证》，中华书局 1980 年版，第 123 页。

④ 葛洪撰，程毅中点校：《西京杂记》，中华书局 1985 年版，第 31 页。

起，《世说新语·任诞》载："温太真位未高时，屡与扬州、淮中估客樗蒲，与辄不竞。尝一过大输物，戏屈，无因得反。与庾亮善，于舫中大唤亮曰：'卿可赎我！'庾即送直，然后得还。经此数四。"① 关于唐代樗蒲的玩法，《唐国史补》卷下云："洛阳令崔师本，又好为古之樗蒲。其法：三分其子三百六十，限以二关，人执六马，其骰五枚，分上为黑、下为白。黑者刻二为犊，白者刻二为雉。掷之全黑者为卢，其采十六；二雉三黑为雉，其采十四；二犊三白为犊，其采十；全白为白，其采八。四者贵采也。开为十二，塞为十一，塔为五，秃为四，撅为三，枭为二：六者杂采也。贵采得连掷，得打马，得过关，余采则否。新加进九退六两采。"② 虽然樗蒲在汉唐盛极一时，不过宋人似乎对樗蒲不太感兴趣。李清照的《打马赋》云："打马爱兴，樗蒲遂废。"③ 樗蒲遂渐渐退出了人们的视野。

此外，斗禽等游戏在汉唐时期也十分流行，据《西京杂记》称，刘邦之父居深宫，还对民间的斗鸡之戏念念不忘。④ 汉鲁恭王也特别喜欢斗禽之戏，《西京杂记》载：

> 鲁恭王好斗鸡鸭及鹅雁，养孔雀、鸿鹄，俸谷一年费二千石。⑤

唐代斗鸡、斗鹅之风更为盛行。《资治通鉴》云，唐僖宗"好蹴鞠、斗鸡，与诸王赌鹅，鹅一头至五十缗"⑥。"诸王子家、外戚家、贵主家、侯家，倾帑破产市鸡，以尝鸡直。都中男女，以弄鸡为事，贫者弄假鸡。"⑦ 唐代斗鸡虽然带有很强的赌博性质，但从"当年重意气，先占斗鸡场"⑧，"日日斗鸡都市里，赢得宝刀重刻字"⑨ 等描写来看，也反映出唐人

---

① 徐震堮：《世说新语校笺》，中华书局 1984 年版，第 398—399 页。
② 李肇：《唐国史补》，上海古籍出版社 1979 年版，第 61—62 页。
③ 李清照著，徐培均笺注：《李清照集笺注》，上海古籍出版社 2002 年版，第 354 页。
④ 葛洪撰，程毅中点校：《西京杂记》，中华书局 1985 年版，第 11 页。
⑤ 同上书，第 15 页。
⑥ 司马光：《资治通鉴》卷二五三，中华书局 1976 年版，第 8221 页。
⑦ 陈鸿：《东城父老传》，载张友鹤《唐宋传奇选》，人民文学出版社 1964 年版，第 86 页。
⑧ 彭定求等编：《全唐诗》，中华书局 1979 年版，第 4137 页。
⑨ 同上书，第 4286 页。

任侠使气的时代风尚。

通过以上分析可以看出，汉唐博物杂记类小说中关于典章、服饰、饮食、居住、娱乐等方面的记载，全方位地反映了汉唐时期多姿多彩的社会生活，具有丰富的文化价值与历史价值，为我们研究汉唐时期的风俗史、生活史，以及汉唐时期的文化心态提供了丰富的资料。这也正是博物杂记类小说的独特价值之所在。

第五章 汉唐博物杂记类小说中的宗教视野

第一节 道教之属

道教作为中国本土宗教，以修真悟道、羽化成仙为终极目标。在其漫长的发展过程中，神仙变异、修炼服食之谈的流布，必然会被以见闻广博、知识博杂见长的博物小说家所留意。加之，汉唐时期的博物小说家如东方朔、郭宪、张华等本就是方术化文人，而王嘉、葛洪等更是当时著名的道士，唐代的段成式亦以"精通三教"[①]著称。因此，在汉唐博物杂记类小说中有相当多的篇幅涉及道教内容，甚至有研究者把《神异经》、《十洲记》、《洞冥记》、《博物志》等博物杂记类小说归入道教小说[②]。此外，《封氏闻见记》中专门设立"道教"篇论述道教源流。限于篇幅，本节对于道教源流不打算展开论述，主要从汉唐博物杂记类小说中最具特色的道教服食、道教法器等方面着眼，探讨博物杂记类小说与道教文化之间的互动。

一 汉唐博物杂记类小说中的道教服食

好生恶死是人的本性，早在《山海经》中就有许多关于"不死药"的

---

① 李昉等：《太平广记》卷一九七，中华书局 1961 年版，第 1480 页。

② 卿希泰：《中国道教》第四卷，东方出版社 1996 年版，第 56 页。张庆民：《魏晋南北朝志怪小说通论》，首都师范大学出版社 2000 年版，第 148—216 页。杨建波：《道教文学史论稿》，武汉出版社 2001 年版，第 96—107 页。

传说，例如开明北有"不死树"①，开明东有"不死之药"②等。战国神仙家进而宣扬海中三神山上有"不死之药"，于是齐威王、宣王、燕昭王、秦始皇均派方士入海寻求③。虽然，不死药从来没有被找到，不过秦汉医家在长期的实践中将药分为三品，据《博物志》所引《神农经》载："上药养命，谓五石之炼形，六芝之延年也。中药养性，合欢蠲忿，萱草忘忧。下药治病，谓大黄除实，当归止痛。"④这里的所谓"上药养命"便为"不死药"提供了"医学根据"。此后，道教在神话传说、神仙方术思想及医家实践的基础上，逐渐积累起一套采集、制作、服食长生药的方术。道教认为，通过服食可以达到长生成仙的目的，因此用于服食之药物也被称为仙药。《酉阳杂俎》中记载的仙药包括："钟山白胶　阆风石脑　黑河蔡瑚　太微紫麻　太极井泉　夜津日草　青津碧荻　圆丘紫奈　白水灵蛤　八天赤薤　高丘余粮　沧浪青钱　三十六芝　龙胎醴　九鼎鱼　火枣交梨　凤林鸣醖　中央紫蜜　崩岳电柳　玄郭绮葱　夜牛伏骨　神吾黄藻　炎山夜日　玄霜绛雪　环刚树子　赤树白子　徊水玉精　白琅霜　紫酱　月醴　虹丹　鸿丹。"（前集卷二）其中芝与玉是道教中最为常见的服食药物，而汉唐博物杂记类小说对于芝与玉的记载也十分丰富。因此，笔者主要选取芝、玉为切入点，探讨汉唐博物杂记类小说中记载的道教服食文化。

汉唐博物杂记类小说中对于灵芝的形态及种类记载较为丰富。《博物志》将芝分为三品："名山生神芝，不死之草。上芝为车马，中芝为人形，下芝为六畜。"⑤同时，《酉阳杂俎》中还对不同地域的芝草品种进行了记载："大历八年，庐江县紫芝生，高一丈五尺。芝类至多：参成芝，断而可续。夜光芝，一株九实。实坠地如七寸镜，视如牛目，茅君种于句曲山。隐辰芝，状如斗，以屋为节，以茎为刚。"⑥此外，《酉阳杂俎》中还记载了"凤脑芝"、"白符芝"、"五德芝"、"菌芝"等芝类。

---

① 袁珂：《山海经校注》，上海古籍出版社1980年版，第299页。
② 同上书，第301页。
③ 司马迁：《史记》卷二十八，中华书局1975年版，第1369页。
④ 张华撰，范宁校证：《博物志校证》，中华书局1980年版，第48页。
⑤ 同上书，第13页。
⑥ 段成式撰，方南生点校：《酉阳杂俎》，中华书局1981年版，第183页。

芝在道教看来具有神奇的功效，《酉阳杂俎》载句曲山五芝的功效："第一芝名龙仙，食之为太极仙；第二芝名参成，食之为太极大夫；第三芝名燕胎，食之为正一郎中；第四芝名夜光洞鼻，食之为太清左御史；第五芝名料玉，食之为三官真御史。"① 食芝之后即便不能成仙，能够不死也是令人向往的。《博物志》云："神宫在高石沼中，有神人，多麒麟，其芝神草有英泉，饮之，服三百岁乃觉，不死。"② 是否服食芝草后果真能够达到不死的效果是很难验证的，不过道士将芝草"货与帝王家"的时候，往往以自身的服食为例，宣传芝草具有延缓衰老、延年益寿的神奇功效。《杜阳杂编》云："上（武宗）因问曰：'先生春秋既高，而颜色不老何也？'玄解曰：'臣家于海上，常种灵草食之，故得然也。'"③ 此外，芝草除了具备延年益寿的功能之外，还有类似开心窍的效果，如《酉阳杂俎》云："萤火芝，良常山有萤火芝，其叶似草，实大如豆，紫花，夜视有光。食一枚，心中一孔明。食至七，心七窍洞彻，可以夜书。"④ 在不需要照明设施的情况下，能够夜书，是一件多么令知识分子向往的事！

芝拥有如此神奇的功效，到底产于何地？据《十洲记》云，当年秦始皇派徐福出海，便是为了寻找祖洲上所产的"不死草"——"养神芝"，除祖洲之外，《十洲记》所载的其他海外各洲亦盛产仙芝，如瀛洲"生神芝仙草"，玄洲"饶金芝玉草"，元洲"有五芝"，生洲"芝草常生"，钟山"自生玉芝"，《拾遗记》载岱舆山亦"有七色芝"。由于茅山自西晋以来逐渐成为道教圣地，陶弘景创建茅山上清道观，隋唐时期茅山道教达到全盛，王远知、潘师正、司马承祯相继成为茅山道派宗师，因此茅山也被看作是盛产芝草的地方，《酉阳杂俎》中有关于"句曲山"生"五芝"的记载。

芝被誉为"仙药"，仙界中的"芝田"便是仙人种植芝草的地方。《十洲记》云："方丈洲……仙家数十万。耕田种芝草，课计顷亩。"⑤ 除方丈

---

① 段成式撰，方南生点校：《酉阳杂俎》，中华书局1981年版，第17页。
② 张华撰，范宁校证：《博物志校证》，中华书局1980年版，第13页。
③ 苏鹗：《杜阳杂编》，中华书局1958年版，第35页。
④ 段成式撰，方南生点校：《酉阳杂俎》，中华书局1981年版，第93页。
⑤ 东方朔撰，王根林点校：《十洲记》，载《汉魏六朝笔记小说大观》，上海古籍出版社1999年版，第69页。

洲外，昆仑山亦有群仙耕种"芝田"。"第九层山形渐小狭，下有芝田蕙圃，皆数百顷，群仙种耨焉。"① 芝草在仙家也是珍贵之物，因此仙人也会因为"芝田"中仙草被盗食而发怒。"昔西王母乘灵光辇以适东王公之舍，税此马游于芝田，乃食芝田之草。东王公怒，弃马于清津天岸。"②

道士作为修道之人，出于服食的需要，事实上当时很可能已经掌握了某些芝草的种植技术，《杜阳杂编》中就有道士为唐武宗种植芝草的记载：

> （伊祈玄解）即于衣间出三等药实，为上种于殿前：一曰双麟芝，二曰六合葵，三曰万根藤。双麟芝色褐，一茎两穗，隐隐形如麟，头尾悉具，其中有子如瑟瑟焉……灵草既成，人莫得见。玄解请上自采饵之，颇觉神验，由是益加礼重。③

如果我们撇开玄解自神其术的神秘色彩，也许可以将这个故事看作是由于唐武宗笃信道教，令道士在宫苑中种植芝草，以备服食之用的记载。《酉阳杂俎》中也有类似的记载：

> 《仙经》言，穿地六尺，以环宝一枚种之，灌以黄水五合，以土坚筑之。三年生苗如匏（一曰刻）。实如桃，五色，名凤脑芝。④

这种五色"凤脑芝"的种植方法与明代李时珍的记载非常吻合。《本草纲目》云："方士以木积湿处，用药傅之，即生五色芝。"⑤《仙经》所言的种灵芝需"穿地六尺"、"以土坚筑之"及《本草纲目》所云"以木积湿处"种芝，大约均是采用的将段木埋入土中的段木栽培法。而"灌以黄水五合"及"用药傅之"则是增加灵芝的培养原基的营养成分。由于无法判

---

① 王嘉撰，萧绮录，齐治平校注：《拾遗记》，中华书局 1981 年版，第 221 页。
② 郭宪撰，王根林校点：《汉武洞冥记》，载《汉魏六朝笔记小说大观》，上海古籍出版社 1999 年版，第 130 页。
③ 苏鹗：《杜阳杂编》，中华书局 1958 年版，第 36 页。
④ 段成式撰，方南生点校：《酉阳杂俎》，中华书局 1981 年版，第 183 页。
⑤ 李时珍：《本草纲目》，人民卫生出版社 1972 年版，第 1711 页。

断《仙经》的产生年代，因此，我们认为最迟在唐代已经掌握了五色芝的种植方式。唐代历史上经常出现的灵芝祥瑞，很有可能是来源于道士自己种植的灵芝。这种种植灵芝的出现，一方面能够为祥瑞制造者捞取政治资本，另一方面为道士的传教活动增加了说服力。

汉唐博物杂记类小说中关于灵芝药效的记载，对于灵芝生长环境、种植方式的描述显然具有神秘化的倾向，不过我们透过其中的神学迷雾，也多少能够发掘出其中与现代科学暗合之处。道教认为，服用灵芝能够白日飞仙，这显然是出于宗教宣传的目的，夸大了灵芝的功效。不过灵芝确实具有延年益寿之效，已经被现代科学所证实：灵芝多糖具有提高机体免疫能力，消除体内自由基、抗放射、抗肿瘤的功效。灵芝酸具有抑制组织胺释放的功效。灵芝腺苷及其衍生物具有防治脑血栓、心肌梗塞、血液不畅、机体无力等病状。赤芝孢子内脂 A 能够降低胆固醇，赤芝孢子酸 A 可降低转氨酶。灵芝纤维素可预防动脉粥样，治疗便秘、糖尿病、高血压、脑血栓等病。[1] 由于灵芝无毒、无副作用，服用后能够全面调节人体免疫功能，增强疾病抵抗力，因此道教主张长期服食灵芝是有很大的合理性成分。唐武宗在服食灵芝之后，明显感觉到身体状况的改善，因此"颇觉神验"，从而坚定修道之心，这样的记载也非空穴来风。

道教中除服芝外，服玉之风也相当盛行。《博物志》："名山大川，孔穴相内，和气所出，则生石脂、玉膏，食之不死，神龙灵龟行于穴中矣。"[2]《拾遗记》云："蓬莱山亦名防丘，亦名云来，高二万里，广七万里。水浅，有细石如金玉，得之不加陶冶，自然光净，仙者服之。"[3]《酉阳杂俎》修月老人授给和中及王秀才的食物是"玉屑饭两裹"，食之"可一生无疾耳"[4]。道教之所以热衷于将玉描述为仙人的食品，其思想渊源固然与原始巫术中认为玉乃山石之精髓，拥有超自然的灵性及以玉事神的思想中有关，不过道教进一步将玉看作是阳物之精，通过食玉，吸收自然界

---

① 谭伟等：《灵芝生物学及生产新技术》，中国农业科学技术出版社 2007 年版，第 6 页。
② 张华撰，范宁校证：《博物志校证》，中华书局 1980 年版，第 13 页。
③ 王嘉撰，萧绮录，齐治平校注：《拾遗记》，中华书局 1981 年版，第 223 页。
④ 段成式撰，方南生点校：《酉阳杂俎》，中华书局 1981 年版，第 11 页。

的精华达到寿与天齐的目的，正如《抱朴子》引《玉经》云："服玉者寿如玉。"① 服玉的功效是相当神奇的，"服之一年以上，入水不粘，入火不灼，刃之不伤，百毒不犯也"②。因此，《酉阳杂俎》中将"徊水玉精"列入仙药，并且列举了服玉后尸解的成功案例，"鹿皮公吞玉华而流虫出尸，王西城漱龙胎而死诀，饮琼精而扣棺"③。修道之人以玉为食，便拥有了白日飞仙的可能，如果动物以玉为食，也会发生奇妙的变化，《杜阳杂编》云："建中二年，南方贡朱来鸟，形有类于戴胜，而红嘴绀尾，尾长于身。巧解人语，善别人意。其音清响，闻于庭外数百步。宫中多所怜爱，为玉屑和香稻以啗之，则其声益加寥亮。夜则栖于金笼，昼则飞翔于庭庑，而俊鹰大鹘不敢近。"④ 既然玉可以助人白日飞仙，鸟服用后鸣叫更为嘹亮，"俊鹰大鹘不敢近"，也就不足为奇了。

玉类矿物作为药用，古已有之，早在《周礼》中就有"王齐，则共食玉"⑤ 的记载。《涉江》亦云："登昆仑兮食玉英，吾与天地兮同寿，与日月兮同光。"⑥ 而道教的食玉之风，也促使了医家对于玉疗效作进一步研究。经过长期的实践与总结，李时珍在《本草纲目》中列出玉石类矿物14种，分别主治内科、外科、妇科、眼科、皮肤科诸种疾病。如玉屑，"甘，平，无毒"、"除胃中热喘，息烦懑，止渴"；青玉，"甘平无毒"、"主治妇人无子，轻身，不老长年"；青琅轩，"辛，平，无毒"、"主治身痒火疮痈疡"⑦。

通过对汉唐博物杂记类小说中相关记载的分析可以看出，有着浓厚神学色彩的道教服食文化，以延年益寿为终极目标，在长期的实践过程中总结了农学、医学等方面的知识。因此，从某种角度上说，道教这种具有鲜明修炼色彩的宗教，在一定程度上推进了中国古代科技的进步。

---

① 王明：《抱朴子内篇校释》，中华书局 1985 年版，第 204 页。
② 同上。
③ 段成式撰，方南生点校：《酉阳杂俎》，中华书局 1981 年版，第 16—17 页。
④ 苏鹗：《杜阳杂编》，中华书局 1958 年版，第 27 页。
⑤ 郑玄注，贾公彦疏：《周礼注疏》，载《十三经注疏》，中华书局 1982 年版，第 678 页。
⑥ 洪兴祖撰，白化文等点校：《楚辞补注》，中华书局 2000 年版，第 129 页。
⑦ 李时珍：《本草纲目》，人民卫生出版社 1972 年版，第 502 页。

二　汉唐博物杂记类小说中描写的道教法器

　　清净的生活、高雅的言论以及飘然轻举的仙风道骨，是道教在公开场合赢得士人崇敬的核心。然而由正统道教剥离的巫蛊鬼神之祀以及作为道教核心内容之一的法术，才是下层民众信仰的重心所在。法术的实施是为了满足人类征服自然、控制乃至改变生老病死、生死流转进程的心理渴求。道教法术的实施过程中常常需要使用各种法器。在种类繁多的道教法器中，汉唐博物杂记类小说关于法剑、镜以及真形图的记载最为丰富。

　　道教中对于法剑的重视，构成了中国古代剑文化中一道独特的风景线：陶弘景撰《古今刀剑录》，许逊著《灵剑子》，吕洞宾作《述剑集》，《道藏阙经目录》卷下收录的《铸剑术》，《道典论》卷二收录的《太极真人飞仙宝剑上经》等。由于道士努力钻研铸剑工艺，许多著名的道士也同时是铸剑高手，陶弘景于梁普通元年（520），亦应梁武帝之命，"造神剑十三口，用金银铜铁锡五色合为此剑"[①]。事实上，随着道教的发展，剑已经固定成为道教科仪中的常用法器。

　　关于道教法剑的使用最为典型的便是许逊斩蛇除蛟的故事。《酉阳杂俎》云：

　　　　晋许旌阳，吴猛弟子也。当时江东多蛇祸，猛将除之……及遇巨蛇，吴年衰，力不能制，许遂禹步敕剑登其首，斩之。[②]

《朝野佥载》载：

　　　　西晋末有旌阳县令许逊者，得道于豫章西山。江中有蛟为患，旌阳没水，剑斩之。后不知所在。[③]

---

① 李昉：《太平御览》卷三四三，中华书局1985年版，第1579页。
② 段成式撰，方南生点校：《酉阳杂俎》，中华书局1981年版，第19页。
③ 张鷟撰，恒鹤校点：《朝野佥载》，载《唐五代笔记小说大观》，上海古籍出版社2000年版，第40页。

许旌阳即两晋时期著名道士许逊，曾拜大洞君吴猛为师，于晋太康元年（280）出任旌阳令，人称许旌阳。许逊以南昌西山为中心，传教活动遍及豫章及附近地区，由于这一地区多蛇祸，而许逊曾著《灵剑子》，因此豫章一带将灵剑斩蛇除蛟附会于许逊身上。许逊的斩蛟剑被道教誉为宝物，虽然在斩蛟后一度不知所在，后又为渔人所得，"顷渔人网得一石甚鸣，击之声闻数十里。唐朝赵王为洪州刺史，破之得剑一双，视其铭一有'许旌阳'字，一有'万仞'字。遂有万仞师出焉"①。此二剑一为旌阳道士许逊所佩，一为西山道士万振所佩，均是一时名剑。许逊斩蛟之剑曾一度被庐陵玄潭观所保存，元代揭傒斯还有《庐陵玄潭观旧藏许旌阳斩蛟剑，兴国有一道士过庐陵窃之，至于京师以献。吴真人邀予赋诗，遣还本观》诗。而《朝野佥载》中"渔人网石得剑"故事亦被收入道教典籍《历世真仙体道通鉴》卷三十一《万振》中。此后道教小说《吕洞宾飞剑斩黄龙》的故事亦源于此。

道教中的法剑除具有斩妖除怪功能外，在尸解中亦有重要的作用。《酉阳杂俎》云：

> 真人用宝剑以尸解者，蝉化之上品也。锻用七月庚申、八月辛酉日，长三尺九寸，广一寸四分，厚三分半，杪九寸，名子干，字良非。②

道教典籍《云笈七签》中还记载了应用良非剑以尸解的具体方法，"以曲晨飞精书剑左右面，先逆自托疾，然后当抱剑而卧。又以津和飞精作丸如大豆，于是吞之。又津和作一丸如小豆，以口含，缘拭之于剑镮，密呼剑名字，祝曰：'良非子干，今以曲晨飞精相哺，以汝代身，使形无泄露……'祝毕因闭目咽气九十息，毕开目忽见太一以天马来迎于寝卧之前，于是上马，顾见所抱剑已变成我之死尸在彼中也"③。正是由于法剑既

---

① 张鷟撰，恒鹤校点：《朝野佥载》，载《唐五代笔记小说大观》，上海古籍出版社 2000 年版，第 40 页。

② 段成式撰，方南生点校：《酉阳杂俎》，中华书局 1981 年版，第 17 页。

③ 张君房著，李永晟点校：《云笈七签》卷八十四，中华书局 2003 年版，第 1896 页。

能斩妖又有助于尸解，因此法剑在道教的众多法器中占据了重要的地位，正如《尚书故实》所云："陶贞白所著《太清经》，一名《剑经》，凡学道术者，皆须有好剑镜随身。"①

镜在道教中多用于照鬼魅。道士出于修炼需要，常常出入深山，山中除有野兽出没外，还有许多鬼魅。因此，"古之入山道士，皆以明镜径九寸以上，悬于背后，则老魅不敢近人"②。利用镜判断精魅的办法，葛洪云："万物之老者，其精悉能假托人形，或眩惑人目而常试人，唯不能于镜中易其真形耳……或有来试人者，则当顾视镜中，其是仙人及山中好神者，顾镜中故如人形。若是鸟兽邪魅，则其形貌皆见镜中矣。又老魅若来，其去必却行，行可转镜对之，其后而视之，若是老魅者，必无踵也，其有踵者，则山神也。"③因此，道士多有好镜，《酉阳杂俎》云：

> 荀讽者，善药性，好读道书，能言名理，樊晃尝给其絮帛。有铁镜，径五寸余，鼻大如拳，言于道者处得。亦无他异，但数人同照，各自见其影，不见别人影。④

荀讽的铁镜是道士赠予的，而自然界中还存在天然石镜。《酉阳杂俎》云：

> 镜石，济南郡有方山，相传有兔生得仙于此。山南有明镜崖，石方三丈，魑魅行伏，了了然在镜中。南燕时，镜上遂使漆焉。俗言山神恶其照物，故漆之。⑤

方山的明镜崖由于过于明亮，任何魑魅在石镜边都要现出原形，因此

---

① 李绰撰，萧逸校点：《尚书故实》，载《唐五代笔记小说大观》，上海古籍出版社 2000 年版，第 1166 页。

② 王明：《抱朴子内篇校释》，中华书局 1985 年版，第 300 页。

③ 同上书，第 300 页。

④ 段成式撰，方南生点校：《酉阳杂俎》，中华书局 1981 年版，第 100 页。

⑤ 同上书，第 95 页。

引来山神的嫉恨，只得漆黑。镜中除了可照鬼魅外，还能照出人的疾病，《述异记》载：

> （日林国）西南有石镜，方数百里，光明莹彻，可鉴五脏六腑，亦名仙人镜。国中人若有疾，辄照其形，遂知病起何脏腑。即采神药饵之，无不愈。其国人寿三千岁，亦有长生者。①

追求长生是道教的终极目标，从"其国人寿三千岁，亦有长生者"等描写来看，这里的日林国带有很强的人间仙境的意味。

由于方士之徒为了求仙炼丹，常常需要广涉山川，记录山岳地形的真形图由此产生。在道徒眼中，这些真形图不仅有标识地形之用，而且能够帮助道人逢凶化吉。正如葛洪所云："上士入山，持《三皇内文》及《五岳真形图》，所在召山神，乃按鬼录，召州社及山卿宅慰问之，则木石之怪、山川之精，不敢来试人。"② 其中葛洪所谈到的《五岳真形图》即是以五岳为中心的山川地形图。《十洲记》中就有关于真形图的记载：

> 臣（东方朔）先师谷希子者，太上真官也。昔授臣昆仑钟山、蓬莱山及神州真形图。昔来入汉，留以寄故人。此书又尤重于岳形图矣。昔也传授年限正同尔。陛下好道思微，甄心内向，天尊下降，并传授宝秘。臣朔区区，亦何嫌惜而不止所有哉！然术家幽其事，道法秘其师。术泄则事多疑，师显则妙理散。愿且勿宣臣之意也。
>
> 武帝欣闻其至说，明年遂复从受诸真形图。常带之于肘后，八节当朝拜灵书，以书求度脱焉。③

由于真形图涉及道教秘术，因此东方朔在传真形图于汉武帝之前，在

---

① 任昉：《述异记》卷下，载《百子全书》，浙江人民出版社1984年版。
② 王明：《抱朴子内篇校释》，中华书局1985年版，第300页。
③ 东方朔撰，王根林校点：《十洲记》，载《汉魏六朝笔记小说大观》，上海古籍出版社1999年版，第71页。

表彰了汉武帝"好道思微，甄心内向"的虔诚之心的同时，也反复嘱托汉武帝必须要保守真形图的秘密。从《十洲记》中描写的东方朔以及汉武帝对待真形图的恭敬态度来看，《十洲记》的作者与道教的渊源极深。

综上所述，汉唐博物杂记类小说的道教视野主要集中在海外仙境、服食文化，以及道教法器等内容上。这些内容或来源于街谈巷语，或来源于道教典籍，给我们研究道教文化提供了宝贵的资料。

第二节　佛教之属

佛教作为外来宗教，在传入中国的过程中一直受到具有强烈好奇心的博物杂记类小说家的关注。《酉阳杂俎》、《杜阳杂编》等博物杂记类小说中关于六朝以来佛教流行盛况，唐代佛寺以及佛教神通等内容的记载十分丰富。

一　佛教流行盛况

佛教自东汉传入中原以来，在魏晋南北朝时期得到了极大的发展。孙权、孙皓、魏明帝，晋元帝、明帝、孝武帝，宋文帝、孝武帝、齐竟陵王萧子良、梁武帝、简文帝、元帝，陈武帝、文帝、后主等君主，皆崇信佛法，礼遇沙门。《酉阳杂俎》中对于梁代统治者佞佛的风气有生动的记载：

> 魏使陆操至梁，梁王坐小舆，使再拜，遣中书舍人殷炅宣旨劳问。至重云殿，引升殿。梁主着菩萨衣，北面，太子以下皆菩萨衣，侍卫如法。操西向以次立，其人悉西厢东面。一道人赞礼，佛词凡有三卷。其赞第三卷中，称为魏主、魏相高并南北二境士女。礼佛讫，台使其群臣俱再拜矣。[①]

这段记载描写了魏使陆操出使梁朝时在重云殿上感受到的梁朝上下浓

---

① 段成式撰，方南生点校：《酉阳杂俎》，中华书局1981年版，第38页。

郁的崇佛氛围。梁武帝不仅身着僧衣接见魏使，并且在交聘仪式中插入了礼佛内容，足见佛教在梁朝的影响力。其中梁朝君臣好着僧衣的记载可与正史相印证。《魏书·萧衍传》云："衍每礼佛，舍其法服，著乾陀袈裟。令其王侯子弟皆受佛诫，有事佛精苦者，辄加以菩萨之号。其臣下奏表上书亦称衍为皇帝菩萨。"① 这段记载为我们研究佛教在梁朝宫廷的流布提供了宝贵的材料。

经过长达 270 多年的分裂，隋终于统一了全国。隋唐时期政治稳定、经济发达、文化政策开放，佛教也取得了长足的发展。关于唐皇室对于佛教的崇信，《杜阳杂编》中有生动的描写：

> 上崇奉释氏，每春百品香，和银粉以涂佛室。遇新罗国……献万佛山，可高一丈，因置山于佛室，以氍毹藉其地焉。万佛山则雕沉檀珠玉以成之。其佛之形，大者或逾寸，小者七八分。其佛之首，有如黍米者，有如半菽者。其眉目口耳螺髻毫相无不悉具。而更镂金玉水精为幡盖流苏，菴罗薝卜等树，构百宝为楼阁台殿。其状虽微，而势若飞动。又前有行道僧徒，不啻千数。下有紫金钟，径阔三寸，上以龟口衔之。每击其钟，则行道之僧礼首至地，其中隐隐谓之梵音，盖关戾在乎钟也。其山虽以万佛为名，其数则不可胜纪。上因置九光扇于岩巘间，四月八日召两众僧徒入内道场礼万佛山。是时观者叹非人工，及睹九色光于殿中，咸谓之佛光，即九光扇也。由是上令三藏僧不空念天竺密语于口而退。②

根据上述记载可以看出，代宗时期，皇宫中设有佛室，佛室的墙由香料混合银粉涂成。佛室中供奉新罗所献万佛山，万佛山间置密宗大师不空施密语之九光扇。并且每年四月八日召僧众入内道场礼万佛山。工艺精巧的万佛山来自新罗，密宗大师不空来自天竺，这也从一个侧面反映出唐王朝与域外佛教的交流呈现一种相当活跃的态势。

---

① 魏收：《魏书》卷九八，中华书局 1974 年版，第 2187 页。
② 苏鹗：《杜阳杂编》，中华书局 1958 年版，第 18—19 页。

尤其值得一提的是，除了皇宫中有佛堂外，唐代长安寺院很大一部分来源于舍宫为寺、舍宅为寺。据《酉阳杂俎·寺塔记》的记载，光宅寺普贤堂，本天后梳洗堂。招福寺本睿宗在藩时居之，高宗乾封二年（667），移长宁公主佛堂于此，重建此寺。资圣寺本为太尉、赵国公长孙无忌宅，高宗龙朔三年（663）为文德皇后追福，立为尼寺。大安国寺原为睿宗在藩旧宅，景云元年（710）立为寺。保寿寺本高力士宅，天宝九年（750），后舍宅为寺。舍宅为寺风气的盛行，充分说明了唐代上流社会崇信佛教之风已经达到了相当炽热的地步。

唐代博物杂记类小说中关于舍利崇拜的描写最为典型地展示了唐代社会各个阶层对于佛教的狂热信仰。"舍利"是梵语 Sartra 音译，意为"骨身"。佛陀涅槃后，舍利子被视为佛陀精神遗存，是佛陀在人间继续发扬弘法的象征。佛教徒膜拜的舍利最初是指释迦的真身舍利，后来高僧去世荼毗后所得的质地坚硬的结晶颗粒也称舍利。丁福保"舍利"条下引《金光明经舍身品》云："舍利者，即是无量六波罗蜜功德所重"、"戒、定、慧所熏修，甚难可得，最上福田"。[①] 舍利子是最具纪念意义的佛教界至高无上的圣物。佛教界十分重视供养舍利，常常专门起塔瘗埋舍利。《酉阳杂俎·寺塔记》载："（净域寺）万菩萨堂内有宝塔，以小金铜塔数百饰之。大历中，将作刘监有子，合手出胎，七岁念《法华经》。及卒焚之，得舍利数十粒，分藏于金铜塔中。"[②] 有的寺院由于历史悠久，所藏舍利甚多，在僧、俗两界拥有崇高声望。赵景公寺本是隋代弘善寺，唐独孤皇后为其父赵景公独孤信重建。《寺塔记》载："塔下有舍利三斗四升，移塔之时，僧守行建道场，出舍利俾士庶观之。呗赞未毕，满地现舍利，士女不敢践之，悉出寺外。守公乃造小泥塔及木塔近十万枚葬之，今尚有数万存焉。"[③]

唐代最负盛名的舍利是藏于法门寺的释迦牟尼真身舍利。这枚佛指舍利先后被唐高宗、武则天、中宗、肃宗、德宗、宪宗、懿宗、僖宗八朝六

---

① 丁福保：《佛学大辞典》，文物出版社 1984 年版，第 761 页。
② 段成式撰，方南生点校：《酉阳杂俎》，中华书局 1981 年版，第 259 页。
③ 同上书，第 249 页。

次迎送，掀起唐代舍利崇拜的高潮。其中懿宗朝迎奉活动最为隆重，《杜阳杂编》对此有详细的记载：

> 十四年春，诏大德僧数十辈于凤翔法门寺迎佛骨。百官上疏谏，有言宪宗故事者。上曰："但生得见，殁而无恨也。"遂以金银为宝刹，以珠玉为宝帐香舁，仍用孔雀氄毛饰其宝刹，小者高一丈，大者二丈。刻香檀为飞帘花槛瓦木阶砌之类，其上偏以金银覆之。舁一刹则用夫数百，其宝帐香舁不可胜纪。工巧辉焕，与日争丽。又悉珊瑚、玛瑙、珍珠、瑟瑟缀为幡幢，计用珍宝不啻百斛。其剪彩为幡为伞，约以万队。四月八日，佛骨入长安，自开远门安福楼夹道佛声振地，士女瞻礼，僧徒道从。上御安福寺亲自顶礼，泣下沾臆。即召两街供奉僧赐金帛各有差。而京师耆老元和迎真体者悉赐银椀锦彩。长安豪家竞饰车服，驾肩弥路，四方耋老扶幼来观者，莫不蔬素以待恩福。时有军卒断左臂于佛前，以手执之，一步一礼，血流满地，至于肘行膝步，啮指截发，不可算数。又有僧以艾覆顶上，谓之炼顶。火发痛作，即掉其首呼叫。坊市少年擒之不令动摇，而痛不可忍，乃号哭卧于道上。头顶焦烂，举止苍迫，凡见者无不大哂焉。上迎佛骨入内道场，即设金花帐、温清床，龙鳞之席，凤毛之褥，焚玉髓之香，荐璚膏之乳，皆九年诃陵国所贡献也。初迎佛骨，有诏令京城及畿甸于路傍垒土为香刹，或高一二丈，迫八九尺，悉以金翠饰之，京城之内约及万数。是妖言香刹摇动，有佛光庆云现路衢，说者迭相为异。又坊市豪家相为无遮斋大会，通衢间结彩为楼阁台殿，或水银以为池，金玉以为树。竞聚僧徒，广设佛像，吹螺击钹，灯烛相继。又令小儿玉带金额白脚呵唱于其间，恣为嬉戏。又结锦绣为小车舆以载歌舞。如是充于辇毂之下，而延寿里推为繁华之最。[1]

以最高统治者出面迎奉舍利的活动，既是一次宗教盛典，也是一次文

---

[1] 苏鹗：《杜阳杂编》，中华书局 1958 年版，第 59—60 页。

化盛事。无论是"上御安福寺亲自顶礼，泣下沾臆"，还是平民"断臂"、"炼顶"于佛前，宗教信仰与宗教情感都得到了淋漓尽致的展现。毫无疑问，懿宗花费巨大的人力、物力、财力迎奉佛骨，除宗教因素外，还有非常强烈的政治意图。正如懿宗的自我表白："朕以寡德，缵承鸿业，十有四年。顷属寇猖狂，王师未息。朕忧勤在位，爱育生灵，遂乃尊崇释教，至重玄门，迎请真身，为万姓祈福。"① 这枚代表佛陀精神遗存人间的舍利，已经超越了纯宗教的范畴，对于巩固政权、凝聚人心起到了重要的作用。这次迎奉佛骨的活动历时十月，经懿宗、僖宗两朝，既是唐代舍利崇拜的最后一次高潮，也是法门寺佛指舍利在古代社会的最后一次露面。咸通十四年（873）十二月，僖宗诏送舍利回归法门寺，赏赐了大批珍宝供养舍利，并于次年正月初四下令法门寺地宫封门。在迎奉佛骨的过程中，"仪卫之盛，过于郊祀"②，皇室贵族争相供奉，这无疑造成了社会财富的极大浪费。但其中很大一部分珍宝也由于轰轰烈烈的舍利崇拜信仰，而永久性地被埋于法门寺地宫，给后人留下了宝贵的物质文化财富。《杜阳杂编》中的这段记载由于真实地反映了唐懿宗时期迎奉佛骨的狂热场面，极具史料价值，因此司马光将此段记载收入《资治通鉴》卷二百五十二中。

二　唐长安佛寺

佛寺在佛文化与世俗社会的融合过程中一直占据了重要地位。因此，研究寺庙就成为了解佛教发展状况的一把钥匙。据孙昌武先生的统计，"在长安城及其近郊有一定规模的佛寺就应有二百所以上。此外，还有大量不知名的山寺、'野寺'、佛堂、僧舍、兰若等"③。《酉阳杂俎·寺塔记》就是段成式在游览长安寺院的过程中所作。关于《寺塔记》的写作目的，段成式云：

　　武宗癸亥三年夏，予与张君希复善继、同官秘书郑君符梦复，连

① 刘昫：《旧唐书》卷一九，中华书局 1975 年版，第 683 页。
② 司马光：《资治通鉴》卷二五二，中华书局 1976 年版，第 8165 页。
③ 孙昌武：《唐长安佛寺考》，载《唐研究》第二卷，北京大学出版社 1996 年版，第 19 页。

职仙署。会暇日，游大兴善寺。因问《两京新记》及《游目记》，多所遗略，乃约一旬寻两街寺。以街东兴善为首，二记所不具，则别录之。游及慈恩，初知官将并寺，僧众草草，乃泛问一二上人及记塔下画迹，游于此遂绝。后三年，予职于京洛。及刺安成，至大中七年归京，在外六甲子，所留书籍，揃坏居半，于故简中睹与二亡友游寺，沥血泪交，当时造适乐事，遽不可追。复方刊整，才足续穿蠹，然十亡五六矣。次成两卷，传诸释子。①

《寺塔记》正好作于会昌灭法之前，这一时期正值佛教发展的鼎盛时期，同时也是唐代佛教寺院文化的成熟期。因此，《酉阳杂俎·寺塔记》为我们了解唐代长安佛教的传播提供了重要线索。

由于唐代国家重新实现统一，经济发达，物质文化水平相对较高，因此，唐代长安佛寺中的藏品非常丰富。在佛教看来，佛像是佛的替身，代替佛离世后教化、开导世人。因此，佛像作为信众膜拜的对象，是寺院中最为重要的的物品之一。唐代寺院佛像的造像材质多种，造型各异，来源广泛。大兴善寺有"于阗玉像。高一尺七寸，阔寸余，一佛、四菩萨、一飞仙。一段玉成，截肪无玷，腻彩若滴"。净域寺古佛堂"堂中像设悉是石作"。安国寺有"当阳弥勒像，法空自光明寺移来"。从光明寺"为延火所烧，唯像独存"及"法空初移像时，索大如虎口，数十牛曳之，索断不动"等情况来看，安国寺中的这尊弥勒像似乎应当是石像。除安国寺的弥勒石像形制庞大外，资圣寺的铁观音也很壮观，"团塔院北堂有铁观音，高三丈余"。鍮石是金属造像的重要材质，赵景公寺"华严院中，鍮石卢舍立像，高六尺，古样精巧"，灵华寺圣画堂"堂中有于阗鍮石立像，甚古"。此外，金银佛像也很普遍，赵景公寺"寺有小银像六百余躯，金佛一躯长数尺，大银像高六尺余，古样精巧"。立法寺中有"铸金铜像十万躯金，石龛中皆满，犹有数万躯"。金、银造像的数量及规模也从一个侧面反映了唐代经济的发达。唐代寺庙中的除玉、石、铁、鍮石、金、银等材质的

---

① 段成式撰，方南生点校：《酉阳杂俎》，中华书局 1981 年版，第 245 页。

佛像外，还包括世俗题材的人物塑像。如光明寺有唐代造像能手李岫所塑"鬼子母及文惠太子塑像，举止态度如生"，楚国寺中塑"楚哀王等身金铜像"。尤其值得一提的是宝应寺中藏有"齐公所丧一岁子，漆之如罗怙罗，每盆供日，出之寺中"。这些世俗人物的造像除了有供人膜拜的性质外，纪念意义也很突出。楚国寺唐高祖为追念亡子楚哀王而立，"一岁子，漆之如罗怙罗"也包含了齐公一家对爱子的思念之情。世俗人像出现于庙宇之中，反映出佛教寺院除了宣扬高高在上的神性外，对于芸芸众生也不乏慈悲之心，有效地拉近了佛性与人性的距离。此外，有的佛寺中还供有其他的神祇，如净域寺"佛殿内西座蕃神，甚古质。贞元以前，西蕃两度盟，皆载此神立于坛而誓"。这也反映出在唐代开明的时代氛围中，佛寺兼容并包的文化色彩。

佛经又称法身舍利，象征佛法流传于世，精神不灭。据说，佛经最初是用铁笔刻写在贝多树叶上，写成后用长方形木夹夹住，称为"贝叶经"。《酉阳杂俎》称："西域经书用此三种（贝多树有三种：多罗娑力叉贝多、多梨娑力叉贝多、部娑力叉多罗多梨）皮叶，若能保护，亦得五六百年。"[①]从公元1世纪起，这些佛经就陆续传入中国，而佛教中国化的过程就是伴随着佛经的翻译及流传而实现的。因此，汉传佛寺中对于佛经的收藏相当重视，通常修有藏经阁等建筑用于存放佛经。比如，保寿寺"经藏阁规构危巧"，资圣寺"塔中藏千部《法华经》"。有些佛寺中的佛经带有古董性质。如大兴善寺"旃檀像堂中有《时非时经》，界朱写之，盛以漆奁。僧云隋朝旧物"。有些经书还刊刻在具实用性的器物上，赵景公寺"又有嵌七宝字《多心经》小屏风"。这样的佛经兼具宗教性、艺术性与实用性，拥有极高的收藏价值。

壁画通常绘制在佛寺中的殿、堂、塔以及回廊等建筑的粉墙上。在游览寺院的过程中，到处可见到这种富于感染力的形象艺术，有效地激发信众的宗教情绪。有时壁画也绘制在三门外，如招福寺"睿宗圣容院，门外鬼神数壁，自内移来，画迹甚异"，永寿寺"三门东，吴道子画"等。将佛教题材的壁画绘制在佛寺大门周围，借助壁画这种形象的方式在交通要

---

① 段成式撰，方南生点校：《酉阳杂俎》，中华书局1981年版，第177页。

道上宣扬佛教教义，另一方面还有利于在信众还未进入佛寺之前便开始酝酿宗教情绪。唐代寺院中壁画题材十分广泛，技法也相当成熟，既有吴道子、尉迟敬德所绘的宗教画，又有边鸾、梁洽所作的花鸟山水画①。更为难得的是很多寺院的壁画作品容诗、书、画为一体。如长安资圣寺"中门窗间吴道子画高僧，韦述赞，李严书"，荆州陟屺寺"张璪常画古松于斋壁，符载赞之，卫象诗之，亦一时三绝"②。唐代佛寺将绘画艺术、诗歌艺术、书法艺术展示于同一个空间，一方面显示出唐代艺术的繁荣，另一方面也反映出唐人在长期的审美实践中已经开始意识到诗、书、画虽然形式各异，但在审美上却存在相通性。此外，唐代寺院中还藏有当代名家各种题材的书画作品。立法寺卢奢那堂"屏风上相传有虞世南书"、"西北角院内有怀素书，颜鲁公序，张渭侍郎、钱起郎中赞"，保寿寺中有张萱所画《石桥图》等③。可见，唐代佛寺不仅直接促进了壁画绘画技艺的进步，而且收藏与保护了当时许多第一流的书家与画家的作品，对于艺术发展与收藏起到了积极的作用。此外，长安佛寺中的供养物也非常丰富，有纺织品：如楚王寺有"哀王绣袄半袖"，"双凤夹黄袄子"，"白毡黄胯衫"。崇济寺有"天后织成蛟龙被袄子及绣衣六事"。慈恩寺有"太宗常赐三藏衲，约值百余金，其工无针缝之迹"。菩提寺"有郭令玳瑁鞭及郭令王夫人七宝帐"。招福寺有"又铸铜蟾为息烟灯，天下传之"。

唐长安佛寺中的物品来源广泛。由于佛教是由西域传入中原的，因此长安佛寺中如大兴善寺的于阗玉像、赵景公寺中黄金牒经等均是来自西域的宗教物品。这些物品有的还是由僧人直接从西域带来，如大兴善寺"曼殊堂……外壁有泥金帧，不空自西域赍来者"④。而唐代长安寺院中用于佛像造像中的鍮石是一种用铜锌合成的黄铜⑤。鍮石的产地不在中原，而在

---

① 具体分析见第四章第二节。
② 段成式撰，方南生点校：《酉阳杂俎》，中华书局 1981 年版，第 261、117 页。
③ 同上书，第 251、257 页。
④ 同上书，第 245 页。
⑤ 劳费尔：《中国伊朗编》，林筠因译，商务印书馆 2001 年版，第 341—342 页。饶宗颐：《说鍮石——吐鲁番文书札记》，载北京大学中国中古史研究中心编《敦煌吐鲁番文献研究论集》（第二辑），北京大学出版社 1983 年版，第 627 页。

波斯,《魏书·西域传》^①《周书·异域传》^②《隋书·西域传》^③ 等史书中均有波斯产"金、银、𨱏石"的记载。《册府元龟》还有开元六年（718），米国遣使向大唐进献𨱏石的记录^④。𨱏石由于主要依靠进口，因此直到唐代，𨱏石还一度是身份等级的象征，高宗上元元年（674），曾敕"九品服浅青，并𨱏石带"^⑤。利用𨱏石铸造佛像的做法最早源于中亚一带，《大唐西域记》载梵衍那国王城"东有伽蓝……伽蓝东有𨱏石释迦佛立像，高百余尺，分身别铸，总合成立"^⑥，波罗疕斯国"大城中天祠二十所……𨱏石天像量减百尺，威严肃然，凛凛如在"^⑦。赵景公寺"华严院中，𨱏石庐舍立像，高六尺，古样精巧"。云华寺圣画堂"堂中有于阗𨱏石立像，甚古"^⑧。这些𨱏石佛像无论是工艺，还是原料均是中外文化交流的产物。

由于唐代皇帝对佛教大多采取扶持态度，因此常常赏赐给寺院大量奇珍异宝，比如"太皇太后为升平公主追福，奏置奉慈寺，赐钱二十万，绣帧三车"。此外太宗"赐织成双凤夹黄袄子"，"天后织成蛟龙被袄子及绣衣六事"，均应是皇室用品，十分珍贵。当然最为典型的是唐代八帝六次迎送佛骨的过程中赐予法门寺的大量珍宝。长安寺院中还有很多藏品是通过非正常渠道从皇宫中流出的，比如嵌七宝字《多心经》小屏风就是安史之乱中由宫人藏入赵景公寺的。

除皇室外，王公贵族的赏赐也很丰富，前已谈到供于菩萨寺中的"郭令玳瑁鞭及郭令王夫人七宝帐"，已属珍贵，不过李林甫出手更为大方：

> 寺之制度，钟楼在东，唯此寺（菩萨寺）缘李右座林甫宅在东，故建钟楼于西……李右座每至生日，常转请此寺僧就宅设斋。有僧乙尝叹佛，施鞍一具，卖之，材直七万。又僧广有声名，口经数年，次

---

① 魏收：《魏书》卷一〇二，中华书局1974年版，第2270页。
② 令狐德棻：《周书》卷五〇，中华书局1971年版，第920页。
③ 魏征：《隋书》卷八三，中华书局1973年版，第1857页。
④ 王钦若：《册府元龟》卷九七一，中华书局1982年版，第11406页。
⑤ 司马光：《资治通鉴》卷二〇二，中华书局1976年版，第6373页。
⑥ 玄奘著，季羡林校注：《大唐西域记校注》卷一，中华书局1985年版，第131页。
⑦ 同上书，第560页。
⑧ 段成式撰，方南生点校：《酉阳杂俎》，中华书局1981年版，第249、250页。

当叹佛，因极祝右座功德，冀获厚贶。斋毕，帘下出彩筐，香罗帕籍一物，如朽钉，长数寸。僧归失望，惭愧数日。且意大臣不容欺己，遂携至西市，示于商胡。商胡见之，惊曰："上人安得此物？必贷此不违价。"僧试求百千，胡人大笑曰："未也。"更极意言之，加至五百千，胡人曰："此直一千万。"遂与之。僧访其名，曰："此宝骨也。"①

菩萨寺特地将钟楼建在西面，反映出即使连佛门这样的清净地也对李林甫炙手可热的权势畏忌三分。而从李林甫的赏赐来看，这种畏忌的回报也是相当丰厚的。唐代权臣不仅权倾天下，而且富可敌国的气势，这也是安史之乱迅速爆发的重要原因之一。

长安作为当时佛教的中心，还有一些物品是直接从全国各地的寺院征集而来，如奉慈寺"今有僧惟则，以七宝木摹阿育王舍利塔，自明州负来"，保寿寺"有先天菩萨帧，本起成都妙积寺"② 等。此外，长安中的很多寺院是在隋代就已经建立，这些寺院本身就具有悠久的历史，拥有丰富的积淀，比如赵景公寺，隋开皇三年（583）置，在唐代改建之时发现了三斗四升舍利，又如菩提寺为隋旧寺，内有郑法士所绘壁画，均是隋代寺院中旧有藏品。

《酉阳杂俎》中除了记载唐长安佛寺的盛况外，还有关于印度佛寺的描写。段成式云：

> 国初，僧玄奘往五印取经，西域敬之。成式见倭国僧金刚三昧，言尝至中天，寺中多画玄奘麻屩及匙箸，以彩云乘之，盖西域所无者。每至斋日，辄膜拜焉。③

贞观年间，玄奘法师只身前往天竺求法，在五印赢得崇高声誉。两百多年后，段成式从日本僧人那里得知，至今中印度的寺院多有以彩云衬托

---

① 段成式撰，方南生点校：《酉阳杂俎》，中华书局1981年版，第253页。
② 同上书，第256、257页。
③ 同上书，第38页。

的玄奘当年穿过的草鞋以及用过的筷子等壁画作品。并且每逢斋日，寺中僧众还要对着壁画顶礼膜拜。《旧唐书》云："贞观初，随商人往游西域。玄奘既辩博出群，所在必为讲释论难，蕃人远近咸尊伏之。"[①] 这条记载无疑为《旧唐书·玄奘传》的记载提供了生动的注脚。

三　佛教神通

佛教作为外来宗教，在中国的传播过程中曾经借助法术赢得了广大的信众。据《高僧传》记载，最初来华的高僧多拥有神通之才：安世高"外国典籍，及七曜五行医方异术，乃至鸟兽之声，无不综达"[②]；昙柯迦罗"读书一览皆文义通畅，善学四周陀论，风云星宿图谶运变莫不该综"[③]；康僧会"明解三藏，博览六经，天文图纬，多所综涉，辩于枢机，颇属文翰"[④]；支谦"博览经籍，莫不精究，世间伎艺，多所综习，遍学异书，通六国语"[⑤]。毫无疑问，佛教在传入之初正是通过对高僧神通的渲染叩开中国大门，为信众所接受。虽然这仅仅是佛法传播的方便法门，并非佛教的精髓，但对于好奇的博物杂记类小说的作者而言，高僧神通一直是他们津津乐道的话题。《酉阳杂俎》载：

> 梵僧不空，得总持门，能役百神。玄宗敬之。岁常旱，上令祈雨，不空言，可过某日令祈之，必暴雨。上乃令金刚三藏设坛请雨，连日暴雨不止，坊市有漂溺者。遽召不空，令止之。不空遂于寺庭中，捏泥龙五六，当溜水，作胡言骂之。良久，复置之，乃大笑，有顷，雨霁。[⑥]

唐玄宗开元四年与开元八年，善无畏和金刚智先后来华传授印度密

① 刘昫：《旧唐书》卷一九一，中华书局 1975 年版，第 5108 页。
② 慧皎等：《高僧传合集》，上海古籍出版社 1991 年版，第 4 页。
③ 同上书，第 6 页。
④ 同上。
⑤ 同上。
⑥ 段成式撰，方南生点校：《酉阳杂俎》，中华书局 1981 年版，第 39 页。

法。随后不空三藏对密宗的教义进一步系统化与中国化,使密宗成为玄宗时期最为炙手可热的佛教宗派之一。密宗是一个充满神秘色彩的佛教宗派,它"以高度组织化了的咒术、仪礼、俗信为其特征,宣传口诵真言咒语('语密'),手结印契('身密',即运用手势和身体姿势')和心作观想('意密')三密相印,可以即身成佛"①。《酉阳杂俎》中的这个故事描写的即是应唐玄宗之请,开元三大士中的金刚智祈雨与不空三藏止雨的故事。这次在长安城中具有轰动性的祈雨与止雨事件在《宋高僧传》中亦有记载:"空之行化利物居多,于总持门最彰殊胜,测其忍位莫定高卑。始者玄宗尤推重焉,尝因岁旱,敕空祈雨。空曰:'过某日可祷之,或强得之,其暴可怪。'敕请本师金刚智设坛,果风雨不止,坊市有漂溺者,树木有拔仆者。遽诏空止之。空于寺庭中捏泥媪五六,溜水作梵言骂之,有顷开霁矣。"②《酉阳杂俎》与《宋高僧传》中整个祈雨与止雨过程的记载非常相似,甚至有些语句相当雷同。《宋高僧传》作于太平兴国七年,较之《酉阳杂俎》晚了一百多年,因此释赞宁在撰写《宋高僧传》时或许是参考了《酉阳杂俎》的相关记载。

来自印度的密宗在社会上层的广泛传播还与中国僧人一行的努力密不可分。一行师承善无畏与金刚智两位大师,学识渊博,深得玄宗赏识。一行不仅是一位著名的佛教学者,而且还是一位著名的天文学家。《酉阳杂俎》载:

> 僧一行博览无不知,尤善于数,钩深藏往,当时学者莫能测。幼时家贫,邻有王姥,前后济之数十万。及一行开元中承上敬遇,言无不可,常思报之。寻王姥儿犯杀人罪,狱未具。姥访一行求救,一行曰:"姥要金帛,当十倍酬也。明君执法,难以请求,如何?"王姥戟手大骂曰:"何用识此僧!"一行从而谢之,终不顾。一行心计浑天寺中工役数百,乃命空其室内,徙大瓮于中。又密选常住奴二人,授以

---

① 黄心川:《密教与道教》,载黄心川《东方佛教论》,中国社会科学出版社 2002 年版,第 57 页。

② 赞宁:《宋高僧传》卷一,中华书局 1987 年版,第 11 页。

布囊，谓曰："某坊某角有废园，汝向中潜伺，从午至昏，当有物入来，其数七，可尽掩之。失一则杖汝。"奴如言而往。至酉后，果有群豕至，奴悉获而归。一行大喜，令置瓮中，覆以木盖，封于六一泥，朱题梵字数寸，其徒莫测。诘朝，中使叩门急召。至便殿，玄宗迎问曰："太史奏昨夜北斗不见，是何祥也，师有以禳之乎?"一行曰："后魏时，失荧惑。至今，帝车不见，古所无者，天将大警于陛下也。夫匹妇匹夫不得其所，则陨霜赤旱，盛德所感，乃能退舍。感之切者，其在葬枯出系乎? 释门以瞋心坏一切善，慈心降一切魔。如臣曲见，莫若大赦天下。"玄宗从之。又其夕，太史奏北斗一星见，凡七日而复。成式以此事颇怪，然大传众口，不得不著之。①

　　从故事的结尾来看，段成式并不认为一行真的具有捕捉北斗七星的神通，但出于广见闻的目的，他还是在《酉阳杂俎》中收录了这个故事，充分体现了博物杂记类小说的作者深受史传实录精神的影响，对于那些超出个人理解范围的事件，并未一味批判，并在叙事过程中尽量采取客观叙事的方式。事实上，一行作为子午线的测定者与《大衍历》的编订者，毫无疑问，掌握了丰富的天文学知识。如果我们撇开传闻的神秘面纱，这个故事或许可以作如下的解读：王姥由于儿子犯法而求救于一行。一行遂利用他观测到北斗七星在未来几日内将隐而不显的奇异天象，说服玄宗大赦天下，从而救出了王姥之子。这个故事表面上宣扬的是一行的改变天象的神通，实际上走的仍是中国传统的天人感应的套路。可见，密宗这种以法术见长的外来宗教在传播过程中，由于中国僧人的参与加速了其本土化的进程。值得一提的是，《酉阳杂俎》对于一行的记载十分丰富，卷三中还有关于一行求学经历及求雨神通的描写，限于篇幅，本书不一一展开。而《酉阳杂俎》中关于一行的所有描写与《宋高僧传》的记载有惊人的相似②。这也可从一个侧面反映出《酉阳杂俎》的佛教史资料价值。

　　通过以上分析可以看出，佛教作为外来宗教发展到唐代为越来越多的

---

① 段成式撰，方南生点校：《酉阳杂俎》，中华书局1981年版，第9—10页。
② 赞宁：《宋高僧传》卷五，中华书局1987年版，第92—93页。

人所接受，因此也逐渐成为博物杂记类小说作者关注的对象，尤其是《酉阳杂俎》与《杜阳杂编》中记载了大量的关于佛教流传、长安佛寺盛况以及佛教高僧神通等内容。这些内容不仅被《正史》及《高僧传》的编撰者所采录，而且也为我们今天了解唐代佛教的发展状况，以及高僧事迹提供了丰富的材料。

第六章 汉唐博物杂记类小说中的艺术视野

第一节 绘画之属

汉唐时期曾经涌现出一大批优秀的画家，创作了灿烂的绘画艺术。但由于正史中对于绘画方面的记载着墨不多，加之汉唐时期流传至今的绘画作品也甚少，这无疑给我们研究汉唐时期的绘画艺术带来了很大的困难。幸而汉唐博物杂记类小说中保存了不少关于绘画创作、绘画技法、绘画欣赏等方面的内容。这些记载对于我们研究汉唐时期的绘画艺术盛况提供了珍贵的材料。

一 绘画创作

秦朝是中国历史上第一个大一统的封建王朝，但由于现存资料的匮乏，对于秦朝绘画艺术，我们了解甚少，"文献上留名的秦代画家仅见烈裔一人"①。关于秦朝画家烈裔的创作情况在《拾遗记》中有详细的记载：

> 始皇元年，骞霄国献刻玉善画工名（烈）裔。使含丹青以漱地，即成魑魅及诡怪群物之像；刻玉为百兽之形，毛发宛若真矣。皆铭其臆前，记以日月。工人以指画地，长百丈，直如绳墨。方寸之内，画以四渎五岳列国之图。又画为龙凤，骞翥若飞。皆不可点睛，或点之，必飞走也。②

---

① 顾森：《秦汉绘画史》，人民美术出版社 2000 年版，第 28 页。
② 王嘉撰，萧绮录，齐治平校注：《拾遗记》，中华书局 1981 年版，第 99 页。

《拾遗记》的这段记载，虽然有一定的神话色彩，不过其中亦透露出关于秦朝绘画艺术的重要信息。从烈裔既能"画地，长百丈，直如绳墨"，又能在"方寸之内，画以四渎五岳列国之图"，以及画龙凤"皆不可点睛"等描写来看，其绘画技艺是相当高超的，因此，他才具备成为宫廷画师的资格。烈裔所作的"魑魅及诡怪群物之像"，以及龙凤"骞翥若飞"之图，大都是以神怪灵异为题材的绘画作品。根据《史记·封禅书》"始皇遂东游海上，行礼祠名山大川及八神，求仙人羡门之属"、"始皇南至湘山，遂登会稽，并海上，冀遇海中三神山之奇药"① 等记载来看，秦朝宫廷画师擅长神怪灵异题材的绘画很可能与秦始皇好求仙的思想有直接的关系。

博物杂记类小说中关于汉代宫廷绘画的记载以《西京杂记》"画工弃市"篇最为有名。汉元帝时，依汉初黄门附置画者之例，特置尚方画工于宫廷。《西京杂记》云：

> 元帝后宫既多，不得常见，乃使画工图形，案图召幸之。诸宫人皆赂画工，多者十万，少者亦不减五万。独王嫱不肯，遂不得见。匈奴入朝，求美人为阏氏，于是上案图，以昭君行。及去召见，貌为后宫第一，善应对，举止闲雅。帝悔之，而名籍已定。帝重信于外国，故不复更人。乃穷案其事，画工皆弃市，籍其家，资皆巨万。画工有杜陵毛延寿，为人形，丑好老少，必得其真。安陵陈敞，新丰刘白、龚宽，并工为牛马飞鸟众势。人形好丑，不逮延寿。下杜阳望，亦善画，尤善布色。樊育亦善布色。同日弃市。京师画工，于是差稀。②

由于王昭君不肯贿赂画工，虽然"貌为后宫第一，善应对，举止闲雅"，仍然不为元帝所知，最后只得远嫁匈奴。"诸宫人皆赂画工，多者十万，少者亦不减五万"，表明宫廷画工通过受贿而得来的财富是相当可观的，而正是这种过分的贪婪造成了艺术形象与现实个体的错位。虽然从艺

---

① 司马迁：《史记》卷二八，中华书局1975年版，第1367、1370页。
② 葛洪撰，程毅中点校：《西京杂记》，中华书局1985年版，第9页。

术创作的角度来讲，人物绘画中存在想象与夸张，本也无可厚非，但却与元帝设立宫廷画工是为对后宫女子相貌进行写实性描绘的初衷形成了尖锐的对立，从而为画工被杀埋下了祸根。仅仅因为宫廷画工个人的贪婪，而皇帝也将其他画工"同日弃市"，甚至造成了"京师画工，于是差稀"的局面，也反映出在皇权至上的年代，画工地位的低下。这段记载一方面为后世敷衍昭君出塞的故事提供了本事，另一方面也反映出宫廷画工挣扎在艺术创作与皇权意志夹缝中的生存状态。故事的末尾补叙元帝时期的宫廷画坛的情况，具有很高的绘画史价值：毛延寿、陈敞、刘白、龚宽、阳望、樊育均是来自关中一带的画工。他们所擅长的题材主要是人物画与动物画。当时对于绘画技艺的评价标准，一是"人形好丑必得其真"，即表明西汉时期人物画以写实为最高标准；二是"善布色"，重视绘画中的色彩运用。《西京杂记》所载的汉代绘画技法特点也可以从出土的汉墓帛画得到证实。《长沙马王堆一号汉墓发掘简报》称："（长沙马王堆一号汉墓出土的）彩绘帛画……在彩色处理上，使用了朱砂、石青、石绿等矿物颜料，对比强烈，色彩绚烂。""画面上最主要部分……当为女主人（即墓主）出行形象。画法极为流畅，形态自若，是人物画中的杰作。"[1] 由此可见，《西京杂记》中关于汉代画坛流行写实画风以及注重布色的记载是比较符合历史真实情况的。

从某种程度上来看，麒麟阁中悬挂的功臣画像是汉代人物画的集大成之作。《汉书》载："甘露三年，单于始入朝。上思股肱之美，乃图画其人于麒麟阁，法其形貌，署其官爵姓名。"[2] 汉宣帝所开创的利用功臣画像鉴诫愚贤的做法，在唐代得到了进一步推广。《封氏闻见记》载：

> 国初阎立本善画，尤工写真。太宗之为秦王也，使立本图秦府学士杜如晦等一十八人，文学士褚亮为赞，今人间十八学士图是也。
>
> 贞观十七年，又使立本图太原幕府功臣长孙无忌等二十四人于凌

---

① 湖南省博物馆，中国科学院考古研究所：《长沙马王堆一号汉墓发掘简报》，文物出版社1972 年版，第 6 页。

② 班固：《汉书》卷五四，中华书局 1975 年版，第 2468—2469 页。

烟阁，太宗自为赞，褚遂良题之。其后，侯君集谋逆，将就刑，太宗
与之诀，流涕曰："吾为卿，不复上凌烟阁矣！"

中宗曾引修文馆学士内燕，因赐游观。至凌烟阁，见君集像有半
涂之迹。传云："君集诛后，将垩涂之，太宗念其功而止。"

玄宗时，以图画岁久，恐渐微昧。使曹霸重摹饰之。[①]

阎立本（？—673），雍州万年（今陕西西安）人，曾任工部尚书及右
相等职，其父为隋朝著名画家阎毗。阎立本的人物画多取材于著名的历史
人物，具有强烈的现实性及政治意义。《封氏闻见记》所载的阎立本画
《十八学士图》和《凌烟阁二十四功臣像》，以及流传至今的《步辇图》和
《历代帝王像》均是取材于历史上的重要政治人物。阎立本所作的人物画
以写实性见长，注重人物精神风貌的描绘。由于唐代权臣均以像上凌烟阁
为荣，因此太宗在侯君集临刑前才会有"吾为卿不复上凌烟阁矣"的遗
憾。阎立本的人物画在唐代声誉极高，有"象人之妙，号为中兴"之誉[②]。
曹霸，谯国沛人，三国画家曹髦之后，官至左武卫大将军。开元中，画已
得名，杜甫《丹青引赠曹将军霸》中对曹霸的绘画推崇备至。其诗云：
"开元之中常引见，承恩数上南熏殿。凌烟功臣少颜色，将军下笔开生面。
良相头上进贤冠，猛将腰间大羽箭。褒公鄂公毛发动，英姿飒爽来酣战。"
足见曹霸绘画技艺的高超。鉴于曹霸在盛唐画坛的崇高声誉，因此玄宗派
曹霸"重摹饰"凌烟阁上的功臣像。通过以上分析可以看出，麒麟阁、凌
烟阁上的功臣画像，作为人物画以写实见长，是一种审美功能与政治功能
完美结合的绘画形式。

唐代佛教兴盛，寺院林立，《酉阳杂俎》作为唐代博物杂记类小说的
代表作，对于唐代长安佛寺中壁画的盛况有丰富的记载，为我们研究唐代
佛寺壁画提供了珍贵的材料。隋唐时期许多著名画家均参与了佛寺壁画的
创作。郑法士是隋代著名画家，"江左自僧繇以降，郑君是称独步"[③]。郑

---

① 封演撰，赵贞信校注：《封氏闻见记校注》，中华书局1958年版，第42—43页。
② 张彦远：《历代名画记》，上海人民美术出版社1964年版，第170页。
③ 同上书，第161页。

法士为东廊寺所画佛像在唐代还有遗存,《酉阳杂俎》云:"平康坊菩萨寺。佛殿东西障日及诸柱上图画,是东都旧迹,旧郑法士画。"阎立德、尉迟乙僧、范长寿、边鸾等均是初唐时期著名的画家,《酉阳杂俎》载常乐坊赵景公寺三阶院西廊院门上有阎立德画;光宅寺曼舒院上层窗下及普贤堂,以及慈恩寺中均有尉迟乙僧画;赵景公寺"三阶院西廊下,范长寿画";资圣寺团塔有边鸾画。中唐时期的吴道子、皇甫轸等亦创作了不少壁画。《酉阳杂俎》载赵景公寺、菩提寺、永寿寺、资圣寺、安国寺中均有吴道子创作的壁画,静域寺有皇甫轸画,宝应寺中有韩幹画。此外,安国寺水禅院有吴道子弟子释思玄的画,资圣寺净土院有吴道子弟子卢楞伽的画。

这些画家中既有朝廷高官,如阎立德曾任工部尚书、吏部尚书及并州都督,又有来自域外的画家,尉迟乙僧即是于阗国人。这一现象的产生表明在唐代自由、开放的艺术氛围中,身份、地位各异的艺术家均投入到佛寺壁画创作中。

这些画家之间既有师徒相传的默契,前辈提携的知遇,又有同行竞争的残酷。《酉阳杂俎》载:

> (资圣寺净土院)院门里卢楞伽画。卢常学吴势,吴亦授以手诀。乃画总持三门寺,方半,吴大赏之,谓人曰:"楞伽不得心诀,用思太苦,其能久乎?"画毕而卒。[①]

在这段记载中,卢楞伽刻苦学习绘画技艺,吴道子亦将毕生经验倾力相授。遗憾的是卢楞伽由于"不得心诀,用思太苦"、"画毕而卒"。如果卢楞伽不早亡的话,或许在吴道子的培养下,能够创作出更多更优秀的壁画作品。此外,根据段成式的记载,韩幹虽然是曹霸的弟子,但其成名亦与王维兄弟的推崇有直接的关系。《酉阳杂俎》载:

---

① 段成式撰,方南生点校:《酉阳杂俎》,中华书局 1981 年版,第 261 页。

　　韩幹，蓝田人，少时常为贳酒家送酒。王右丞兄弟未遇，每一贳酒漫游，幹常徵债于王家。戏画地为人马，右丞精思丹青，奇其意趣，乃岁与钱二万，令学画十余年。[①]

　　王维是盛唐时期著名的诗人兼画家。《封氏闻见记》称"王维特妙山水，幽深之致，近古未有"[②]。王维的诗与画均以追求清雅闲逸的境界为旨归，充分利用极富抒情性的色彩、线条等艺术语言，营造出"味摩诘之诗，诗中有画"、"观摩诘之画，画中有诗"的艺术效果。[③] 如果段成式的记载可靠的话，那么王维不仅是一位出色的艺术家，还是一位慧眼识英才的教育家。韩幹后来果然不负王维所望，成为与吴道子齐名的著名画家。《封氏闻见记》云："至若吴道玄画鬼神，韩幹画马，皆近时知名者也。尔后画者甚众，虽有所长，皆不能度越前辈矣。"[④]

　　在名家荟萃的唐代画坛，并不都是温情脉脉的感遇、提携的一面，还存在尔虞我诈的残酷竞争。据《酉阳杂俎》载，皇甫轸由于创作了万菩萨堂壁画及静域寺壁画，而声名鹊起，"吴以其艺逼己，募人杀之"[⑤]。这虽然是小说家言，但也从一个侧面反映出唐代画坛竞争的激烈。

　　《酉阳杂俎》中所记的唐代佛寺壁画大致可分为宗教题材与非宗教题材两大类。宗教题材中主要包括宗教神灵及其经变故事。《酉阳杂俎》中记载的唐长安寺院宗教神灵题材的壁画有安国寺释思道画释梵八部。赵景公寺有吴生画龙及天女。宝应寺有韩幹画弥勒、菩萨及释梵天女。光宅寺有尉迟乙僧画变形三魔女。静域寺皇甫轸画鬼神。招福寺睿宗圣容院门外有鬼神数壁及李真画鬼子母。资圣寺有吴道子画高僧，杨坦画天女，李昪画菩萨。慈恩寺有尉迟乙僧画湿耳狮子。经变题材的壁画主要有赵景公寺中的吴道子地域变、范长寿西方变。立法寺有维摩变。菩萨寺佛殿内有维摩变以及食堂东壁上有吴道子画《智度论》色偈变。

---

　　① 段成式撰，方南生点校：《酉阳杂俎》，中华书局1981年版，第250页。
　　② 封演撰，赵贞信校注：《封氏闻见记校注》，中华书局1958年版，第43页。
　　③ 苏轼：《苏轼文集》卷七十，中华书局1986年版，第2209页。
　　④ 封演撰，赵贞信校注：《封氏闻见记校注》，中华书局1958年版，第43页。
　　⑤ 段成式撰，方南生点校：《酉阳杂俎》，中华书局1981年版，第259页。

《酉阳杂俎》中所记的唐代长安寺院中壁画的非宗教题材主要以山水、动植物居多。主要包括大兴善寺梁洽画双松，立法寺梁整画双松，资圣寺边鸾画四面花鸟，静域寺皇甫轸画雕。此外，长安寺院中的壁画还有一些人物画，如立法寺、资圣寺韩幹画四十二圣贤等。

从《酉阳杂俎》记载的长安城中佛寺壁画的创作情况来看，佛教寺院中宗教题材的壁画数量远远超过非宗教题材的壁画。这主要与佛寺作为宗教场所，壁画具有烘托寺院庄严氛围，以及接受信众供奉的作用有直接的关系。而山水、动植物、人物等非宗教题材壁画给观者带来的更多是审美愉悦，因此，这部分题材的壁画在佛寺中并不占据主要地位。

根据《酉阳杂俎》的记载，唐代佛寺壁画作品很多是可以自由移动的。《寺塔记上》载："（菩萨寺）佛殿东西障日及诸柱上图画，是东廊旧迹，郑法士画。开元中，因屋坏移入大佛殿内槽北壁。"[①] 这段记载描写的是郑法士所作壁画由于屋坏等客观原因而移入大佛殿内槽北壁。《寺塔记下》亦载："（招福寺）睿宗圣容院，门外鬼神数壁，自内移来，画迹甚异。"[②] 唐代佛寺壁画可以任意移动，这与当时的作画方式有直接的关系。黄苗子云："古代画壁制作方法有三种：第一种是画在普通垩白了的墙上，画成后涂以保护性油类；第二种是用毡作地加粉漆张在壁上绘画；第三种是用麻纸或粗绢画好后裱背或嵌在墙上。第一种易于毁损，第三种可拆可移。"[③] 由此可知，《酉阳杂俎》中上述可移动的壁画很有可能是"用麻纸或粗绢画好后裱背或嵌在墙上"制作而成的。

二 绘画技法

汉唐博物杂记类小说对于绘画技法的描写主要集中在《封氏闻见记》与《酉阳杂俎》二书中。《封氏闻见记》载：

---

① 段成式撰，方南生点校：《酉阳杂俎》，中华书局1981年版，第252页。
② 同上书，第260页。
③ 黄苗子：《吴道子事辑》，载中国画研究院编《中国画研究》第三册，人民美术出版社1983年版，第239页。

　　大历中，吴士姓顾，以画山水历托诸侯之门。每画，先帖绢数十幅于地，乃研墨汁及调诸采色各贮一器，使数十人吹角击鼓，百人齐声啖叫。顾子着锦袄锦缠头，饮酒半酣，绕绢帖走十余币，取墨汁摊写于绢上，次写诸色，乃以长巾一，一头覆于所写之处，使人坐压，己执巾角而曳之，回环既遍。然后以笔墨随势开决为峰峦岛屿之状。

　　夫画者澹雅之事，今顾子瞑目鼓噪，有战之象，其画之妙者乎。①

　　虽然目前学界对于顾生是诗人顾况，还是另有其人，一直争论不休，不过对于顾生是中国泼墨泼色山水画先驱的看法倒是非常一致②。由于泼墨泼色是一种充满激情的绘画方式，因此顾生作画过程采用了"数十人吹角击鼓，百人齐声啖叫"以及"饮酒半酣"的方式，最大限度地激发创作激情。顾生"取墨汁摊写于绢上，次写诸色"，即是采用了先泼墨，再泼色的绘画技法。由于泼墨泼色的技法在唐代不受重视，唐代最有名的书画评论家张彦远就持"不见笔踪"、"不谓之画，如山水家有泼墨，亦不谓之画，不堪仿效"③的观点。在这种背景下，唐代除《封氏闻见记》外几乎没有任何关于泼墨泼色技法的记载。封演作为以博学见长的小说家，出于对顾生"瞑目鼓噪"的作画过程的好奇，从而完整地记录了顾生所使用的泼墨泼色法。这段记载，为我们今天研究中国山水画技法提供了珍贵的材料。

　　《酉阳杂俎》中关于壁画技法的记载非常丰富。唐代的壁画绘制通常有描线和上色两个步骤，但也有只描线不上色的情况，这就是《酉阳杂俎》中常常提到的白画。《寺塔记》上在记载赵景公寺的壁画情况时云：

　　南中三门里东壁上，吴道玄白画地狱变，笔力劲怒，变状阴怪，睹之不觉毛戴，吴画中得意处。④

---

　　① 封演撰，赵贞信校注：《封氏闻见记校注》，中华书局1958年版，第43—44页。
　　② 李昕、李光复：《中国画泼墨泼彩溯源》，载《美术观察》1996年第3期。洪惠镇：《唐代泼墨泼色山水画先驱"顾生"考》，载《美术观察》1998年第11期。
　　③ 张彦远：《历代名画记》，载《美术观察》，上海人民美术出版社1964年版，第40页。
　　④ 段成式撰，方南生点校：《酉阳杂俎》，中华书局1981年版，第248页。

白画由于只用纯正、素净的线条架构画面，因此对于画家的艺术修养与笔墨功夫要求极高。吴道子仅凭线条的曲直、轻重、粗细、刚柔等变化，就描摹出地狱的阴森恐怖，足见其白描手法之高超。吴道子的弟子释师道亦深得其真传。《酉阳杂俎》载："（长乐坊安国寺）东禅院，亦曰木塔院，院门北西廊五壁，吴道玄弟子释思道画释梵八部，不施彩色，尚有典刑。"[①]

凹凸晕染法　凹凸晕染法主要是利用色彩深浅形成的明暗对比，增强画面的立体感与真实感。凹凸晕染法最早见于印度犍陀罗艺术。而尉迟乙僧则将凹凸晕染法带入了中原。《酉阳杂俎》载光宅寺"今堂（普贤堂）中尉迟画颇有奇处，四壁画像及脱皮白骨，匠意极险。又变形三魔女，身若出壁。又佛圆光，均彩相错乱目"（续集卷六）。从段成式"身若出壁"与"彩相错乱目"的描写来看，尉迟乙僧所作的这幅壁画无疑采用了凹凸晕染法，造就了一种极其和谐的光影立体感。凹凸晕染法的传入，为唐代画坛注入了新鲜血液，许多中原画家亦开始使用晕染法。正如向达先生所云："吴道玄山水，或者采用西域传来凹凸之方法，是以怪石崩滩，若可扪酌，用能一新其作品面目也。"[②]

三　绘画欣赏

汉唐博物杂记类小说中还记载了一些有关绘画欣赏方面的故事。《博物志》载：

> 刘褒，汉桓帝时人。曾画云汉图，人见之觉热；又画北风图，人见之觉凉。[③]

这条佚文被张彦远《历代名画记》所录。张彦远在"叙历代能画人名"中列刘褒及其所画《云汉图》与《北风图》[④]，认为其是后汉代表画家

---

①　段成式撰，方南生点校：《酉阳杂俎》，中华书局1981年版，第247页。

②　向达：《唐代长安与西域文明》，生活·读书·新知三联书店1987年版，第60页。

③　张华撰，范宁校证：《博物志校证》，中华书局1980年版，第121页。

④　张彦远：《历代名画记》，上海人民美术出版社1964年版，第85—86页。

及画作。这两幅画分别根据《诗经·大雅·云汉》诗及《诗经·邶风·北风》而作。《云汉》诗中有"旱既大甚,则不可沮","赫赫炎炎,云我无所","旱既大甚,涤涤山川","旱魃为虐,如惔如焚"等诗句,描写了干旱时节炎热的气候。《北风》诗中有"北风其凉,雨雪其雱"、"北风其喈,雨雪其霏"等诗句,描写了寒冷的冬季中风雪漫天的景象。可见刘褒的《云汉图》与《北风图》正是由于形象地展现了《云汉》与《北风》二诗中描写的景色,才使人们观赏之后产生了"觉热"、"觉凉"的直观感受。值得注意的是,东汉中后期经学逐渐式微。刘褒这两幅以《诗经》为题材的画产生于这样的时代氛围中,使《诗经》的传播超越了文本的限制,拓宽了《诗经》的传播方式。东汉时期出现的《云汉图》、《北风图》等以《诗经》为题材的绘画作品,体现了绘画与诗歌这两种艺术形式的交融与互补。这种现象的产生,从某种角度上讲已经开启了中国古代艺术史上著名的"诗中有画,画中有诗"的创作先声。

《酉阳杂俎·寺塔记》中还记载了段成式等人欣赏佛寺壁画的情况。值得注意的是,以佛、菩萨等具有庄严色彩的壁画作品并没有给段成式留下深刻印象,反而是那些以奇、怪为美学取向的鬼怪、龙蛇等题材的壁画作品给观者带来了强烈的审美震撼。《寺塔记上》载,赵景公寺"吴道玄白画地域变,笔力劲怒,变状阴怪,睹之不觉毛戴","其中龙最怪,张甲方汗栗"。《寺塔记下》载招福寺圣容院门外的数壁鬼神"画迹甚异,鬼所执野鸡,似觉毛起"、"漫题存古壁,怪画匝长廊"。资圣寺"苍苍鬼怪层壁宽,睹之忽忽毛发寒"。[1]

佛寺壁画以奇为美,以怪为美等现象的产生,与佛寺壁画的选材及技法有直接的关系。首先,从佛寺壁画的选材来看,龙、鬼、地狱等题材内容均来自佛教中的神怪故事。这些故事本身就具有强烈的荒诞色彩。画家在处理这类题材时往往有很大的发挥空间。正如《韩非子》所云:"鬼魅最易。夫犬马,人所知也,旦暮罄于前,不可类之,故难。鬼魅、无形者,不罄于前,故易之也。"[2] 其次,从唐代长安佛寺绘画的技法来看,深

---

① 段成式撰,方南生点校:《酉阳杂俎》,中华书局 1981 年版,第 248、260、261—262 页。
② 陈奇猷:《韩非子集释》,中华书局 1964 年版,第 633 页。

受西域画风的影响，上文所述的尉迟乙僧壁画中采用的凹凸晕染法即是一种来自西域的绘画方式。因此，观者在面对奇、怪色彩浓郁的壁画作品，无论在绘画内容、绘画技法，还是在文化差异上，均遭遇到巨大的视觉冲击，在心灵上产生不适应感，自然在头脑中留下深刻的印象。加之，段成式本来就是一位在审美倾向上追求"怪味"① 的小说家，因此《酉阳杂俎》中留下许多关于唐代长安寺院以奇为美、以怪为美的壁画描写也就不足为奇了。

此外，汉唐博物杂记类小说中还记载了一些关于画作流传的典故。《酉阳杂俎》载：

> 翊善坊保寿寺，本高力士宅。天宝九载，舍为寺……河阳从事李涿，性好奇古，与僧智增善，尝俱至此寺，观库中旧物。忽于破瓮中得物如被，幅裂污垫，触而尘起。涿徐视之，乃画也。因以州县图三及缣三十获之，令家人装治之，大十余幅。访于常侍柳公权，方知张萱所画《石桥图》也。玄宗赐高，因留寺中，后为鬻画人宗牧言于左军，寻有小使领军卒数十人至宅，宣敕取之，即日进入。先帝好古，见之大悦，命张于庐韶院。②

高力士深得玄宗宠信，玄宗曾将开元时期最负盛名的画家张萱所作《石桥图》赏赐于他。由于高力士家藏珍宝众多，此画并不受重视，在高力士舍宅为寺后，这幅名画竟然沦落于保寿寺的库房中，"幅裂污垫，触而尘起"，幸运的是被李涿发现，重新装裱，后又重入皇宫收藏。这也算是中国绘画收藏史上名画失而复得的一则有趣的典故。

汉唐博物杂记类小说中有不少关于绘画创作、绘画技法、绘画欣赏以及画作流传等方面的记载，这些记载对于我们研究汉唐时期的肖像画、壁画的创作情况，泼墨泼色法、白描、凹凸晕染法等绘画技巧的使用状况，汉唐时期人们对于绘画的欣赏情况，以及名画的流传情况提供了宝

---

① 段成式撰，方南生点校：《酉阳杂俎》，中华书局1981年版，第1页。
② 同上书，第257页。

贵的资料。

第二节　音乐之属

中国古代创造了灿烂的音乐文化，但由于种种原因，其中很大一部分音乐我们现在已经无法听到。幸而汉唐博物杂记类小说中有许多关于汉唐时期乐舞、乐器、乐曲创作等内容的记载，使我们能够略知汉唐时期音乐文化的辉煌。

一　乐　舞

（一）秦朝音乐

秦王朝是中国历史上第一个大一统的封建王朝，秦代音乐文化曾经达到一个非常高的水平。《史记·秦始皇本纪》云："秦每破诸侯……所得诸侯美人钟鼓，以充入之。"[①] 这表明秦朝的统治者十分注意吸收六国音乐文化的精髓，因此，秦朝宫廷音乐的规模与水平绝不会在曾侯乙墓随葬乐器所证实的曾国宫廷音乐之下。但由于秦朝仅仅存在了十五年（前221—前207），秦朝音乐的面貌也由于历史的短暂和岁月的久远而变得模糊不清。在骊山秦始皇陵尚未完全发掘的情况下，博物杂记类小说中对于秦咸阳宫中乐器的记载，或许可以为我们了解秦代宫廷音乐演奏的情况提供一丝线索。《西京杂记》载高祖初入咸阳宫时发现其中有：

> 铸铜人十二枚，坐皆高三尺，列在一筵上，琴筑笙竽，各有所执，皆缀花采，俨若生人。筵下有二铜管，上口高数尺，出筵后。其一管空，一管内有绳，大如指，使一人吹空管，一人纽绳，则众乐皆作，与真乐不异焉。有琴长六尺，安十三弦，二十六徽，皆用七宝饰之，铭曰：璠玙之乐。玉管长二尺三寸，二十六孔，吹之则见车马山林，隐辚相次，吹息亦不复见，铭曰：昭华之管。[②]

---

① 司马迁：《史记》卷六，中华书局1975年版，第239页。
② 葛洪撰，程毅中点校：《西京杂记》，中华书局1985年版，第19页。

类似的记载还见于《博物志》与《酉阳杂俎》卷六《乐》篇，可见这个传说曾在汉唐时期广泛流传。琴、筑、笙、竽、管均是先秦时期常见乐器。《史记·苏秦列传》载："临菑甚富而实，其民无不吹竽鼓瑟，弹琴击筑。"[1] 咸阳宫中"二十六徽"的秦琴是否存在，以及琴徽到底产生于何时，曾在学术界引起长期争论[2]，这个问题目前尚未有明确的结论。与此类似的是，秦朝的机械水平是否能够制作出仅靠一人牵动绳索，一人吹空管就能使整个十二人乐队进行正常演奏的铜人乐队？即便这条记载仅仅是小说家言，但既然这个故事长期在汉唐之际流传，也不排除其有合理成分存在。无独有偶的是，唐代小说《朝野金载》云洛州县令殷文亮"刻木为人，衣以缯绤，酌酒行觞，皆有次第。又作妓女，唱歌吹笙，皆能应节。饮不尽，则木小儿不肯把；饮未竟，则木妓女歌管连理催。"[3] 殷文亮的木制机器人能够唱歌吹笙，劝人饮酒，在宴会中大放异彩。如果张鷟的记载准确的话，便为我们研究秦始皇的铜人乐队真实性提供了一种崭新的思路。

（二）汉代宫廷的楚歌楚舞

出身社会下层的汉高祖刘邦，喜爱民间楚声、楚舞，将其带入了宫廷。而汉武帝则扩大了"乐府"机构，任命李延年为协律督尉，大力采集民俗乐舞。魏晋南北朝时期民族大融合的过程中，也为乐舞的融合创造了条件。《西京杂记》载：

> 高帝、戚夫人善鼓瑟击筑。帝常拥夫人倚瑟而弦歌，毕，每泣下流涟。夫人善为翘袖折腰之舞，歌《出塞》、《入塞》、《望归》之曲，侍婢数百皆习之。后宫齐首高唱，声入云霄。
>
> 戚夫人侍高帝，常以赵王如意为言，而高祖思之，几半日不言，叹息凄怆，而未知其术，辄使夫人击筑，高祖歌《大风诗》以和之。[4]

---

① 司马迁：《史记》卷六十九，中华书局 1975 年版，第 2257 页。

② 耘耘：《"徽"字一辨十二载》，载《天津音乐学院学报》2003 年第 1 期。

③ 张鷟撰，恒鹤校点：《朝野金载》，载《唐五代笔记小说大观》，上海古籍出版社 2000 年版，第 80 页。

④ 葛洪撰，程毅中点校：《西京杂记》，中华书局 1985 年版，第 2、19 页。

《西京杂记》中的这两段记载可以看作是汉高祖与戚夫人在宫廷生活中"为我楚舞，吾为若楚歌"[①] 的生动写照。筑是楚歌中的常用乐器，《史记》中有刘邦"击筑"作《大风歌》[②] 的记载。"帝常拥夫人倚瑟而弦歌，毕，每泣下流涟"的描写很能体现楚歌慷慨愁绝的抒情风格。从这个角度我们便很能理解，为何项羽垓下被围时，听到四面楚歌时"悲歌忼慨"、"泣数行下"[③] 的情绪反应，不仅是出于英雄末路大势已去的无奈，还在很大程度上与楚歌本身悲凉情绪的渲染有关。"翘袖折腰之舞"即是一种典型的楚舞。根据河南南阳出土的汉画像砖来看，所谓"翘袖折腰"是作"折旁腰作九十度角，两上臂平抬，两臂与折下的上身平行，两袖平飞翘起"[④]。"翘袖折腰之舞"讲究腰功和袖式变化，舞姿造型优美流畅。戚夫人不仅善舞，而且能歌，反映出汉代贵族妇女极高的艺术修养。

（三）唐代乐舞表演

唐代的音乐文化在经济繁荣、政策开明的时代氛围中得到了极大的发展。琵琶作为历史悠久、音域宽广、音色明亮，具有丰富表现力的乐器，在唐代深受各族人民的喜爱。琵琶艺人在唐代以男性居多，正如王建《赛神曲》所云："男抱琵琶女作舞。"这是由于从西域传入的曲项琵琶弦很粗，张力大，非男性不能胜任，因此，唐代的琵琶名手多为男性，其中段善本使用羊皮弦，其拨子功尤为出色，《酉阳杂俎》云：

> 开元中，段师能弹琵琶，用皮弦，贺怀智破拨弹之，不能成声。[⑤]

通过以上描写可以看出，段善本的拨子功已经达到出神入化的地步，连玄宗的御用琵琶师贺怀智也无法拨动段本善的专用琵琶。由于弹奏琵琶对于拨子功的要求特别高，一代名师康昆仑也很难做到尽善尽美，《大唐传载》载：

---

① 司马迁：《史记》卷五五，中华书局 1975 年版，第 2047 页。
② 司马迁：《史记》卷八，中华书局 1975 年版，第 389 页。
③ 司马迁：《史记》卷七，中华书局 1975 年版，第 333 页。
④ 彭松：《中国舞蹈史》（秦汉魏晋南北朝部分），文化艺术出版社 1984 年版，第 76 页。
⑤ 段成式撰，方南生点校：《酉阳杂俎》，中华书局 1981 年版，第 65 页。

汉中王瑀为太常卿……又见康昆仑弹琵琶，云："琵声多，琶声少，亦未可弹五十四丝大弦也。"自下而上谓之琵，自上而下谓之琶。①

从这个角度，我们便很容易理解白居易在浔阳江头遇见琵琶女时，对于其出色的拨子功进行的热情赞扬："银瓶乍破水浆迸，铁骑突出刀枪鸣。曲终收拨当心画，四弦一声如裂帛。"一个技艺如此高超的京师艺人在人老珠黄后却不得不面临着飘零于江湖的命运，由此引发出诗人"同是天涯沦落人，相逢何必曾相识"的无限感慨。

隋唐时期在民族大融合的时代氛围中，波斯梨形曲项琵琶一度进入唐代宫廷中。《朝野金载》载：

太宗时，西国进一胡，善弹琵琶。作一曲，琵琶弦拨倍粗。上每不欲番人胜中国，乃置酒高会，使罗黑黑隔帷听之，一遍而得。谓胡人曰："此曲吾官人能之。"取大琵琶，遂于帷下令黑黑弹之，不遗一字。胡人谓是官女也，惊叹辞去。西国闻之，降者数十国。②

这是一个唐太宗利用琵琶艺人罗黑黑过耳不忘的高超技艺震慑西胡的故事。曲项琵琶本从西域传入，到太宗时期中原艺人已经具备了超越西域本土艺人的高超演奏技艺，而这种技艺竟然在外交场合起到了令外夷臣服、弘扬国威的重要作用。

音乐除了具备娱乐功能、外交功能外，还成为唐代皇室成员回避政治斗争、韬光养晦的重要手段。《酉阳杂俎》云：

玄宗常伺察诸王。宁王尝夏中挥汗鞨鼓，所读龟兹乐谱也。上知之，喜曰："天子兄弟，当极醉乐耳。"③

---

① 佚名撰，恒鹤校点：《大唐传载》，载《唐五代笔记小说大观》，上海古籍出版社2000年版，第894页。

② 张鷟撰，恒鹤校点：《朝野金载》，载《唐五代笔记小说大观》，上海古籍出版社2000年版，第64页。

③ 段成式撰，方南生点校：《酉阳杂俎》，中华书局1981年版，第114页。

在古代封建王朝内部，宗室弟子之间为争夺皇位往往自相残杀。宁王为睿宗长子，本为王位的第一继承人，睿宗却让位于其弟李隆基，因此玄宗即位后对于诸王始终存有戒心，常常派人监视其行动。当玄宗得知宁王以音乐自娱的生活状态后，极其满意，发出了"天子兄弟，当极醉乐耳"的感叹。宁王也成为玄宗为其他宗室弟子不干涉朝政而树立的榜样。《旧唐书》盛赞唐玄宗"英断多艺，尤知音律"①。从宁王"夏中挥汗鞭鼓，所读龟兹乐谱"的表现来看，宁王也是一位热爱音乐之人。因此，宁王虽然身份特殊，但终其一生始终得到玄宗的敬重，对于音乐共同的喜好或许也是一个重要原因。唐以前，中原地区的乐师与徒弟之间一直依靠言传身教的方式传授技艺，直到唐代，龟兹乐谱传入后，中原地区才有了真正意义上的乐谱。因此，这条记载也为我们研究唐代音乐史提供了重要的材料。

（四）集体舞蹈

踏歌是中国古代一种集体性的自娱歌舞形式。这种踏地为节、手袖相连、载歌载舞的舞蹈形式，早在《西京杂记》中就有记载，《高帝侍儿言宫中乐事》篇云：

> 十月十五日，共入灵女庙，以豚黍乐神，吹笛击筑。歌《上灵》之曲。既而相与连臂踏地为节，歌《赤凤凰来》。②

踏歌这种集体性歌舞在唐代仍相当流行，《朝野金载》云：

> 睿宗先天二年正月十五、十六夜，于京师安福门外作灯轮，高二十丈，衣以锦绮，饰以金玉，燃五万盏灯，簇之如花树。宫女千数，衣罗绮，曳锦绣，耀珠翠，施香粉。一花冠、一巾帔皆万钱，装束一妓女皆至三百贯。妙简长安、万年少女妇千余人，衣服、花钗、媚子亦称是，于灯轮下踏歌三日夜，欢乐之极，未始有之。③

---

① 刘昫：《旧唐书》卷八，中华书局 1975 年版，第 165 页。
② 葛洪撰，程毅中点校：《西京杂记》，中华书局 1985 年版，第 20 页。
③ 张鷟撰，恒鹤校点：《朝野金载》，载《唐五代笔记小说大观》，上海古籍出版社 2000 年版，第 40 页。

　　根据上述两条记载，踏歌表演多是在节日中进行，《朝野佥载》中记录的这次踏歌从先天二年（713）正月十五夜开始的，一直延续了"三日夜"。在整个踏歌活动中，灯火辉煌，有千余人参加，场面壮观，载歌载舞，通宵达旦，颇有狂欢节的意味。事实上，正史中亦有关于长安城内正月十五踏歌的热闹场景的记载。《旧唐书·睿宗本纪》载："上元日夜，上皇御安福门观灯，出内人联袂踏歌，纵百僚观之，一夜方罢。二月丙申，改隆州为阆州，始州为剑州。分冀州置深州。初，有僧婆陀请夜开门燃灯百千炬，三日三夜。皇帝御延喜门观灯纵乐，凡三日夜。"① 张祜《正月十五日夜灯》亦云："千门开锁万灯明，正月中旬动帝京。三百内人连袖舞，一时天上著词声。"描绘的均是唐代长安城内正月十五夜不闭户，踏歌声响彻云霄的欢乐场面。

二　乐器

　　汉唐博物杂记类小说中对于琴的记载最为丰富。早在博物杂记类小说的开山之作《山海经》中就有"帝俊生晏龙，晏龙是为琴瑟"② 的记载。《山海经》中关于琴起源的记载或得之于传闻，而后世的博物杂记类小说中关于琴的描写延续了《山海经》虚实参半的风格。在琴的制作过程中，琴材的选择显得尤为重要。《拾遗记·少昊》篇云："桐峰文梓千寻直，伐梓作器成琴瑟。"③ 似以梓木为琴材。而《拾遗记·周穆王》篇在谈到周穆王的"重霄之宝器"中有"员山静瑟"："员山，其形员也。有大林，虽疾风震地，而林木不动，以其木为琴瑟，故曰'静瑟'"④。在疾风中选择静止不动的林木为琴材的传说似开唐代雷氏琴的选材方式的滥觞。《蜀中广记》载："雷威作琴，不必皆桐，遇大风雪之日，酣饮著蓑笠独往峨眉，深松中，听其声延绵悠扬者伐之，斫以为琴。妙过于桐。"⑤ 琴材的挑选过程充满了诗意的寻觅与惊喜的发现，是斫琴师凭借卓越观察力和敏锐听觉

① 刘昫：《旧唐书》卷七，中华书局 1975 年版，第 161 页。
② 袁珂：《山海经校注》，上海古籍出版社 1980 年版，第 468 页。
③ 王嘉撰，萧绮录，齐治平校注：《拾遗记》，中华书局 1981 年版，第 13 页。
④ 同上书，第 66 页。
⑤ 曹学佺：《蜀中广记》卷七十，文渊阁《四库全书》本。

与自然遇合的过程。对于经验丰富的琴师来说，仅凭听觉便能判断出琴材的好坏，《搜神记》云：

> 吴人有烧桐以爨者，（蔡）邕闻火烈声，曰："此良材也。"因请之，削以为琴，果有美音。而其尾焦，因名"焦尾琴"[①]。

蔡邕本身即是汉末最为著名的琴家，其听觉的敏锐性自然逾于常人。他从烈火中抢救出良材造就了"焦尾琴"。这张琴与齐桓公的"号钟"，楚庄王的"绕梁"，司马相如的"绿珠"一起，被誉为我国古代四大名琴。

琴弦作为发音体，其质地尤其重要，古代斫琴过程中一般选用丝弦，不过在汉唐博物杂记类小说中也记载了其他材质的琴弦，如《杜阳杂编》中记代宗永泰元年外国所献碧玉蚕丝可作琴弦，其音质有惊天地泣鬼神之妙：

> 碧玉蚕丝即永泰元年东海弥罗国所贡。云其国有桑，枝干盘屈，覆地而生，大者连延十数顷，小者荫百亩。其上有蚕，可长四寸，其色金，其丝碧，亦谓之金蚕丝……为琴瑟弦则鬼神悲愁忭舞。[②]

这种琴弦无论其产地，还是形制都不乏艺术想象的成分，表现了人们对于良琴配良弦所达到的良好演奏效果的无限期待。

经过魏晋南北朝斫琴家的不断丰富与积淀，唐代的斫琴技术达到了很高的水平，《唐国史补》载：

> 蜀中雷氏斫琴，常自品第，第一者以玉徽，次者以瑟瑟徽，又次者以金徽，又次者螺蚌之徽。[③]

---

① 干宝：《搜神记》，中华书局1979年版，第167页。
② 苏鹗：《杜阳杂编》，中华书局1958年版，第16—17页。
③ 李肇：《唐国史补》，上海古籍出版社1979年版，第58页。

此外，李勉亦是唐代斫琴名家，《唐国史补》云：

> 李汧公，雅好琴，常断桐，又取漆桶为之，多至数百张，求者与
> 之。有绝代者，一名响泉，一名韵磬，自宝于家。①

相传百衲琴即是李勉发明的，《尚书故实》载：

> 李汧公取桐孙之精者，杂缀为之，谓之百纳琴。用蜗壳为徽，其
> 间三面尤绝异，通谓之"响泉韵磬"，弦一上，可十年不断。②

"响泉"、"韵磬"很有可能即是李勉所斫百衲琴。不过，可惜的是李
勉所制的琴并没能流传下来，因此这对于我们考辨百衲琴也带来了困难③。
除雷氏、李勉外，京师樊氏、路氏也是当时斫琴名家，《唐国史补》载：
"京师又以樊氏、路氏琴为第一，路氏琴有房太尉石枕，损处惜之不理。"④
正是由于各地斫琴师的不断努力与创新，才造就了唐琴的辉煌。

汉唐博物杂记类小说中除了谈到斫琴技术外，对各个时代的良琴也倍
加留意。《西京杂记》、《异苑》、《酉阳杂俎》中均有刘邦破秦后发现咸阳
宫宝琴的记载："咸阳宫中……有琴长六尺，安十三弦，二十六徽，皆用
七宝饰之，铭曰璠玙之乐。"⑤ 关于汉代的名琴，《西京杂记》云："赵后有
宝琴，曰凤凰，皆以金玉隐起为龙凤螭鸾、古贤列女之象。"⑥ 宝琴以"凤
凰"为名，琴表上以金玉装饰出"龙凤螭鸾"之象，均是暗示赵飞燕皇后
的身份，而"古贤列女之象"则增添了一份道德劝诫的意味。"凤凰"琴
无论是从名称，还是从琴表的装饰来看，雍容华贵颇有皇家气质。唐代的

---

①　李肇：《唐国史补》，上海古籍出版社 1979 年版，第 58 页。

②　李绰撰，萧逸校点：《尚书故实》，载《唐五代笔记小说大观》，上海古籍出版社 2000 年
版，第 1161 页。

③　郑岷中：《百衲琴考》，《故宫博物院院刊》1991 年第 2 期。

④　李肇：《唐国史补》，上海古籍出版社 1979 年版，第 58 页。

⑤　葛洪撰，程毅中点校《西京杂记》，中华书局 1985 年版，第 19—20 页。此条记载又见于
段成式撰，方南生点校《酉阳杂俎》，中华书局 1981 年版，第 65 页。

⑥　葛洪撰，程毅中点校《西京杂记》，中华书局 1985 年版，第 32 页。

名琴有上文提到的雷氏所制"玉徽"琴、"瑟瑟徽"琴、"金徽"琴、"螺蚌徽"琴，李勉所制响泉琴、韵磬琴等。即便是雷氏所斫的"金徽琴"，在唐代亦是至宝。元稹《姜宣弹小胡笳引歌》有"雷氏金徽琴，王君宝重轻千金"之叹。可见，即便在唐代，雷氏琴的价格也是相当昂贵的。尤其值得一提的是，流传至今的唐琴多为四川雷琴，主要包括雷霄所制"九霄环佩"琴、中唐雷氏"玉玲珑"琴及晚唐雷氏"飞泉"琴等，均被故宫博物院收藏；晚唐雷氏"太古遗音"琴为中央音乐学院收藏；晚唐雷氏"枯木龙吟"琴为中国艺术研究院音乐研究所藏；晚唐雷氏"独幽"琴为湖南省博物馆收藏。这些雷琴多为国宝级文物，价值连城。

在中国古代，凡是用弹和挑这两种手法为主演奏的乐器统称为琵琶。阮咸即参照已有的琴、筝、筑、箜篌等木质乐器，创造出来的另一种直项琵琶，《隋唐嘉话》载：

> 元行冲宾客为太常少卿，有人于古墓中得铜物，似琵琶而身正圆，莫有识者。元视之曰："此阮咸所造乐具。"乃令匠人改以木，为声甚清雅，今呼为阮咸者是也。①

这种圆形、木面、长柄、4弦、12柱、竖持的弹弦乐器也称为"秦汉琵琶"或"秦琵琶"，在汉武帝时期已经出现。由于东晋阮咸擅长弹奏这种乐器，因此也称为"阮咸"。后因战乱，阮咸一度失传，才发生了《隋唐嘉话》所记的唐代阮咸出土时，"莫有识者"这一现象。《隋唐嘉话》关于阮咸的记载相当具有历史价值，因此还被《新唐书·元行冲传》采入。

磬是一种石制体鸣击奏乐器，是我国最早产生的乐器之一，磬在先秦时期一度构筑了礼乐文化的辉煌，长期被认为是王室重器及权力身份的象征。《礼记·明堂位》云："搏拊、玉磬、揩击、大琴、大瑟、中琴、小瑟，四代之乐器也。"② 因此，磬也是我们今天了解古代礼乐制度的重要实物之一。《拾遗记·周穆王》篇中谈到周穆王"环天之和乐，列以重霄之

---

① 刘餗：《隋唐嘉话》，中华书局1979年版，第46页。
② 郑玄注，孔颖达疏：《礼记正义》，载《十三经注疏》，中华书局1982年版，第1491页。

宝器"中便有"浮瀛羽磬"、"浮瀛，即瀛洲也。上有青石，可为磬，磬者长一丈，轻若鸿毛，因轻而鸣"①。这种制磬的"青石"，也常常被称为"鸣石"，石材多呈青灰色，石灰岩含量较高，用以制磬，声音清澈悠远。从磬长一丈来看，《拾遗记》所记载的"浮瀛羽磬"的形制较大，当属大磬，这种"特悬之大磬"，亦名"玉磬"，作为王权的象征，唯天子能用。汉唐博物杂记类小说中关于磬的描写多与皇室有关，《杜阳杂编》中记载的同昌公主出葬时"击归天紫金之磬"②，足见此磬装饰之华美、使用之庄重，均与同昌公主的王室身份相契合。

　　铜鼓是我国南方少数民族使用的传统乐器，距今已经有两千多年的历史。这种金属体鸣乐器因通身用铜铸成鼓形而得名。《岭表录异》中对岭南铜鼓作了详细记载：

　　　　蛮夷之乐，有铜鼓焉。形如腰鼓而一头有面。鼓面圆二尺许，面与身连，全用铜铸。其身遍有虫鱼花草之状，通体均匀，厚二分以外，炉铸之妙，实为奇巧。击之响亮，不下鸣鼍。贞元中，骠国进乐，有玉螺铜鼓即知南蛮酋首之家，皆有此鼓也。咸通末，幽州张直方贬龚州刺史。到任后，修葺州城，因掘土得一铜鼓，载以归京。到襄汉，以为无用之物，遂舍于延庆禅院，用代木鱼，悬于斋室。今见存焉。僖宗朝，郑絪镇番禺日，有林蔼者，为高州太守。有乡墅小儿，因牧牛闻田中有蛤鸣，牧童遂捕之。蛤跃入一穴，遂掘之深大，即蛮酋冢也，蛤乃无踪，穴中得一铜鼓，其色翠绿，土蚀数处损阙，其上隐起，多铸蛙黾之状。疑其鸣蛤即鼓精也。遂状其缘由，纳于广帅，悬于武库，今尚存焉。③

　　从上述记载来看，岭南铜鼓造型优美、纹饰精致，鼓声响亮，表明岭南人民制作铜鼓的工艺已经达到了相当高的水准。岭南铜鼓主要用于祭

---

① 王嘉撰，萧绮录，齐治平校注：《拾遗记》，中华书局1981年版，第66页。
② 苏鹗：《杜阳杂编》，中华书局1958年版，第57页。
③ 刘恂撰，鲁迅校勘：《岭表录异》，广东人民出版社1983年版，第7—8页。

祀、敬神、召集部众以及指挥作战等场合，只为部族头人或酋长所有，是政治权力的象征。不过，虽然铜鼓在岭南有着崇高的地位，但由于当时岭南文化不为中原所熟悉，因此由幽州而来的张直方掘得极具收藏价值的岭南古铜鼓竟不知为何物。《岭表录异》中的这条记载，对于我们今天研究唐代岭南铜鼓有着很好的参考价值。

汉唐博物杂记类小说中还记载了一些形制特别的乐器。《酉阳杂俎》载：

> 有人以猿臂骨为笛，吹之，其声清圆，胜于丝竹。[①]

笛子多用丝竹制成，兽骨制成的笛子确实非常少见。不过随着河南舞阳骨笛[②]与青海都兰诺木洪搭里他里哈骨笛形器[③]的出土，证明我们的祖先在很早的时候就利用动物骨制笛。

三 音乐创作

汉唐博物杂记类小说中还有关于乐曲创作及乐舞的编排情况的记载，具有一定的音乐史价值。《杜阳杂编》载：

> 宣宗制《泰边陲曲》，其词曰："海岱晏咸通。"及上垂拱而年号咸通焉。[④]

《杜阳杂编》中的这段记载认为《泰边陲曲》是宣宗所制，曲词的内容与使边陲安泰有关，因此，名为《泰边陲曲》，懿宗即位后取咸通二字为年号。《杜阳杂编》此条记载被《旧唐书》所采录，"宣宗制《泰边陲乐

---

① 段成式撰，方南生点校：《酉阳杂俎》，中华书局1981年版，第66页。
② 河南省文物研究所：《河南舞阳贾湖新石器时代遗址第二至六次发掘简报》，载《文物》1989年第1期。
③ 青海省文物管理委员会，中国科学院考古研究所：《青海都兰县诺木洪搭里他里哈遗址调查与试掘》，载《考古学报》1963年第1期。
④ 苏鹗：《杜阳杂编》，中华书局1958年版，第53页。

曲词》有'海岱晏咸通'之句"①。《唐音癸签》中关于《泰边陲曲》的记载与苏鹗的说法非常类似。胡震亨载,宣宗时"有曰葱西士女踏歌队者,率言葱岭之士,乐河、潢故地归国,复为唐民……《泰边陲曲》有词云:'海岳晏咸通。'后懿宗继统,年号适纪咸通,人以其为谶云"②。晚唐人杜光庭作《宣示解泰边陲谢恩表》中谈到边境流传"泰边陲,曲子待来年"的谣谚"所言'边陲'者,乃国家散关之外"、"即当荡定三秦,统临万国"③。杜光庭所记的晚唐边塞所流传的《泰边陲曲》的内容与《杜阳杂编》所记宣宗所制之曲完全吻合。根据以上记载,《泰边陲曲》很有可能是产生于宣宗时期,产生的原因大约与晚唐边患不断的社会背景有直接的关系。懿宗咸通的年号或来源于《泰边陲曲》的曲词。

关于唐代大型乐舞《叹百年》的来历,《杜阳杂编》云:

公主薨……是后上晨夕惴心挂想。李可及进《叹百年》曲,声词怨感,听之莫不泪下。又教数千人作叹百年队。取内库珍宝雕成首饰。画八百匹官绅作鱼龙波浪文,以为地衣。每一舞而珠翠满地。④

根据《杜阳杂编》的记载,《叹百年》是唐懿宗咸通年间为悼念同昌公主之死,由宫廷乐人李可及创作的大型乐舞。《叹百年》的歌词、曲调异常哀婉,"听之莫不泪下"。根据《叹百年》曲排演的舞蹈极为奢华,参演者盛装打扮,多达上千人,"每一舞而珠翠满地"。《杜阳杂编》中这段关于《叹百年》的记载极具史料价值,被正史全文采录。《旧唐书》载:"同昌公主除丧后,帝与淑妃思念不已,可及乃为《叹百年》舞曲。舞人珠翠盛饰者数百人,画鱼龙地衣,用官绅五千匹。曲终乐阕,珠玑覆地,词语凄恻,闻者涕流,帝故宠之。"⑤《新唐书》也有类似的记载:"同昌公

---

① 刘昫等:《旧唐书》卷一七七,中华书局 1975 年版,第 649 页。
② 胡震亨:《唐音癸签》卷十三,文渊阁《四库全书》。
③ 董诰:《全唐文》卷九三〇,中华书局 1983 年版,第 9687—9688 页。
④ 苏鹗:《杜阳杂编》,中华书局 1958 年版,第 56—57 页。
⑤ 刘昫:《旧唐书》卷一七七,中华书局 1975 年版,第 4608 页。

主丧毕，帝与郭淑妃悼念不已，可及为帝造曲，曰《叹百年》，教舞者数百，皆珠翠襦饰，刻画鱼龙地衣，度用缯五千，倚曲作辞，哀思裴回，闻者皆涕下。"① 由于《叹百年》舞为悼念同昌公主而作，待到宠爱同昌公主的懿宗退位后，宫中也不再演出此舞了。而且《叹百年》舞场面奢华，表演人数众多，因此也不可能在民间流传。懿宗朝盛极一时的《叹百年》舞很快就消亡了，因此《杜阳杂编》中关于《叹百年》舞的记载为我们研究唐代宫廷悲舞提供了非常珍贵的材料。

李可及擅长编排大型乐舞，除《叹百年》外，还编排了菩萨蛮乐舞，《杜阳杂编》载：

> 降诞日于宫中结彩为寺，赐升朝官以下锦袍，李可及尝教数百人作四方菩萨蛮队。②

唐懿宗笃信佛教，因此为纪念佛降诞日"于宫中结彩为寺"表演此舞。由于这个舞蹈由很多人列队演出，因此称为队舞。关于菩萨蛮的来历，苏鹗云："女蛮国……国人危髻金冠，璎珞被体，故谓之菩萨蛮。"③因此，表演《菩萨蛮》队舞的演员在着装上很有可能模仿了女蛮国的服饰，发梳高髻，头戴金冠，身披璎珞，俨然菩萨降临。《菩萨蛮》队舞除了在宫中表演外，还曾在安国寺落成之时表演，并取得了良好的表演效果。《旧唐书》载："（李可及）尝于安国寺作《菩萨蛮》舞，如佛降生，帝益怜之。"④

通过以上分析，我们可以看出，汉唐博物杂记类小说对于音乐的记载是非常丰富的。这些内容一方面为诸如《旧唐书》、《新唐书》等正史编撰者所采录，另一方面也为我们研究汉唐时期的乐舞文化、器乐文化，以及乐曲的创作、乐舞的编排提供了宝贵的材料。事实上，《朝野佥载》所载

---

① 欧阳修：《新唐书》卷一八一，中华书局 1975 年版，第 5351—5352 页。
② 苏鹗：《杜阳杂编》，中华书局 1958 年版，第 58—59 页。
③ 同上书，第 49—50 页。
④ 刘昫：《旧唐书》卷一七七，中华书局 1975 年版，第 4608 页。

的唐太宗利用琵琶艺人罗黑黑过耳不忘的高超琵琶技艺震慑西胡的故事，以及《酉阳杂俎》记载的宁王读龟兹乐谱等故事，均带上了很深的政治烙印，既是以音乐为主题的杂记小说，同时又蕴含了丰富的文献价值与文化价值。

第七章　汉唐博物杂记类小说艺术审视

第一节　汉唐博物杂记类小说的文体特征

由于汉唐博物杂记类小说的作者往往具有小说家与博物学家的双重身份，因此博物杂记类小说在发展过程中一直体现出小说性与知识性并存的状态。也即是说，汉唐博物杂记类小说的创作在功能上强调广见闻与资考证，在内容上重视对社会生活作全方位展示，在创作方法上以客观叙事为主，在叙事语言上以儒雅灵动为特征。

一　汉唐博物杂记类小说的功能——广见闻、资考证

自"小说"这一概念诞生之初，评论家就表现出对于小说"可观性"的重视。班固云："小说家流，盖出于稗官。街谈巷语，道听途说者之所造也。孔子曰：'虽小道，必有可观者焉，致远恐泥，是以君子弗为也。'然亦弗灭也。闾里小知者之所及，亦使缀而不忘。如或一言可采，此亦刍荛狂夫之议也。'"① 班固对于小说作品认识价值的强调，得到了古代小说评论家的广泛认同。刘勰《文心雕龙·谐隐》云："文辞之有谐讔，譬九流之有小说。盖稗官所采，以广视听。"② 刘知几也认为读小说可以帮助读者"博闻旧事，多识奇物"③。在这样的文化氛围中，由《山海经》所开创，杂记山川、动植物、物理、医药、技艺、典章、风俗等内容的小说题

---

① 班固：《汉书》卷三十，中华书局1975年版，第1745页。
② 刘勰著，周振甫注：《文心雕龙注释》，人民文学出版社1981年版，第160页。
③ 刘知几撰，浦起龙释：《史通通释》卷十，中华书局1978年版，第277页。

材逐渐受到小说家的重视。加之，汉唐时期文人与学者并未完全分途，许多博物杂记类小说的作者既是小说家又是博物学家。胡应麟云："古今称博识者，公孙大夫、东方待诏、刘中垒、张司空之流尚矣。彼皆书穷八索，业擅三冬，而世率诧其异闻，标其僻事。"① 钟嵘称"（任）昉既博物，动辄用事"②。《旧唐书》赞段成式"研精苦学，秘阁书籍，披阅皆遍"③。可见，东方朔、张华、任昉、段成式均以博物学家的身份撰写了《十洲记》、《博物志》、《述异记》、《酉阳杂俎》等博物杂记类小说。

汉唐博物杂记类小说的作者往往在小说创作中流露出对广见闻、资考证的浓厚兴趣。郭宪云："聊以闻见，撰《洞冥记》四卷，成一家之书，庶明博君子该而异焉。"④ 张华云："余视《山海经》及《禹贡》、《尔雅》、《说文》、地志，虽曰悉备，各有所不载者，作略说……博物之士，览而鉴焉。"⑤ 段成式云："成式以君子耻一物而不知……偶录所寄同志，愁者一展眉头也。"⑥ 基于以上认识，博物杂记类小说在创作上体现出不以情节曲折见长，而以彰显学识为主，注重叙事的客观性和语言的灵动儒雅。

二 汉唐博物杂记类小说的内容特征——社会生活的全方位展示

汉唐博物杂记类小说的内容非常博杂，小说家的眼光并未停留在帝王将相的"历史"上，还广泛记载了科技、历史、宗教、艺术等内容⑦，全方位地呈现了汉唐时期的社会生活画卷，为我们了解汉唐时期物质文明与精神文明的变迁提供了丰富的材料。

三 汉唐博物杂记类小说的创作方法——客观叙事

由于汉唐博物杂记类小说与史传的关系非常密切，因此博物杂记类小

---

① 胡应麟：《少室山房笔丛》，中华书局 1964 年版，第 498 页。
② 钟嵘著，陈延杰：《诗品注》卷中，人民文学出版社 1980 年版，第 52 页。
③ 刘昫：《旧唐书》卷一六七，中华书局 1975 年版，第 4369 页。
④ 郭宪：《汉武帝别国洞冥记序》，载王根林等校点《汉魏六朝笔记小说大观》，上海古籍出版社 1999 年版，第 123 页。
⑤ 张华撰，范宁校注：《博物志校注》，中华书局 1980 年版，第 7 页。
⑥ 段成式撰，方南生点校：《酉阳杂俎》，中华书局 1981 年版，第 80 页。
⑦ 具体论述见本书第三章、第四章、第五章、第六章。

说在叙事过程中深受史官"不虚美，不隐恶"的客观叙事态度所影响。这种影响具体表现在叙事者只是客观地将自己所知道的展示给读者，对叙事不进行干预，不随意在情节中插入评论，叙述者最多只在故事结尾处做简单的评论或解释。

汉唐博物杂记类小说的材料常常得之于传闻，为了增强记载的客观性，博物杂记类小说常常采用传闻加验证事方式。如《博物志》云："煎麻油，水气尽，无烟，不复沸则还冷，可内手搅之。得水则焰起，散卒而灭。此试之有验。"① 这里描述的实际上是一个测试麻油沸点的试验。张华通过亲身实验证明了这种说法的真实性。对于一些未经检验的传闻，张华通常持谨慎态度。《博物志》卷五载：

> 鲛法服三升为剂，亦当随人先食多少增损之，岁丰欲还食者煮葵子及脂苏，肥肉羹渐渐饮之，须豆下乃可食，豆未下尽而食，实物肠塞，则杀人矣。此未试，或可以然。②

实验是科学研究的重要方法，由于小说的材料多来源于"道听途说"，因此，通过试验的方法考察知识的真实性，体现出博物杂记类小说家对待传闻的清醒态度。

除实验外，小说家也常用逻辑推理的方式判断材料的真伪。《封氏闻见记》常常用传闻加按语的叙事方式，推断传闻的真伪：

> 青州城南佛寺中，有古铁镬二口，大者四十石，小者三十石，制作精巧。又有一釜，可受七八石，似瓮而有耳。相传云是孟尝君家宅，镬釜皆是孟尝君之器也。
>
> 至德初，胡寇南侵，司马李伾毁其大镬以造兵仗；其小镬及釜，僧徒恳请得免；至今以镬烧长明灯，釜以贮油。
>
> 按，孟尝君门客三千人，当时应有此器，然至今千岁余，累经战

① 张华撰，范宁校证：《博物志校证》，中华书局1980年版，第46页。
② 同上书，第64页。

乱，何能使兹二器，如甘棠之勿剪乎？或恐传者之妄。①

在这段文字中，封演先记载相传南佛寺的铁镬与釜是孟尝君之器，然后从时间上推断，铁器不可能到一千多年以后还能正常使用。在漫长的历史长河中，人们由于对孟尝君的怀念，而刻意完好保存这三个巨大的铁器，是不符合常理的。从这段记载中可以看出，封演并不厚古薄今，而是对于历史时刻保持一种清醒的态度。《封氏闻见记》这种传闻加按语的叙事方式在第八卷尤为集中，除上文提到的"孟尝镬"外，还包括"历山"、"二朱山"、"绎山"、"羑里城"等条。

此外，《博物志》卷六中的《人名考》、《文籍考》、《器名考》、《乐考》、《物名考》等篇，以及《酉阳杂俎》续集卷四《贬误》等篇，均有浓厚的研究性质。

博物杂记类小说中常常因诸家之说各异，无法判断孰是孰非，遂数说并记的情况。《博物志·辨方士》载："司马迁云：无尧以天下让许由事。扬雄亦云：夸大者为之。扬雄又云：无仙道，桓谭亦同。"② 这样只记录各家之说，不作任何评论的记载，这样的叙述显得更为客观公正。类似的记载方式在《拾遗记》中时有出现，如卷四"秦始皇"条云："二人腾虚缘木，挥斤斧于空中，子时起工，午时已毕。秦人谓之'子午台'，亦言于子午之地，各起一台。"③ 子午台之名得之于时间还是地点，在缺乏旁证的情况下，王嘉并没有轻率地作出判断，只是将二说并列，存疑待考。

汉唐博物杂记类小说中的很多材料来源复杂，为凸显所记故事的客观真实性，作者往往在作品中注明材料的来源。《酉阳杂俎》卷十六《毛》篇描写犀牛的生活习性，就注明"成式门下医人吴士皋，尝职于南海郡，见舶主说"④。《酉阳杂俎》中很多关于外来植物的记载是来源于一位经历丰富的拂林僧⑤。《封氏闻见记》卷八《巨骨》篇云："李司徒勉，在汀州

---

① 封演撰，赵贞信校注：《封氏闻见记校注》，中华书局 1958 年版，第 69—70 页。
② 张华撰，范宁校证：《博物志校证》，中华书局 1980 年版，第 65 页。
③ 王嘉撰，萧绮录，齐治平校注：《拾遗记》，中华书局 1981 年版，第 103 页。
④ 详细论述见第二章第三节。
⑤ 段成式撰，方南生点校：《酉阳杂俎》，中华书局 1981 年版，第 178 页。

曾出异骨一节，上可为砚。云在南海时，有远方客所赠，云是'蜈蚣脊骨'。"① 可见，封演关于巨骨的记载是来源于李司勉的。

但是，必须强调的是，客观叙事并不意味着作者对于所讲述的内容保持一种超然物外的态度。事实上，叙事者叙述什么内容，以及如何叙述，均是有所选择的，而这种选择本身就带有一定的主观性。况且，"'叙述'这一概念暗含判断、阐释、复杂的时间性和重复等因素"②。因此，叙述者"对于自己笔下的人物和事件都有自己的观点，并且在叙述中渗透了自己的美学评价，客观叙述只不过将自己的评价隐藏在情节结构和隐喻象征中，让读者通过情节自己去领悟而已"③。例如，《十洲记》中作者详细地记录了十洲三岛的位置及物产，其中关于祖洲的描写如：

> 祖洲近在东海之中，地方五百里，去西岸七万里。上有不死之草，草形如菰苗，长三四尺，人已死三日者，以草覆之，皆当时活也，服之令人长生。昔秦始皇大苑中，多枉死者横道，有鸟如乌状，衔此草覆死人面，当时起坐而自活也。有司闻奏，始皇遣使者赍草以问北郭鬼谷先生。鬼谷先生云："此草是东海祖洲上，有不死之草，生琼田中，或名为养神芝。其叶似菰苗，丛生，一株可活一人。"始皇于是慨然言曰："可采得否？"乃使使者徐福发童男童女五百人，率摄楼船等入海寻祖洲，遂不返。福，道士也，字君房，后亦得道也。④

作者在叙事过程中，对于祖洲地理位置、风俗物产以及秦始皇求不死草的经过等内容的描写一气呵成，作者并没有直接站出来发表议论。整段文字围绕祖洲上的不死草而展开，因此作者宣扬神仙思想的意图是非常明显的。

对于强调以资考证、广见闻为目的的博物杂记类小说，客观性叙事无

---

① 封演撰，赵贞信校注：《封氏闻见记校注》，中华书局 1958 年版，第 70 页。
② J. 希利斯·米勒：《解读叙事》，申丹译，北京大学出版社 2002 年版，第 44 页。
③ 石昌渝：《中国小说源流论》，生活·读书·新知三联书店 1994 年版，第 45 页。
④ 东方朔撰，王根林校点：《十洲记》，载《汉魏六朝笔记小说大观》，上海古籍出版社 1999 年版，第 64—65 页。

疑对于增强故事的真实性很有裨益。但是即便是作为客观叙事典范的正史中也存在虚构与想象的成分，因此博物杂记类小说中在记载传闻的过程中夹杂着不实、虚妄的描写就不足为奇了。尤其是博物杂记类小说中描写距离现实生活较远的题材内容时，虚构的成分更多。正如上文举到的《十洲记》中关于祖洲的描写，作者尽管是采取客观叙事的方式，但是由于祖洲距离中原太远，因此叙事中的虚构成分是非常明显的。当然这些虚构内容并不都是由作者个人有意识地杜撰，在很大程度上是一种集体无意识的形象建构，也即是说，建立在传闻基础上的故事，在产生、流传的过程中由许多人无意识地共同虚构而成。关于祖洲出产不死草的故事，显然是在融合了先秦时期仙道信仰中关于海外仙境的幻想，以及秦始皇求仙的故事的基础上，由东方朔加以整理记录而成。事实上，对于博物杂记类小说而言，很难分清到底哪些内容是传闻中的虚构，哪些内容是作者的自觉虚构。因此，虽然同样是采用客观性叙事，汉唐博物杂记类小说中以"资考证"见长的内容更多地体现出求实的一面，而以"广见闻"见长的内容则想象、虚构成分较多。必须强调的是，汉唐时期知识水平相对较低，资讯不发达，博物杂记类小说的内容多处于真实与虚构之间。许多今天看似荒诞的内容，亦有渊源可考，例如上文所引的秦始皇求不死草的故事，不过是《史记·封禅书》中"始皇南至湘山，遂登会稽，并海上，冀遇海中三神山之奇药"① 故事的翻版，而聚窟洲所产返魂香不过是后世医家常用的苏合香，炎洲所产火浣布不过是产于西域的石棉，凤麟洲所产续弦胶不过是西藏药材质汗②。

正是由于博物杂记类小说中广见闻等内容能够在很大程度上满足人们好奇、猎奇的心理，以"广见闻，资考证"为重要评价标准的《四库全书》对于博物杂记类小说中持一种较为宽容的态度。例如，纪昀评《神异经》云："流传既久，固不妨过而存之，以广异闻。"③ 这也是为何博物杂记类小说的创作虽然深受史传影响，但《四库全书》仍将其归入小说类的

---

① 司马迁：《史记》卷二十八，中华书局 1975 年版，第 1370 页。
② 详细论述见本书第二章第一节。
③ 永瑢等：《四库全书总目》卷一四二，中华书局 2003 年版，第 1206 页。

重要原因。

四 汉唐博物杂记类小说的语言特征——儒雅灵动

汉唐博物杂记类小说的作者往往既是博物学家，又是当时文坛的风云人物。例如，《文心雕龙》在评价西晋文坛时，第一个赞许的便是《博物志》的作者张华，"晋虽不文，人才实盛：茂先摇笔而散珠"①。钟嵘将张华的诗歌列入中品，不仅称其"巧用文字"，而且认为谢瞻、谢混、袁淑、王微、王僧达等人的诗歌皆"源出于张华"②，足见张华在西晋文坛的重要地位以及对六朝诗坛的深远影响。《梁书》任昉本传称其"雅善属文，尤长载笔，才思无穷，当世王公表奏，莫不请焉。昉起草即成，不加点窜。沈约一代词宗，深所推挹"③。段成式在唐代文坛亦有一定影响。《旧唐书》云："（李商隐）与太原温庭筠、南郡段成式齐名，时号'三十六'。"④ 当张华、任昉、段成式等人出于穷览洽闻、捃采遗逸的兴趣，从事小说创作时，其小说语言常常体现出儒雅灵动的特征。如《神异经》中这种语言特征就已初露端倪：

> 昆仑之山有铜柱焉，其高入天，所谓天柱也。围三千里，周圆如削。下有回屋，方百丈，仙人九府治之。上有大鸟，名曰希有。南向。张左翼覆东王公，右翼覆西王母。背上小处无羽，一万九千里。西王母岁登翼上，会东王公也。故其《柱铭》曰：昆仑铜柱，其高入天。员周妃削，肌体美焉。其《鸟铭》曰：有鸟希有，碌赤煌煌。不鸣不食，东覆东王公，西覆西王母。王母欲东，登之自通。阴阳相须，唯会益工。⑤

① 刘勰著，周振甫注：《文心雕龙注释》，人民文学出版社 1981 年版，第 478 页。
② 钟嵘著，陈延杰注：《诗品注》卷中，人民文学出版社 1980 年版，第 33、45 页。
③ 姚思廉：《梁书》卷一四，中华书局 1973 年版，第 253 页。
④ 刘昫：《旧唐书》卷一九〇，中华书局 1975 年版，第 5078 页。
⑤ 东方朔撰，王根林校点：《神异经》，载《汉魏六朝笔记小说大观》，上海古籍出版社 1999 年版，第 57 页。

《山海经》中"豹尾虎齿"的西王母①，在《神异经》中变成多情的仙女。西王母与东王公相隔万里，每年只有一次在鸟背上相会的机会，故事既有神奇的幻想，又不乏脉脉温情。小说末尾用铭文复述故事，是博物杂记类小说作者的学问与才情的重要体现，开创了后世小说韵散相间的抒写方式。

在博物杂记类小说中插入韵语是较为常见的艺术手法，《拾遗记》中亦有类似的描写：

> 当黄帝时，码瑙瓮至，尧时犹存，甘露在其中，盈而不竭，谓之宝露，以班赐群臣。至舜时，露已渐减。随帝世之污隆，时淳则露满，时浇则露竭，及乎三代，减于陶唐之庭。舜迁宝瓮于衡山之上，故衡山之岳有宝露坛。舜于坛下起月馆，以望夕月。舜南巡至衡山，百辟群后皆得露泉之赐。时有云气生于露坛，又迁宝瓮于零陵之上。舜崩，瓮沦于地下。至秦始皇通汨罗之流为小溪，径从长沙至零陵，掘地得赤玉瓮，可容八斗，以应八方之数，在舜庙之堂前。后人得之，不知年月。至后汉东方朔识之，朔乃作《宝瓮铭》曰："宝云生于露坛，祥风起于月馆，望三壶如盈尺，视八鸿如萦带。"三壶，则海中三山也。一曰方壶，则方丈也；二曰蓬壶，则蓬莱也；三曰瀛壶，则瀛洲也。形如壶器。此三山上广、中狭、下方，皆如工制，犹华山之似削成。八鸿者，八方之名；鸿，大也。登月馆以望四海三山，皆如聚米萦带者矣。②

东方朔所作《宝瓮铭》描写的是舜时宝瓮置于衡山之上，云雾袅绕，祥风阵阵的神奇景象。这篇铭文无论是意境的营造还是典故的选择都透露出仙家风范。全篇采用整齐的骚体句式，对偶工整，富于想象，气魄宏大。博物杂记类小说中穿插的铭文，避免了"言之无文，行而不远"的弊病。铭文出现于博物杂记类小说中也体现出小说发展过程中除"有诗为

---

① 袁珂：《山海经校注》，上海古籍出版社1980年版，第50页。
② 王嘉撰，萧绮录，齐治平校注：《拾遗记》，中华书局1981年版，第19—20页。

证"外的另类韵散结合的方式。

当然，除铭外，汉唐博物杂记类小说在叙事中也常常插入诗歌与赋。《全唐诗》卷七八八至卷七九四，共收入唐人联句诗137首，其中段成式以19首联句诗排名第三，而这19首联句诗全出自《酉阳杂俎·寺塔记》。而《杜阳杂编》卷上载代宗梦黄衣童子歌，收入《全唐诗》卷八六八。同卷载元载宠姬薛瑶英着龙绡之衣，贾至、杨公南与元载友善，尝见瑶英歌舞，分别赠诗于瑶英，这两首诗歌分别收入《全唐诗》卷二三五及卷一二一。《封氏闻见记》在描写"高唐馆"的过程中亦插入了阎敬爱以及李和风的题诗。此外，《西京杂记》中曾插入了包括《梁孝王忘忧馆时豪七赋》及《文木赋》在内的八篇咏物赋。这八篇赋作均被《全汉赋》所收录。汉唐博物杂记类小说中插入的铭、诗、赋有效地参与了情节的构建，增强了小说的人文性，避免了"言之无文，行而不远"的弊病。

汉唐博物杂记类小说语言艺术上以儒雅灵动为特色，还体现在博物杂记类小说的作者常用对话来组织情节，呈现叙事张力。《酉阳杂俎》载：

> 梁主客陆缅谓魏使尉瑾曰："我至邺，见双阙极高，图饰甚丽。此间石阙亦为不下。我家有荀勖所造尺，以铜为之，金字成铭，家世所宝此物。往昭明太子好集古器，遂将入内。此阙既成，用铜尺量之，其高六丈。"瑾曰："我京师象魏，固中天之华阙，此间地势过下，理不得高。"魏肇师曰："荀勖之尺，是积黍所为，用调钟律，阮咸讥其声有湫隘之韵。后得玉尺度之，过短。"①

在这个故事中，参与对话的三方均是饱学之士。梁主客陆缅接待东魏使臣尉瑾与魏肇，三人的对话表面上是比较梁、魏两国宫廷门阙建筑学上的高低，讨论荀勖尺的准确度，实际上，主客双方均是将门阙看作国家的象征，门阙的高低代表国家的强弱，所以在对话中针锋相对，互不相让。而魏肇的话还有另一层意思，梁国用的是铜尺，东魏用的是玉尺，玉尺是

---

① 段成式撰，方南生点校：《酉阳杂俎》，中华书局1981年版，第107页。

周尺，体现了东魏对周朝正统的继承，而铜尺不算正统，只是后起旁支。在这场唇枪舌剑中，论辩的双方均是才思敏捷、口齿伶俐的博学之士，不过魏肇师的论辩切中要害，似乎更胜一筹。

《博物志》中还曾利用连环问答的方式推动故事情节的发展：

> 旧说云天河与海通。近世有人居海渚者，年年八月有浮槎去来，不失期，人有奇志，立飞阁于槎上，多赍粮，乘槎而去。十余日中犹观星月日辰，自后茫茫忽忽，亦不觉昼夜。去十余日，奄至一处，有城郭状，屋舍甚严。遥望官中多织妇，见丈夫牵牛渚次饮之。牵牛人乃惊问曰："何由至此？"此人具说来意，并问此是何处，答曰："君还至蜀郡访严君平则知之。"竟不上岸，因还如期。后至蜀，问君平，曰："某年月日有客星犯牵牛宿。"计年月，正是此人到天河时也。①

这个故事用连环问答的方式组织叙事：首先是放牛人惊问曰："何由至此？"乘槎人回答了放牛人的疑问后，又提出"此是何处"的疑问，不过放牛人并未直接回答他的问题，只是让他去请教严君平。在故事的结尾处，严君平才解释乘槎人所到之处为天河，所遇之人为牛郎星。这个故事采用第三人称限知视角的方式叙事，读者的疑问随着乘槎人的活动而展开，直到严君平解开谜底才恍然大悟。故事中虚写织女，实写牛郎，亦有助于我们探讨牛郎织女传说的演变。

面对人类的好奇心，小说家迫切地想向读者解释自然界及人类社会各种现象及规律，从而在博物杂记类小说中采用提出问题——解答问题这种方式组织叙事，其线索清晰，针对性强，论述透彻的优势十分明显。

综上所述，汉唐博物杂记类小说的语言儒雅灵动，与小说家熟读诗书、博物洽闻的文化修养有密切的关系。博物学家与文学家的双重身份，决定了博物杂记类小说的创作虽然以客观性叙事为主，但其实际内容则常

---

① 张华撰，范宁校证：《博物志校证》，中华书局 1980 年版，第 111 页。

处于亦真亦幻之间，资考证的部分更近于写实，而广见闻的部分则有更多的虚幻成分。中唐以后，随着社会的发展，文明的进步，文学与学术进一步分流。博物杂记类小说中故事性、情节性较强的内容，逐渐向文学叙述方向发展。而那些考辨色彩较浓的内容，则逐渐向学术笔记靠拢，这也是博物杂记类小说逐渐走向衰微的重要原因。

第二节　汉唐博物杂记类小说美学审视

汉唐博物杂记类小说在审美上主要体现出以奇为美与以博为美两个特征。

一　以奇为美

博物杂记类小说以奇为美的思想渊源与巫史文化有直接的关系。巫史作为中华民族第一代知识分子，从事了包括卜筮、祭祀、记史、星历、医药等在内的各种文化活动。在这些文化活动中，巫史扮演着沟通天人的角色，因此，在生产水平低下，人的思维能力有限的情况下，巫史对于天地万物的认识充满了神秘、奇幻的色彩。博物杂记类小说的开山之作《山海经》作为巫史文化的产物，其中的内容充分体现了"以奇为美"的典型风格。正如杨义先生所云："《山海经》幻想之至为奇特者，是模糊人、神和禽兽的种类界限，以怪诞或夸张性的想象重新组合异类形态，在人、神、兽的形体错综组接的形式中，容纳了人性、神性和兽性的杂糅。"[1] 事实上，这种"人性、神性和兽性的杂糅"更多地体现出一种蛮荒色彩下的神奇与怪诞的结合。以《山海经》中关于夔的描写为例，《大荒东经》云："状如牛，苍身而无角，一足。"因此，夔的形体是相当奇怪的，似牛而无角且只有一足。但夔又极具神性，"出入水则必风雨，其光如日月，其声如雷"，并且在黄帝与蚩尤的战争中发挥了巨大的威力，"黄帝得之，以其皮为鼓，橛以雷兽之骨，声闻五百里，以威天下"[2]。普通皮鼓威力有限，

---

① 杨义：《中国古典小说史论》，中国社会科学出版社 1992 年版，第 42 页。
② 袁珂：《山海经校注》，上海古籍出版社 1980 年版，第 361 页。

而夔皮所制的鼓却洋溢着神性，体现了一种震天撼地的力量美，因此，能够帮助黄帝战胜蚩尤，实现对于邪恶的征服。此外，从"出入水则必风雨，其光如日月，其声如雷"等描写来看，夔已经具备了后世雷神的影子，反映了当时人们对于雷这种自然现象的观察与思考。《山海经》中对于物象的描写体现出原始审美趣味下对于"奇"的追求，包含着神与怪的色调，这显然与《山海经》的"巫书"性质有直接的关系。

（一）汉唐时期批评家及小说家对于博物杂记类小说中"以奇为美"特点的认识

从《山海经》在汉代的接受来看，刘秀将《山海经》中"纪其珍宝奇物异方之所生"等内容上升到"皆圣贤之遗事，古文之著明者"①的重要地位，这为此后的博物杂记类小说以宫廷、异域为载体铺陈奇物异闻奠定了思想基础。事实上，自汉代起，博物之士已经以"奇"为切入点研究《山海经》，"朝士由是多奇《山海经》者，文学大儒皆读学，以为奇可以考祯祥变怪之物，见远国异人之谣俗"②。

关于《拾遗记》的创作缘由，萧绮认为："王子年乃搜撰异同，而殊怪并举，纪事存朴，爱广尚奇，宪章稽古之文，绮综编杂之部，《山海经》所不载，夏鼎未之或存，乃集而记矣。"③萧绮虽然强调《拾遗记》是"宪章稽古之文"，具有补史的功能，但同时又是王嘉"爱广尚奇"的产物，延续了《山海经》及"夏鼎"中对于"奇"的追求。事实上，萧绮在对《拾遗记》的具体内容进行评论中，也屡屡肯定"以奇为美"的叙事倾向，"特取其爱博多奇之间，录其广异宏丽之靡矣"④"及乎飞走之类，神木怪草，见奇而说，万世之瑰伟也"⑤。如果说汉代的刘歆主要从资考证的角度肯定《山海经》中"奇"的色彩，从而为博物杂记类小说的存在争取合理性，那么南朝的萧绮则已经朦胧地认识到由"奇"这种艺术风格给读者带

---

① 刘秀：《上山海经奏》，载丁锡根《中国历代小说序跋集》，人民文学出版社1996年版，第4页。
② 同上。
③ 王嘉撰，萧绮录，齐治平校注：《拾遗记》，中华书局1981年版，第1页。
④ 同上书，第27页。
⑤ 同上书，第135页。

来的"靡丽"、"瑰伟"的审美体验。

唐代小说批评中关于"奇"的审美特质的体会越来越趋向深刻。韩愈的《毛颖传》用拟人的方式为毛笔作传,是一篇介于小说与寓言之间的作品。由于不同于传统的宗经征圣之文,具有奇与戏的特点,引来张籍等人的批评。在这种情况下,柳宗元以"奇味"为切入点,为韩愈辩护。《读韩愈所著〈毛颖传〉后题》云:"大羹玄酒,体节之荐,味之至者。而又设以奇异小虫、水草、楂梨、橘柚,苦咸醋辛,虽蛰吻裂鼻,缩舌涩齿,而咸有笃好之者。文王之菖蒲菹,屈到之芰,曾皙之羊枣,然后尽天下之奇味以足于口。独文异乎?韩子之为也,亦将驰焉而不为虐欤,息焉游焉而有所纵欤,尽六艺之奇以足口欤!"① 柳宗元为韩愈所做的辩护,以"尽天下之至味以足口"为立足点,肯定了以奇味见长的作品,拥有别具一格的美学意味。柳宗元的"奇味"论对段成式的小说观产生了深刻的影响。《酉阳杂俎序》云:

> 夫《易》象一车之言,近于怪也。诗人南箕之奥,近乎戏也。固服缝掖者肆笔之余,及怪及戏,无侵于儒。无若诗书之味大羹,史为折俎,子为醯醢也。炙鸮羞鳖,岂容下箸乎?固役而不耻者,抑志怪小说之书也。成式学落词曼,未尝覃思,无崔骃真龙之叹,有孔璋画虎之讥。饱食之暇,偶录记忆,号《酉阳杂俎》,凡三十篇,为二十卷,不以此间录味也。②

段成式用"怪味"来概括小说的审美特质的看法与柳宗元的"奇味"说是一脉相承的。段成式认为《易》中有"怪",《诗》中有"戏","怪"与"戏"并不背离于儒家正道。小说的地位虽然无法与诗书子史相媲美,但其中"怪"与"戏"的成分却有着独特的韵味。段成式在一定程度上抛弃了小说为"稗史"的论调,从"味"这个角度探讨了唐代博物杂记类小说异于经史子书之处:作者出于游戏的态度进行创作,作品以奇怪之味见

---

① 柳宗元撰:《柳宗元集》,中华书局 1979 年版,第 570 页。
② 段成式撰,方南生点校:《酉阳杂俎》,中华书局 1981 年版,第 1 页。

长，从娱乐性及美学性的角度肯定了博物杂记类小说的独特风味。段成式将自己的小说命名为《酉阳杂俎》即是从奇味的角度着眼的。因此，汉唐以来，批评家与小说家对于博物杂记类小说中"奇"的认识，经历了从资考证的认识价值到悦性情的审美价值的演变，这也正是博物杂记类小说在发展过程中知识性与文学性长期共存的重要原因。

（二）汉唐博物杂记类小说以"事"、"物"为中心，并不擅长描写离奇的情节，因此"以奇为美"主要体现为塑造"奇事"、"奇物"

外形奇特的物象在感官上最易吸引人的注意力，激发出无尽的遐想。在生物体上增添、减少、拼贴、夸张肢体、器官是《山海经》中最常见的描写方法。汉唐博物杂记类小说有颇多类似的描写。《博物志》载："禹致群臣于会稽，防风氏后至，戮而杀之，其骨节专车。长狄乔如，身横九亩，长五丈四尺，或长十丈。"① 事实上，《博物志》这段记载来源于《国语·鲁语下》："吴伐越，堕会稽，获骨焉，节专车。吴子使来好聘，且问之仲尼，曰：'无以吾命。'宾发币于大夫，及仲尼，仲尼爵之。既徹俎而宴，客执骨而问曰：'敢问骨何为大？'仲尼曰：'丘闻之：昔禹致群神于会稽之山，防风氏后至，禹杀而戮之，其骨节专车。此为大矣。'客曰：'敢问谁守为神？'仲尼曰：'山川之灵，足以纪纲天下者，其守为神；社稷之守者，为公侯。皆属于王者。'客曰：'防风何守也？'仲尼曰：'汪芒氏之君也，守封、隅之山者也，为漆姓。在虞、夏、商为汪芒氏，于周为长狄，今为大人。'"② 此外，司马迁在《史记·孔子世家》中塑造孔子博学形象的时候，关于防风氏的记载与《国语》极其类似③。可见，关于防风氏的传说历史极其悠久，根据《国语》、《史记》及《博物志》的记载，防风氏的形象以长大为主要特点，防风氏是巨人神话的象征。《述异记》中则进一步指出

---

① 张华撰，范宁校证：《博物志校证》，中华书局 1980 年版，第 23 页。

② 上海师范学院古籍整理组校点：《国语》卷五，上海古籍出版社 1982 年版，第 213 页。

③ 《史记·孔子世家》载："吴伐越，堕会稽，得骨节专车。吴使使问仲尼：'骨何者最大？'仲尼曰：'禹致群神于会稽山，防风氏后至，禹杀而戮之，其节专车，此为大矣。'吴客：'谁为神？'仲尼曰：'山川之神足以纲纪天下，其守为神，社稷为公侯，皆属于王者。'客曰：'防风何守？'仲尼曰：'汪罔氏之君守封、禹之山，为釐姓。在虞、夏、商为汪罔，于周为长翟，今谓之大人。'客曰：'人长几何？'仲尼曰：'僬侥氏三尺，短之至也。长者不过十之，数之极也。'于是吴客曰：'善哉圣人！'"司马迁：《史记》卷四十七，中华书局 1975 年版，第 1912—1913 页。

防风氏与吴越文化的关系：

> 今吴越间防风庙，土木作其形，龙首牛耳，连眉成一目。
>
> 昔禹会涂山，执玉帛者万国。防风氏后至，禹诛之，其长三丈，其骨头专车。今南中民有姓防风氏，即其后也，皆长大。越俗祭防风神，奏防风古乐，截竹三尺，吹之如嗥，三人披发而舞。①

《述异记》中防风氏的外形除被描写成身高三丈的巨人外，其五官进一步被描述为"龙首牛耳，连眉成一目"，即防风氏拼合了龙的脑袋与牛的耳朵，脸上却只有一只眼睛。防风氏这种奇异的外貌由两种相差很远的动物肢体组合而成，散发出神秘气息，给读者留下深刻的印象。身材如此巨大的防风氏，仅仅是因为在涂山之会上迟到，便被禹杀掉，凸显出禹作为部落首领的崇高地位。《述异记》中还谈到防风氏长大的形体特征还遗传给后代，"今南中民有姓防风氏，即其后也，皆长大"，为"南中民"形体特征寻找神话依据的同时，也暗示了"南中民"作为防风神后代的特殊地位。对于防风氏这种奇特的外形，有研究者认为："其'龙首'当为蛇化，越人崇蛇，故其神带上蛇崇拜的印记；而'牛耳'，则无疑是牛崇拜的象征。"② 吴越之间至今还流传着关于防风氏的民间故事，每年农历八月十五祭祀防风氏，还有防风庙等古迹，鉴于此，现代学者董楚平对江浙一带的防风氏神话专门进行了考察。董楚平在《防风氏神话的新发现》中谈道："防风族并没有被夏杀绝，除一部分留在山东，春秋早中期称'北狄'外，很大一部分南迁吴越，子孙繁昌，与越人、汉人融为一体，为开发吴越地区做出贡献，受到后人的顶礼膜拜。"③

通过以上分析可以看出，在博物杂记类小说中远古时代的神灵往往拥有奇特的外貌，而这些神灵的故事在流传过程中逐渐与地方风物相结合，将神灵形象进一步固定为民俗事项，从而完成了神灵形象从神坛走向世俗

---

① 任昉：《述异记》卷上，载《百子全书》，浙江人民出版社1984年版。
② 陶思炎：《防风、王鲧考论》，载《东南文化》1995年第5期。
③ 董楚平：《防风氏神话的新发现》，载《浙江社会科学》1993年第1期。

的演变。此外，博物杂记类小说中的盘古、蚩尤、神农等形象的演变也符合这一规律，限于篇幅，这里就不再详细论述。

事实上，博物杂记类小说中出现的某些外形奇特的物象，在现实生活中确实存在，只是少所见、多所怪而已。《神异经》云："西方山中有蛇，头尾差大，有色五彩。人物触之者，中头则尾至，中尾则头至，中腰则头尾并至。名曰率然。"①《博物志》也有类似的记载："常山之蛇名率然，有两头，触其一头，头至；触其中，则两头俱至，孙武以喻善用兵者。"② 普通的蛇只有一个头，而率然却有两个头，这自然引起张华的好奇心，不仅将其奇特的外形详细地记录在"异虫"篇中，而且努力挖掘其中潜在的文化价值。如果说张华笔下关于两头蛇的描写，很有可能来源于传闻，那么刘恂对于两头蛇外形的细致描写则很有可能是来源于亲见：

> 两头蛇：岭外多此类，时有见者。如小指大，长尺余。腹下鳞红，背错锦文。一头有口眼，一头似头而无口眼。或云两头俱能进退，亦谬也。昔孙叔敖见之不详，乃杀而埋之，恐他人见，复受其祸。南人见之为常，其祸安在？③

刘恂在这里详细地描写了对两头蛇的观察结果，指出两头蛇并非有两个真头，"一头似无口眼"，且非"两头俱能进退"。在驳斥了此前关于两头蛇种种误解的同时，阐明了少见则多怪、多见则为常的道理。据今人研究，两头蛇，属于爬行纲，游蛇科，长 36—60 厘米，是一种无毒蛇。背部灰黑色或灰褐色，颈部有黄色斑纹，腹部橙红色，散布黑点。尾圆钝，有黄色斑纹，极似头部，并有与头部相同的行动习性，故称两头蛇。我国仅产 3 种，即云南两头蛇，尖尾两头蛇和钝尾两头蛇。我国河南、安徽、江苏、浙江、江西、湖南、福建、广东、广西、贵州均有分布。两头蛇是蛇

---

① 东方朔撰，王根林校点：《神异经》，载《汉魏六朝笔记小说大观》，上海古籍出版社 1999 年版，第 55 页。
② 张华撰，范宁校证：《博物志校证》，中华书局 1980 年版，第 38 页。
③ 刘恂撰，鲁迅校勘：《岭表录异》，广东人民出版社 1983 年版，第 33—34 页。

的一种。但它并非长了两个头，而是头、尾长得极像，便于自我保护。这种蛇常倒着爬行，以便受攻击时用头部反击，这就是张华所谓的"触其一头，头至"。可见《山海经》、《博物志》、《岭表录异》等小说中对于两头蛇的描写逐渐呈现出一种化奇为常的倾向，这一方面表明随着古人认识能力的提高，博物杂记类小说理性色彩进一步强化；另一方面也显示出博物杂记类小说虽然有"以奇为美"的倾向，但这种"奇"大多是建立在尊重自然的基础上，因而不同于单纯记怪，极力渲染诡异、阴森气氛的神怪类小说。

博物杂记类小说中有的物象虽然外形普通，但却拥有奇特的性能。《洞冥记》云：

> 元鼎五年，郅支国贡马肝石百斤。常以水银养之，内玉柜中，金泥封其上。国人长四尺，惟饵此石而已。半青半白，如今之马肝。春碎以和九转之丹，服之，弥年不饥渴也。以之拂发，白者皆黑。帝坐群臣于甘泉殿，有发白者，以石拂之，应手皆黑。是时公卿语曰："不用作方伯，惟须马肝石。"此石酷烈，不和丹砂，不可近发。①

事实上，《洞冥记》中郅支国进贡的马肝石即是后世医家常用的蓼科植物何首乌，这种药材因质地坚硬如石，横切面似马肝而得名。《本草纲目》"何首乌"条云："汉武时，有马肝石能乌人发，故后人隐此名，亦曰马肝石。"②《洞冥记》中所记马肝石从"常以水银养之，内玉柜中，金泥封其上"的贮藏方式，及"春碎以和九转之丹"、"此石酷烈，不和丹砂，不可近发"等服用方式来看，与汉代方士的服食法、炼丹术有直接的关系。《洞冥记》载马肝石具有"服之，弥年不饥渴"及"以之拂发，白者皆黑"等神奇的功效，显然有方士自神其术的夸张成分。不过传统医学认为，何首乌具有补肝肾、益精血、乌须发、强筋骨之功效，用于血虚萎

---

① 郭宪撰，王根林校点：《汉武洞冥记》，载《汉魏六朝笔记小说大观》，上海古籍出版社1999年版，第127页。

② 李时珍：《本草纲目》，人民卫生出版社1972年版，第1288页。

黄、眩晕耳鸣、腰膝酸软等症的治疗。现代医学的证实，何首乌主要含有大黄素、大黄酚、大黄酸、大黄素甲醚、大黄酚蒽酮、多糖、二苯乙烯苷、卵磷脂等成分。何首乌及提取物具有降血脂、抗动脉粥样硬化、抗氧化、延缓衰老、抗痴呆、保肝等药理作用以及提高肌体免疫力等功能①。因此，马肝石原为本土所产，具有较高营养价值的普通药物，但经过方士的鼓吹与夸张，便成了域外进贡的具有神奇效用的药物。此外，博物杂记类小说中对于玉、芝等神奇物性的描写也有与此相类似之处，这在前文中已有详述，这里就不再展开②。

在通常观念中，植物是静止的，动物是活动的，但自然界中偏偏有这样一些动、植物在这一属性上发生了变异。《洞冥记》载："（黄安）坐一神龟，广二尺，人问：'子坐此龟几年矣？'对曰：'昔伏羲始造网罟，获此龟以授吾。吾坐龟背已平矣。此虫畏日月之光，二千岁即一出头，吾坐此龟，已见五出头矣。'"③龟作为动物本应该是活动的，但黄安所坐神龟则喜静，两千年才伸一下头，这种喜静不喜动的性格使得这只龟相当长寿，从伏羲时代一直活到汉武帝时期。龟作为长寿的象征在其他博物杂记类小说中也有记载。《述异记》云："龟千年生毛。龟寿五千年，谓之神龟。万年曰灵龟。"④古人认为，龟在不饮不食不动的情况保持长寿，其秘诀在于龟会"行气导引"。正如《史记·龟策列传》所云："南方老人用龟支床足，行二十余岁，老人死，移床，龟尚生不死。龟能行气导引。"⑤如果人学会了龟的"行气导引"法，就能在极端恶劣的自然环境中存活下来。《博物志》载：

　　　　人有山行坠深泉洞者，无出路，饥饿欲死。左右见龟蛇甚多，朝

　　①　刘治军等：《中药何首乌的药理作用研究进展》，载《中华名医论坛》2006 年第 4 期。许爱霞等：《何首乌多糖对氧自由基及抗氧化酶活性的作用研究》，载《中国药师》2005 年第 11 期。宋士军等：《何首乌的抗衰老作用研究》，载《河北医科大学学报》2003 年第 2 期。

　　②　详细论述见本书第五章第一节。

　　③　郭宪撰，王根林校点：《汉武洞冥记》，载《汉魏六朝笔记小说大观》，上海古籍出版社1999 年版，第 130—131 页。

　　④　任昉：《述异记》卷上，载《百子全书》，浙江人民出版社 1984 年版。

　　⑤　司马迁：《史记》卷一二八，中华书局 1975 年版，第 3228 页。

暮引颈向东方。人因伏地学之，遂不饥，体殊轻便，能登岩岸。经数年后，竦身举臂，遂超出涧上，即得还家。颜色悦怿，颇更黠慧胜故。还食谷，啖滋味，百余日中复本质。①

在这个故事中，有较强的道教"行气导引"的色彩："人因伏地学"龟，不仅能够摆脱饥饿的威胁，而且还能增强体能，提高智力，但只要重新饮食则所有的异能都消失了，在对比的叙事中，暗示了行气导引对于延年益寿的辅助功能。《洞冥记》、《述异记》、《博物志》等小说中关于龟长寿的记载虽然有很强的夸张、幻想成分，但喜静不喜动的龟相较其他活蹦乱跳的动物更为长寿，则是一个不争的事实。现代生物学研究证明，龟的长寿也与其特殊的呼吸方式及喜静的生理习性有直接的关系。龟的呼吸方式称为"咽气式"呼吸，又称为"龟吸"。龟呼吸时，以颈和四肢的伸缩运动来直接影响其腹腔的大小，从而影响肺的扩大与缩小，此外龟的排泄腔两侧还有肛囊能够辅助呼吸。这种特殊的呼吸器官构造决定了龟的新陈代谢必然缓慢。同时，"由于龟脑在缺氧条件下，可以抑制兴奋性神经递质的毒害作用"，因此龟脑在缺氧状态下，能够维持神经元的正常功能，这样的生理机制与龟的长寿也有一定的关系。② 此外龟是变温动物，在外界环境恶化的情况下，龟将新陈代谢降低到最低水平，以减少自身能量的消耗，由于龟既要夏眠又要冬眠，每年大部分时间都处在休眠状态，正常活动的时间是不长的③。因此，博物杂记类小说中记载的龟喜静而长寿的奇特生理现象，是有一定的科学依据的，但由此认为龟可以活到几千岁乃至上万岁，则有很大的想象及夸张成分。不过以龟的长寿反衬人世的短暂，则在无形中表现出了一种极强的生命忧患意识。如果我们结合《洞冥记》产生于汉末，《博物志》产生于西晋，《述异记》产生于梁代的时代背景来考虑，就会发现，越是生活在动乱年代，人的生命危机感越为强

---

① 张华撰，范宁校证：《博物志校证》，中华书局 1980 年版，第 111 页。
② 秦旺华等：《龟脑的抗氧化功能可能与龟类的长寿相关》，载《生命科学研究》2004 年第 1 期。
③ 何春常：《龟为什么长寿》，载《生物学通报》1992 年第 2 期。严峻：《龟长寿的秘密在哪里》，载《山西农业》2007 年第 3 期。孙晓倩：《专家解读龟鳖的奥秘》，载《北京水产》2008 年第 3 期。

烈。这也是以长生不死为终极追求的道教为何在这一时期产生并蓬勃发展的重要原因。

与龟作为动物却喜静的生活习性相反，舞草作为植物却会运动。我国最早对于这种植物进行详细观察与记载的大都是博物小说家段成式。《酉阳杂俎》载：

> 舞草，出雅州，独茎三叶，叶如决明，一叶在茎端，两叶居茎之半，相对。人或近之，歌及抵掌讴曲，必动，叶如舞也。①

舞草为豆科含羞草亚类植物，我国主要产于福建、江西、广东、四川、云南、台湾等地。从外形上看，舞草并无特别之处，不过，当高温、高日照的情况下，舞草的叶片会如同跳舞一般上下左右明显摆动："白天，当气温达21℃以上的晴天时，侧生两小叶能围绕顶生小叶明显地摆动，或上下摆动，或作60的旋转运动，两叶旋转一周，又迅速弹回原处，再复旋转"、"当气温达24℃以上无风无雨或雨过天晴时，小叶舞动频率加快，且舞动更具有戏剧性"。② 段成式认为，舞草之所以会活动是与声音有关，不过现代学者更倾向于认为"舞草的活动与音乐无关，日光和温度的变化是影响舞草活动的主要因素"③。对于舞草这种极具趣味性的观赏植物，段成式并没有附会任何神异色彩，而是如实描写其叶片运动方式给人带来新奇的审美享受。这种描写方式依靠物本身的奇异性来吸引读者，融知识性与趣味性为一体，达到常中出奇的审美效果，从而丰富了博物杂记类小说"以奇为美"的美学体系。

博物杂记类小说中"奇"的产生一方面与人们见闻有限，少见多怪有关；另一方面也是人们面对神奇的自然以及奇妙的人生中那些暂时无法理解的事物，进行自觉或不自觉地想象与幻想的产物。随着博物杂记类小说的发展，小说家或者逐渐致力于将神奇之物与地方风俗相结合，体现出奇

---

① 段成式撰，方南生点校：《酉阳杂俎》，中华书局1981年版，第187页。
② 任秋萍等：《珍奇有趣的植物——跳舞草》，载《中国种业》2007年第6期。
③ 徐本美等：《舞草叶片的活动表现》，载《园艺学报》2005年第6期。

中出常的审美意蕴，或者是随着人类认识水平的提高，一些原本觉得奇特之物如双头蛇之类，其神异色彩渐渐褪去，体现出化奇为常的审美进程。同时，博物杂记类小说中还努力挖掘平常之物中的新奇之处，体现出常中见奇的审美趣味。博物杂记类小说中无论是奇中出常、化奇为常还是常中见奇，都是建立在符合当时人们认知水平的基础上的。因此，博物杂记类小说中"以奇为美"中"奇"，并无多少荒诞、诡异、阴森等成分，读者在审美过程中很少产生恐惧与紧张等心理感受，呈现出与《幽明录》、《宣验记》、《冤魂志》等灵怪类小说完全不同的美学风格。

二　以博为美

在巫史文化的影响下，博物杂记类小说除了体现"以奇为美"的风格外，"以博为美"的特征也很突出。博物杂记类小说的开山之作《山海经》即同时具备了这两个特点。明人杨慎云：

> 《左传》曰："昔夏氏之方，有德也。远方图物，贡金九枚，铸鼎象物，物物而为之备。使民知神奸，入山林，不逢不若，魑魅魍魉，莫能逢之。"此《山海经》之所由始也。神禹既锡玄圭以成水功，遂受舜禅以家天下，于是乎收九牧之金，于是乎以铸鼎。鼎之象则取远方之图，山之奇，水之奇，草之奇，木之奇，禽之奇，兽之奇。说其形，著其生，别其性，分其类。其神奇殊汇，骇世惊听者，或见，或闻，或恒有，或时有，或不必有，皆一一书焉……九鼎之图，其传固出于终古、孔甲之流也，谓之《山海图》，其文则谓之曰《山海经》。至秦而九鼎亡，独图与经存。[①]

虽然是否真有九鼎之图还有待考证，不过杨慎认为，《山海经》之奇是建立在广泛描写山、水、草、木、禽等物的基础之上，这样的观点是很有见地的。《山海经》内容的丰富性奠定了此后博物杂记类小说"以博为

---

① 杨慎：《山海经后序》，载丁锡根等编《中国历代小说序跋集》，人民文学出版社 1996 年版，第 7—8 页。

美"的审美基调，如《四库全书总目》就称《洞冥记》"嗜博贪奇"①。崔世节亦认为《博物志》："天地之高厚，日月之晦明，四方人物之不同，昆虫草木之淑妙者，无不备载。"② 萧绮评论《拾遗记》"历览群经，披求方册，未若斯之宏丽矣"③。毛晋感叹《酉阳杂俎》"天上天下，方内方外，无所不有"④。博物杂记类小说"以博为美"的审美倾向是建立在小说家博学的基础上的。先秦时期孔子倡导"多识于鸟兽草木之名"⑤，汉代司马相如主张"赋家之心包括宇宙"⑥，魏晋南北朝时期盛行的"隶事"之风，都为博物杂记类小说"以博为美"的审美追求起到了推波助澜的作用。

汉唐时期博物杂记类小说"以博为美"的文学表现主要体现在描写物象的丰富及博物叙事空间的开拓上。

（一）物象丰富

所谓物象的丰富，是指博物杂记类小说记载了包括山川、动植物、医药、物理、技艺、风俗等在内的丰富内容，涉及科技、艺术、历史、宗教等领域，最为直接地体现出人在认识自然、改造社会的活动中将自身的本质力量对象化的过程。人正是在本质力量对象化的过程中，意识到自己是一个充满生命力的活体，建立起人与物之间的感应与交融。正如陆机《文赋》所云："伫中区以玄览，颐情志于典坟。遵四时以叹逝，瞻万物而思纷。"⑦ 由于审美活动是建立在感于物而后动的基础上，因此对宇宙万物，四时景色的体察的过程中，能够产生"思纷"的审美创作动机，即刘勰所谈的"山林皋壤，实文思之奥府"⑧。通过对博物杂记类小说科技视野、历史视野、宗教视野及艺术视野的审视，我们发现小说家始终以一种探索的姿态努力地发掘自然及人类社会的奥秘，其终极意义并不在于单纯认识这一物象本身，而在于从丰富的物象出发体验生命的丰富。在

---

① 永瑢等：《四库全书总目》卷一四二，中华书局 2003 年版，第 1207 页。
② 张华著，范宁校证：《博物志校证》，中华书局 1980 年版，第 149 页。
③ 王嘉撰，萧绮录，齐治平校注：《拾遗记》，中华书局 1981 年版，第 149 页。
④ 段成式撰，方南生点校：《酉阳杂俎》，中华书局 1981 年版，第 296 页。
⑤ 何晏集解，邢昺疏：《论语集解》，载《十三经注疏》，中华书局 1980 年版，第 2525 页。
⑥ 葛洪撰，程毅中点校：《西京杂记》，中华书局 1985 年版，第 12 页。
⑦ 萧统编，李善注：《文选》卷一七，中华书局 1977 年版，第 762 页。
⑧ 刘勰著，周振甫注：《文心雕龙注释》，人民文学出版社 1981 年版，第 494 页。

"万物"与"我"的和谐互动中，感悟盎然生机，体验审美的愉悦。李云鹄对阅读博物杂记类小说所获得的审美感受有生动的表述。其《〈酉阳杂俎〉序》云："《天咫》、《玉格》、《壶史》、《贝编》之所骇载，与夫《器艺》、《酒食》、《黥盗》之琐细……《昆虫》、《草木》、《肉攫》之汗满，无所不有，无所不异。使读者忽而颐解，忽而发冲，忽而目眩神骇，愕眙而不能禁。"[①] 读者正是在"无所不有，无所不异"的基础上，经历了"颐解"、"发冲"、"目眩神骇"及"愕眙"的情绪波动中，获得审美快感，从而深刻地体验到生命的丰富与精彩。从这个角度来看，博物杂记类小说颇符合孟子"充实之谓美"[②] 的观点：孟子所谈的"充实"，虽然更多的是指人的精神世界的充实，不过这里也可以借这个概论来说明空间世界的充实与美的关系。因为，"充实"本身就含有丰富与充足之意，是生命力流畅、融通的重要表现。因此，"充实之美"有"一种内在的欲动之势，是一种强劲的创造力的枢纽"[③]。除物象的丰富性外，博物杂记类小说中的"充实之美"的创造力还突出表现在博物叙事空间的开拓上，在空间的充实中展现一种蓬勃的生命力。

（二）博物叙事空间的开拓

博物杂记类小说空间叙事的产生与古代空间观念的形成有密切的关系。中国古代空间观念的产生离不开对于方位的辨识，殷商时代的甲骨卜辞中就已经有关于四方的明确认识："东方曰析，风曰协。南方曰因，风曰凯。西方曰彝，风曰韦。北方曰伏，风曰役。"东南西北四方对应着四方之神，殷商时期，人们通过对四方之神的祭祀，来祈求神明保佑风调雨顺[④]。甲骨文中对于四方知识的兴趣在博物杂记类小说的滥觞之作《山海经》中得到了延续。《山海经》分为《山经》及《海经》两部分，均以方位的转换为依托，叙述各方山水、物产及神人。例如，《西山经》云："又西三百五十里，曰玉山，是西王母所居也。西王母其状如人，豹尾虎

---

① 见段成式撰，方南生点校《酉阳杂俎》，中华书局1981年版，第294页。
② 赵氏注，孙奭疏：《孟子注疏》，载《十三经注疏》，中华书局1982年版，第7775页。
③ 陈鹏：《孟子的美学启示》，载《学术月刊》1994年第4期。
④ 胡厚宣：《释殷代求于四方和四方风的祭祀》，载《复旦大学学报》1956年第1期。李学勤：《商代的四风与四时》，载《中州学刊》1985年第5期。

齿而善啸，蓬发戴胜，是司天之厉及五残。有兽焉，其状如犬而豹文，其角如牛，其名曰狡，其音如吠犬，见则其国大穰。有鸟焉，其状如翟而赤，名曰胜遇，是食鱼，其音如录，见则其国大水。"① 玉山的位置在西山之西，其上有西王母、狡兽及胜遇鸟。西王母的外形兼具人、豹、虎的肢体，"司天之厉及五残"，这表明西王母是一位凶神。而狡兽及胜遇鸟的形貌，则是嵌合多种动物的躯体为一体。除神及动物外，《山海经》中还记载了许多海外异民，这些异民形象或是在人的躯干上嵌合各种动物的肢体，或是增减器官。如"羽民国在其东南，其为人长头，身生羽。一曰在比翼鸟东南，其为人长颊"。"厌火国在其国南，兽身黑色，生火出其口中。一曰在讙朱东。""奇肱之国在其北，其人一臂三目，有阴有阳，乘文马。"② 同时《山海经》中还描写了昆仑山、钟山、蓬莱山等仙境的雏形，并且在空间描写中渗透了方术不死的思想，如"不寿者乃八百岁"的轩辕国，"乘之寿二千岁"的白民国乘黄，以及"操不死之药"的巫彭等。《山海经》中的叙事顺序多为先叙述山、水所在的具体地理方位，然后再铺陈其上的神、人、异物。其神、人、异物在形象上多带有原始宗教的蛮荒色彩，因此本书将《山海经》所开创的以山、海为构架的博物空间称为蛮荒空间。汉唐博物杂记类小说以这个空间为基础，逐渐分化出以神灵为主体的仙境空间，以及异民为主体的异域空间。

1. 仙境

《山海经》在汉初重新被发现，武帝时期就已经流传开来，司马迁在《史记·大宛列传》中就曾提及过《山海经》③。刘安编撰《淮南子》的过程中，其《地形训》篇的内容基本引自《山海经》。而东方朔、刘向等人由于熟知《山海经》的内容深受皇帝的赞赏，并引发了士人阅读《山海经》的兴趣："朝士由是多奇《山海经》者，文学大儒皆读学，以为奇可以考祯祥变怪之物，见远国异人之谣俗。"④ 《山海经》经过刘向父子的校

① 袁珂：《山海经校注》，上海古籍出版社 1980 年版，第 50 页。
② 同上书，第 187、191、212 页。
③ 司马迁：《史记》卷一二三，中华书局 1975 年版，第 3179 页。
④ 刘秀：《上山海经奏》，载丁锡根《中国历代小说序跋集》，人民文学出版社 1996 年版，第 4 页。

订，流传更为广泛。许慎的《说文解字》、王充的《论衡》、赵晔的《吴越春秋》等书均提到过《山海经》。在这样的时代氛围中，《山海经》对于汉代的博物杂记类小说创作也产生了深远的影响。由于刘歆在《上山海经表》中提到东方朔熟读《山海经》，因此结构与内容都深受《山海经》影响的《神异经》，其作者就托名为东方朔。《神异经》按顺时针方向依次叙述了东、东南、南、西南、西、西北、北、东北、中"九荒"中的山川、地理、奇人、异物。与《山海经》相较，《神异经》中方术之言愈加明显：南方大荒中粗稼树果实食之寿一万二千岁，如何树果实食之成地仙，鹄国人寿三百岁等。事实上，汉代博物杂记类小说对于仙境的描写与神仙信仰的发展紧密相关。早在战国时期，齐人邹衍就提出了大九洲说。《史记》中记载了流传在秦汉之际的蓬莱、方丈、瀛洲等海外三神山的传说。汉代纬书在此基础上扩展了关于仙岛、神山的描写：《河图括地象》中提到了昆仑与瀛洲。《河图始开图》谈到了昆仑。《龙鱼河图》中提及了玄洲与流洲。因此，海外仙境的传说在两汉流传甚广：扬雄《羽猎赋》、张衡《西京赋》中有关于方丈、瀛洲以及蓬莱的描写。班固在《西都赋》中将瀛洲、方壶、蓬莱并称。蔡邕《汉津赋》中出现了"玄洲"。在此背景下，《十洲记》的神仙色彩十分浓郁：《十洲记》托名东方朔，一开篇，东方朔就自称"学仙者"，结尾处又提及汉武帝受诸真形图，并强调，"此十洲大丘灵阜，皆是真仙隩墟，神官所治"[1]。《十洲记》的叙事顺序与《神异经》类似，先列洲岛的方位，然后叙述该地的山川、动植物，最后描写居住于该地的神仙，如瀛洲：

> 　瀛洲在东海中，地方四千里，大抵是对会稽，去西岸七十万里。上生神芝仙草。又有玉石，高且千丈。出泉如酒，味甘，名之为玉醴泉，饮之，数升则醉，令人长生。洲上多仙家，风俗似吴人，山川如中国也。[2]

---

　① 东方朔撰，王根林校点：《十洲记》，载《汉魏六朝笔记小说大观》，上海古籍出版社1999年版，第70页。

　② 同上书，第65页。

可以看出，《十洲记》中关于仙境的描写理想化色彩非常浓郁。仙境为茫茫大海所阻隔，其间景色优美，土地肥沃，物产丰富。从"风俗似吴人，山川如中国"等描写来看，所谓的仙境委实不过是现实人世的翻版。生活于瀛洲之上的仙人均拥有穿越海洋空间的能力，而玉醴泉水饮之"令人长生"，他们又拥有了延长生命时间的可能。但东方朔自称"学仙者耳，非得道之人"，对于十洲五岛的认识"所识乃及于是，愧不足以酬广访矣"。而真正的得道者则是"凌虚之子，飞真之官，上下九天，洞视百万。北极勾陈而并华盖，南翔太册而栖大夏。东之通阳之霞，西薄寒穴之野。日月所不逮，星汉所不与。其上无复物，其下无复底"①。得道者，不局限于十洲五岛，可以在上、下、北、南、东、西等各个空间的方位任意遨游，其速度之迅捷连日月、星辰都无法企及。因此，从《十洲记》的描写来看，只要成仙就能超越时空的限制，天上、地下任我遨游，时间于我如浮云。虽然东方朔还未得道，但在凡人看来仍是一个很有神秘感的人物，"弄万乘，傲公侯，不可得而师友，不可得而喜怒"，连作为九五之尊的汉武帝都"不能尽至理于此人"②。足见仙凡之间的差距是多么难以逾越！

魏晋南北朝博物杂记类小说对于仙境的描写愈加丰富。《博物志》云："骧兜国，其民尽似仙人……常捕鱼海岛中，人面鸟喙。"③无启民："无启民，居穴食土，无男女。死埋之，其心不朽，百年还化为人。细民，其肝不朽，百年而化为人。"④所谓"仙人"，以及身心不朽等均可看作是对不死观念的进一步发挥。《述异记》中亦有聚窟州上有返魂香，炎州所生风生兽其脑和菊花食之可活五百岁，杏园洲上所产之杏食之免死等仙化内容。《拾遗记》的作者王嘉是当时著名的道士，其生平被《云笈七签》纪传部所录，《拾遗记》中关于瀛洲、昆仑山、蓬莱山、方丈山、员峤山、岱舆山、昆吾山等仙境的描写亦多神仙色调。这些仙境相较于《十洲记》和《博物志》而言，除了描写其间的物产及仙人的生活以外，空间层次感

① 东方朔撰，王根林校点：《十洲记》，载《汉魏六朝笔记小说大观》，上海古籍出版社 1999 年版，第 64 页。

② 同上书，第 71 页。

③ 张华撰，范宁校证：《博物志校证》，中华书局 1980 年版，第 21 页。

④ 同上书，第 23 页。

日益增强：昆仑山有九层，每层相去万里，且风景各异①。员峤山上有方湖，东有云石，西有星池千里，南有移池国，北有浣肠国②。岱舆山东有员渊千里，南有平沙千里，西有鸟玉山，北有玉梁千丈③。值得注意的是，道教中人由于修炼的需要常常隐居山林，大致在东晋前形成了洞天福地说④。葛洪《抱朴子》列出二十八座名山，并称"正神居其山中"⑤。洞穴继海外神山、仙岛之后成为魏晋南北朝博物杂记类小说仙境描写对象：《博物志》云，君山地道中有"美酒数斗，得饮者不死"⑥。《拾遗记》载采药人由洞庭山洞穴而入仙境。《述异记》云，桃李源中有石洞，吴中人于此避难，食桃李者皆成仙。

除"学仙者"、"得道之人"能够自由进出这个空间外，凡人也可能误入仙境。《杜阳杂编》卷下载，后魏清河孝王之孙在"遇风坏船"的情况下误入沧浪岛，不过凡人在仙岛上终究不能生活太久，最终还是要借助仙人的力量渡过广袤无垠的大海重返人间，"洲人遂制凌风舸以送之，激水如箭，不旬日即达于东莱"⑦。

通过以上分析可以看出，汉唐博物杂记类小说中的仙境描写，从海外仙岛、神山逐渐扩展至洞穴。这些仙境的位置多处于人迹罕至之处，或是大海之中，或"浮于水上"⑧，或在名山大川之中。仙境中的山川、物产均优于人类世界，体现了理想的人居环境。生活于这个空间的人已经超越了生死之限，被称为仙人。仙境对于仙人而言，通行无碍，但对于凡人而言，却是一个难以到达的封闭性空间。汉唐博物杂记类小说通过凡间与仙境的空间转换展开叙事，同时仙境中的物象又以想象与幻想的方式呈现，洋溢着奇幻色彩。小说家以仰慕的心态描写仙境，充溢其间的方士话语表达了人们对于优良生活环境以及延长寿命的极度渴望。

---

① 王嘉撰，萧绮录，齐治平校注：《拾遗记》，中华书局1981年版，第221页。
② 同上书，第228—229页。
③ 同上书，第230—231页。
④ 卿希泰：《中国道教》第4卷，上海知识出版社1994年版，第136页。
⑤ 王明：《抱朴子内篇校释》，中华书局1980年版，第85页。
⑥ 张华撰，范宁校证：《博物志校证》，中华书局1980年版，第97页。
⑦ 苏鹗：《杜阳杂编》，中华书局1958年版，第48页。
⑧ 王嘉撰，萧绮录，齐治平校注：《拾遗记》，中华书局1981年版，第235页。

2. 异域

如果说《山海经》中关于远国异民的描写充满了蛮荒气息，那么随着中外文化交流的加强，汉唐博物杂记类小说家对于"绝域遐方"的"珍异奇物"① 产生了强烈的兴趣。《十洲记》载，周穆王时，西胡曾献昆吾割玉刀及夜光常满杯。秦始皇时，西胡又献切玉刀。汉武帝时，月氏使者向大汉进献返魂香与猛兽。《洞冥记》又称《别国洞冥记》，所谓"别国"包括波弋国、大秦国、修毕国、支提国、翕韩国、吠勒国、郅支国、日南等虚实掺半的异域国度。这些国家将本国的奇珍异宝源源不断地进贡给汉武帝。《博物志》中描写了续弦胶、火浣布、切玉刀、汗血马、红蓝花、葡萄、果下马等来自中亚、南亚一带的物品，以及骇沐国、炎人国、义渠国独特的丧葬风俗。《西京杂记》中则出现了西域吉光裘、身毒国连环羁、贰师天马等宝物。《拾遗记》中描写了大月氏国、条支国、乐浪国、于阗国等在内的四十余地的山水风物以及中外交流的史料。《述异记》云越裳国、贝多国、丹丹国、东夷、日支国、昆明国、涂修国等均向中原政权朝贡。《酉阳杂俎》中《境异》篇记载了异域二十三地的物产、风俗。《杜阳杂编》描写了来自东海弥罗国、罽宾国、日林国、新罗国、于滇国、勾骊国、大林国、文单国、吴明国、拘弭国、大轸国、南昌国、渱东国、夫余国、女蛮国、条支国等异域的贡品。

必须指出的是，汉唐博物杂记类小说虽然对于异域物产、风俗的描写日益丰富，但由于小说家并未真正亲临过这些区域，所谓奇珍异宝、奇风异俗更多地来自传闻与想象。在热衷于传闻与想象的背后，凸显的是博物杂记类小说家的猎奇心态。张华说："余视《山海经》及《禹贡》、《尔雅》、《说文》、地志，虽曰悉备，各有所不载者，作略说……博物之士，览而鉴焉。"② 郭宪也是由于"经文史官记事……盖偏国殊方，并不在录"③，由此撰写了《洞冥记》。博物杂记类小说正是在传统文献"所不载"与"不在

---

① 郭宪撰，王根林校点：《汉武洞冥记》，载《汉魏六朝笔记小说大观》，上海古籍出版社1999年版，第123页。

② 张华撰，范宁校证：《博物志校证》，中华书局1980年版，第7页。

③ 郭宪撰，王根林校点：《汉武洞冥记》，载《汉魏六朝笔记小说大观》，上海古籍出版社1999年版，第123页。

录"之处，以猎奇心态书写异域空间。

汉唐博物杂记类小说中的异域叙事除了具有猎奇的眼光外，还常常具有自上而下的优越感。《十洲记》载，当西国王使将神奇的续弦胶与吉光毛裘进献到汉朝时，汉武帝充满了以中国自居的傲慢，"以为西国虽远，而上贡者不奇"①。这个故事后又出现在《博物志》中。《拾遗记》载，燃丘国距离中原十分遥远，进贡需"经历百有余国"，"经途五十余年，乃至洛邑"，因此并非每年进贡，而是"遇圣则来集"，周成王六年进贡的原因是"以表周公辅圣之祥异也"②。异域的臣服来自于对"圣"的仰慕。博物杂记类小说作者出于文化上的优越感，以俯视的眼光打量着异域空间，来自异域空间的奇珍异宝不过是为了满足中原皇室及贵族骄奢淫逸的生活，来自异域空间的奇人异事、奇风异俗不过是为了满足中原士人茶余饭后的娱乐消遣。

值得注意的是，汉唐博物杂记类小说家偶尔也借异域视角展开批判与讽刺。《十洲记》载，西胡月氏使者为了向大汉进献返魂香与猛兽，"乘毳车而济弱渊，策骥足以度飞沙。契阔途遥，辛苦蹊路，于今已十三年矣"③。但当使者面见汉武帝时，却发现其"非有道之君"、"眼多视则贪色，口多言则犯难，身多动则淫贼，心多饰则奢侈。未有用此四者而成天下之治也"④。小说家虚构了异域使者的身份，以"道"为标准批判汉武帝骄奢淫逸的生活，体现出士大夫的立场。这样的批判明显不同于传统史官对于皇权崇高的刻意维护。小说在结尾之处写月氏使者逃亡，失猛兽所在，返魂香又神秘丢失，武帝崩于五柞宫。小说家议论道："向使厚待使者，帝崩之时，何缘不得灵香之用耶？自合命陨矣。"⑤ 这里对武帝毙命的解释，又体现出方士立场。在这个故事中，士大夫话语与方士话语并存。

---

① 郭宪撰，王根林校点：《汉武洞冥记》，载《汉魏六朝笔记小说大观》，上海古籍出版社1999年版，第66页。

② 葛洪撰，程毅中点校：《西京杂记》，中华书局1985年版，第51页。

③ 东方朔撰，王根林点校：《十洲记》，载《汉魏六朝笔记小说大观》，上海古籍出版社1999年版，第67—68页。

④ 同上书，第68页。

⑤ 同上书，第69页。

小说中使者以及返魂香与猛兽一方面作为贯穿异域与中原两个空间的线索推动情节发展，另一方面又成为批判武帝的一面镜子。

3. 宫苑

汉唐博物杂记类小说对于西汉宫室、苑囿空间的描写着墨甚多。未央宫是西汉皇宫所在之地，《西京杂记》中未央宫以壮观著称①，其中昭阳殿更以奢华②闻名。此外掖庭中还有"繁华窈窕之所栖宿"的"月影台、云光殿、九华殿、鸣鸾殿、开襟阁、临池观"③等建筑。同时，汉唐博物杂记类小说对于甘泉宫也颇为留意。传说甘泉宫颇具神仙色彩，是黄帝祭祀天神的地方。《洞冥记》载汉武帝曾于元鼎元年在甘泉宫西起招仙阁，又于太初三年起甘泉望风台。由于汉武帝每年五月都要由长安北上至甘泉宫避暑，并在此接待西域以及周边国家的酋长、首领和外交使节④。《洞冥记》描写了汉武帝在甘泉宫接待郅支国使者的故事。《博物志》则讲述了西海国使曾陪汉武帝射于甘泉宫的逸闻。

西汉最为有名的苑囿是上林苑。上林苑中有着丰富的植被，光草木就有两千余种⑤。上林苑中还有丰富的水体景观，其中占地最广的昆明池具备包括游览、练兵、养鱼、祈雨等多重功能⑥。上林苑中影娥池、淋池、太液池以及孤树池等池沼分别在《洞冥记》、《拾遗记》以及《西京杂记》中均有描绘。

西汉宫苑中常常开展丰富多彩的娱乐活动。《西京杂记》"七夕穿针开襟楼"以及"高祖侍儿言宫中乐事"诸条记载了汉宫中岁时娱乐，"戚夫人歌舞"条则描写了汉高祖与戚夫人的歌舞之乐。而汉昭帝游淋池，成帝好微行等娱乐活动在《拾遗记》中有细致的刻画。

唐代皇室的物质生活相较汉代而言，更为丰富。《杜阳杂编》载："咸通九年，同昌公主出降，宅于广化里，赐钱五百万贯，仍罄内库宝货以实

---

① 葛洪撰，程毅中点校：《西京杂记》，中华书局1985年版，第1页。
② 同上书，第5、8页。
③ 同上书，第5页。
④ 刘庆柱、李毓芳：《汉长安城》，文物出版社2005年版，第192页。
⑤ 葛洪撰，程毅中点校：《西京杂记》，中华书局1985年版，第6页。
⑥ 同上书，第1、6、43页。

其宅……逮诸珍异不可具载。自两汉至皇唐,公主出降之盛未之有也。"①
一位公主出嫁尚且陪嫁如此多的珍宝,可见由于唐代政治稳定、文化交
流频繁、经济发达,唐王室内库充盈,聚集了来自四面八方的奇珍异宝。

对于皇族而言,所有的物质以及精神欲望都得以满足,唯一遗憾的便
是人终有一死。为求长生不老,宫苑中不少楼台、器物均因求仙而设。
《洞冥记》云:

> 元鼎元年,起招仙阁于甘泉宫西。编翠羽麟毫为帘,青琉璃为
> 扇,悬黎火齐为床,其上悬浮金轻玉之磬……阁上烧荼靡香……燃芳
> 苡灯。

> 元封中,起方山像,招诸灵异,召东方朔言其秘奥。乃烧天下
> 异香,有沉光香、精祇香、明庭香、金磾香、涂魂香,外国所贡青
> 楂之灯。

> 起神明台,上有九天道金床、象席,虎珀镇杂玉为簟。帝坐良
> 久,设甜水之冰,以备洪濯酌。瑶琨碧酒,炮青豹之脯。果则有涂阴
> 紫梨、琳国碧李,仙众与食之。②

招仙阁的修建体现了汉武帝强烈的求仙愿望。《后汉书·祭祀志》注
引《礼含文嘉》曰:"天子灵台,所以观天人之际,阴阳之会也。揆星度
之验,征六气之端,应神明之变化,睹日气之所验,为万物获福于无方之
原,招太极之清泉,以与稼穑之根。"③ 正是由于台有通仙之妙,汉武帝因
此起神明台。仙境中多金、玉仙物,宫苑中就多设金、玉器物;仙境中有
玉醴泉,宫苑中就设甜水;仙境中有返魂香,宫苑中就烧天下异香;仙境
中有神芝、仙草,宫苑中就有紫梨、碧李。宫苑对于仙境的模拟与追求,
一方面体现出神仙家影响下的皇族对于永生的渴望,另一方面也体现出汉

---

① 苏鹗:《杜阳杂编》,中华书局1958年版,第53—55页。
② 郭宪撰,王根林校点:《汉武洞冥记》,载《汉魏六朝笔记小说大观》,上海古籍出版社
1999年版,第127、128页。
③ 范晔:《后汉书》,中华书局1965年版,第3178页。

王朝强大的物质基础。综上所述，宫苑是皇族生活的地方，相对于普通人而言是一个封闭的空间，其间的物品闪耀着奢华与奇异的色彩。为求长生不老，宫苑空间又模拟向往更高层次的仙境空间。

值得注意的是，汉唐博物杂记类小说中对于宫苑空间的书写往往蕴含着复杂的历史情怀。汉唐博物杂记类小说关于宫苑历史的叙事多由与宫廷有着千丝万缕联系的上林令、宫女、工匠等人承担。这些叙事者与史官叙述历史的口吻有着巨大的差异。史官站在沟通天道文化以及王道文化的立场，以实录为旗帜，采用全知视角以客观理性的眼光观察王朝盛衰，探寻治乱之道。博物杂记类小说中的叙事者则游走于宫苑与民间，其身份介于真实与虚构之间，他们以历史参与者的姿态，采用限知视角，从某一侧面绘声绘色地渲染了大汉宫苑全盛时期的风采。然而博物杂记类小说的真实作者却是张华、葛洪、王嘉等人，这些人生活在战乱频仍、动荡不安的魏晋时期，早已远离了汉帝国的辉煌，对于大汉的繁华过往只剩下无限的向往与追忆。"如果说离开个人的人生从大局的观点来俯瞰历史潮流是官方史书历史意识的集约表现的话，那么……通过个人的眼光来看待历史的发展动向。这种执着于个人的观点，与其说是重视记述事件推移的本身，不如说是以赞叹或者痛惜浮现在事件经过中的人们的人生悲欢为重点的。"① 正如孔天胤《西京杂记序》所云："今关中固汉西京也，鸿人达士，慕汉之盛，吊古登高，往往叹陵谷之变迁，伤文献之阙绝。或得断碑残碣，片简只字，云是汉者，即欣睹健羡，如获拱璧，方且亟为表识，恐复湮灭，好古之信也。乃若此书所存，言宫室苑囿……实盛称长安之旧制矣。"② 这种叙事者与真实作者的错位，增加了小说的虚构性，使读者在亦真亦幻的矛盾心理中体验博物杂记类小说介于真实与虚构之间的宫苑叙事所带来的审美张力。

通过以上分析可以看出，汉唐博物杂记类小说在空间叙事上呈现出话语杂糅的特点：小说家怀着景仰的心态描写仙境空间，其间方士话语占据主流。小说家以猎奇与俯视心理塑造异域空间，偶尔也借异域视角展开批

---

① 小南一郎：《中国的神话传说与古小说》，孙昌武译，中华书局1993年版，第159页。
② 葛洪撰，程毅中点校：《西京杂记》，中华书局1985年版，第46页。

判与讽刺，其中士大夫话语、民间话语、方士话语并存。小说家以追忆的情怀刻画宫苑空间，其间民间话语与文人话语并存。由于叙事话语的杂糅，彰显出汉唐博物杂记类小说内容的驳杂性以及小说家身份的多重性。

空间是人类认识世界、了解自我的重要维度之一。小说家在博物杂记类小说空间叙事过程中充实了自我生命体验：对仙境空间不死兽、长生果等物象的幻想与追求，消解了现实人生的焦虑与彷徨；对异域空间中奇事异物的欣喜发现，化解了现实生活的单调、乏味；对宫苑空间中金玉珍宝的炫耀，徒生了天朝大国的自豪以及对于繁华过往的追忆。由于小说叙事总是在一定的空间中展开，空间具有自然与社会双重属性。汉唐博物杂记类小说对于仙境空间的仙化、异域空间的异化，以及对宫苑空间的美化性描写，既与现实空间保持了密切的联系，又实现了对现实空间的超越，为个体生命的存在提供了更自由、更具想象力的舞台。

结　语

　　汉唐博物杂记类小说是在充分考虑中国古代小说特殊形态的基础上提出的一个小说概念。虽然这部分杂记山川、动植物、物理、医药、技艺、风俗、典章的文言作品不一定符合现代小说的定义，但从"资考证、广见闻"的传统小说评价标准来看，博物杂记类小说的文献价值、文化价值并不在那些以"故事性"、"情节性"见长的作品之下。知识性与文学性共存，正是博物杂记类小说的独特魅力之所在。

　　本书对汉唐博物杂记类小说的研究，其中一个重要目的就是借此探讨中国古代小说发展演变的独特轨迹。

　　由于汉唐博物杂记类小说的作者多具备博物学家与文学家的双重身份，这就决定了博物杂记类小说的创作虽然以客观叙事为主，但其实际内容则常处于亦真亦幻之间，"资考证"部分更近于写实，而"广见闻"部分则有更多的虚幻成分。中唐以后，随着社会的发展、文明的进步、文学与学术的进一步分流，博物杂记类小说中故事性、情节性较强的内容，逐渐向文学叙事的方向发展，而那些考辨色彩较浓的内容，则逐渐向学术笔记靠拢，这是博物杂记类小说逐渐走向衰微的重要原因。加之，汉唐博物杂记类小说的作者出于博物洽闻的兴趣，过多地将精力放在对物象丰富性的描写上，因此博物杂记类小说中缺乏构建长篇小说的中心事件，在人物塑造方面也相当薄弱，其情节性因素不强，篇幅大都不长，描写也较为零碎。这些缺陷在一定程度上限制了博物杂记类小说的进一步发展。尽管如此，《博物志》的续书还是层出不穷。唐林登作《续博物志》（已佚）、宋李石《续博物志》、明游潜《博物志补》、明董斯张《广博物志》、清徐寿基《续广博物志》等作品的出现，均显示出小说家对于博物题材的兴趣。而清代以《镜花缘》为代表的才学小说的兴起，终于实现了博物杂记类小说的长篇化。

博物杂记类小说虽然在唐以后逐渐走向衰落，但汉唐博物杂记类小说对于后世小说创作的影响却不可低估。博物杂记类小说作者强调博学，这在后世小说家中产生了广泛认同。罗烨云：“小说纷纷皆有之，须凭实学是根基，开天辟地通经史，博古明今历传奇，藏蕴满怀风与月，吐谈万卷曲和诗，辩论妖怪精灵话，分别神仙达士机，涉案枪刀并铁骑，闺情云雨共偷期，世间多少无穷事，历历从头说细微。”① 博物杂记类小说对于内容丰富性的追求亦为后世小说所借鉴，尤其是后世的长篇小说多以全面反映广阔的社会生活为己任，《红楼梦》正是这方面的代表作。王希廉评《红楼梦》云：“一部书中，翰墨则诗词歌赋、制艺尺牍、爱书戏曲以及对联匾额、酒令灯谜、说书笑话，无不精善；技艺则琴棋书画、医卜星相及匠作构造、栽种花果、畜养禽鱼、针黹烹调，巨细无遗。”② 此外，在人物塑造方面，明末清初的才子佳人小说中才子、才女，以及《三国演义》、《水浒传》等历史、英雄题材小说中足智多谋的军师等形象，均体现出对博物杂记类小说中博学主人公形象的传承。在情节上，《十洲记》、《洞冥记》、《酉阳杂俎》、《杜阳杂编》等小说好写殊方异域的神仙生活，渲染道教法器的神奇，以及佛教高僧的神通，这些描写从某种角度上说，也为后世神魔小说的创作提供了借鉴。

---

① 罗烨：《醉翁谈录》，古典文学出版社1957年版，第5页。
② 王希廉：《红楼梦总评》，载朱一玄《红楼梦资料汇编》，南开大学出版社1985年版，第539页。

参考文献

［美］爱德华·谢弗：《唐代的外来文明》，吴玉贵译，陕西师范大学出版社 2005 年版。

班固：《汉书》，中华书局 1975 年版。

白寿彝：《中国交通史》，上海书店 1984 年版。

陈奇猷：《韩非子集释》，中华书局 1964 年版。

陈寿：《三国志》，中华书局 1973 年版。

程毅中：《古小说简目》，中华书局 1981 年版。

岑仲勉：《隋唐史》，中华书局 1982 年版。

陈奇猷校释：《吕氏春秋校释》，学林出版社 1984 年版。

程毅中校点：《燕丹子、西京杂记》，中华书局 1985 年版。

陈桥驿：《〈水经注〉研究》，天津古籍出版社 1985 年版。

陈振孙：《直斋书录解题》，上海古籍出版社 1987 年版。

常璩撰，任乃强校注：《〈华阳国志〉校补图注》，上海古籍出版社 1987 年版。

程毅中：《唐代小说史话》，文化艺术出版社 1990 年版。

程树德：《论语集释》，中华书局 1990 年版。

陈文新：《中国笔记小说史》，（台北）志一出版社 1995 年版。

陈平原：《陈平原小说史论集》，河北人民出版社 1997 年版。

程国赋：《唐代小说嬗变研究》，广东人民出版社 1997 年版。

陈绶祥：《隋唐绘画史》，人民美术出版社 2000 年版。

陈绶祥：《魏晋南北朝绘画史》，人民美术出版社 2001 年版。

程国赋：《唐五代小说的文化阐释》，人民文学出版社 2002 年版。

程树德：《九朝律考》，中华书局 2003 年版。

陈洪：《中国小说理论史》，天津教育出版社 2005 年版。

段成式撰，方南生点校：《酉阳杂俎》，中华书局 1981 年版。

董浩等编：《全唐文》，中华书局 1983 年版。

杜佑：《通典》，中华书局 1988 年版。

邓小军：《唐代文学的文化精神》，（台北）文津出版社 1993 年版。

董乃斌：《中国古典小说的文体独立》，中国社会科学出版社 1994 年版。

丁锡根编：《中国历代小说序跋集》，人民文学出版社 1996 年版。

丁如明等校点：《唐五代笔记小说大观》，上海古籍出版社 2000 年版。

范晔：《后汉书》，中华书局 1965 年版。

房玄龄等：《晋书》，中华书局 1974 年版。

范宁：《博物志校证》，中华书局 1980 年版。

范祥雍：《洛阳伽蓝记校注》，上海古籍出版社 1982 年版。

方师铎：《传统文学与类书之关系》，天津古籍出版社 1986 年版。

费振刚等辑校：《全汉赋》，北京大学出版社 1993 年版。

方正耀：《中国古典小说理论史》，华东师范大学出版社 2005 年版。

干宝：《搜神记》，中华书局 1979 年版。

［日］冈大路：《中国宫苑园林史考》，常瀛生译，农业出版社 1988 年版。

龚克昌：《汉赋研究》，山东文艺出版社 1990 年版。

郭郛、李约瑟等：《中国古代动物学史》，科学出版社 1999 年版。

郭丹：《史传文学：文与史交融的时代画卷》，广西师范大学出版社 1999
    年版。

郭预衡：《中国古代文学史长编》，北京师范大学出版社 2000 年版。

顾森：《秦汉绘画史》，人民美术出版社 2000 年版。

葛兆光：《中国思想史》，复旦大学出版社 2001 年版。

郭建勋：《辞赋文体研究》，中华书局 2007 年版。

胡应麟：《少室山房笔丛》，中华书局 1964 年版。

黄霖：《古小说论概观》，上海文艺出版社 1985 年版。

侯忠义：《中国文言小说参考资料》，北京大学出版社 1985 年版。

黄晖：《论衡校释》，中华书局 1990 年版。

侯忠义：《中国文言小说史稿》，北京大学出版社 1990 年版。

黄怀信：《逸周书校补注译》，西北大学出版社 1996 年版。

侯忠义：《隋唐五代小说史》，浙江古籍出版社 1997 年版。

黄霖：《中国小说研究史》，浙江古籍出版社 1997 年版。

黄霖、韩同文选注：《中国历代小说论著选》，江西人民出版社 2000 年版。

慧立、彦悰著，孙毓棠、谢谢方点校：《大慈恩寺三藏法师传》，中华书局
　　2000 年版。

韩云波：《唐代小说观念与小说兴起研究》，四川民族出版社 2002 年版。

韩进廉：《中国小说美学史》，河北大学出版社 2004 年版。

胡道静：《中国古代的类书》，中华书局 2005 年版。

韩晋：《唐前地理博物志怪小说审美研究》，硕士学位论文，辽宁大学，
　　2006 年。

纪昀：《阅微草堂笔记》，上海古籍出版社 1980 年版。

贾思勰撰，缪启愉校释：《齐民要术校释》，农业出版社 1982 年版。

金秋鹏：《中国古代科技史话》，商务印书馆 1997 年版。

J. 希利斯·米勒：《解读叙事》，申丹译，北京大学出版社 2002 年版。

刘餗：《隋唐嘉话》、刘肃：《大唐新语》，古典文学出版社 1957 年版。

刘叶秋：《古典小说笔记论丛》，中华书局 1959 年版。

刘叶秋：《魏晋南北朝小说》，中华书局 1961 年版。

李百药：《北齐书》，中华书局 1972 年版。

李时珍：《本草纲目》，人民卫生出版社 1972 年版。

鲁迅：《鲁迅全集》第八册《古小说钩沉》，人民文学出版社 1973 年版。

李延寿：《北史》，中华书局 1974 年版。

李延寿：《南史》，中华书局 1975 年版。

刘昫：《旧唐书》，中华书局 1975 年版。

李肇：《唐国史补》、赵璘：《因话录》，上海古籍出版社 1979 年版。

陆游撰，李剑雄点校：《老学庵笔记》，中华书局 1979 年版。

刘叶秋：《类书简说》，上海古籍出版社 1980 年版。

刘叶秋：《历代笔记概述》，中华书局 1980 年版。

刘知几撰，浦起龙释：《史通通释》，上海古籍出版社 1982 年版。

李剑国：《唐前志怪小说史》，南开大学出版社 1984 年版。

吕思勉：《隋唐五代史》，上海古籍出版社 1984 年版。

刘叶秋：《古典小说笔记论丛》，南开大学出版社 1985 年版。

刘向集录：《战国策》，上海古籍出版社 1985 年版。

李昉等：《太平广记》，中华书局 1985 年版。

李丰楙：《六朝隋唐仙道类小说研究》，（台北）学生书局 1986 年版。

李剑国：《唐前志怪小说辑释》，上海古籍出版社 1986 年版。

刘文典撰，冯逸、乔华点校：《淮南鸿烈集解》，中华书局 1989 年版。

郦道元撰，陈桥驿点校：《水经注》，上海古籍出版社 1990 年版。

李林甫等撰，陈仲夫点校：《唐六典》，中华书局 1992 年版。

刘世德等：《中国古代小说百科全书》，中国大百科全书出版社 1993 年版。

李剑国：《唐五代志怪传奇叙录》，南开大学出版社 1995 年版。

罗宗强：《魏晋南北朝文学思想史》，中华书局 1996 年版。

刘敬叔撰，范宁校点：《异苑》，中华书局 1996 年版。

梁钊韬：《中国古代巫术：宗教的起源和发展》，中山大学出版社 1999 年版。

［美］劳费尔：《中国伊朗编》，林筠因译，商务印书馆 2001 年版。

罗宗强：《隋唐五代文学思想史》，中华书局 2003 年版。

罗宁：《唐五代轶事小说研究》，博士学位论文，四川大学，2003 年。

李道和：《岁时民俗与古小说研究》，天津古籍出版社 2004 年版。

鲁迅：《中国小说史略》，上海文化出版社 2005 年版。

刘庆柱、李毓芳：《汉长安城》，文物出版社 2005 年版。

刘正平：《宗教文化与唐五代笔记小说》，博士学位论文，复旦大学，
　　2005 年。

马积高：《赋史》，上海古籍出版社 1987 年版。

苗壮：《笔记小说史》，浙江古籍出版社 1998 年版。

毛德富等：《中国古典小说的人文精神与艺术风貌》，巴蜀书社 2002 年版。

孟昭连、宁宗一：《中国小说艺术史》，浙江古籍出版社 2003 年版。

梅新林：《中国古代文学地理形态与演变》，复旦大学出版社 2006 年版。

宁稼雨：《中国志人小说史》，辽宁人民出版社 1991 年版。

宁稼雨：《中国文言小说总目提要》，齐鲁书社 1996 年版。

欧阳修等：《新唐书》，中华书局 1975 年版。

欧阳询撰，汪绍楹校：《艺文类聚》，上海古籍出版社 1982 年版。

浦起龙：《史通通释》，上海古籍出版社 1978 年版。

彭定求等编：《全唐诗》，中华书局 1979 年版。

皮朝纲、李天道：《中国古代审美心理学论纲》，成都科技大学出版社 1989
　年版。

钱易：《南部新书》，中华书局 1958 年版。

荣新江：《中古中国与外来文明》，生活·读书·新知三联书店 2001 年版。

沈括撰，胡道静校注：《新校正梦溪笔谈》，中华书局 1957 年版。

司马迁：《史记》，中华书局 1975 年版。

司马光：《资治通鉴》，中华书局 1976 年版。

上海图书馆编：《中国丛书综录》，上海古籍出版社 1982 年版。

商濬辑：《稗海》，（台北）大化书局 1985 年版。

沈家本撰，邓经元、骈宇骞点校：《历代刑法考》，中华书局 1985 年版。

孙星衍撰，陈抗、盛冬铃点校：《尚书今古文注疏》，中华书局 1986 年版。

石昌渝：《中国小说源流论》，生活·读书·新知三联书店 1994 年版。

孙昌武：《中国文学中的维摩与观音》，高等教育出版社 1996 年版。

孙昌武：《道教与唐代文学》，人民文学出版社 2001 年版。

陶宗仪编：《说郛三种》，上海古籍出版社 1988 年版。

童庆炳：《现代心理美学》，中国社会科学出版社 1993 年版。

王钦若：《册府元龟》，中华书局 1960 年版。

魏征等：《隋书》，中华书局 1973 年版。

王国良：《魏晋南北朝志怪小说研究》，（台北）文史哲出版社 1984 年版。

王庸：《中国地理学史》，上海书店 1984 年版。

王明：《抱朴子内篇校释》，中华书局 1985 年版。

王成组：《中国地理学史》，商务印书馆 1988 年版。

王先谦撰，沈啸寰、王星贤点校：《荀子集解》，中华书局 1988 年版。

王溥：《唐会要》，上海古籍出版社 1991 年版。

吴毓江撰，孙启治点校：《墨子校注》，中华书局 1993 年版。

王利器：《颜氏家训集解》，上海古籍出版社 1993 年版。

王枝忠：《汉魏六朝小说史》，浙江古籍出版社 1994 年版。

王恒展：《中国小说发展史》，山东教育出版社 1996 年版。

万绳楠整理：《陈寅恪魏晋南北朝史讲演录》，黄山书社 1997 年版。

汪子春等：《中华文化通志·农学生物学卷》，上海人民出版社 1998 年版。

王根林等校点：《汉魏六朝笔记小说大观》，上海古籍出版社 1999 年版。

〔韩〕文镛盛：《中国古代社会的巫觋》，华文出版社 1999 年版。

王瑶：《王瑶全集》第一卷，河北教育出版社 2000 年版。

吴运开等：《中国科学思想史》，安徽科学技术出版社 2000 年版。

王汝梅、张羽：《中国小说理论史》，浙江古籍出版社 2001 年版。

魏世民：《魏晋南北朝小说的嬗变》，博士学位论文，华东师范大学，2003 年。

王旭川：《中国小说续书研究》，学林出版社 2004 年版。

王青：《西域文化影响下的中古小说》，中国社会科学出版社 2005 年版。

许慎：《说文解字》，中华书局 1963 年版。

萧子显：《南齐书》，中华书局 1972 年版。

萧统编：《文选》，上海古籍出版社 1986 年版。

徐震堮：《世说新语校笺》，中华书局 1984 年版。

玄奘著，季羡林校注：《大唐西域记校注》，中华书局 1985 年版。

向达：《唐代长安与西域文明》，生活·读书·新知三联书店 1987 年版。

许慎撰，桂馥注：《说文解字义证》，中华书局 1987 年版。

〔日〕小南一郎：《中国的神话传说与古小说》，孙昌武译，中华书局 1993
    年版。

薛惠琪：《六朝佛教志怪小说研究》，文津出版社 1995 年版。

谢保成：《隋唐五代史学》，厦门大学出版社 1995 年版。

薛克翘：《中印文化交流史话》，商务印书馆 1998 年版。

熊宪光：《战国策研究》，重庆出版社 2004 年版。

尤袤：《遂初堂书目》，商务印书馆 1927 年版。

严可均辑：《全上古三代文》，中华书局 1958 年版。

姚思廉：《陈书》，中华书局 1972 年版。

姚思廉：《梁书》，中华书局 1973 年版。

袁珂：《山海经校注》，上海古籍出版社 1980 年版。

［日］羽田亨：《西域文化史》，耿世民译，新疆人民出版社 1981 年版。

袁行霈、侯忠义编：《中国文言小说书目》，北京大学出版社 1981 年版。

杨伯峻：《列子集释》，中华书局 1985 年版。

余嘉锡：《四库提要辨证》，中华书局 1985 年版。

［日］伊藤清司：《〈山海经〉中的鬼神世界》，刘晔原译，中国民间文艺出
　　版社 1989 年版。

晁公武撰，孙猛校证：《郡斋读书志校证》，上海古籍出版社 1990 年版。

杨义：《中国古典小说史论》，中国社会科学出版社 1995 年版。

杨义：《中国叙事学》，人民出版社 1997 年版。

杨文衡：《中华文化通志·地学志》，上海人民出版社 1998 年版。

杨建波：《道教文学史论稿》，武汉出版社 2001 年版。

永瑢、纪昀等：《四库全书总目》，中华书局 2003 年版。

余太山：《两汉魏晋南北朝正史西域传 13 研究》，中华书局 2003 年版。

赵贞信：《封氏闻见记校注》，中华书局 1958 年版。

张彦远著，俞剑华注释：《历代名画记》，上海人民出版社 1964 年版。

中国社会科学院考古所：《满城汉墓》，文物出版社 1978 年版。

周振甫注：《文心雕龙注释》，人民文学出版社 1981 年版。

长孙无忌等撰：《唐律疏议》，中华书局 1983 年版。

朱谦之：《老子校释》，中华书局 1984 年版。

中国科学院自然科学史研究所地史学组编：《中国地理学史》，科学出版社
　　1984 年版。

周次吉：《〈神异经〉研究》，（台北）文津出版社 1986 年版。

赞宁撰，范祥雍点校：《宋高僧传》，中华书局 1987 年版。

周维权：《中国古典园林史》，清华大学出版社 1990 年版。

詹石窗：《道教文学史》，上海文艺出版社 1992 年版。

中国植物学会编：《中国植物学史》，科学出版社 1994 年版。

《中华文明史》编撰工作委员会：《中华文明史》，河北教育出版社 1994 年版。

周成：《中国古代交通图典》，中国世界语出版社 1995 年版。

祝亚平：《道家文化与科学》，中国科学技术出版社 1995 年版。

张弓：《汉唐佛寺文化史》，中国社会科学出版社 1997 年版。

［英］詹·乔·弗雷泽：《金枝》，徐育新等译，大众文艺出版社 1998 年版。

赵明政：《文言小说：文士的释怀与写心》，广西师范大学出版社 1999 年版。

张庆民：《魏晋南北朝志怪小说通论》，首都师范大学出版社 2000 年版。

周勋初：《周勋初文集》第五册，江苏古籍出版社 2000 年版。

郑暋暻：《段成式的〈酉阳杂俎〉研究》，博士学位论文，中国社科院，
　　2002 年。

张君房编，李永晟点校：《云笈七签》，中华书局 2003 年版。

踪凡：《汉赋研究史》，北京大学出版社 2007 年版。